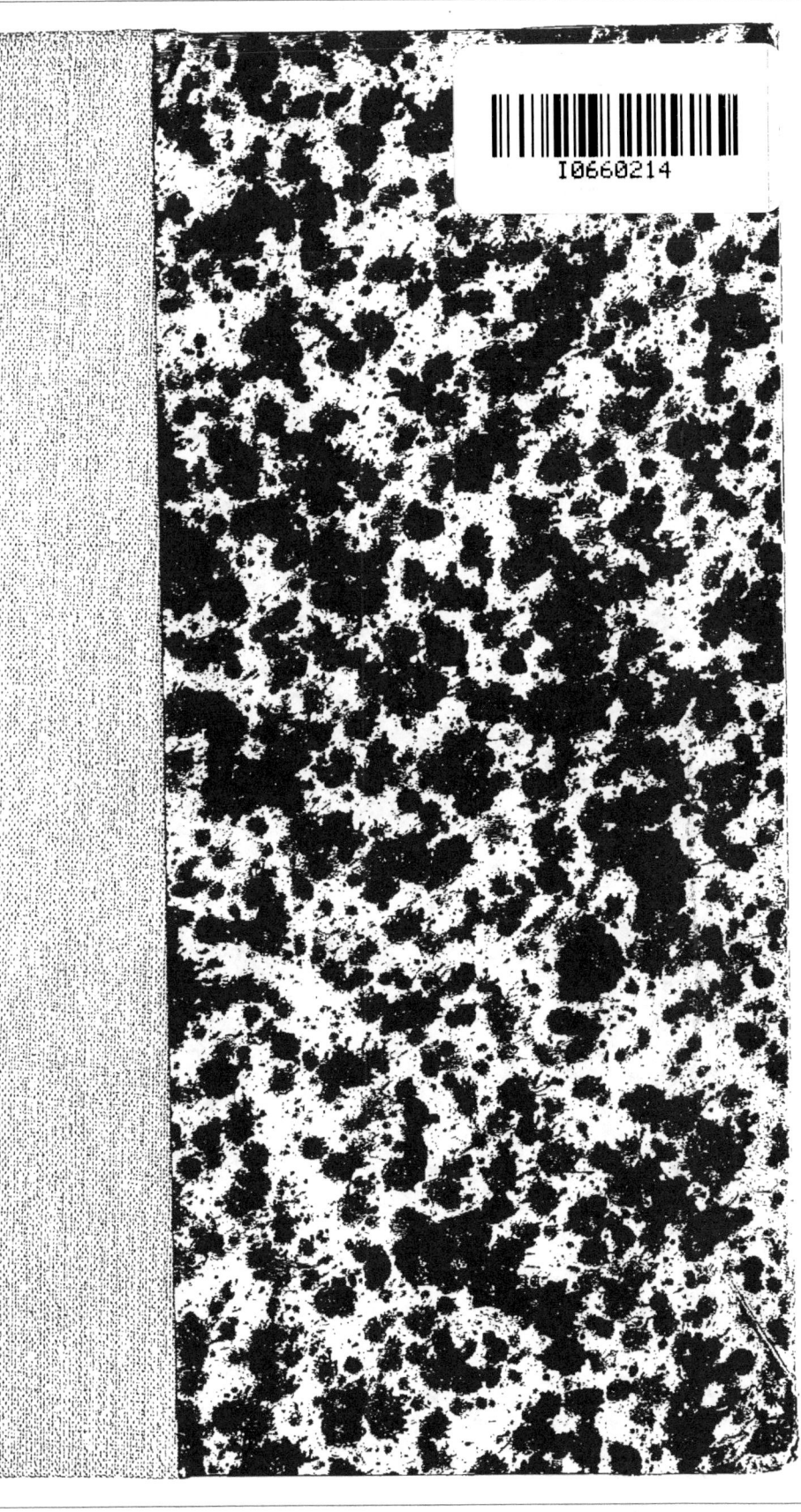

I0660214

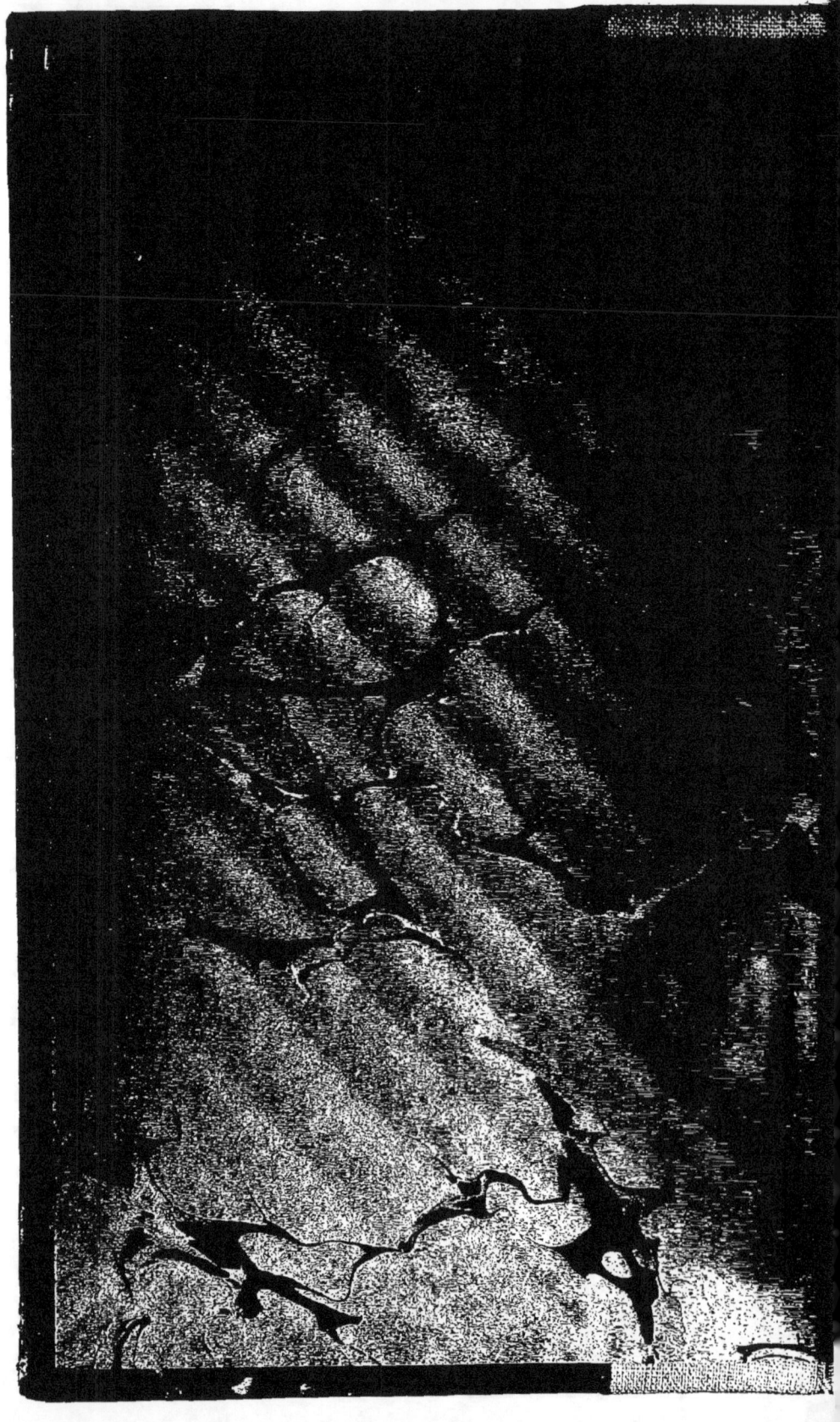

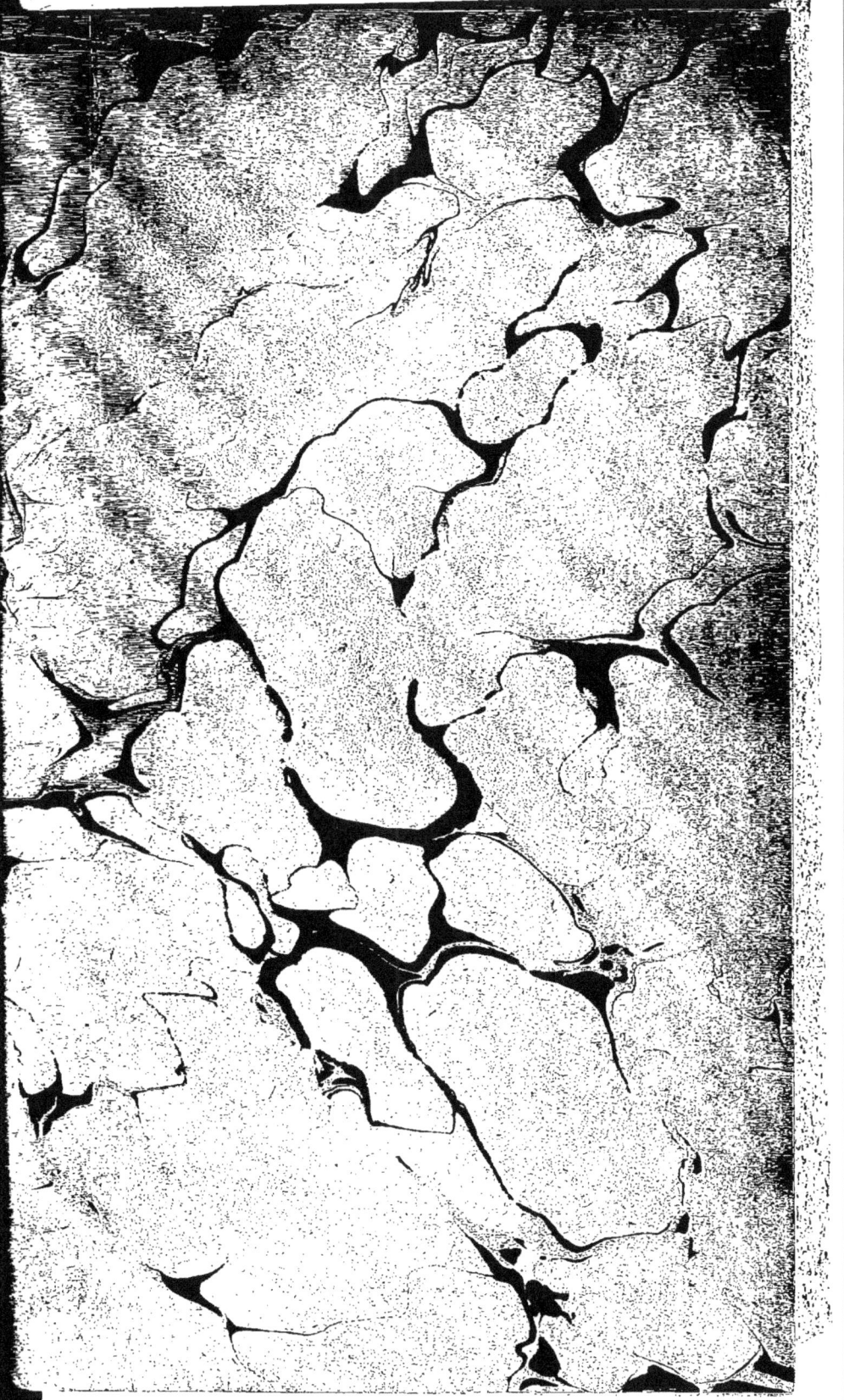

J. BOULANGER

LE

ROMAN D'UNE FIGURANTE

ROMANS DU MÊME AUTEUR :

La Fiancée de Jean-Claude, 2e édition, 1 vol. in-18.
La Faute du docteur Madelor, 16e édition, 1 vol. in-18.
Les Nuits rouges, 4e édition, 1 vol. in-18.
L'Aventure d'une fille, 2e édition, 1 vol. in-18.
Un Coup de revolver, 2e édition, 1 vol. in-18.
Le Boucher de Meudon, 2e édition, 1 vol. in-18.

ILLUSTRÉS :

Les Damnées de Paris.

    1re série : *L'Endormeuse.*
    2e série : *L'Outragée.*
    3e série : *La Jolie Boiteuse.*

SOUS PRESSE :

Histoire d'une mère.

PARIS. TYPOGRAPHIE DE E. PLON ET Cie, RUE GARANCIÈRE, 8.

LE
ROMAN D'UNE FIGURANTE

ÉTUDE DE MOEURS

PAR

JULES MARY

PARIS

E. PLON et Cie, IMPRIMEURS-ÉDITEURS

10, RUE GARANCIÈRE

—

1883

Tous droits réservés

LE
ROMAN D'UNE FIGURANTE

PREMIÈRE PARTIE

LA MAITRESSE DE NOEL CHRÉTIEN.

I

La voix sonore de l'avertisseur emplissait les couloirs du Châtelet :

— En scène pour la danse !

On allait commencer le troisième acte de *Michel Strogoff*. En bas, sur le théâtre, c'était un bruit confus de châssis heurtés, de froissements de décors entre-choqués, de cris, d'appels, d'interjections ; un va-et-vient fiévreux de machinistes et de garçons d'accessoires, les premiers s'occupant d'installer les traînées sur les différents plans, à travers les accidents du décor, afin que le gaz fît ressortir les moindres détails du paysage, les autres s'armant de leurs fusils, de leurs arcs et de leurs flèches, de leurs lances et de leurs piques, prêts à servir d'escorte à l'émir victorieux du drame de Dennery et de Jules Verne. Des figurants descendaient

1

vêtus de pittoresques costumes tartares, coiffés du bonnet
de peau, un pistolet dans les plis d'une large ceinture
de soie verte, un cimeterre battant leurs jambes. Ils
arrivaient, nonchalants, le pas alourdi, fatigués par une
journée de labeur à l'usine ou à l'atelier, et se groupaient à
l'ombre pour échapper à l'aveuglante lumière qui de tous
les coins, maintenant, des herses et des portants, éclairait
et surchauffait la scène. Quelques-uns arrosaient. D'autres
balayaient, pendant que deux ou trois odalisques, les premières habillées, toutes trois jeunes, avec un visage frais
de grisettes rieuses, l'œil braqué, tour à tour, au trou du
rideau, faisaient des signes dans la salle, en agitant le bout
des doigts. Et de corridor en corridor, d'étage en étage,
résonnait la forte voix de l'avertisseur :

— En scène pour la danse !...

Les acteurs, un à un, gagnaient le foyer et là s'effon-
draient sur les canapés défoncés par des générations d'artistes. On entendit :

— Place au théâtre !

Tout était prêt : les décors, éclairés d'une lumière crue,
étaient à leur place. Les machinistes avaient quitté la scène ;
les trois odalisques s'étaient dérobées derrière les châssis.
De l'autre côté du rideau grondait le bourdonnement d'une
ruche énorme. Des voix d'en haut, qui eurent de l'écho
tout le long des loges et filèrent jusqu'à l'orchestre comme
une traînée de poudre, clamaient vigoureusement :

— Au rideau ! au rideau !

Le public s'impatientait. Le régisseur frappa trois coups :
les cris s'apaisèrent.

Des figurants et des figurantes se massaient toujours dans
le fond, à côté des arbalétriers, pendant que des garçons de
théâtre, qui étaient aussi de la figuration, s'habillaient pres-
tement. Un flot de danseuses, marcheuses ou coryphées, en
maillots roses, coiffées de turbans, s'abattit sur l'escalier et

dégringola ; la sonnaille de leurs ornements de cuivre, sequins
d'or, chaînes à grosses boules retentissantes, boucliers et
sabres, tintait autour d'elles et scandait leurs moindres
gestes. Elles parlaient avec volubilité, sur le ton de la colère ;
les yeux brillaient ; les petits pieds, dans des chaussons de
danse, frémissaient nerveusement, et sur toutes ces jolies
têtes il y avait un air de menace et de défi.

Le régisseur principal, un gros homme à l'œil ironique,
très-paternel, s'approcha :

— Eh bien, mes enfants, vous êtes seules ? Qu'est-ce qu'il
y a donc ? Personne ne descend ?

— Il y a que Martha Rosaora est comme morte dans sa loge,
et que les soins qu'on lui donne ne la font pas revenir à elle.

— Que s'est-il passé ?

Elles voulurent parler toutes ensemble, mais il s'interposa,
et s'adressant à une grande et belle fille, aux formes pleines,
qui paraissait plus calme :

— Voyons, Isabelle, parlez !

Une heure auparavant, après le ballet de la place publique
et en attendant la fête de l'émir, des coryphées étaient
réunis, une dizaine environ, dans une loge du deuxième
étage. C'était une pièce étroite, mais très-longue, ayant
pour tous meubles une grande armoire et de mauvaises
chaises de paille. De chaque côté, sous la double rangée de
becs de gaz qui répandaient dans ce réduit une chaleur
intense, une table de toilette prenait toute la longueur du
mur ; son bois vermoulu disparaissait sous des entassements
de miroirs, de flacons, de boîtes, de pinceaux, de brosses,
de pattes de lièvre, de blanc de perle, de vermillon, de noir,
de poudre de riz, de cold-cream. Çà et là, des fouillis de
vêtements pauvres, de manteaux noirs à fourrure fausse,
de water-proofs, de chapeaux modestes, mettaient leur note
sombre et attristée sur des costumes soie et or, sur des pail-
lettes ruisselantes de lumière, clinquant de théâtre. En mail-

lot, prêtes à être complétement vêtues au premier appel,
mais la gorge et les épaules nues, les danseuses, chacune à
sa place, gravement, méticuleusement, jouaient au loto,
avec un enjeu de deux sous. Et l'on entendait seulement
une petite voix claire, frappée d'un accent étranger, qui
répétait sur un ton monotone :

— Vingt-deux, sept, soixante-quatorze, etc.

Deux ou trois se retournèrent vers celle qui tenait le sac
aux numéros :

— Allons, Martha, plus vite! On va sonner!

Martha, née à Catane, danseuse au Châtelet depuis quinze
jours seulement, était une fille aux jambes rondes, au corsage d'enfant. Elle n'avait guère plus de vingt ans, mais
grâce à la singularité de son allure, à une étonnante mobilité
d'impression surtout, elle en paraissait souvent quinze, tant
elle était naïve et folle, et trente souvent, quand son visage
devenait grave et brusquement paraissait vieilli. Les épaules
étaient bien faites, mais un peu maigres; le cou avait des
lignes d'une pureté et d'une délicatesse extrêmes. Les hanches
étaient larges et souples, les attaches des mains et des pieds
très-fines. Sous le maillot, à chaque mouvement, saillaient
les muscles des jambes nerveuses, et les pieds, allongés par la
pointe du chausson, étaient quand même tout menus, grands
comme un doigt. Ses camarades prétendaient qu'elle était
laide. Peut-être. Son visage n'avait pas cette régularité de
traits qui fait dire d'une femme : « Elle est belle! » ou ce
piquant qui amène un sourire friand sur les lèvres des
hommes. Le caractère de sa figure était une sorte de gravité
réfléchie. Elle était brune de peau, avec les cheveux frisot-
tants, très-épais et très-noirs, qu'elle ne prenait pas la peine
de coiffer et qu'elle rejetait dans le dos, en dégarnissant le
front. Celui-ci, un peu bombé, annonçait une grande douceur
et une énergie mâle. Le nez, tourmenté par le haut, finissait
brusquement sur deux lèvres ourlées, à la chair ferme et

carminée. Les yeux étaient splendides, chargés d'éclairs, d'une profondeur inouïe de regard. Ils illuminaient d'une lueur ardente le visage souffreteux, aux joues émaciées. Les cils étaient longs; les sourcils, épais comme les cheveux, avaient valu des plaisanteries à la jeune fille :

— Tu mets du noir, Martha, lui avait-on dit.

Mais elle, se fâchant :

— C'est bon pour vous. Est-ce que je suis Française?

Elle était petite. Plus grande, elle eût été trop maigre.

Après trois ou quatre parties de loto, terminées par le quine traditionnel suivi de vérification, il y eut tout à coup un sauve qui peut général, un brouhaha, des petites exclamations, un pêle-mêle.

— En scène pour la danse! criait l'avertisseur.

— Ah! mon Dieu! nous ne serons pas prêtes...

— Vite, dépêchons!...

— Gare l'amende!!...

Quatre ou cinq, qui avaient leur loge au troisième étage et descendaient dans les entr'actes, remontèrent, emportant leurs chaises.

Martha était du nombre. Elle jeta un fichu de laine sur ses épaules, traversa le corridor en courant, grimpa l'escalier. Comme elle allait tête baissée, très-vite, embarrassée par sa chaise, elle se heurta contre un figurant de haute taille, vêtu d'un ample manteau brun rougeâtre, chaussé de bottes, coiffé d'un bonnet d'astrakhan, armé de deux pistolets et de deux sabres, qui la saisit à bras-le-corps et l'attira. Il était ivre.

Elle se pelotonna sur elle-même, se faisant toute petite, et glissa hors de ses mains comme une couleuvre.

— C'est encore vous, Jean Houdiard, c'est encore vous! murmura-t-elle avec plus de colère que d'épouvante.

Il l'avait saisie de nouveau et, dans sa grosse main, broyait ses petits poignets frêles. Et, à travers son fichu de laine,

pendant qu'elle se débattait, la serrant de toutes ses forces,
il lui baisait brutalement l'épaule. Elle se tordit et appela :

— A moi !

Et, dans le suprême effort qu'elle fit pour se dégager, du
sang lui monta à la gorge, mouilla ses lèvres; elle le cracha
au visage de l'ivrogne, puis elle s'affaissa dans l'escalier,
demi-morte.

A ce moment, un homme survenait. Il vit la fin de la scène,
entendit le cri de Martha, fit deux pas vers le figurant, le
prit par les reins et, le soulevant avec une aisance admirable, le jeta du haut en bas de l'escalier où Jean Houdiard,
étourdi, ne bougea plus. Il releva Martha et, achevant de
gravir l'escalier, entra dans le corridor.

Au fond, des voies suraiguës criaient :

— Martha, tu seras mise à l'amende !...

Il frappa à la loge d'où sortaient les cris. Ce fut Isabelle
qui vint ouvrir. Elle recula, effrayée :

— Martha est morte ?...

— Évanouie seulement, dit l'homme, en déposant la jeune
fille sur une chaise et en racontant brièvement ce qui s'était
passé.

C'était un beau garçon d'une trentaine d'années, noueux,
solide, dont les épaules accusaient la vigueur, dont les yeux,
d'un bleu pâle très-tendre, indiquaient une grande bonté.
Élégant et soigné dans sa tenue, il avait le teint pâle des
gens qu'absorbent des travaux intellectuels énormes et les
yeux fatigués par les veilles; une fine moustache couvrait
ses lèvres grasses, signe de douceur, souvent de faiblesse. Il
avait jeté son chapeau sur une chaise, en entrant, et son
large front, blanc comme celui d'une femme, où les cheveux
commençaient à devenir rares, semblait plus pâle encore, et
comme exsangue, sous la ruisselante lumière du gaz.

Martha, toujours, était sans mouvement. Des amies s'em-
pressaient, la dégrafaient, lui frappaient de petits coups dans

le creux des mains, lui jetaient de l'eau. Rien ne faisait.

— Il faut appeler le médecin du théâtre, dit l'une; il doit être dans la salle...

Un peu de salive rouge avait coulé des lèvres de Martha sur son menton et s'était arrêtée là, marquant comme d'une pointe de carmin la maigreur jaune du bas de la figure. La bouche entr'ouverte laissait voir de petites dents blanches, et les gencives presque du même ton.

— La pauvrette! dit Isabelle, elle crache le sang!

Et, du coin de son mouchoir brodé, elle l'essuya.

Cependant, du deuxième étage et même du premier on montait; le bruit avait été entendu. En même temps reprenait le refrain de l'avertisseur :

— En scène pour la danse!

Quelques-unes des figurantes et des danseuses descendirent. D'autres, qui venaient, se firent raconter le drame et partirent ensuite. Des hommes étaient là, maintenant : le docteur Mignerot, Monjolit, secrétaire du théâtre, le directeur, très-inquiet.

— Ce n'est rien, fit Mignerot; une syncope!

En effet, Martha Rosaora revenait à elle.

— C'est Jean Houdiard, dit-elle après un silence, la tête dans les mains. Il me poursuit de ses assiduités depuis que je suis au Châtelet. Cependant je l'ai toujours vu respectueux. Aujourd'hui, sans doute, il était ivre...

Elle alla s'asseoir dans le fond, le coude sur une table de toilette; Mignerot et les autres s'en allèrent, à l'exception de Monjolit et du jeune homme qui avait transporté la danseuse dans sa loge.

Monjolit, un gros garçon réjoui, haut en couleurs, dont le visage était coupé d'une moustache triomphante, Monjolit « la bonne fille », comme on l'appelait, s'approcha de Martha, et mettant son monocle :

— Ma chère enfant, dit-il, permettez-moi de vous présen-

ter Noël Chrétien, un excellent ami, un peu sauvage, ce qui
ne l'empêche pas d'être un peintre du plus grand talent et
un romancier des plus distingués.

Et se tournant vers Noël, qui souriait :

— Martha Rosaora, coryphée.

Monjolit fit une grimace qui détacha de l'œil son monocle,
pirouetta et sortit, ajoutant :

— Chrétien, rejoins-moi au foyer !

Il y eut un court silence entre les deux jeunes gens. Martha le rompit, un peu gênée.

— Vous m'avez arrachée à cet ivrogne... Vous m'avez
rendu service... Je vous remercie... Voulez-vous me donner une bonne poignée de main ?

— Volontiers ! Mais vous connaissez donc ce Jean Houdiard ?

— Il habite, rue Saint-Séverin, le même hôtel que moi, et
comme il sait que je vis seule, il se trouve toujours sur mon
chemin... Que pensiez-vous, monsieur ?

— Qu'il avait d'autres droits...

C'était une cruauté. Noël s'en repentit, car Martha, brusquement, ferma les yeux ; son visage reprit cette pâleur terreuse qu'il avait tout à l'heure quand elle s'était évanouie ;
elle porta son mouchoir à ses lèvres, l'y tint quelques moments, sans regarder Chrétien, et le retira taché de sang.
Alors, sèchement, d'une voix que la souffrance enrouait :

— C'est bon, dit-elle, croyez ce que vous voulez et n'en
parlons plus... Laissez-moi, je vais m'habiller... peut-être
arriverai-je à temps pour le ballet...

— Vous allez danser en cet état ?

Elle eut un éclat de rire et haussa les épaules.

— Dans cinq minutes il n'y paraîtra plus, et vous ne me
reconnaîtrez pas...

Il sortit mécontent de lui-même, sans réflexion. Martha
l'avait suivi pour fermer la porte de la loge, et d'un ton
sérieux :

— Surtout, monsieur Chrétien, n'allez pas dire que je joue les poitrinaires et les Marguerite Gauthier, ce serait un affreux mensonge!

Noël se retourna, étonné, vit le visage de Martha encadré dans l'entre-bâillement de la porte; et elle était si fraîche, si peu fatiguée, ses yeux étaient si limpides qu'il ne put s'empêcher de murmurer :

— Elle a raison... Curieuse fille!

Il se rendit au foyer.

A peine eut-il le temps de descendre que Martha, tout habillée, coiffée d'un énorme turban, armée d'un bouclier et d'un sabre, arrivait derrière lui. En ce moment l'émir allait fêter sa victoire sur les Russes, et les coryphées et les marcheuses se précipitaient sur la scène où Strogoff, prisonnier, ayant à côté de lui sa mère, contemplait pour la première et dernière fois les merveilleuses splendeurs des réjouissances orientales. Et le ballet commença.

Chrétien, près de l'entrée de la tente, suivait d'un œil distrait les évolutions des danseuses. Maintenant, c'était la reprise du ballet tout entier, et la scène était emplie du tintement des grelots et du bruit clair des sabres qui frappaient les boucliers en cadence. Une haie des soldats de l'émir s'allongeait devant lui. Deux ou trois causaient. C'était de Martha. Il les entendit.

— Tiens, la voilà, dit l'un, en poussant son voisin du coude; c'est la brune qui passe, avec cette figure drôle où il n'y a que des yeux...

— Mais elle est laide?

— Oui, ça n'empêche pas Houdiard d'en être toqué, et de la serrer de près...

Un gros homme, à figure rose, imberbe, le maître de ballet, fit reculer Chrétien, pencha la tête, promena un moment ses petits yeux gris sur les danseuses, et furieux, très-haut :

— Martha, n. de D...! voulez-vous aller en mesure?

Noël la regarda... En scène, elle paraissait plus grande et plus robuste. Avec ses beaux bras élevés au-dessus de sa tête, l'un maniant le sabre, l'autre passé dans les courroies du bouclier, avec sa figure brune de Sicilienne, ses yeux sombres où brillait alors une intensité de vie extraordinaire, et cette cambrure robuste des reins qui se tordaient à tous les entraînements de la danse, elle avait l'air à demi barbare, à demi civilisé.

— Non, murmura Chrétien, comme s'il eût répondu à la réflexion du figurant, elle n'est pas belle, elle est mieux que belle...

La jeune fille s'approcha, faisant tournoyer son sabre. Sans doute qu'elle le devinait, car elle lui adressa un sourire. Puis, sur un ton de défi, en s'éloignant :

— Eh bien, dit-elle, comment me trouvez-vous? Est-ce que je suis toujours malade ?

Isabelle avait pris Martha par la taille.

— Ça va mieux?

— Oui, merci, ça va tout à fait bien.

— Elle est drôle, cette petite, dit Isabelle en la quittant... Deux fois par jour elle est à l'agonie, et cinq minutes après, plus rien !

Chrétien était allé rejoindre Monjolit au foyer. Martha entra, mit les yeux tout près sur la glace, puis rôda autour d'eux d'un air sournois, silencieusement. A la fin, sans regarder Noël :

— Vous savez, monsieur Chrétien, de réputation je vous connaissais. J'ai vu au Salon votre tableau, le *Duel des faucheurs,* et j'ai lu deux ou trois de vos romans...

— Lesquels?

— Le *Boulet d'or,* les *Jolis Visages,* la *Fin de l'amour...* A propos de celui-ci, est-ce que vous croyez que l'amour n'existe plus?

— En Sicile, peut-être, mais en France assurément, dit-il avec un sourire.

Elle se mordit les lèvres et partit, sautillant comme un enfant, après avoir, de la main, adressé un adieu.

Sur le théâtre, c'était un sauve qui peut général. Déjà les décors étaient enlevés, la place était nette. En haut, des toiles de fond s'enroulaient autour des fils, avec des bandes d'air et des plafonds. Cela ressemblait aux cordages et aux grandes voiles d'un vaisseau. La scène, en un clin d'œil, changea d'aspect. Monjolit et Chrétien traversèrent les machinistes qui se croisaient et s'entre-croisaient. Dans la cour, « la bonne fille » alluma une cigarette et mit son monocle :

— Comment la trouves-tu, cette petite ?

— Étrange...

— Rien à faire, tu sais. Elle est honnête !...

II

Dix ans auparavant, Noël Chrétien débarquait à Paris, poussé par une impérieuse vocation. Il venait « faire de la littérature et de la peinture », ayant pour toute fortune son diplôme de bachelier. Aussi, pendant cinq ans, ce fut un dénûment de tout. Il y eut des jours sans pain. Il y eut des hivers froids où il ne connut de bien-être que celui qu'il allait chercher, frileux, les mains dans les manches, le col du paletot relevé, dans les musées et les bibliothèques publiques dont la chaleur lui rendait un peu de vie, dont les livres et les tableaux, sans bourse délier, complétaient son instruction et ranimaient sa foi. Il y eut des moments de lassitude désespérée quand, les pieds dans des souliers troués, raccommodés avec du carton, le linge soigneusement

caché, vêtu d'une vieille redingote noire passée au gris,
Noël s'en allait par les rues, repoussé de théâtre en théâtre,
de marchand en marchand et de rédaction en rédaction. Il
y eut des heures où le suicide apparut, avec le calme de la
fin et le débarras suprême quand le découragement venait, et
la crainte de l'impuissance. Il y eut des nuits sans sommeil,
troublées d'angoisses, de résolution où la rage entêtée tenait
plus de place que de raisonnement. Ce qui le sauva, ce fut
cette volonté robuste d'arriver malgré les obstacles, ce fut
aussi l'abîme de toute une vie manquée s'il ne réussissait
pas. A mesure qu'il acquérait de l'expérience, son talent
mûrissait ; mais comme il vivait seul, en dehors du monde
des lettres et des arts, sans relation aucune à Paris, n'ayant
d'espoir qu'en lui et ne comptant que sur lui, il avait conservé la foi naïve des premiers essais, l'ardeur de ses premières tentatives, alors qu'il rêvait, au collége, de se faire
un nom. Ses illusions, la retraite où il vivait, étaient la
moitié de sa force. Il était venu de Thilay, au fond de l'âpre
pays des Ardennes, sur la claire rivière de la Semoy. Ses
parents l'avaient, dès huit ans, retiré de l'école pour le
mettre en apprentissage chez un charron. Il y resta jusqu'à
douze ans. Ce fut l'oncle Paqueron, le maître de la verrerie
de la Malavisée, qui obtint pour lui demi-bourse au collége
de Charleville et paya la pension et l'entretien.

— J'ai trois fils et une fille, avait dit Paqueron ; Septime,
Sylvain et Hippolyte seront verriers comme moi. Quant à
Geneviève, elle promet d'être assez jolie pour devenir la
femme d'un avoué ou d'un notaire. Et je ferai de Noël un
notaire ou un avoué.

A vingt ans, malgré Paqueron qui lui garda longtemps
rancune, malgré le père et la mère Chrétien, qui ne lui
avaient pas encore pardonné, il partait.

Au moment où commence cette histoire, Noël était en plein
succès ; des tableaux, des romans et deux grandes pièces, un

drame et une comédie, jouées à l'Ambigu et au Vaudeville, avaient fait de l'ancien ouvrier charron une des jeunes gloires naissantes du Paris littéraire et artistique. Les besoins de la vie quotidienne n'avaient plus rien qui le préoccupât, et les soucis matériels disparaissant, il s'était consacré à des œuvres de longue haleine, depuis longtemps méditées, où il mettait beaucoup de son âme et sur lesquelles il comptait pour affermir sa réputation. Les distractions du dehors ne l'attiraient guère; il avait cédé quelquefois, n'emportant de là que du dégoût et comme une nécessité de se plonger plus avant dans un labeur acharné. Sa grande joie, sa seule jouissance et son unique repos, c'était le travail; mais il avait su s'entourer de quelques amitiés solides, mises à l'épreuve, dont les conseils l'avaient soutenu et fortifié : Pierre Nouvel, le médecin, modeste et savant, noblement ambitieux, jeune comme Chrétien, et dont les débuts n'avaient pas été moins rudes; Claude Fleury, un sculpteur, deux fois médaillé au Salon. Quant à Monjolit, c'était une camaraderie de hasard, comme en créent les accidents de la vie parisienne.

Noël aimait trop le travail pour ne pas égayer la solitude de ses études par tout ce qui pouvait l'attacher à son « chez-lui ». Comme la fortune était venue avec la réputation, il n'hésitait pas devant les dépenses presque incessantes de cette passion toute moderne du bibelot. Mais il y mettait du raffinement, et en même temps que son goût s'épurait, sa connaissance des véritables choses d'art devenait plus certaine, son coup d'œil presque infaillible. Ce paysan recueilli, tout à son idée fixe, et qui vivait avec une simplicité d'ermite, avait fini par s'entourer d'une collection, amoureusement cherchée, d'objets de haute valeur, qui ne représentaient pas seulement pour lui la réalisation de certains désirs, mais qui le retenaient lorsqu'il était là, l'attiraient lorsqu'il était loin, au milieu desquels son inspiration était plus libre, son esprit plus clair, sa pensée plus précise. A deux reprises, il avait essayé d'une saison passée dans le Midi, pour éviter les brumeuses soirées de Paris l'hiver. Sa pensée s'envolait vers ce petit appartement commode du boulevard Haussmann, installé avec tant de coquetterie. Et puis, hors de Paris, le travail lui était difficile. Il s'endormait dans une inaction et chaque fois revenait, lassé, ayant besoin d'un effort pour se remettre à l'œuvre. Dans les Ardennes, pourtant, il lui semblait qu'il aurait pu travailler, à côté des deux vieux qu'il aimait, laissant renaître, autour de lui, les troublants souvenirs de son enfance. Mais, là-bas, auprès du père et de la mère Chrétien, l'existence était impossible au delà de quelques jours. Malgré l'aisance enfin venue dans ce ménage et la misère oubliée grâce à lui, Noël trouvait toujours des visages hostiles; il fallait écouter des reproches amers, courber le front devant des sous-entendus ridicules, boire de cruelles ironies auxquelles son respect et son affection l'empêchaient de répondre. Chrétien et sa femme n'avaient point pardonné au Parisien ce qu'ils appelaient sa vie de flâneries. Ils ne comprenaient pas et restaient défiants. Depuis dix ans qu'il était parti, il avait fait de rares apparitions à Thilay. Une génération était née, avait grandi, et il ne la connaissait pas. Que de fois il se prit à rêver, quand une observation, relevée autour de lui, ouvrait la porte à mille faits ensevelis dans un coin de son cerveau et qui lui retraçaient, d'un coup de pinceau gigantesque, deux ou trois de ses premières années! Alors tout le pays renaissait, vivement éclairé, avec les détails les plus infimes, avec les chemins tortueux qui circulaient à travers les prés et les rocailles des montagnes nues bordant la Semoy, et celle-ci, capricieuse et tourmentée, où il avait jeté sa ligne, sur le gravier de laquelle, les eaux basses, il s'était battu avec les fils du charron. Comme il ne pouvait revivre cette vie d'autrefois, il essaya d'en faire un livre, n'osa, s'arrêta aux premiers chapitres et brisa sa plume. Il avait peur d'affaiblir, en leur donnant une forme, ces riens du début laborieux et pénible; il avait peur surtout de trop profondément fouiller dans ces années disparues, et d'y remuer bien des amertumes et des écœurements; car il avait vécu entre le père et la mère, au milieu des luttes incessantes pour l'existence du lendemain. C'était au temps où l'oncle Paqueron n'était que contre-maître à la verrerie. Il y avait eu des scènes déchirantes; les huissiers étaient passés là, et l'on avait saisi et vendu les vieux meubles chancelants et le gros linge gris, malgré les cris de la mère, la sourde et blanche colère du paysan, et la crise nerveuse qui l'avait jeté sur le sol, lui, Noël... Non, il valait mieux laisser tomber un voile sur ces tristesses, puisque cela était fini maintenant... La misère était loin, et pourtant, si Noël en évoquait le fantôme noir, ses yeux s'enfonçaient, son front se ridait, sa haute taille s'affaissait sur elle-même... Non, non, décidément, à quoi bon ces regrets? Lorsque montaient des nausées et des découragements, ne pouvait-il regarder le chemin parcouru, ainsi que, lorsqu'il lui venait une bouffée d'orgueil, il redevenait tout humble devant le chemin à parcourir? Et cependant, quel abîme entre les temps d'autrefois et ceux d'aujourd'hui! Où était le mauvais lit de feuilles, entre des planches à peine équarries, relégué dans un trou noir, sur lequel il se jetait après les lourdes journées de son apprentissage chez le charron? Et ses dimanches d'oisiveté qu'il passait à courir pieds nus, dans les champs!

Le lendemain du jour où il avait arraché Martha Rosaora aux brutalités de Jean Houdiard, Noël essaya de se remettre au travail et d'ajouter une page à l'œuvre commencée; mais une préoccupation l'agitait; il se reprit à rêver, sa plume inactive entre les doigts, et son rêve n'était peuplé que par les images évoquées de la Sicilienne; il la revoyait tantôt évanouie dans ses bras, tantôt redevenue rieuse, tantôt sur la scène, enveloppée de toute la ruisselante lumière du théâtre. Ce n'était pas un naïf que Noël. La misère l'avait rendu défiant, bien qu'il fût resté bon. Sa vie, remplie par l'imagination et le travail, le laissait sans grande expérience des femmes, mais le dernier mot de Monjolit le faisait rire :

— L'honnêteté d'une danseuse, jolie chose !

Et la figure couperosée de Houdiard, son regard ironique et insolent, accompagnaient partout, bien qu'il s'en défendît, le visage doux de Martha. La brutalité du figurant n'était peut-être qu'une rancune d'amant éconduit. La danseuse n'avait même pas demandé qu'on chassât l'ivrogne.

— Après tout, qu'est-ce que cela me fait ? murmura Chrétien.

Et de nouveau, à sa table, le front dans les mains, il relut quelques feuillets écrits la veille, pour se mettre en haleine. Le soir, il trouva exécrable ce qu'il avait écrit, le brûla et sortit la tête en feu.

On était alors au mois de novembre ; les soirées étaient belles, mais froides. Il se promena le long du boulevard Haussmann, agité et nerveux. Cela lui fit du bien. Quand il remonta la Chaussée-d'Antin pour gagner les grands boulevards, il était très-calme.

— Jamais un regard de femme ne m'a troublé à ce point, se disait-il, et pourtant je suis vieux déjà : mon acte de naissance porte trente ans, mais j'ai le double de mon âge.

Il se trompait. Une ardeur sommeillait en lui qu'il ne connaissait, ne devinait même pas. Quand il écrivait la *Fin de l'amour,* il était de bonne foi. L'amour, il l'avait cherché, sans le rencontrer : il avait trop vécu par l'imagination. Et puis, malgré sa régulière et franche figure, malgré la force que le moindre mouvement décelait chez lui, c'était un timide. Son enfance passée côte à côte avec une gêne constante sous les coups de la mère, l'atroce misère de ses débuts à Paris, en l'éloignant de tous les plaisirs, presque de toutes

les distractions, avaient muré son cœur. Il lui restait dans
le caractère, ainsi que dans l'allure, comme une brutalité
dont il ne se rendait pas compte et qu'eussent adoucie, du
premier jour, les tendresses d'une femme aimée. Cette dure
existence l'avait rendu inquiet. Une vie moins remplie par
les soucis de tous les instants aurait épanoui son âme.

A neuf heures, après avoir dîné au restaurant, il fit signe
à un fiacre, qui se rangea le long du trottoir.

— Où va-t-on, bourgeois?

— Au théâtre du Châtelet, par l'entrée des artistes, rue
des Lavandières-Sainte-Opportune...

Et le fiacre partit.

III

Au moment où il allait descendre sur la scène, il rencontra
Isabelle et Martha qui avaient abaissé sur leur visage les
longs voiles blancs de leurs costumes et dont on n'apercevait
plus que les yeux. Elles chantaient toutes les deux, Martha
fredonnant un refrain monotone dans une langue qu'il ne
comprenait pas, Isabelle essayant de se rappeler les bribes
d'un couplet entendu la veille dans un café-concert :

> Lorsque nous allions aux guinguettes
> Danser pendant le carnaval,
> En voyant tes jamb's si bien faites,
> Toutes les femmes se trouvaient mal.
> Mais aujourd'hui, quand sous l' costume
> Tu veux faire voir tes mollets,
> T' as l'air d'un chaudron à bitume
> Monté sur des verr's à quinquets...

Elle hésitait sur certains passages et recommençait ; mais
le refrain, par exemple, elle le savait par cœur :

Ah! mon pauvr' Timoléon,
J' crois qu' tu files, files, files;
Ah! mon pauvr' Timoléon,
J' crois qu' tu fil's un vilain coton.

En passant devant Chrétien, elles se turent et lui adressè-
rent un signe de connaissance. Martha lui donna une poignée
de main et dit à Isabelle :

— C'est lui qui a écrit la *Fin de l'amour*.

La danseuse le regarda curieusement, et Noël, sous ce
regard ironique de femme, se sentit rougir. Il eut comme
une irritation et fut tenté de s'en aller. Pourtant il resta. Il
passa la soirée à s'ennuyer, du foyer aux coulisses. Il se
trouva deux ou trois fois face à face avec la jeune fille, mais
celle-ci paraissait ne plus le connaître et ne fit pas attention à
lui. Il chercha Jean Houdiard et ne le trouva point. Monjolit,
un peu plus tard, lui apprit qu'il avait été chassé, et cette
nouvelle, chose étrange! fit que Chrétien respira plus librement et se sentit tout à l'aise.

Le ballet commença.

A côté de lui, trois ou quatre soldats de l'émir, les mains
sur le canon de leurs fusils, suivaient, avec des pensées
mauvaises, les moindres mouvements de Martha, dont le
maillot accusait les formes. Et l'un deux, en se penchant
vers les autres, fit entendre une exclamation grossière. Chrétien eut l'envie de faire rentrer l'insulte dans la gorge d'où
elle était sortie. Et Martha, qui avait compris, pâlissait, se
troublait, perdait la mesure. Son regard étincelant alla droit
vers Noël, comme si elle avait besoin de courage et qu'elle
fût certaine de rencontrer plus de pitié chez celui qui l'avait
déjà défendue.

Le ballet fini, la danseuse, dans l'obscurité des coulisses,
resta contre un mât, pliée en deux, ses mains déchirant son
corsage; une toux violente la suffoquait. Elle cria :

— Isabelle, prête-moi ton mouchoir!...

La grosse fille vint à l'enfant, la soutint, lui demanda
avec une sorte de colère :

— Qu'est-ce que tu as encore? Est-ce qu'on t'a dit, est-ce
qu'on t'a fait quelque chose?

Martha secoua la tête, et d'une voix inintelligible :

— Non, non, ma bonne, c'est la fatigue; mais tu sais, cela
passe vite... ne t'en inquiète pas!...

En voyant s'approcher Chrétien, elle cacha dans sa ceinture le mouchoir rougi.

— Vous l'avez entendu? dit-elle.

— Oui, et j'aurais voulu avoir le droit de le punir.....

Elle fit un geste d'insouciance. Elle était déjà remise.

— Je ne suis pas encore habituée aux insultes, dit-elle,
mais cela viendra!

Et après une hésitation :

— Vous êtes bon, vous, monsieur Chrétien; j'ai deviné
tout à l'heure que sur un signe de moi, vous alliez commettre quelque sottise chevaleresque... Or, c'est bien assez
d'avoir assommé Jean Houdiard!... Si vous aviez pris ma
défense aujourd'hui, on aurait dit que vous êtes mon
amant...

Elle remonta dans sa loge pour se déshabiller. En grim-
pant l'escalier, elle enleva son voile et son turban, et tout à
coup ses cheveux se dénouèrent et la couvrirent jusqu'aux
genoux... Elle se retourna ainsi vers Noël, et ses yeux,
chargés de lueurs dans la demi-obscurité qui l'enveloppait,
troublèrent le jeune homme jusqu'au fond de l'âme : elle
avait l'air d'une apparition... Puis, sautillant et riant, elle
se sauva.

Chrétien, une demi-heure après, sortit du théâtre, étonné
de ce qu'il ressentait, effrayé même de l'impression que
Martha Rosaora faisait sur son cœur. C'était une émotion
nouvelle, qu'il ne définissait pas, où les sens n'étaient pour
rien, dont il essayait de rire, et qui le surprenait par son

impétuosité. Il arpenta la rue des Lavandières, pendant que les figurantes et les dames du ballet arrivaient une à une, les mains dans les manchons, frissonnant sous la bise aiguë qui les surprenait. Des nuages plombés faisaient prévoir de la neige. Le vent passait dans la grande artère de la Seine et faisait follement danser la lumière jaune des becs de gaz, sur le quai de la Mégisserie. En face, sur la rive gauche, s'allongeaient, à peine visibles au milieu de la nuit noire, les mornes bâtiments à tourelles du Dépôt et de la Conciergerie. Devant l'entrée des artistes, des figurants causaient à voix basse. La promenade de Noël le ramenait de temps en temps auprès d'eux, et quelques mots, saisis au vol, attirèrent son attention. On parlait de Jean Houdiard.

— Il n'osera pas, disait l'un, il a peur.

— Vous allez voir, répondait un autre. Du reste, ou je me trompe fort, ou c'est lui que j'aperçois.

Un homme de haute taille, vêtu d'un bourgeron et d'un pantalon de toile bleue, coiffé d'une casquette, venait par l'avenue Victoria. Noël le reconnut. C'était l'ivrogne.

— Il se trame une infamie contre Martha, se dit-il; j'ai bien fait de rester.

Il se dissimula dans l'étroite rue Saint-Germain-l'Auxerrois, où l'obscurité profonde le protégeait mieux et d'où il lui était facile de suivre les moindres gestes de Houdiard et de ses amis. Il était caché depuis quelques secondes à peine, lorsqu'il vit sortir une jeune fille qu'il devina plutôt qu'il ne reconnut, car elle était couverte d'un grand manteau dont le capuchon était rabattu sur sa tête. Elle remonta d'un pas leste la rue des Lavandières et s'engagea sur le quai. Il était près de minuit; les passants devenaient rares. Des voitures stationnaient sur la place du Châtelet, attendant la sortie du théâtre. Les cochers, engourdis, dormaient dans les fiacres, à l'abri de la bise. Martha s'en allait très-vite et s'engagea sur le pont au Change, ne se doutant pas qu'elle était suivie.

Ce fut au milieu du pont qu'elle s'en aperçut ; elle changea de
trottoir, mais ce mouvement fut, derrière elle, aussitôt imité.
Alors, effrayée, bien qu'elle eût seulement à traverser le boulevard du Palais, le pont et la place Saint-Michel, elle tourna
brusquement à gauche, prit le quai de la Cité et s'enfuit, courant de toutes ses forces, par la rue Aubé, vers l'Hôtel-Dieu.
Là elle s'arrêta pour respirer, et tout à coup entendit des pas
précipités et se trouva face à face avec Chrétien qui lui disait :

— N'ayez aucune crainte, mademoiselle ; quand ils ver-
ront que je suis auprès de vous, ces hommes n'oseront rien
entreprendre.

Subitement elle se tranquillisa.

— Vous les avez reconnus ? dit-elle.

— Ce sont des figurants du Châtelet, avec Jean Houdiard,
furieux d'avoir été chassé. Laissez-moi vous accompagner
jusque chez vous.

Elle accepta son bras. La peur la faisait frissonner, et, en
se penchant, Noël remarqua qu'elle était très-pâle. Et puis
l'effort qu'elle avait fait pour courir semblait lui avoir para-
lysé les jambes. Elle avait la démarche alourdie et se traî-
nait avec peine.

En la voyant s'enfuir, Houdiard et les autres s'étaient
jetés à sa poursuite. Mais, au détour de la rue, la haute sta-
ture de Noël leur apparut. Ils restèrent indécis, puis continuèrent de suivre à distance. Des exclamations partaient de
leur groupe. Chrétien et Martha les entendaient.

— Il est son amant. Tu es refait, Houdiard !...

Et c'étaient des rires ironiques.

Houdiard n'osa répondre, mais il se vengea sur la jeune
fille en lui envoyant les épithètes les plus insultantes que
lui inspirait son habitude des barrières. Martha tremblait
violemment ; elle fut obligée de se retenir au bras de Chrétien. Et d'une voix si basse, si douce, qu'elle ressemblait à
la plainte d'un oiseau blessé :

— Mamma mia! mamma mia! murmurait-elle, redevenue enfant et appelant sa mère.

Il la fit asseoir sur un banc, dans la rue de Lutèce, devant le tribunal de commerce, et s'élança du côté de la bande. Tous décampèrent, à l'exception de Houdiard. Noël arriva sur lui avec une rapidité telle que le gredin chancela, recula de cinq ou six pas et s'adossa contre un arbre pour ne pas tomber. Mais au moment où il allait être saisi, et il connaissait par expérience la force de son adversaire, il ouvrit son couteau, étendit le bras, et Chrétien s'enferrant lui-même, la lame s'enfonça profondément dans son épaule. ·

— Tiens, gommeux! cria le misérable.

Il disparut par la Cité, du côté de Notre-Dame. Noël, trébuchant, revint au banc où il avait laissé Martha. Elle était debout et l'attendait. Malgré la nuit, malgré ses efforts pour être calme, la pâleur du jeune homme était visible.

— Mon Dieu! qu'avez-vous?

Il essaya de rire.

— Rien; les lâches n'ont pas voulu se battre.

— Tant mieux! Je craignais pour vous.

Ils gagnèrent le boulevard du Palais et le pont sans se dire un mot. Chrétien sentait, sur sa chair, la coulée lente et tiède du sang qui descendait sur sa poitrine. Il ne se plaignait point, afin de ne pas effrayer la jeune fille. Ils s'arrêtèrent rue Saint-Séverin, devant l'hôtel où elle demeurait. Là seulement, sous la vive lumière des globes de gaz d'une brasserie voisine, elle put voir combien il était défait. Soudain elle lui toucha de la main l'épaule, à la place où le sang qui perçait mettait une large tache noire sur la couleur grise du pardessus. Ses doigts étaient rouges quand elle les retira :

— Vous êtes blessé, dit-elle avec un cri...

— Une égratignure, rien de plus. Ce coquin, au moment où j'allais lui faire payer ses outrages, m'a frappé d'un coup de couteau.....

— Mon Dieu! mon Dieu! si vous alliez mourir... mourir à cause de moi!

— Tranquillisez-vous, je ne crois pas que la blessure soit mortelle. Le sang est arrêté... Je vais aller chez un de mes amis qui est médecin... Il me pansera... Demain, il n'y paraîtra plus...

Elle était en proie à une vive surexcitation : ses lèvres étaient desséchées, ses yeux voilés; ses doigts se tordaient, et de brusques frissons la secouaient tout entière... Que faire? Elle ne savait...

— Mais je ne veux pas vous abandonner ainsi, ce ne serait pas bien... Cette blessure est peut-être plus grave que vous ne l'imaginez... Qui vous soignera? Car vous êtes garçon, je le sais...

— Et qui vous l'a dit?

— Je ne me rappelle plus, M. Monjolit, je crois... Si vous avez la fièvre, qui veillera sur vous?...

— Mon ami ne me quittera pas s'il prévoit quelque danger.

— Quel malheur! quel malheur !

Malgré sa souffrance, Chrétien s'efforça de rire. La frayeur où il la voyait était si grande, son désespoir si vrai, qu'il s'oubliait lui-même pour ne plus penser qu'à cette frêle enfant sur laquelle l'effleurement de la moindre émotion semblait passer comme un vent de tempête sur une fleur.

— Adieu, dit-il; ne soyez pas inquiète, je vous en prie.

Il appela un fiacre et s'y laissa tomber. Il était temps qu'il fût assis. Une faiblesse lui venait. Il avait perdu beaucoup de sang. Rue de Rome, où demeurait Pierre Nouvel, il fit monter le cocher, qui avertit son ami. Nouvel, alarmé, descendit en toute hâte, prit place à côté de lui, et la voiture, doucement, évitant les cahots, les conduisit boulevard Haussmann. Chrétien voulut mettre le docteur au courant de ce qui s'était passé. Nouvel s'y opposa :

— Plus tard, dit-il. Laisse-moi te soigner d'abord et m'assurer que la blessure n'est pas grave. Après, si tu n'es pas en danger, je te permettrai de parler autant que tu voudras.

Quand ils furent arrivés, Nouvel aida son ami à se déshabiller, à se mettre au lit, puis examina et sonda la blessure.

— Tu en as pour huit jours, dit-il ; mais remercie ton étoile... deux lignes plus bas, tu étais mort.

Comme un peu de fièvre se déclarait, il s'installa dans un fauteuil, au chevet du lit, le plus commodément possible pour la nuit. Chrétien dormit d'un sommeil agité. Le matin, en se réveillant, il était un peu plus calme. Nouvel, auprès de lui, parcourait des brochures.

— Va te reposer, dit Noël ; je me sens mieux.

A ce moment, on frappa. Pierre alla ouvrir, et M. Crochet, le concierge, un vieux bonhomme traînant la jambe, très-rouge de figure, entra.

— Hé ! c'est donc vrai que monsieur est malade ? Je l'ignorais, moi. C'est une petite dame, qui depuis ce matin demande des nouvelles de monsieur et se promène dans la rue devant les fenêtres, qui m'a tout appris. Moi, je me disais : « C'est une farceuse », et je répondais : « Monsieur n'est pas chez lui. » A la fin, elle a tant insisté que je suis venu.

— Comment est-elle ? demanda Chrétien.

M. Crochet haussa l'épaule gauche, ce qui était chez lui l'indice d'une ironie profonde, et d'un ton goguenard :

— Je serais en peine de la décrire à monsieur. Cela m'a l'air d'une petite de rien du tout, sans falbalas ; du reste, elle est si cachée par une pelisse, et le visage est si emmitouflé dans le collet relevé de la fourrure, qu'on ne voit que ses yeux.

— Laissez-la monter tout de suite.

M. Crochet regarda son locataire avec curiosité. Deux ou

trois gouttelettes de sang qui avaient traversé le bandage et rougissaient la chemise avaient attiré son attention et surexcitaient son intérêt. Il haussa de nouveau l'épaule gauche.

— Monsieur s'est battu en duel, pour sûr, dit-il en s'en allant. Je croyais pourtant que monsieur était un homme sérieux...

En deux mots, Chrétien raconta son aventure à Nouvel, qui s'en alla, sur le seuil de l'appartement, attendre la visiteuse.

— Ce ne peut être que Martha, avait dit Noël.

En effet, c'était la danseuse. Quand elle fut dans la chambre à coucher, elle jeta sur une chaise son manteau, s'assit, comprimant avec la main les battements de son cœur.

— J'ai couru, dit-elle, j'étouffe...

Et tout à coup, avant de parler à Chrétien, elle vint au docteur :

— C'est vous qui l'avez soigné, monsieur ?

— Oui, mademoiselle...

— Est-ce que sa blessure est grave ?

— Non, fort heureusement.

Alors elle s'approcha du lit, toute saisie de joie et frémissante, retenant des larmes qui, malgré ses efforts, se mirent lentement à couler :

— Ah ! je suis bien heureuse ! je suis bien heureuse !...

Et après s'être remise un peu :

— Savez-vous que je ne suis pas rentrée chez moi ? dit-elle... J'ai passé la nuit dans un fiacre... j'ai suivi la voiture qui vous emportait, hier ; j'ai vu votre ami monter auprès de vous ; je suis venue ici, boulevard Haussmann, toujours en vous suivant... j'ai vu des fenêtres s'allumer, quelqu'un aller et venir... J'ai supposé que c'était là que vous étiez, et comme je craignais un malheur, je suis restée...

Noël lui avait pris les deux mains, qu'il serrait dans les siennes.

2

— Mais c'est une folie ! vous êtes morte de froid.

Elle grelottait...

— C'est vrai, je n'ai pas chaud, non ; il me semble que je n'ai plus dans les veines une goutte de sang.

Elle tendit ses pieds au feu clair qui flambait, et pendant quelques instants le silence régna dans la chambre. Distraitement, Nouvel feuilletait toujours des brochures, en regardant Martha du coin de l'œil. Au dehors, la neige, qui menaçait depuis la veille, s'était mise à tomber, et les flocons s'accrochaient aux fenêtres. La jeune fille ne pouvait en détacher les yeux.

— Ah ! la neige ! la neige ! murmura-t-elle.

Et les frissons la reprirent. Penché sur le bord du lit, Chrétien suivait tous ces mouvements. Elle était élégamment mise, bien que sa robe noire fût très-simple, « sans fabalas ». avait dit M. Crochet. L'étroitesse des manches serrait ses bras qu'elle avait potelés, malgré la maigreur des épaules. La taille était fine, d'une admirable souplesse. La chaleur doucement la pénétrait, et des lueurs roses apparaissaient sur son visage à fleur de peau, des flammes dans ses yeux. Elle recula son fauteuil.

— Allons, bon ! dit-elle, voilà que j'ai le sang à la tête ; je n'aime pas cela.

Elle tira une petite boîte de poudre de riz, promena la houppe irisée sur ses joues et autour de ses yeux. Puis elle alla vers la fenêtre, écarta les rideaux, vit tomber les papillons de neige, frissonna comme si le froid du dehors l'eût glacée, même dans cet appartement commode et chaud, et revint au lit du malade :

— Oui, je suis bien heureuse ; je me sens comme des envies de pleurer et de rire.

Elle promena son regard autour d'elle, avec la curiosité étonnée d'un enfant, alla successivement examiner les tableaux, replia le paravent, descendit la veilleuse, bouleversa les livres et les brochures, tout cela en un clin d'œil, et revint s'asseoir auprès de Noël.

— C'est gentil ici, dit-elle très-contente de son examen.

Et elle avait une mine si sérieuse en disant cela que Pierre et Noël ne purent s'empêcher de sourire. Elle n'y prit garde et continua :

— Vous me prêterez des livres, voulez-vous? J'aime tant les romans! mais ceux qui finissent mal... qui me font pleurer... Les autres m'ennuient...

Pierre se leva pour les laisser.

— Tu n'as besoin de rien, dit-il; je viendrai ce soir te panser de nouveau... surtout ne te lève pas...

Il partit après avoir salué Martha.

Il était à peine au salon que celle-ci murmurait :

— Il est très-bien, votre ami; il paraît très-doux.

Elle s'était assise dans le fauteuil que Nouvel avait quitté. Le froid de la nuit passée au dehors, sans sommeil, et la chaleur de l'appartement, l'engourdissaient; ses paupières se fermaient.

— C'est drôle, dit-elle en souriant, faisant un effort pour secouer cette fatigue; on dirait que je vais dormir.

Noël ne répondait pas, un peu affaibli lui-même. La chambre était pleine d'un parfum subtil qui le prenait à la tête et contre lequel il ne cherchait pas à se défendre. Une torpeur l'envahissait. Il s'y laissa rouler avec délices, et la dernière fois qu'il ouvrit les paupières, il vit que Martha, elle aussi, ne résistait plus. Elle avait croisé les mains sur ses genoux. Sa tête se penchait sur le dossier du fauteuil, et ses lèvres étaient entr'ouvertes. Elle eut un dernier mouvement pour se mettre à l'aise, et sa robe, en se relevant, laissa voir un coin des dentelles fines de la jupe et l'étroitesse d'un petit pied serré dans de hautes bottines noires. Le sang lui était monté au visage, mais les yeux étaient creusés d'un cercle brun. Sa pose abandonnée avait la grâce naïve d'un sommeil d'enfant. Et l'un en face de l'autre, si près qu'ils auraient pu se toucher, tous deux dormirent. Deux heures après, un violent coup de sonnette les réveilla, et M. Crochet, l'œil toujours goguenard, entra. Martha, debout, un peu étourdie, ne comprenait pas pourquoi elle se trouvait là, et Noël, furieux, montrait la porte au concierge.

— Pardon, excuses, dit celui-ci ; mais, sachant monsieur malade, incapable de bouger de son lit, j'avais cru que monsieur pouvait avoir besoin de mes services, et je venais les lui offrir. Monsieur, si malade qu'il soit, ne restera pas toute la journée sans manger. Que faut-il que je fasse servir à monsieur ?

Chrétien hésita, consulta du regard la jeune fille, qui, remise, ne semblait pas embarrassée par le coup d'œil inquisiteur du bonhomme. Elle saisit sa pensée :

— Non, dit-elle, je ne puis rester plus longtemps. J'ai été indiscrète, je me suis endormie là... Il faut que je m'en aille. J'ai des visites à faire. Domenica, une amie de Catane, doit être revenue à Paris cette nuit. Elle sera contente de me voir, et moi je serai heureuse d'entendre parler de mon pays. J'ai laissé là-bas des parents, qui ne m'ont pas oubliée et qui m'aiment.

Il n'osa insister ; elle partit après avoir passé cinq minutes à mettre son chapeau devant la glace. Quand il fut seul, il lui sembla qu'elle emportait quelque chose de chez lui ; ce fut comme une impression de vide qui le rendit de méchante humeur. M. Crochet attendait toujours, la casquette à la main, l'œil arrondi, la bouche béante.

— Allez-vous-en, dit Noël ; je n'ai besoin de rien.

Le concierge, interloqué, chercha la porte. Avant de disparaître, il essaya de se disculper.

— C'était pour le bien de monsieur, ce que je faisais ; monsieur est un locataire très-poli et mérite qu'on s'inté-

resse à lui... Je demande pardon à monsieur si je suis arrivé
dans un moment inopportun.

Il sortit, continuant de grommeler. Et Noël l'entendit qui
disait :

— C'est égal, se battre pour une drôlesse de ce genre-là,
je n'en savais pas monsieur capable !

Chrétien eut envie de rappeler M. Crochet et de l'étrangler, mais il se contint. Des parfums doux traînaient autour
de lui. Il les respira à pleins poumons et ferma les yeux ;
cinq minutes après, ensommeillé, il rêvait, et l'image de la
petite danseuse voltigeait dans son rêve.

IV

Les jours suivants, elle vint toujours chercher de ses
nouvelles, mais il ne la vit pas. Elle se contenta d'interroger
M. Crochet et, satisfaite des renseignements que lui donna
le concierge, repartit aussitôt. M. Crochet avait jugé à propos
de ne rien confier à Noël de ces visites. Il fallut que le malade
le questionnât. Dès lors, il répondit, accentuant sa réponse
avec le mouvement de l'épaule gauche qui lui était habituel :

— Oui, monsieur, cette petite dame de l'autre jour est
venue ; elle paraît s'intéresser beaucoup à monsieur. C'est
dommage qu'elle ne soit pas plus jolie. Du reste, je suis heureux de voir que monsieur n'a pas entamé avec elle des relations sérieuses ; je n'ai jamais aimé les brunes, et je serais
désolé que monsieur ne partageât pas les mêmes goûts.

Noël était habitué aux ridicules de M. Crochet. En général, il s'en amusait et le laissait dire. Ce jour-là, il était nerveux et lui imposa silence. L'admirateur des blondes, mor-
tifié, se tut et, rouge jusqu'au front, attendit.

— Lorsque cette dame reviendra, vous ne vous contenterez pas de lui dire que je vais mieux. Vous la prierez de vouloir bien monter jusque chez moi.

— Certainement; je ferai ce que monsieur désire... Monsieur n'a pas besoin de me parler aussi durement.

Et le concierge redescendit.

Depuis trois jours, Chrétien ne l'avait pas vue, et bien que Claude Fleury et Pierre Nouvel eussent à cœur de le distraire, les heures lui avaient semblé très-longues. Une inquiétude vague le prenait avec des impatiences. Aussi, après les aveux du concierge, il se calma. Nouvel l'avait laissé quelques heures auparavant agité et fiévreux. Il le retrouva souriant, les yeux clairs, les mains fraîches. Le jeune médecin le considéra sans parler, avec ce fin sourire où il cherchait toujours à mettre un peu d'ironie, mais qui déguisait mal la grande bonté de son âme. Puis :

— Tu as revu Martha Rosaora?

— Non.

— Alors elle va venir, et tu le sais. Ne mens pas!

— C'est vrai! dit Noël un peu embarrassé.

— Eh bien, lève-toi pour la recevoir, je te le permets.

Elle arriva dans l'après-midi, respectueusement amenée par M. Crochet, et fut heureuse de trouver Noël debout, allant à sa rencontre.

— Cette fois, je suis tranquille, dit-elle, vous n'aurez pas de rechute, et je vais pouvoir passer mes nuits sans cauchemars. Depuis que vous êtes blessé, je rêve que vous mourez dans des souffrances atroces, que j'assiste à votre enterrement, que les journaux parlent de vous, et que l'on dit : « C'est à cause de Martha Rosaora, une petite danseuse du Châtelet, qu'il a été blessé et qu'il est mort. » C'est affreux. Touchez mes mains, j'en ai la fièvre.

Elle disait vrai : les mains étaient brûlantes; elle avait des frissons. Il la fit asseoir auprès du feu, poussa un tabouret sous ses pieds et resta à genoux devant elle, s'oubliant à la regarder. Elle détourna les yeux.

— Je ne serais pas montée, dit-elle; pourquoi vouliez-vous me voir?

— Je m'ennuyais.

Elle eut un tremblement au coin des lèvres, et ses cils s'abaissèrent, Noël lui tenait toujours les mains. Elle se dégagea, se leva et quitta la chambre à coucher :

— Montrez-moi toutes vos jolies choses, dit-elle.

Et il fallut que Chrétien parcourût l'appartement, s'arrêtât devant chaque bibelot, expliquât sa provenance, la difficulté qu'il avait eue à se le procurer, qu'il s'étendît longuement sur le plaisir de telle et telle trouvaille; elle écoutait avec beaucoup d'attention, hochait doucement la tête, quelquefois faisait répéter. Les vieilles armes et la bibliothèque l'intéressèrent surtout. Elle feuilleta vingt romans, au hasard:

— Au couvent, nous lisions Alexandre Dumas dans notre lit, les matins d'été, quand il faisait jour...

Mais bientôt elle se fatigua d'être debout.

— Je suis lasse tout de suite, dit-elle en se laissant tomber sur une chaise, avec un soupir de soulagement.

Ils restèrent au salon, où le feu était allumé. Tous les deux, ils éprouvaient la gêne qui précède les premiers épanchements. Attirés l'un vers l'autre par la même sympathie mystérieuse, leur cœur bondissait, leurs tempes battaient. Ils cherchaient à réveiller la conversation, n'y parvenaient pas et gardaient le silence, souriants, n'osant pas avouer qu'ils se comprenaient. Un piano était ouvert auprès de Martha. Elle dit en s'arrangeant pour écouter :

— Faites de la musique.

— Le piano est pour mes amis quand ils viennent me voir; je n'y entends rien.

Elle eut l'air étonné, comme si elle le plaignait.

— Moi, dit-elle avec un ton de supériorité, j'ai appris au couvent. J'étais la plus forte.

Chrétien croisa les jambes :

— Eh bien! je vous écoute.

Elle s'installa, enleva ses gants, fit des gammes, feuilleta des morceaux, puis, dépitée :

— Je ne sais rien de tout cela. Je ne peux pas, sans avoir étudié. Je joue par cœur...

— Oh! je ne suis pas difficile...

— Voulez-vous que j'essaye la *Prière d'un ange?*

— Va pour la *Prière d'un ange.*

Elle tapota, péniblement, avec des haussements d'épaules et des impatiences quand elle se trompait; c'était quelque chose de mélancolique et de plaintif qu'elle exécutait religieusement, très-convaincue, toute pâle et les yeux clos. Quand elle eut fini :

— N'est-ce pas que c'est beau? dit-elle, frémissante...

Noël fut de son avis. Cette naïveté l'intéressait. Martha, satisfaite de son approbation, ajouta :

— En musique, comme en littérature, je n'aime que ce qui est triste.

Et elle se mit à rire.

L'après-midi se passa de cette façon. Deux ou trois fois elle voulut s'en aller. Noël la retint; il n'eut pas besoin de trop insister. Vers six heures, elle se leva, bien résolue, et s'apprêta. Pourtant elle ne partit pas. M. Crochet montait à ce moment et venait prendre les ordres de Noël. Depuis sa blessure, celui-ci mangeait chez lui.

— Dînons-nous ensemble? dit-il.

Elle se fit prier; comme il menaçait d'employer la force pour la retenir, elle ôta son manteau.

— Soit, puisque vous le voulez.

Elle semblait peureuse. Ce dîner l'effrayait. Elle se tint, dès lors, sur la réserve, mangeant du bout des dents, à peine répondant, et ne recouvra sa gaieté qu'au moment où ils descendirent pour aller au Châtelet.

Il faisait un froid glacial ; il pleuvait à torrents. M. Crochet alla chercher une voiture. En remettant le numéro à Noël, il avait la figure sévère. Le jeune homme n'y prit garde et descendit avec Martha. Et le concierge, haussant son épaule favorite, murmurait en les regardant partir :

— Du moment que monsieur s'encanaille, monsieur est un homme fini!... J'avertirai le propriétaire...

En montant dans le fiacre, Martha disait :

— Je suis du premier ballet... Il est temps d'arriver si je ne veux pas être à l'amende...

Le cocher tourna le Grand Opéra, prit l'avenue, suivit la rue de Rivoli, gagna le quai du côté du Louvre et fila droit vers le théâtre. Au coin de la rue des Lavandières, il s'arrêta. Noël se penchait à la portière et criait :

— Cocher, retournez boulevard Haussmann!...

Ce soir-là, la danseuse ne parut pas au théâtre, et sur le tableau des amendes, affiché en haut du premier escalier, le régisseur inscrivait :

« Mademoiselle Martha Rosaora, dix francs. »

Le lendemain, Claude Fleury et Nouvel vinrent sonner à la porte de Chrétien. Mais M. Crochet s'interposa, et d'un air mystérieux, clignant l'œil :

— Monsieur est absent pour toute la journée!

Ils n'insistèrent pas.

— S'il est amoureux, tant mieux! dit Claude au médecin.

En ce moment-là, assis tous les deux dans le même fauteuil, pour être plus près l'un de l'autre, les doigts entrelacés, les yeux au fond des yeux, ils s'aimaient. Et Martha murmurait, hochant la tête :

— Tu m'aimeras toujours, n'est-ce pas? Si tu me laisses, je me tuerai.

Il répondit seulement :

— Je t'aime.

Alors, tout d'une haleine, longuement, elle raconta ce qu'elle était, comment elle se trouvait à Paris... Elle n'est pas la première fille venue; son éducation a été soignée, et ses parents étaient riches... Son père, un Italien, a fait fortune un peu à l'aventure, dans les Indes ou en Australie, elle ne se rappelle plus, et il est revenu mourir à Catane, dans une jolie maison achetée au pied de l'Etna... Il s'était marié dans le pays, et c'est là qu'elle est née; au milieu de l'aride nature des environs du volcan, sous le ciel en feu de la Sicile, devant les flots bleus de la Méditerranée, elle a grandi, entourée de l'affection de sa mère et de ses grands parents, idolâtrée par son père, dont elle avait, en son enfance, les yeux un peu farouches, l'allure sauvage. Ah! quels jours heureux que ceux-là! Comme ils sont passés vite! Même au couvent de Catane, elle a trouvé du bonheur. C'était une pension dirigée par des sœurs françaises, où l'on apprenait deux ou trois langues, l'italien, le français, le grec moderne; où l'on parlait aussi le patois sicilien. A quinze ans, elle était sortie de là jeune fille, et on l'avait conduite dans le monde, prématurément. Fêtée, éblouie, affolée par une fièvre d'amusements, ses parents, très-faibles, ne l'avaient pas surveillée. Les jeunes gens la courtisaient parce qu'on la disait riche, et parce que beaucoup la trouvaient jolie. Est-ce que, sans expérience, elle pouvait se défendre? Est-ce qu'il n'eût pas fallu, pour veiller sur elle, la sagesse d'une mère prudente en qui elle se serait confiée? Mais sa mère était jeune et, tout en l'adorant, la délaissait. Mais les flatteries, les compliments l'enivraient. Elle faiblit, ou plutôt n'eut même pas la conscience de résister, et un officier italien, Victor Procoli, fut son amant!... Oui, elle eut un amant, elle rougissait de l'avouer, mais elle était franche... Cet homme, du reste, l'avait surprise plus que séduite. Jamais elle n'avait ressenti pour lui le moindre

amour, pas même un caprice... Elle ne comprit l'énormité
de cette chute que lorsqu'elle fut enceinte et qu'elle vit
s'éloigner celles de ses amies qu'elle aimait le plus... Et
le malheur était complet, la faute irréparable, car Victor
Procoli était marié. Et coup sur coup l'adversité s'abattait
sur cette maison où l'insouciance avait régné toujours. Le
père mourait subitement; la mère disparaissait, ne laissant
point de traces, et lorsqu'on voulut réunir les débris d'une
fortune que l'on croyait encore suffisante pour assurer l'existence de Martha, on reconnut qu'il ne restait rien, pas même
la maison du pied de l'Etna. Elle fut recueillie par un parent
éloigné et, courageuse, se souvenant des leçons enseignées
à l'ouvroir, travailla. L'enfant qu'elle mit au monde mourut
quelques jours après sa naissance. Ce nouveau malheur la
rendait libre. Elle vendit ses derniers bijoux, qu'elle avait
conservés afin de subvenir aux premiers besoins du petit
être, et s'enfuit de Catane. A Messine, elle trouvait le soir
même un paquebot qui l'emmenait à Naples, où elle s'enga-
geait comme figurante au théâtre San-Carlo. Elle serait restée
à Naples; et peut-être y eût-elle connu l'oubli, mais souvent
elle voyait venir à elle des gens de connaissance, amis de
sa famille, qui la regardaient curieusement et ne la saluaient
plus, et un jour, dans la Via Roma, comme elle se rendait
au théâtre, elle se trouva face à face avec Victor Procoli...
C'en était trop; elle s'enfuit de nouveau. A Paris, elle le
savait, on passe inconnu; la vie est libre, au grand jour.
C'est à Paris qu'elle chercha refuge... Elle vivait misérable-
ment peut-être, de quelque argent envoyé de Catane par une
amie indulgente et du peu qu'elle gagnait au théâtre... Mais
elle n'en demandait pas plus.

Elle s'arrêta; Noël la laissait dire. Elle lut quelque chose
de mauvais dans son regard.

— Qu'avez-vous? Qu'ai-je dit? Vous ai-je fâché?

Il ne répondit pas tout de suite; il la voyait pâlir; ses

yeux se creusaient; ses lèvres se flétrissaient; elle avait vieilli. Une réflexion, déjà faite, lui revenait à l'esprit :

— L'honnêteté d'une danseuse, jolie chose !

Et cette réflexion, il la traduisit par une brutalité :

— Et après Victor Procoli?

Elle ne comprenait pas et cherchait. Elle fut obligée de le faire répéter. Il en trouva le courage.

— Après ce Procoli, quels furent vos amants?

Il y eut un peu de silence. Elle était si blanche et si faible : sa figure exprimait tant de souffrances ; son affaissement et l'abandon de sa taille, tant de faiblesses, qu'il eut un remords. Et cependant elle répondit avec douceur, dissimulant seulement un soupir, comme si cette question l'eût laissée à peu près indifférente :

— Je croyais que vous étiez bon; je me suis trompée.

Elle alla s'asseoir en face de lui et le regarda tristement. Une oppression la courbait en deux sur sa chaise. Elle chercha son mouchoir, le tint sur ses lèvres pendant quelques minutes et le cacha aussitôt. Tout épanchement était fini : une gêne, maintenant, les éloignait l'un de l'autre. Noël détournait la tête, dans la crainte de rencontrer le reproche de ses yeux. Elle se leva, s'apprêta lentement devant la glace, et quand elle fut arrangée, tendit la main au jeune homme.

—Adieu, dit-elle.

Il voulut la retenir; elle se dégagea de ses bras avec colère; une lueur flamba au fond de ses yeux. Il la laissa, et tout en boutonnant ses gants, chancelante, elle partit.

Noël s'approcha de la fenêtre, tambourina sur les vitres, puis, quand il fut certain qu'elle était descendue, ouvrit, se mit sur le balcon et la chercha. Elle s'en allait, longeant les maisons, traversa deux ou trois fois la chaussée, éperdue, remonta le boulevard Haussmann, puis revint sur ses pas, sans lever la tête vers l'appartement. A la fin, elle disparut au tournant d'une rue ; elle marchait au hasard, ne sachant pas où elle allait, sans qu'il lui vînt à l'esprit de demander son chemin.

La pluie commençait, mêlée de verglas, pénétrait jusqu'aux os comme des aiguilles, et glaçait. Cependant il ne songeait pas à rentrer. Une demi-heure se passa ; il aperçut l'enfant qui prenait la direction de l'Opéra, glissait sur le trottoir, se retenait aux becs de gaz, aux arbres, à tout ce qu'elle rencontrait. Tout à coup, elle perdit l'équilibre, battit l'air de ses mains et tomba lourdement. Elle ne poussa pas un cri. Des gens se précipitaient pour la relever, mais elle était déjà debout. Un jeune homme, en riant, lui offrit son bras. Elle ne répondit pas. Noël la regardait toujours, anxieux. Il eût voulu être auprès d'elle ; il était mécontent, rougissait de lui-même. Il eut envie d'aller la rejoindre. Mais quoi ? Une scène dans la rue !... Des passants qui s'attroupent !... Un rôle ridicule !... Tel eût été le résultat de cette démarche... En la voyant, la pauvrette, marcher au hasard des rues, comme une folle, puis, tomber, sans qu'une main se fût trouvée pour la retenir, il s'était senti mordre au cœur par une souffrance aiguë. Cette faiblesse l'attirait ; il était honteux de ce qu'il avait fait. Il ferma la fenêtre, transi, et murmura :

— Elle, si frileuse, si délicate, comme elle doit grelotter !...

Il avait un peu de fièvre. Il se mit à sa table de travail ; son front brûlait. Alors le nom de Victor Procoli revint bourdonner à ses oreilles. Et toujours le même soupçon :

— Procoli, puis d'autres, sans doute !

Il haussa les épaules, prit un livre et lut. Pendant deux jours, son travail l'occupa tout entier. Quand il pensait à Martha, il se disait que c'était là une aventure de jeune homme, sans suite et sans liaison, à laquelle mettrait fin l'envoi d'un bijou. Et, au souvenir de ses premiers remords, il riait.

3

— Comme je suis peu fait pour cette vie-là ! se disait-il ; avec quelle facilité une femme habile me tromperait !

Il résolut de sortir le lendemain, de passer chez un bijoutier et d'aller ensuite au Châtelet. Mais le lendemain, ses pensées avaient pris un autre cours : il se réveilla inquiet, soucieux, presque malade.

— Si elle avait dit vrai ! Si elle était honnête fille !

Une honnête fille ne se donne pas au premier venu, presque sans combat. Une honnête fille n'a pas coup sur coup deux amants. Elle peut être séduite par ignorance une première fois. Mais ce malheur doit lui donner de l'expérience et la mettre sur ses gardes. Elle avait cédé à Chrétien, comme elle eût cédé à tout autre. Le premier qui se présentait devait être le premier accueilli. Et puisqu'elle avouait qu'à Catane il eût été le second, rien ne prouvait, vraiment, qu'à Paris il fût le seul !...

Il y avait dans son cœur, malgré lui, un sentiment contre lequel il était faible : la pitié. Son âme se fondait au souvenir de cette enfant, si rieuse et si douce en dépit de ses souffrances. Est-ce qu'on pouvait dissimuler toujours, dissimuler aussi profondément surtout? Ou bien en vérité elle était honnête, ou bien elle était pervertie jusqu'aux moelles. Mais la perversion se trahit par un mot, un geste, une attitude. Et il avait beau chercher dans ses souvenirs, se rappeler les moindres détails de leur intimité, il était obligé de reconnaître qu'elle était réservée, naïve, pleine d'étonnements. Le vice l'avait effleurée de son aile noire, sans laisser de souillures à son âme. Ce n'était qu'une enfant qu'un accident avait abattue et que l'amour pouvait relever. Ainsi raisonnait-il.

Le soir, ne contenant plus son impatience, il se rendit au Châtelet ; il arriva au commencement du drame. Il fallut qu'il attendît. Martha ne vint pas, manqua le premier ballet, puis le second. Isabelle l'accosta et lui dit :

— Vous la cherchez?... Depuis deux jours, nous ne la voyons pas... Elle est malade, sans doute...

Monjolit, qui arrivait, saisit la phrase au vol.

— J'ai envoyé prendre de ses nouvelles, dit-il. Elle est dans son lit, ne parle pas, n'ouvre pas les yeux, et refuse de manger. C'est de la folie, dans son état. Tu peux te préparer à son enterrement.

Chrétien s'enfuit; Monjolit le rappela :

— Dis donc, on l'a vue sortir de chez toi... Est-ce que...

Mais il ne voulut pas l'entendre. Cinq minutes après, il était rue Saint-Séverin, et montait au cinquième étage de l'hôtel où demeurait la jeune fille. Il frappa. Personne ne répondit. Comme la clef était sur la porte, il entra. Au milieu de la chambre, sur le coin d'une petite table, une veilleuse brûlait tristement devant une image de la Vierge appuyée contre une pile de cinq ou six romans. Au chevet du lit une haute gravure, dans un vieux cadre en or, représentait l'Assomption, et, à portée de la main, était accroché au mur un bénitier en pierre avec un bouquet de buis jauni par le temps. Roulée sous les draps et sous les couvertures, Martha ne bougeait pas. Noël ne pouvait voir que les masses de sa chevelure qu'on eût dites mises au pillage par des mains furieuses. Il fit du bruit pour éveiller son attention; mais elle n'eut pas un mouvement, soit qu'elle fût lourdement endormie, soit qu'elle restât indifférente à ce qui se passait autour d'elle. Il s'approcha du lit, et doucement :

— Martha!... Martha Rosaora !...

Il comprit qu'elle avait entendu. Un de ses bras, blanc et gras, d'une admirable pureté de lignes, était abandonné sur l'édredon. Il le prit et y appuya les lèvres. Elle le retira vivement. Tout son être frissonnait. Elle se tourna; il la vit. Son visage était fatigué, les pommettes étaient rouges, les yeux brillaient de fièvre, sous l'émotion que faisait naître

la présence de Noël; sa respiration pénible et oppressée
sifflait dans sa gorge. Un dernier combat se livrait en lui,
entre la défiance d'un côté, la pitié de l'autre. Elle murmura
très-bas, tendant la main ouverte :

— C'est vous?... A quoi bon votre visite?... Puisque
vous me prenez pour une fille, vous pouviez m'envoyer
votre cadeau par un commissionnaire...

Il rougit d'avoir été deviné.

— Martha, dit-il, je suis venu pour vous demander pardon...

— Bien vrai?

— Je le jure!...

Elle se souleva un peu sur son lit, rattacha l'agrafe de sa
camisole blanche. Déjà sa physionomie changeait. Les rou-
geurs maladives des joues disparaissaient. Les yeux avaient
moins de fièvre, et des larmes, qu'elle retenait encore, les
rendaient tout humides.

— Vous m'avez fait bien du mal!...

— Puisque je le reconnais, dit-il, ayant peine à se contenir lui-même, et puisque je vous demande pardon!... Que
faut-il de plus?

Elle hocha la tête.

— Il faut de plus que vous promettiez de m'aimer, et que
vous ne recommenciez pas...

Il lui baisait les mains, ardemment, sans la quitter du
regard; ce fut toute sa réponse. Et tout à coup, à bout de
forces, elle éclata en sanglots, les bras repliés sur ses yeux,
mordant les draps pour ne pas crier. Cette crise fut longue;
quand le calme lui revint, elle était transfigurée, souriante,
heureuse.

— Allez vous promener pendant une demi-heure sur le
boulevard, dit-elle, pendant que je m'habillerai. Nous dîne-
rons ensemble, voulez-vous? Il y a trois jours que je suis au
lit, trois jours que je n'ai rien mangé. Tout à l'heure je n'y

pensais pas; maintenant je meurs de faim. Après dîner, si vous y consentez, nous irons à l'Opéra-Comique, entendre un acte du *Pré-aux-Clercs?*

— Est-ce que je peux vous refuser?

— Mais oui, vous le pouvez. Je ne suis pas exigeante. Si vous avez un autre projet, il faut le dire.

— Non! c'est convenu.

Elle lui tendit la main; il l'embrassa le long du bras jusqu'aux épaules, et puis jusqu'aux lèvres.

Il était sorti et avait fermé la porte, quand il s'arrêta près de l'escalier et retourna sur ses pas. Elle l'appelait de toutes ses forces :

— Noël! Noël!...

Elle avait passé une robe de chambre et était entrée dans son cabinet de toilette. Alors, parlant très-haut, moitié riant, moitié sérieuse :

— J'oubliais de te dire... J'étais bien sûre que tu reviendrais, va... J'avais allumé une veilleuse devant l'image de la Sainte Vierge... Et j'ai prié tout le temps... C'est une habitude de mon pays.

Il souriait, doutant de l'efficacité d'un pareil moyen, mais très-ému par cette crédulité d'enfant superstitieuse et bonne. Elle ajoutait :

— Ne te moque pas... Ça me réussit toujours... Tiens, il y a trois jours, quand tu m'as chassée de chez toi, je suis bien sûre que c'est la Sainte Vierge qui m'a sauvée de la mort!...

— De la mort!

Elle sortit du cabinet de toilette, les cheveux dans le dos, le visage ruisselant d'eau glacée, les mains bleues de froid, ses pieds nus dans des babouches.

— Comment, tu ne sais pas?... On ne t'a pas dit? Au fait, comment le saurais-tu, puisque je n'ai pas voulu dire mon nom...

— Explique-toi donc, Martha...

— Mais c'est tout simple... J'ai voulu me noyer...

Il fronça le sourcil, défiant.

— Tu ne me crois pas ? Eh bien, nous irons ensemble
avant dîner au poste du Panthéon, où j'ai passé la nuit, où
l'on m'a réchauffée, où l'on m'a ressuscitée plutôt... et là,
au moins, tu me croiras...

Il l'attira sur ses genoux, épouvanté.

— Raconte-moi tout, dit-il.

— En te quittant, j'ai d'abord cherché mon chemin. Je
me suis trouvée sur une place, avec une église en face de
moi, la Trinité, je crois. J'y suis entrée, j'ai prié, parce que
je me disais que j'allais mourir et que j'aurais besoin de
pardon dans le ciel. Puis je suis sortie. On m'a montré mon
chemin. Il faisait très-glissant. Je suis tombée, et je me suis
fait très-mal... J'ai un bleu là... sur la hanche, large comme
les deux mains... Mais, tout de suite, je n'ai pas senti la
douleur... Je pensais à toi, et je n'avais qu'une idée, mourir... C'est à cause de cela que je n'ai pas pris de voiture...
Enfin, après avoir marché longtemps dans les rues, où je me
suis perdue dix fois, un gardien de la paix m'a conduite sur
le quai... C'était celui de l'Archevêché... Tu vois, c'était
prévu... Je devais me noyer... S'il m'était resté des hésitations, ce hasard me les aurait enlevées... J'ai marché encore
un peu... et mon cœur n'a même pas battu en passant
devant la Morgue... J'avais l'envie d'entrer... J'ai résisté...
dans la crainte d'avoir peur... A Catane, j'ai vu des noyés...
C'était horrible... j'avais le frisson en y pensant. Alors je me
suis pressée... j'ai trouvé un escalier, je suis descendue...
j'ai fait un signe de croix, et plouf! Seulement, il paraît
qu'on m'avait vue, qu'on avait été frappé par mon allure,
par mon air égaré, — on me l'a dit au poste, car deux gardiens de la paix qui me suivaient se sont jetés à l'eau
presque en même temps et m'ont sauvée. Si tu m'aimes, si

tu ne me fais plus souffrir, si tu ne me quittes pas, je dirai qu'ils ont bien fait. Sinon, je recommencerai, et je prendrai mieux mes précautions.

Certes, elle disait la vérité, et Noël ne doutait plus.

— Mais tu es folle, tu es folle, malheureuse!

Et il y avait dans ses paroles une brusquerie pleine de colère qui cachait son émotion. Ils se regardèrent en silence; elle souriait; lui était tout pâle.

— Allons, n'y pensons plus, dit-elle; je vais m'habiller, va-t'en et reviens dans une demi-heure.

Il obéit, alla se promener, préoccupé, sur le boulevard Saint-Michel, et fut exact, à l'heure dite. Martha l'attendait. Ils s'en allèrent ensemble. Elle était heureuse et se pendait à son bras, riant et bavardant de tout. Et elle était si fraîche, si reposée, qu'il pensait :

— Était-elle vraiment malade? Tout cela n'est-il pas une comédie?

Elle le comprenait sans doute, car elle dit :

— Allons au poste du Panthéon. Tu verras.

— Mais j'ai confiance en toi...

— Non, tu te défies.

Il se laissa conduire. Ils remontèrent la rue Soufflot et s'arrêtèrent devant la mairie. Des agents, debout, les mains croisées derrière le dos, causaient sur le seuil du poste. Elle les montra du doigt, criant :

— Tiens, voilà Palombe et Maduret!...

Étonné, Chrétien dit :

— Qui cela? Comment les connais-tu?

— Ce sont les gardiens qui m'ont retirée de l'eau. Tu vas voir!...

Elle quitta son bras, se dirigea vers le poste. On l'avait vue venir. On l'avait reconnue. Palombe et Maduret, deux vieux soldats à barbe grise, se détachèrent du groupe et lui tendirent la main, demandant :

— Comment cela va-t-il? Vous n'êtes pas malade?

— Non. Vous voyez. Mais figurez-vous, on ne veut pas croire que je me suis jetée à l'eau... Répétez-le donc vous-mêmes; vous n'avez pas d'intérêt à mentir.

Les gardiens de la paix regardèrent Noël, et Palombe passant un doigt dans sa barbiche :

— Oui, monsieur, elle a essayé de se noyer... Et il faut qu'elle ait un rude courage, parce que l'eau n'était pas si tiède qu'en juillet... C'est Maduret qui l'a rattrapée, en plongeant, au vol, comme qui dirait... Moi, je n'ai fait que l'aider...

Maduret intervint, mécontent :

— Du tout. Palombe avait pris madame par une jambe, moi par la robe, et c'est comme cela que nous l'avons ramenée sur le bas port.

Émue, le cœur gros, Martha laissait ses deux mains mignonnes dans leurs larges et rudes mains, ne trouvant pas un mot pour les remercier.

— C'est égal, monsieur, dit Palombe, si c'est à cause de vous qu'elle a essayé de se détruire, vous pouvez être sûr qu'elle y allait de franc jeu...

Les gardiens rentrèrent au poste. Les jeunes gens gagnèrent le boulevard et prirent une voiture à la station de l'Odéon. Ils ne s'étaient rien dit. Noël restait tout à ses réflexions graves, Martha, heureuse et triomphante, s'appuyait à son bras, guettant sur son visage les moindres impressions de son âme, attendant un sourire, confiante en l'amour qu'elle éprouvait. Il comprit bien ce qu'elle demandait, car il se pencha à son oreille et murmura :

— Que veux-tu que je te dise? Tu es une enfant, tu es folle... Je t'aime... Es-tu contente?

Elle, doucement, répondait :

— Noël, toute ma vie est à toi, toute... Les minutes que j'ai à vivre, je te les donne; mes pensées, c'est à toi

que je les consacre; mon dévouement durera autant que
j'aurai de forces; mais toi, es-tu sûr de m'aimer? Je n'ai
pas le droit d'être exigeante... un peu d'affection sincère
me suffira.

Sa voix agissait sur lui comme un bercement :

— Je t'aime, Martha, dit-il simplement.

Le fiacre les arrêtait, à ce moment, rue du Helder, devant
l'auberge du *Lion d'or*. Ils entrèrent, allèrent prendre place
à une table, dans le fond de la salle des tapisseries, et Chrétien commanda le menu.

— Beaucoup de choses, dit Martha; je ne pourrai jamais
me rassasier !

Elle mangea six huîtres, deux cuillerées de potage, une
poire, et déclara, très-satisfaite, que jamais elle n'avait eu
meilleur appétit. Au café, elle demanda des cigarettes, en
alluma deux et s'en tint là. Puis, les joues animées, les
yeux étincelants, pleine de santé, débordante de vivacité
et de verve :

— Tu m'aimeras toujours, n'est-ce pas, Noël?

— Toujours.

— C'est un engagement sérieux que tu prends là. En
Sicile, vois-tu, on joue facilement du couteau, et j'aimerais mieux te tuer que te perdre.

— Sois tranquille.

— Écoute; je suis d'une famille un peu sauvage. Mon
père était un aventurier, et, par les domestiques que nous
avions à Catane, j'ai entendu souvent raconter cette histoire : en Afrique, il était l'amant d'une mulâtresse qu'un
créole aimait. Il apprit qu'il était trompé et résolut de se
venger. Il attira le créole dans une embuscade, le garrotta,
le jeta sur un de ses bateaux et le conduisit très-loin, en
pleine mer; à son bord, il gardait le cadavre de la mulâtresse
qu'il avait tuée d'un coup de pistolet. Quand ils furent dans
des parages inconnus, mon père fit construire un radeau

3.

avec des solives reliées par des cordes, jeta le cadavre sur
les solives, attacha le créole à un mât, le regard tourné vers
celle qu'il avait aimée, et vira de bord, les abandonnant ainsi
à la fureur des éléments, à la voracité des oiseaux de proie...

Elle s'arrêta pour demander :

— Cela t'intéresse, n'est-ce pas?

— Continue donc, dit-il, ironique. Qu'est-il arrivé?

— Ce qui est arrivé, mon père l'a distingué à l'aide de sa
longue-vue... Ce fut horrible...

— Épouvantable, dit Chrétien en haussant les épaules, et
je puis le raconter aussi bien que toi, car c'est une des pages
les plus émouvantes d'un roman espagnol que tu as dû lire
dans une traduction.

Elle le laissa parler, interdite.

— Le radeau vogua au gré du vent pendant quelques
heures, sous un soleil torride, dans la désespérante solitude
de la mer; puis tout à coup le créole eut une espérance et
crut qu'il approchait de la côte... Un oiseau voltigeait
autour de lui... mais c'était un oiseau de proie rasant l'eau
de ses ailes immenses et filant avec la rapidité de l'éclair.
Et d'abord il se percha sur le haut du mât au pied duquel
le créole était attaché... Celui-ci, comprenant qu'il allait
assister à un atroce spectacle, cherchait à l'effrayer avec ses
cris... Il n'y réussit pas... L'oiseau s'abattit en face de lui,
sur le cadavre, enfonça ses griffes dans les deux seins, arra-
cha d'un coup de bec les lèvres, et d'un coup les yeux... Et
la maîtresse apparut à l'amant, défigurée, les dents à l'air,
deux trous sous le front... Et lui ne pouvait rien, rien, et à
ses cris l'oiseau répondait seulement par un battement
d'ailes, s'enlevait, tournoyait, puis s'abbattait de nouveau,
dépeçant, lambeau par lambeau, le corps nu de la jeune
femme...

— Assez, assez, dit-elle...

Il se tut, mais réfléchissait :

— Se joue-t-elle de moi?... Était-elle d'aussi mauvaise foi en me racontant sa première faute?... Victor Procoli était-il le premier couplet d'une chanson d'amour?... n'était-ce qu'un refrain?... Et ce suicide, après tout, ne peut-il pas avoir été habilement ménagé?... Il y a des filles très-fortes en matière de comédie... Palombe et Maduret, sans doute, avaient dit la vérité, mais ne pouvaient-ils eux-mêmes avoir été le jouet d'une dangereuse mystification?... Que penser?...

Les défiances renaissaient, avec les suppositions les plus invraisemblables. Elle avait trop de finesse pour ne pas deviner ce qui se passait dans ce cœur d'homme.

— Oui, dit-elle, l'histoire que tu viens d'achever est bien celle qu'on m'a racontée à moi-même, et, puisque tu l'as lue, il faut qu'on m'ait trompée... mais, je te le jure, je croyais que mon père en était le héros.

Il haussa de nouveau les épaules. Craintive, elle n'osa plus rien dire, mais elle suivait anxieusement, de ses grands yeux troublés, le changement de sa physionomie. Il y eut un silence pénible. Autour d'eux, dans la salle du *Lion d'or*, c'était la solitude; dix heures sonnaient; les garçons erraient de table en table, guettant leur départ, abaissant les becs de gaz. Elle se leva, reculant sa chaise :

— Va, dit-elle, restons-en là et rentrons chacun chez nous... Je crois que nous n'aurons qu'à nous féliciter... Je t'ai demandé de la confiance, mais tu n'as que du mépris... Mets-moi sur la liste de tes maîtresses faciles, et suppose que de mon côté je n'ai pas eu d'autre envie que celle de satisfaire un caprice.

Les garçons s'approchaient, obséquieux, et lui tendaient son pardessus. Noël la suivit, indécis, mécontent de lui et d'elle, craignant, au fond, qu'elle ne fût vraiment fâchée et n'exécutât sa menace. Dans la rue, au coin du boulevard, au moment où elle s'en allait, très-fière, sans se retourner, il lui prit le bras, presque de force.

— Puisque je t'aime, Martha!...

Elle hocha la tête :

— Tu étais bon, dit-elle, la vie de Paris t'a rendu mauvais... Vous êtes tous comme cela!...

Ce dernier mot le cingla comme un coup de fouet. « Vous êtes tous comme cela! » D'où lui venait cette expérience? Elle dit gaiement :

— Ne sois pas étonnée, je suis une vieille femme!

Il ne savait pas cacher ses impressions, et sa physionomie reflétait tout de suite les tumultes de son âme. Mais pour qu'elle le devinât aussi sûrement, pour qu'elle saisît aussi vite ce qui se passait en lui, ne fallait-il pas une véritable science d'observation, une acuité d'intelligence rare?

En même temps que cette réflexion venait à l'esprit du jeune homme, Martha se mettait à rire tout à fait :

— Mais oui, tu n'es qu'un enfant, et je comprends tout ce que tu penses... Ne cherche pas comment cela se fait... Je t'aime, cela explique tout...

Et, une heure ou deux après, en sortant de l'Opéra-Comique, encore surexcitée, attendrie par la musique, elle disait :

— Une fois pour toutes, retiens bien cela, Noël... Maintenant que je suis à toi, ne me quitte pas, car j'en mourrais...

Tel fut le prélude du drame qui va suivre.

V

Il aurait voulu qu'elle ne retournât plus au Châtelet; elle parut contrariée.

— Je serais une charge pour toi, dit-elle, et nous avons

en italien un proverbe que vous avez traduit en français :
« Il n'est si petit fardeau qu'à la fin il ne pèse. » Je reçois tous
les mois quelque argent de Catane. Cet argent et mes cent
cinquante francs me suffisent.

La première fois, il n'insista pas, mais cela lui déplaisait.
Lorsqu'il allait la chercher, il arrivait à la fin du ballet et la
regardait danser. Et cette quasi-nudité du maillot, qui allu-
mait les yeux des figurants, excitait sa jalousie. Comme il
aimait Martha, il se disait que là, sur la scène, elle n'était pas
toute à lui, que chaque spectateur pouvait la déshabiller,
prendre une part de sa beauté, pénétrer dans l'intimité de
leurs amours, violer la solitude dont ils s'entouraient. Et puis,
au Châtelet, leur liaison avait été bien vite connue; il avait
fallu subir les coups d'œil envieux des uns, l'ironie des
femmes, qui flairaient là une liaison sérieuse, et des
réflexions désobligeantes, en ce jargon parisien qui empoi-
sonne de sa blague toutes les délicatesses :

— La Sicilienne a *levé* Chrétien... c'est un type sérieux...
Elle a de la veine... Voilà ce que c'est que de la faire à
l'honnêteté !... La vertu trouve toujours sa récompense...
Ils se colleront, c'est certain...

Quant à Monjolit, il fut plus explicite.

— Lâche cette petite, dit-il, c'est un crampon... Qu'est-ce
que tu veux faire d'une femme malade?

Mais Noël avait répondu sèchement :

— Je l'aime parce qu'elle est malade... Tu n'as pas besoin
d'essayer de comprendre ces choses-là, Monjolit.

La « bonne fille » haussa les épaules et ne répliqua point.

Au bout de quelques jours, Chrétien eut une explication
avec la jeune fille.

— Martha, dit-il, j'exige que tu quittes le théâtre.

Elle avait deviné ce qu'il souffrait, et cette fois n'eut pas
une objection. Elle ne revint plus. Quand elle fit ses adieux
à Monjolit, celui-ci grommela :

— Nous nous reverrons, ma petite... C'est par l'amour qu'on commence, c'est par le trottoir qu'on finit.

Elle n'entendit pas, heureusement.

Les mois se passèrent, et chaque jour ajouta un anneau à la chaîne de leur liaison. Martha n'habitait plus maintenant rue Saint-Séverin. Elle avait loué un petit appartement aux environs du boulevard Haussmann, pour être plus près de Chrétien ; mais elle passait toutes ses journées aux pieds de son amant, ou bien travaillant à quelque ouvrage de couture, ou bien sur un tabouret très-bas, restant des heures à le regarder écrire, immobile et silencieuse au point qu'il oubliait sa présence.

— A quoi bon deux appartements ? dit-il un jour. Ne pourrais-tu t'installer ici ?

— J'y pensais ; mais dans la crainte de te déplaire, je n'osais pas le proposer.

Et huit jours après, l'installation était complète.

L'hiver se passa ainsi et parut court. Claude Fleury et Nouvel venaient les voir, et Pierre n'avait pas tardé à se sentir pour Martha une amitié très-vive. Noël lui avait raconté comment et par quelle suite d'aventures la jeune fille était arrivée à Paris. Malgré son amour, les défiances renaissaient souvent, et il s'en expliquait au docteur :

— Je voudrais savoir si elle a dit vrai... quelle est sa famille... comment elle a été élevée... ce qu'est devenu ce Victor Procoli, son amant.

Le souvenir de Procoli lui déchirait le cœur... son nom lui brûlait les lèvres. Nouvel répliquait :

— Que t'importe son passé, puisqu'elle n'est pas ta femme... puisqu'elle t'aime surtout ?... Et elle t'aime, tu ne peux en douter... Sa vie est en toi, et elle ne respire que par toi... Elle a mis tout son espoir en ton amour, et le jour où celui-ci viendrait à manquer, elle ne lui survivrait pas... Que t'importe le passé de cette enfant ? ne vois-tu pas, comme moi, qu'elle est merveilleusement douée?... As-tu jamais rencontré femme plus dévouée, plus attentive, plus douce, comprenant mieux tes moindres désirs et capable de pardonner, comme elle, les brusqueries qui t'échappent dans tes moments d'énervement et de mauvaise humeur?... C'est une enfant qu'un malheur a jetée hors de la ligne droite... Elle s'est attachée à toi; tu es son espérance suprême... Tu as maintenant des devoirs envers elle...

— C'est aller un peu loin, disait Noël... Notre amour, au moins dans ses débuts, ressemble beaucoup à des milliers de liaisons semblables qui se font et défont, se nouent et se dénouent à Paris, en une année.

— Tu te trompes... Ces gens dont tu parles finissent toujours par rendre aux pavés de la rue les filles qu'ils y ont prises et qu'ils ont fait monter jusqu'à eux... Toi, Noël, c'est différent... Tu as charge d'âme... Ne l'oublie pas!...

Une autre fois, Chrétien l'interrogea :

— La crois-tu vraiment malade?... Tu l'as vue... Il y a des jours où elle ne peut quitter le lit, où elle râle, agonisante, où elle m'épouvante; et le lendemain de ces jours-là, tu l'as vue encore, personne ne pourrait deviner l'effroyable crise de la veille...

— Hystérie et nervosisme, murmura le docteur. Du reste, je veillerai sur elle sans qu'elle s'en doute... Mais un avis : épargne-lui les émotions violentes... Pas de querelles... Pas d'allusions qui pourraient lui rappeler trop brutalement des choses dont il serait à souhaiter pour elle qu'elle perdît le souvenir... Voilà tout le traitement que je te conseille...

— Adieu, médecin de l'âme!

— Adieu, tu as une perle; garde-la...

Ces entretiens se renouvelaient souvent et finissaient toujours de même : « Pas d'émotions, pas de querelles! » disait Pierre. Du reste, dans les premiers temps, ce fut une vie bien monotone qu'ils menèrent. Le soir, quand Chrétien ne

travaillait plus, ils s'asseyaient sur un canapé, l'un auprès
de l'autre, dans l'obscurité du salon, que ne dissipaient pas
les rayons de la lampe filtrant sous la porte du cabinet de
travail. Elle ne voulait pas, lorsqu'ils restaient ainsi, qu'on
éclairât, préférant les ténèbres qui rendaient plus étroite
leur intimité. Et c'étaient des babillages sans fin. Il la laissait parler plus volontiers, éprouvant un plaisir doux à
l'entendre. Sa voix claire, lorsqu'elle était bien portante,
relevée d'un accent italien, bruissait autour de lui, traînant
ses notes sur un ton très-bas. Cela lui semblait une caresse
discrète, passant sur ses yeux, et, bien qu'il écoutât toujours
et que même il répondît, il avait la sensation bizarre d'un
sommeil dans un bois, quand les champs sont inondés de
soleil, avec le froissement des feuilles remuées par une
brise courte. C'était de la Sicile qu'elle l'entretenait toujours, de la Sicile qu'elle aimait, dont elle évoquait l'image
chère, et qui faisait bien vite affluer ses souvenirs d'enfance. Elle les disait aussi et devenait songeuse à toutes
les phases un peu tristes de son existence, ou gaie lorsqu'elle se rappelait tout à coup des folies de gamine. Alors
la musique de son rire éclatait sonore, dans le sommeil de
Chrétien, comme un chant d'oiseau, continuant son rêve.
Quand elle finissait, elle parlait si bas, qu'il l'entendait à
peine, et la remontée de ses souvenirs se terminait toujours
brusquement sur une pensée qui la plongeait dans la tristesse. C'était à son tour de l'égayer. Il lui racontait sa vie
sur les bords de la Semoy, se dépeignait à grands traits burlesques, quand il flânait en guenilles par les chemins, pour
dénicher les verdières le long des haies, ou bien chez le
charron, quand, novice et malhabile, il se donnait des coups
de marteau sur les doigts. Elle l'écoutait, attendrie, des
larmes aux yeux, et lui jetait les bras autour du cou :

— C'est égal, disait-elle, tu dois être bien heureux, maintenant que tu es célèbre et que tu es riche...

Elle prenait plaisir à l'entendre parler surtout des deux vieux de Thilay, du père et de la mère Chrétien, et de leur existence misérable, et du bien-être que les succès du fils leur donnaient.

— Je voudrais aller dans les Ardennes avec toi, murmurait-elle sur le ton d'une enfant gâtée, avec une moue des lèvres; je voudrais voir ton père et ta mère, les embrasser, leur dire combien tu seras heureux avec moi...

Et lui, sans réflexion :

— Ah! comme tu les aimerais!...

Puis soudain :

— Non, cela n'est pas possible!...

— C'est vrai, dit Martha, les yeux tout à coup cerclés de noir, la figure fatiguée, c'est vrai, je ne suis pas ta femme... Je ne suis que ta maîtresse...

VI

Bien que Martha fût dévouée, intelligente, et, comme une esclave soumise, prévînt toutes les pensées de Noël, bien qu'elle évitât, usant d'infinies précautions, les occasions de lui faire souvenir qu'elle était là, marchant sur la pointe des pieds et ne disant mot, afin de ne pas distraire son inspiration ni interrompre son étude, cependant il ne travaillait plus aussi bien, se sentait moins libre, et ce qu'il faisait, romans ou tableaux, le mettait en des colères impatientes contre cette impuissance soudaine.

— Bah! c'est le changement d'existence, se disait-il; on n'a pas vécu, pendant quinze ans, comme un ermite, sans qu'il en reste un peu de sauvagerie; et il n'y a rien d'étonnant à ce que je sois mal à l'aise avec une femme en mon logis.

Cet état d'esprit singulier eut une assez longue durée pour qu'il s'en alarmât sérieusement. Dans la vie bourgeoise qu'il avait toujours menée, en dépit de ses misères du début, chaque jour avait autant d'heures de travail, et le temps perdu l'effrayait comme une mauvaise action.

— Je ne m'amuse nulle autre part que chez moi, disait-il souvent à Nouvel; il me manque évidemment l'habitude.

Maintenant, il était bien obligé de sortir pour distraire Martha; non qu'elle le voulût, qu'elle le demandât, qu'elle fît une allusion à la solitude de cette retraite où ils s'enfermaient; — elle avait un peu du tempérament des femmes orientales, et toute vive et fiévreuse qu'elle fût, serait volontiers restée des semaines sans voir même les arbres du boulevard. Son bonheur était de s'étendre sur un canapé, indolemment, le coude enfoncé dans un coussin, la tête dans sa main; et là, elle lisait, rêvait, ou passait des heures à contempler Noël, en fumant des cigarettes, sans autre bruit que celui de ses lèvres chassant à petits coups la fumée bleue.

Chrétien s'imagina qu'il retrouverait le calme de son esprit et travaillerait comme par le passé, s'il quittait le boulevard Haussmann et s'en allait, dans un quartier éloigné, chercher un atelier et s'établir avec Martha. La vraie raison, ce fut qu'il craignait de fortes dépenses, voulait diminuer les frais onéreux de son loyer, vendre quelques-uns de ses plus chers bibelots, et préparer ainsi l'avenir, sans trop de gêne pour sa maîtresse et pour lui, en attendant qu'il se remît au travail.

— Nous irons demeurer à Montmartre, dit-il. Cela ne te fait rien?

— Je serai bien partout où je resterai près de toi.

Quinze jours après, ils étaient installés dans les jardins de la Butte-Montmartre, à la Villa-Duchêne; on se fût cru à cent lieues de Paris. Martha avait tout voulu ranger elle-même; elle avait disposé les chambres avec un goût de femme délicate, habituée aux recherches du luxe; chaque vase, chaque bibelot, chaque draperie était à sa place, dans la lumière qui lui convenait. Cette sûreté de coup d'œil indiquait un véritable sentiment artistique; Noël ne fut pas sans le remarquer et l'en félicita.

— Moi, répondit-elle riant et se pendant à son cou, mais j'ai toutes sortes de qualités. Est-ce que tu n'en sais rien?

— Lesquelles?

— Je suis jolie, je suis bien faite, je suis instruite, je ne suis pas sotte, je sais coudre, broder, tricoter, faire de la tapisserie, des fleurs, des chapeaux, des robes; je touche du piano; je parle trois ou quatre langues; je suis travailleuse, économe, soucieuse de ma toilette, mais point coquette; je suis discrète, je suis bonne, je suis douce... Tu vois?

Ils riaient tous les deux.

— Mais, par-dessus tout, je t'aime, monsieur Noël Chrétien, voilà ma qualité principale... N'est-ce pas? quelle gentille femme on aurait pu faire de moi!

Elle avait dit cela en hésitant; lui répondait :

— Oui, c'est dommage!

Il ne voulait pas la froisser, n'ajouta rien de plus, mais elle comprit, et devint pâle. Ainsi, toujours, la pensée de Procoli, malgré les efforts, revenait entre eux...

Elle alla s'asseoir, tout oppressée; son regard attristé ne quittait pas Noël, qui, embarrassé, détournait la tête et se mettait à contempler le jardin, où une pluie fine, qui tombait depuis le matin, commençait à faire fondre la neige. Et il sentait peser sur ses épaules ces deux grands yeux noirs d'enfant éplorée, chargés de reproches.

Un souffle l'abattait, la pauvrette; une dureté semblait la désagréger comme un poison mortel.

— Je t'en prie, murmurait-elle, très-douce, plaintive, ne me cause pas de chagrin, ne me fais pas de la peine; j'ai tout de suite mal ici...

Et elle appuyait de toutes ses forces les deux mains sur sa poitrine.

— Pardonne-moi, dit-il, je sais bien que je devrais éviter ce qui peut te rappeler un passé pénible, mais tu trouves souvent dans la moindre parole des allusions auxquelles je n'ai point songé. Veux-tu me donner mon pardon?

— Oui, dit-elle consolée.

Et changeant d'idée, avec cette curieuse mobilité d'impression qu'elle devait à sa nature nerveuse, à sa délicatesse maladive :

— Tu verras, au printemps prochain, comme ton appartement sera joli... Je mettrai des fleurs partout... et puis tu m'achèteras des oiseaux qui chanteront, qui crieront tout le temps... je les soignerai, ils feront des œufs, couveront, auront des petits... je les élèverai, tu verras... Nous serons les gens les plus heureux de Paris.

L'hiver s'écoula dans leur retraite paisible, et pourtant le ciel bleu de ce joli bonheur était souvent traversé d'éclairs; Noël passait des journées dans son atelier ou dans son cabinet de travail, et il en sortait fatigué, mécontent, la tête en feu, sans avoir avancé d'une page ou d'un coup de pinceau le livre ou le tableau commencés; alors il se sentait pris d'impatiences, et, en voyant son front ridé, chargé de soucis, Martha se taisait, n'osait l'interroger, comme si elle eût craint une nouvelle dureté, réprimée trop tard. Et ce silence même énervait l'artiste, à l'affût d'un prétexte pour épancher sa mauvaise humeur. Une fois, attristée, elle demanda :

— Serais-tu malade? Tu sembles préoccupé?...

— Je suis incapable de rien faire, dit-il.

— Pourquoi?

— Tu ne me laisses pas travailler.

Elle le regarda, toute saisie par le ton de ses paroles. Parlait-il sérieusement? Ou bien, seulement, voulait-il s'amuser d'elle, comme il le faisait quelquefois, lorsqu'il disait des

énormités plaisantes sur un ton sérieux et des choses graves
dans un éclat de rire? Mais, ce soir-là, le visage de Chrétien
était dur. On ne pouvait s'y tromper, il cherchait une querelle; Martha le comprit, baissa la tête, les yeux gros de
larmes, attendant venir l'orage. Pourtant Noël n'ajouta rien;
il avait jeté son coude sur une table et feuilletait une bro-
chure à laquelle il paraissait prendre beaucoup d'intérêt; en
dessous, elle l'examinait sournoisement, étudiant tous les
jeux de sa physionomie; elle avait pris une tapisserie et
faisait les points que ci que là, sans s'occuper du dessin, laissant l'aiguille et la laine s'en aller au hasard sur le carreau.
Pendant le dîner, il continua de lire et ne prononça pas un
mot. Elle ne mangea pas. La bonne, qui les servait, inquiète
pour Martha, s'informa si elle était souffrante. Elle répondit : « Non », avec la tête. Si elle avait parlé, elle eût
éclaté en sanglots. Noël sembla ne rien voir. Le dîner fini,
il se fit apporter du café dans son cabinet de travail,
s'enferma avant que Martha eût le temps de venir auprès
de lui, ainsi qu'elle faisait tous les soirs, et s'assit à sa table.
Et machinalement, sans qu'il sût pourquoi, un mot de Monjolit, qu'il avait entendu dans les premiers temps de sa liaison, lui revenait à l'esprit :

— Lâche-la donc! avait dit « la bonne fille », c'est un
crampon...

Martha vint à la porte, la poussa, et, la trouvant close, eut
un coup au cœur et retourna dans la salle à manger. Elle
alla s'accroupir dans un coin, sur un tabouret, et resta
immobile comme si elle fût morte, son mouchoir entre les
dents... les yeux fermés... La bonne, après avoir desservi,
s'était éloignée discrètement, avec précaution, flairant une
scène.

— Éteignez la lampe, avait dit Martha.

— Madame désire-t-elle que j'entretienne le feu?

— Non. Laissez-moi!

L'obscurité était complète : le feu éteint, le froid pénétra peu à peu, malgré les bourrelets des portes ; la salle à manger était au rez-de-chaussée ; un vague reflet de neige, pareil à un rayon de lune qui passe à travers des flocons blancs de nuage, éclairait doucement les rideaux et faisait ressortir sur la nuit noire de la pièce les larges percées blanches des vitres ; elle se leva, ouvrit une des fenêtres, appuya les coudes sur l'appui, resta là, ne songeant à rien, anéantie ; un engourdissement la prit ; le froid aigu la pénétrait jusqu'aux moelles, et elle n'avait pas un frisson ; ce fut d'abord la tête que cingla la bise, le nez, les oreilles, les yeux qu'elle rougit et fit pleurer, puis les épaules, le corps et les pieds... Douce-ment, elle dégrafa son col, déboutonna, bouton par bouton, son corsage, jusqu'à la taille, délaça et enleva son corset, déplaça les dentelles de sa chemise et, les épaules et la gorge nues, resta exposée à la nuit âpre ; le ciel était clair et bleu, piqué d'étoiles ; la neige se durcissait sous la gelée de décembre, et aux arbres, devant la jeune fille, pendaient ou grimpaient des stalactites et des stalagmites de glaçons, symé-triquement rangées... Et la tête renversée en arrière, elle attendait.

— Mon Dieu, murmurait-elle, faites que je puisse en mourir !... Je serais si heureuse, une fois morte !...

Autour d'elle, le calme régnait ; la neige assourdissait les mille bruits qui montaient de Paris ; la grande ville avait l'air d'être ensevelie dans le solennel silence d'une nécropole. Tout à coup une vive clarté emplit la salle à manger ; Noël ouvrait la porte de son cabinet et apparaissait, sa lampe à la main :

— A la fenêtre, par un froid pareil ! Tu es folle, Martha ! tu vas te rendre malade...

En l'entendant, elle avait agrafé sa robe, d'un geste brus-que arrangé sa chemisette sur ses seins bleuis de froid ; mais elle n'eut pas le courage de faire un mouvement vers

lui ; elle sentait qu'au moindre effort elle allait s'écrouler
sur le parquet, sans connaissance ; il s'approcha d'elle, la
vit ainsi toute défaite et comprit. Il eut un cri de colère :

— Martha ! Martha ! à quoi penses-tu ?

Il lui prit les bras pour l'éloigner, mais elle résistait con-
vulsivement ; ses deux mains étreignaient l'appui le long
duquel une couche de neige s'étalait, durcie par la gelée, un
peu fondue à la place où se crispaient ses doigts. Et elle
bégayait, les lèvres lourdes :

— Non, non, je veux rester, laissez-moi... je suis très-
bien ici... j'étouffais dans la chambre...

Il la prit et l'emporta. Elle se laissa faire, cette fois.
Il l'étendit sur un fauteuil, auprès du feu, où des bûches
flambaient ; quand elle sentit la chaleur, des frissons la
secouèrent de la tête aux pieds, et elle se mit à sangloter,
sans se cacher, la tête baissée seulement sur la poitrine
et les bras pendants au long du corps. Il la regardait avec
une sorte d'irritation, indécis, hésitant s'il la caresserait, lui
parlerait doucement ou la gronderait pour cette imprudence. Il la laissa pleurer, certain que les larmes la soulage-
raient, en la tirant de cet état nerveux. Il s'était mis à
genoux devant elle, et avait pris ses mains qu'il réchauffait,
poussé un coussin sous ses pieds qu'il avait déchaussés, jeté
autour de son cou un fichu de laine épaisse...

— Tu aurais passé la nuit là ? dit-il, ayant peine à contenir
son émotion.

— Oui. Ne m'avais-tu pas fermé ta porte ?

— Il fallait entrer dans ta chambre...

— En te sachant de mauvaise humeur et irrité contre
moi ?... Jamais !... Est-ce que j'aurais pu dormir ?...

— Tu vas être malade... On ne s'expose pas comme tu
l'as fait... tu n'es déjà pas si forte...

— Tant mieux, dit-elle, j'aurai réussi... Je vois bien que
tu ne m'aimes pas ; si je meurs, je serai contente...

Il haussa les épaules :

— Tu n'es qu'une enfant sans raison, dit-il ; tu te laisses conduire par ton instinct ; et celui-ci t'inspire des vengeances atroces ; je t'aime, tu n'en doutes pas, et cependant ce que tu viens de faire là sera peut-être, si tu tombes malade, une cause de remords et de bien des amertumes pour moi ; tu es cruelle à ta manière, et tu ne crains pas la souffrance, pourvu que tu fasses souffrir les autres... Tu joues de ta santé comme certaines femmes de leurs jolis yeux et de leurs manières agaçantes... C'est horrible, le comprends-tu ?...

Elle ne répondit pas tout de suite ; comprit-elle ? A la fin, elle dit :

— Oui, j'ai mal fait, tu as eu peur... je ne recommencerai plus... je te le promets...

Par bonheur, elle ne fut pas malade. Pendant quelque temps, il n'y eut pas un nuage, et Noël travailla, fut content de son travail. Au bout de huit jours, même scène. Martha, en riant, faisait, pour son compte et celui de son amant, des rêves d'avenir.

— Dans cinq ans, disait-elle, dans dix ans... dans vingt ans... et quand nous serons vieux...

Et c'étaient des idées folles, quelquefois des projets très-sérieux, sur lesquels complaisamment elle s'étendait, faisant vivre chacun de ces récits avec la verve et l'ardeur de son exaltation méridionale, jetant sur tout ce qu'elle disait la gaieté d'un rayon de soleil, la vivacité et la finesse de son esprit.

— Bah ! dit Chrétien, qui souvent, lorsqu'il la voyait ainsi insouciante, était poussé par une sorte de désir méchant de la rappeler à la réalité, bah ! à quoi bon nous préoccuper de ce que nous ferons dans vingt ans ?... il se passera des jours d'ici là et bien des événements...

— Tu veux dire que tu m'auras oubliée et que tu n'auras plus guère souci de moi ?...

Elle s'attachait à lui étroitement. Ces allusions l'irritaient toujours, en lui faisant souvenir que sa vie égoïste de garçon avait été brusquement troublée par ce petit être. Martha aimait trop sincèrement pour s'en apercevoir, et la crainte seul d'être condamnée à tous les hasards de la vie parisienne lui amenait aux lèvres ces interrogations détournées. Il répondit, mais assez bas, comme honteux :

— Notre liaison n'est pas éternelle !...

La jeune fille le regarda longuement sans parler, scrutant jusqu'au fond de ce cœur où son instinct de femme lui faisait deviner des luttes cruelles; malgré lui, son amour pour Martha grandissait; chaque jour hâtait sa défaite; chaque jour affaiblissait les souvenirs odieux du passé qu'elle lui avait avoué ; chaque jour le rendait plus fort contre les ironies du monde qui connaissait sa liaison avec la danseuse, contre les conseils des gens sérieux qui avaient des filles à placer en mariage; elle le comprenait; des paroles comme celles qu'il laissait échapper, c'étaient ses dernières révoltes avant l'abandon complet de son âme et sa confiance entière; si elle avait été moins inexpérimentée en choses d'amour, elle eût dirigé comme elle eût voulu cet être rude, aux angles mal rentrés, qui la blessait souvent de ses duretés, mais qui, chaque fois, trouvait dans sa bonté des douceurs de femme, des tendresses infinies pour se faire accorder son pardon; elle ne savait pas feindre, n'y songeait même point.

— C'est vrai, dit-elle, tu as raison; je ne suis qu'une fille... je t'ai vu, tu m'as plu tout de suite... Eh bien, quand tu auras assez de moi, chasse-moi, je ne suis pas gênante, et je ne veux pas m'imposer à ta vie... tu m'entends?...

— Le moindre mot te fâche !...

— Puisque tu le sais, dit-elle sèchement, pèse tes paroles.

Et elle se leva pour rentrer chez elle... Il ne chercha pas à la retenir, mais il essayait de se donner raison et n'y parvenait pas. Il avait le bon sens, à part lui, de reconnaître

4

son tort; l'amour-propre l'empêchait souvent de l'avouer. Elle sortit; au lieu d'aller dans sa chambre, elle gagna le petit jardin qui s'étendait devant leur maison, côte à côte avec les autres jardins de la villa; elle se promena fiévreusement, des flammes sur les joues, puis, soudain, cédant à une réflexion subite, courut se déshabiller, passa un peignoir de mousseline, léger comme un de ces fils de la Vierge que le vent fait flotter à travers l'espace sur la fin de l'été, et de son long, les bras en croix, elle se laissa tomber dans la neige... D'abord, ce fut une impression de fraîcheur intense qui précéda le froid; cette nuit-là il ne gelait pas, des nuages roulaient dans le ciel; il avait plu pendant le jour, et la neige était à moitié fondue; puis le froid la saisit par tout le corps, d'un seul coup, de la racine des cheveux à la plante des pieds; ses dents se serraient à se briser et se froissaient avec un grincement nerveux : et le froid était si aigu, si pénétrant, que la respiration lui manquait et que de sa poitrine sortaient des râles sourds, précipités... Les branches nues des arbres cliquetaient au-dessus d'elle, sous la poussée du vent; des flocons s'en détachaient et posaient leurs caresses glacées sur son front, ses paupières, ses lèvres; comme une soif ardente la brûlait, elle entr'ouvrait la bouche pour les recevoir et avidement les buvait..... Après le froid, ce fut un bien-être singulier, presque de la chaleur; elle sentit que ses forces s'en allaient, et, chose bizarre, il y avait une volupté dans cette sensation... il lui semblait presque qu'elle était en son lit, chaudement couchée, et cette neige qui l'environnait, qu'elle voyait partout, autour et au-dessus d'elle, lui rappelait les rideaux blancs qui, à Catane, à côté de son père et de sa mère, abritaient son sommeil de vierge... et à mesure que le froid l'engourdissait, ses souvenirs de jeune fille la hantaient délicieusement. Quelle douce existence elle avait menée là-bas, pendant seize ans, n'ayant pas un caprice auquel on ne se soumît avec bonheur, pas

une volonté qui ne fût obéie, grandissant dans cette serre
chaude de la famille qui l'empêchait de trop deviner derrière
elle les misères et les hasards de la vie; admirée, enviée,
riche... Et ce beau soleil vivifiant de la Sicile, quand donc le
reverrait-elle? Là, point d'hiver, ou un hiver si doux qu'il
ressemblait aux printemps des autres pays. Et la neige!...
Il fallait monter haut sur l'Etna pour en trouver! Certes,
Paris était brillant et superbe, mais valait-il ces allées d'oliviers, ces jolis bois touffus, ombreux, où la légende avait
placé les sirènes mythologiques, se jouant dans les ruisseaux
clairs? Paris, enseveli dans la neige, blanche en haut,
boueuse en bas, valait-il surtout la mer, devant Catane,
immensément bleue?

Après les rêves dorés, baignés de soleil, vinrent les cauchemars... L'Etna en feu, lançant avec ses trombes de lave
en fusion, ses rochers noirs et sa poussière, des êtres sinistres et grimaçants qui s'allongeaient démesurément sur
l'horizon, étendant au-dessus de la Sicile leurs bras gigantesques et maigres... Leurs yeux, leur bouche et leurs
oreilles étaient autant d'ouvertures sanglantes par où le feu
jaillissait... Puis le volcan engloutit tout ce qu'il toucha,
l'île fleurie, les bois ombreux, les rocs stériles, les ruisseaux,
les êtres grimaçants, les pierres, la lave et les torrents de
feu, et partout ce fut une nuit noire, impénétrable, éternelle...

Martha avait perdu connaissance!

Noël l'avait entendue partir, rentrer, sortir encore, et ne
s'en était pas inquiété...

— Elle veut m'effrayer, se dit-il, me faire croire sans
doute qu'elle va commettre quelque imprudence, attenter
sottement à sa vie!... Elle ne recommencera pas!

Il se promena de long en large dans son cabinet, essayant
de songer à autre chose. Il ne le put. Martha était là,
devant lui, s'accrochant à sa pensée; il se figurait voir des

larmes, entendre des sanglots... Il fallut bien qu'il s'avouàt vaincu; l'inquiétude le prenait :

— C'est qu'elle est capable d'une folie! murmura-t-il.

Il sortit, la chercha partout, ne la trouva pas, et, avisant la porte de l'allée entr'ouverte, pénétra dans le jardin... Malgré le reflet de la neige, comme des nuages noirs roulaient dans le ciel, l'obscurité était si profonde qu'il fut quelque temps sans l'apercevoir... Son peignoir de mousseline semblait un morceau détaché du blanc linceul qui l'entourait... Il la prit dans ses bras, sans l'appeler, sans un cri, sans un mot, et courut la jeter sur son lit... puis fit chauffer des couvertures au milieu desquelles il l'ensevelit; pâle, les yeux rouges, sans salive, affolé, il alla réveiller la bonne, et d'une voix entrecoupée, dont le son l'épouvanta :

— Allez chercher Pierre Nouvel tout de suite... allez... Martha se meurt... il arrivera peut-être trop tard...

Pierre Nouvel arriva une heure après. Il la trouva très-mal, se fit raconter ce qui s'était passé et regarda Chrétien avec un peu de colère :

— Elle en a pour six mois à vivre, dit-il, si tu continues. Je t'ai poutant prévenu.

Noël pâlit et ne trouva rien à répondre.

Martha était plongée dans une léthargie qui dura toute la nuit et la journée du lendemain. Ce fut le soir seulement qu'elle reprit connaissance; elle était extrèmement faible, ne put prononcer une parole et promena son regard fatigué sur son amant et sur le jeune médecin. Puis elle ferma les yeux.

— Que penses-tu? fit Chrétien à Nouvel.

— Je pense, dit celui-ci en haussant les épaules, qu'elle n'en sera pas quitte à moins d'une bonne fluxion de poitrine; tu dois être content...

— Tu la sauveras?

— Je te prie de croire que si elle meurt, tu n'auras rien à me reprocher... mais je ne réponds de rien...

Il s'installa auprès de la jeune fille, et passa les premières nuits au chevet du lit, ne la quittant pas d'une minute. Noël, fiévreux, honteux de son inutilité, allait de ci de là, vaguant au hasard, en peine de son temps, et parfois demandait à son ami, suppliant, comme si de Nouvel eût dépendu le sort de la pauvrette :

— Comment va-t-elle? Comment la trouves-tu?

Et Pierre, laconique et cruel, répondait :

— Mal, aussi mal que possible...

Et, après un silence, il reprit :

— N'a-t-elle donc à Paris ni amis, ni parents?...

— Personne.

— C'est triste... Elle ne connaît que toi... Et si elle vient à mourir, tu pourras te vanter de l'avoir tuée...

— Pierre!...

— Eh! de quoi te fâcherais-tu? L'aimes-tu, cette enfant, oui ou non? Oui, tu l'aimes. Autrement elle ne serait pas chez toi, installée comme ta femme. L'estimes-tu, malgré la tache de son passé? Oui. Tu ne l'aimerais pas sans estime, je te sais par cœur. Donc, pourquoi la torturer?

Chrétien, impatienté, mais n'osant répondre, sortit, pas assez vite cependant pour ne point entendre le médecin qui ajoutait, haussant la voix : '

— Je te l'ai dit : tu as charge d'âme. Souviens-toi.

Les neuf jours de crise furent pénibles, avec des alternatives d'espérances et d'angoisses. Martha souffrit beaucoup; une oppression l'étouffait. Deux ou trois fois la crise fut si aiguë que Nouvel, blême, éloigna Chrétien, craignant qu'elle ne trépassât. Et, en ces moments, des lèvres sèches et enfiévrées de l'enfant s'envolait comme une plainte d'oiseau :

— Mamma!... mamma!... mia!...

Puis elle eut le délire et parla; mais ce qu'elle disait restait inintelligible, excepté pourtant le nom de Noël qu'elle prononçait à chaque phrase, avec une douceur de caresse.

4.

Elle chanta aussi en balançant dans le lit son corps chétif, émacié par la maladie, C'étaient toujours des bribes de chansons d'Italie, entendues à Naples ou à Catane, et qui lui revenaient en rêve. Tantôt, languissante :

> Julia gentil del bel color.
> Ma tu non sai che sia l'amor
> Ma forse un dì ti batte il cuor.
> Allor soprai cosà e l'amor...

Puis, tout à coup, à tue-tête, une chanson leste et pimpante que des petits pifferari étaient venus hurler, dans la cour, boulevard Haussmann :

> Te le detto tante volte
> Di non metter fiori in testa.
> Sia di giorno sia di festa.
> Sia di giorno di lavor...

Puis elle fut plusieurs jours silencieuse, avec des plaintes seulement, par mots entrecoupés, où toujours revenait l'appel à sa mère :

— Mamma! mamma mia!...

Quand elle délirait ainsi, Chrétien, sentant que des larmes lui montaient aux yeux, ne pouvait rester là plus longtemps et s'enfermait dans son cabinet ou dans son atelier.

Enfin elle recouvra connaissance et tristement, comprenant qu'elle avait été très-malade, elle sourit à Noël et à Pierre. Même elle voulut parler, mais Pierre l'en empêcha.

— Plus tard, dit-il, quand vous serez tout à fait remise.

Elle n'était pas hors de danger, mais la maladie suivait son cours régulier. Elle eut, dans les jours qui suivirent, de lourds abattements, entrecoupés de cauchemars, desquels elle se réveillait, horriblement fatiguée. Mais elle souriait toujours, comprenant qu'autour d'elle c'était une angoisse pénible, l'incertitude avec ses cruautés.

— Si je mourais, dit-elle une fois à Chrétien, d'une voix faible, qu'est-ce que tu ferais?

Lui haussa les épaules, se pencha, l'embrassa au front.

— N'aie donc pas de ces pensées-là !

— Pourquoi? Je puis bien mourir, je sais que ma vie est en danger; la mort ne m'effraye pas, ah! non, je l'ai tant de fois appelée qu'elle peut bien venir, à la fin. Qu'est-ce que tu ferais, Noël? Est-ce que tu prendrais une autre maîtresse?... Oh! oui, je te connais, tu ne m'aimes pas, tu m'aurais bientôt remplacée... Au moins, j'espère que tu viendrais à mon enterrement?...

Pierre, affectueusement, lui ordonna de se taire et de faire son possible pour dormir. Elle obéit, enfonça dans l'oreiller sa tête brune, si amaigrie qu'on ne voyait plus que les yeux, et que ceux-ci paraissaient énormes... Et elle se rendormit avec la main de Noël dans la sienne, murmurant comme en songe :

— N'aie pas peur, je ne veux pas mourir.

Le lendemain, Martha reçut coup sur coup deux visites auxquelles elle ne s'attendait pas : Domenica, cette Sicilienne, amie de sa famille, qui habitait Paris, et Isabelle, la danseuse du Châtelet, vinrent la voir. Domenica arriva la première. Quand Martha la vit, elle pleura, et la jeune femme eut beaucoup de peine à la consoler. Elle ne réussit qu'en menaçant de ne plus revenir.

Domenica, veuve à vingt-cinq ans, était une fort belle blonde, grande, d'une allure majestueuse. Très-riche, elle habitait Paris tous les hivers, retournait l'été en Sicile et refusait de se remarier, malgré les prétendants qu'attiraient sa fortune, son élégance et ses jolis yeux.

Ce qui faisait pleurer la malade, c'était de se voir, elle, dans l'isolement de tout, alors que Domenica l'avait connue jadis entourée des raffinements du luxe, gaie et insouciante. La jeune veuve était bonne; elle employa toutes les délica-

tesses de son cœur à la consoler, à lui faire oublier sa peine,
et y parvint. Elle n'eut pas une allusion à la situation fausse
où se trouvait Martha chez Chrétien; elle connaissait la
jeune fille depuis longtemps; c'était une liaison d'enfance;
elle avait conservé la plus vive amitié pour la pauvre irré-
fléchie et imprudente dont la vie était brisée.

Quand elle fut pour partir, Martha lui dit :

— Écoute, Domenica, rends-moi un service.

— Lequel?

— Tu vois cette armoire, en face? Ouvre le deuxième
tiroir, et là, au milieu des paperasses, des lettres, des bouts
de rubans, tu trouveras une image de la Sainte Vierge, dans
un cadre en bois noir... Je l'ai emportée de Catane, en m'en
allant, et c'est même à peu près tout ce que j'ai pris...
L'as-tu?

— Oui, dit Domenica qui fouillait.

— Mets-la sur ma table de nuit et allume la veilleuse
devant, comme chez nous, tu sais, afin que la *padrona* des
malheureux veille sur moi...

— Est-ce tout ce que tu veux?

— Oui, ma bonne. Merci.

Domenica l'embrassa et s'en alla tout émue.

— Je reviendrai te voir souvent, dit-elle.

L'après-midi, ce fut le tour d'Isabelle. Elle entra comme
une trombe, apportant le froid du dehors dans la chambre
chaude, et se précipita sur Martha, l'embrassant de toutes
ses forces.

— On vient de me dire que tu étais très-malade! Et moi
qui ne savais rien! Tu ne changeras donc jamais?... Il est
vrai qu'avec toi je suis faite à ces surprises...

Elle s'étendit dans un fauteuil, sans même regarder où elle
se trouvait, et Martha n'avait pas encore eu le temps de
lui souhaiter la bienvenue qu'elle disait, se relevant d'un
bond :

— As-tu vu ma robe? Vingt-cinq louis, ma chère!...
Payée comptant... Et mon chapeau, hein? la plume est tout
d'une pièce, tu sais?... Huit louis, le chapeau... Je suis
requinquée, qu'en dis-tu?...

Elle était vêtue d'une robe de satin noir, à plissés, à longue
traîne, et elle se penchait fortement en arrière pour voir les
ondulations de l'étoffe sur le tapis.

— Tu sais, ce n'est pas avec mes cent cinquante francs
par mois que je me la suis payée... J'ai un amant, un type
très-chic, qui m'aime, oui, qui m'aime... Et moi aussi, j'ai
une toquade pour lui... Si tu savais comme il est gentil!...
il ne me refuse rien, il me donne tout ce que je veux...
Tiens, regarde!

Et, dégrafant son manteau, ôtant ses gants, elle montra
un à un tous ses bijoux, ses bagues, ses bracelets, sa montre,
sa longue chaîne qui faisait deux fois le tour de son cou et
pendait le long de sa taille, ses boucles d'oreilles, son
médaillon, le tout d'un goût détestable. Martha souriait,
amusée :

— Alors, te voilà heureuse?

— Oui, bien heureuse. Je vais quitter le théâtre; cela me
prend trop de temps.

— Et que feras-tu?

Isabelle regarda l'enfant, étonnée, puis :

— Mais rien, dit-elle.

Elle s'était assise de nouveau et, cette fois, jetait un
regard autour d'elle. Pierre et Chrétien entrèrent. Elle les
salua sans se lever, d'un petit signe familier. Elle était là
chez elle, et bientôt ne fit plus attention à eux. Au contraire, Martha parut embarrassée, et son regard troublé
chercha celui de son amant..... Depuis qu'elle était sortie du
théâtre, elle n'avait pas revu, pas essayé de revoir Isabelle...
Elle ne l'avait, du reste, jamais fréquentée, et leur liaison
avait été le résultat forcé de la communauté de vie quoti-

dienne au théâtre... Mais une crainte l'agitait... Elle savait
combien la danseuse était légère en paroles ; son intelligence
courte et son cerveau étroit l'empêchaient de distinguer —
et comment l'eût-elle pu ? — l'abîme profond qui la séparait
de Martha... Elle traitait de pair avec elle, maintement surtout qu'elle était « rangée » et qu'elle avait un amant...
comme Martha !... De différence, point !... Elle eût été étonnée
qu'on lui en fît sentir, et, certes, en eût pris du ressentiment.

Elle était là depuis un quart d'heure, qu'elle n'avait pas
encore cessé de parler... Elle emplissait la chambre de ses
allures de hanneton et de ses jacasseries assourdissantes
de tête vide... Elle riait sans motifs, se regardait dans les
glaces, donnait un coup d'ongle aux frisons de ses cheveux,
sur le front et les tempes... venait embrasser Martha de toutes
ses forces et se rejetait dans un fauteuil avec accablement...

Tout à coup, haussant les épaules :

— C'est idiot, fit-elle, d'habiter ici... Autant la Sibérie ou
le pôle nord... autant Clichy... Quelle drôle d'idée !... C'est
pour qu'on ne vienne pas vous déranger, hein ? Oh ! je devine.
Alors ça continue, vous filez le parfait amour ?... Quel luxe !...
Vous avez rudement raison, allez, mes enfants ; n'y a que ça
dans la vie... ça et les pommes de terre frites... Dites donc,
à propos, je me retiens, moi... ceux qui s'aiment récoltent...
je veux être la marraine du premier... Si c'est un petit
homme, nous l'appellerons Gaston, hein ? c'est convenu ?...

Noël lança vers Martha un regard mécontent. Sa figure
s'assombrissait. Elle le vit bien, mais pouvait-elle empêcher
Isabelle de bavarder à tort et à travers, empêcher ce flot
envahissant de paroles ?

La fille continuait, sans même baisser la voix :

— Alors, tu es heureuse ?... Ton amant est gentil pour
toi ?... Il te donne ce que tu veux ?... Monjolit, un jour,
avait prétendu que c'était un pingre, mais Monjolit est un
blagueur... Tu ne sais pas ? En voilà un qui aurait voulu

t'avoir!... Mais il n'est pas sérieux, tu sais? Non, tu as mieux fait de prendre Chrétien...

Et se retournant vers Noël, avec un sourire aimable :

— Ce n'est pas un compliment, dit-elle. N'allez pas croire que je veux vous faire!...

Le jeune homme était blème. Pierre le remarqua et voulut l'entraîner. Il refusa, et montrant les deux femmes penchées l'une auprès de l'autre :

— Voilà les amies de Martha, murmura-t-il... des soupeuses du boulevard!... Qui sait s'il n'y a pas de secret entre elles?... si je ne passe pas à leurs yeux pour un naïf?... L'autre l'a dit : je ne suis, après tout, que le monsieur qui paye...

— Je te plains, mon ami, dit Nouvel tristement; tu as conservé le caractère méfiant de ta race; paysan tu es, paysan tu resteras...

— Que croire?

— Ce que tu veux. Tu ne seras jamais heureux !

Isabelle ne se doutait pas des impatiences irritées qu'elle excitait. Elle avait sorti de sa poche un jeu de cartes, et très-gravement, sur les genoux, mouillant ses doigts de temps à autre, se faisait une réussite.

— Je veux savoir si mon amant m'aimera longtemps, dit-elle, et si sa famille lui enverra toujours de l'argent... Les cartes vont me le dire...

Les cartes, bonnes personnes, le lui affirmèrent. Alors elle fut d'une gaieté folle et se mit à chanter, épuisant le répertoire de tous les cafés-concerts dont chacun avait déposé dans sa tête un bout de refrain stupide :

<blockquote>
Je suis la sœur
D'un emballeur
Bien connu, bien connu dans l' quartier
De la rue d' l'Échiquier...
</blockquote>

Elle s'interrompit :

— N'est-ce pas que j'ai de la voix? Mon amant va me

faire apprendre la musique... et j'entrerai dans un théâtre
d'opérette... Si je pouvais arriver comme Judic!... Tiens,
écoute, dis-moi ton avis :

> Avril vient de naître,
> Et par sa fenêtre
> Le soleil joyeux
> Nous fait les doux yeux,
> Et sous chaque branche
> Passe une avalanche
> De galants minois
> Qui s'en vont au bois...

Et doucement, atténuant l'enrouement chronique de sa
voix rude, elle attaqua le refrain :

> Par les sentiers remplis d'ivresse,
> Allons ensemble, à petits pas.
> Je veux t'offrir, ô ma maîtresse,
> Le premier bouquet de lilas!...

— Eh bien! comment me trouves-tu? demanda-t-elle.
Martha, fatiguée, inclina la tête sans répondre. Et Isabelle, impitoyable :
— Je réussirais peut-être mieux dans le genre gai... Moi,
d'ailleurs, j'ai toujours aimé les rigolades.

> Joseph est en voyage...
> Il fil' sur Perpignan.
> J'ai huit jours de veuvage.
> Payons-nous d' l'agrément...

— Tu sais, on chante ça avec un petit chahut, on lève la
jambe, juste assez pour montrer qu'on n'a pas des manches à
balai... Ou bien, comme j'ai la voix forte, je réussirais peut-
être dans les gaudrioles... Connais-tu madame Faure, des
Ambassadeurs?

> Madame Godichon...
> J'ai trouvé d' la trichine
> Dans votre galantine
> Et vos pieds d' cochon...

Tout à coup elle se leva, jeta son manteau sur ses épaules, embrassa la malade, envoya un adieu souriant à Pierre Nouvel et à Chrétien, et, sans autre cérémonie, sortit comme une trombe, ainsi qu'elle était entrée...

Un lourd silence régna parmi ceux qui restaient; il y avait une gêne, un embarras inexplicable. Martha le comprit, et suppliante, répondant ainsi, d'un seul mot, à tout le tumulte des pensées qu'elle devinait chez Noël :

— C'est une folle... Est-ce ma faute?... Elle seule, au Châtelet, avait un peu d'amitié pour moi.

Mais Noël avait les yeux méchants, les sourcils froncés; Nouvel même était un peu décontenancé. Chrétien parcourut la chambre d'un pas rapide; Martha n'osait lui adresser la parole. Le docteur l'entendit qui disait :

— Où diable ai-je été placer mon amour?

Il eut un éclat de rire ironique :

— De l'amour!... Ah! ah!...

Il sortit fermant la porte avec colère, les poings crispés, les épaules hautes. Et il était parti depuis longtemps, que la jeune fille entendait toujours les notes dures et cruelles de ce rire qui lui martelaient l'âme. Tout à coup, oublieuse de sa faiblesse, ne sachant même pas que ses jambes refuseraient de la porter, elle s'enveloppa d'un des draps et se laissa glisser hors du lit... Elle tomba sur le parquet. Au bruit, Pierre se retourna, accourut :

— Eh bien, qu'y a-t-il? Que faites-vous?

— Je veux m'habiller... Ayez l'obligeance de sonner la bonne, pour qu'elle m'apporte mes vêtements...

— Vous habiller! En l'état où vous êtes! Et pourquoi?...

— Parce que je veux m'en aller, parce que je ne veux pas rester ici une minute de plus!...

Il la prit dans ses bras, bien qu'elle se débattît, et la replaça dans le lit, de force. Elle criait :

— Non, non, laissez-moi! laissez-moi donc, à la fin!

5

Et comme il paraissait résolu à ne point obéir, elle se mit à pleurer... Puis la fatigue fut plus forte que cette tristesse nouvelle; l'enfant s'endormit; Nouvel lui tâta le pouls longuement; la fièvre avait augmenté; Chrétien, en rentrant le soir, la trouva plus malade... Elle avait encore le délire. Deux ou trois fois, pendant la nuit, elle se réveilla, chercha dans la chambre, préoccupée, et demanda :

— Entretenez-vous l'huile dans la veilleuse, devant l'image de la Sainte Vierge?

Et elle se rendormit en bredouillant :

— Oh! padrona! padrona!

Enfin, après quelques jours, elle se remit, et Pierre lui conseilla de se lever. Elle s'assit dans un large fauteuil auprès de la fenêtre, et se mit à contempler avec une joie d'enfant le ciel bleu où pas un nuage ne flottait, et les arbres, et le jardin d'où la neige avait disparu... Un rayon de soleil vint égayer la cour, passa par la fenêtre et se joua dans les ondes de ses cheveux.

— Ah! dit-elle, le soleil est déjà chaud... le printemps n'est pas loin...

Elle regarda le jeune médecin avec reconnaissance.

— Si je revois le soleil, c'est grâce à vous...

Et s'adressant à Noël, heureux de la retrouver guérie :

— Quant à toi, tu as bien fait tout ce que tu pouvais pour que je meure.

Ce fut le seul reproche qu'elle lui adressa, et que du reste il interrompit avec un baiser.

Elle se rétablit rapidement, et le mois pendant lequel elle fut convalescente se passa dans une tranquillité profonde, dans un bonheur complet.

Lorsqu'elle fut en pleine santé et qu'elle eut repris ses habitudes, elle crut, à certains détails, reconnaître qu'une certaine gêne existait dans le ménage. Elle remarqua que des bibelots avaient disparu du salon, vendus sans doute;

deux ou trois petits meubles en marqueterie n'étaient plus
là. Elle s'en ouvrit à Chrétien. Celui-ci ne nia pas, et gaiement :

— C'est vrai, dit-il, tu as deviné juste, mais ne crains
rien, cela ne durera pas...

— Oh! ce n'est pas pour moi que j'ai peur... Mais j'aimerais mieux mourir que d'être une charge pour toi... et si je
savais!... Du reste, je puis m'occuper, gagner quelque
argent...

— Plus tard!

Elle n'insista pas ce jour-là, mais cette idée la préoccupait. Elle en reparla :

— Après tout, dit-elle un matin où elle voyait Noël distrait, si je ne trouve pas de l'ouvrage autre part, je puis toujours être danseuse... On ne demandera pas mieux que de
me reprendre au Châtelet, puisque *Michel Strogoff* continue.

— Jamais! dit Chrétien avec violence.

— Pourquoi? Je gagnais cinq francs par jour; pour une
femme, c'est joli...

— Tu n'as donc pas de honte à te montrer ainsi demi-nue?

Elle le regarda très-étonnée :

— Non, dit-elle, je n'y avais jamais pensé.

Noël sentait une colère monter; ce mot le désarma en lui
montrant toute la naïveté de l'enfant. Du reste, deux ou trois
commandes importantes, qui arrivèrent le lendemain, les
tranquillisèrent. Une dernière douleur était réservée pourtant à Martha, plus poignante celle-là que les autres, car
elle était faite d'incertitudes et d'angoisses. Un jour, Chrétien
reçut la lettre que voici :

« Mon neveu, la présente est pour te faire connaître que
ton père est assez gravement malade, et pour te conseiller
aussi de venir l'embrasser, si tu le veux voir avant sa mort.

                    « Ton oncle PAQUERON. »

— Je partirai ce soir, dit-il, les larmes aux yeux.

— Va, mon ami, ce serait criminel de te retenir.

Elle l'aida dans ses préparatifs, qui se firent silencieusement. Tous deux avaient le cœur gros.

— Est-ce loin, ton pays? demanda-t-elle.

— Très-loin, à deux pas de la Belgique.

— Ton absence sera longue?

— Qui sait?

— Tu ne m'oublieras pas? Tu m'aimeras toujours? Tu
penseras quelquefois que je n'ai que toi au monde... et que
si jamais je suis privée de toi, je mourrai?

— Je te le jure! dit-il dans un élan.

Elle cacha sa tête dans le sein de son amant et éclata en
sanglots convulsifs. Lui ne se contenait qu'avec peine, mais
l'embrassait avec passion, sentant maintenant, alors qu'il
allait être séparé d'elle, combien il l'aimait, combien elle
s'était rendue nécessaire à sa vie.

Le soir, il partit.

— Tous les jours je t'écrirai, lui dit-elle...

Puis après réflexion, et avec un soupir qu'elle dissimula :

— Toi, ne me réponds pas, si tu veux!...

DEUXIÈME PARTIE

LA VERRERIE DE LA MALAVISÉE.

I

Noël arriva le lendemain matin à la gare de Monthermé; il confia ses bagages à un aubergiste, comptant les faire prendre le soir, et descendit vers la Val-Dieu, gagnant la route qui part de la Meuse, à l'embouchure même de la Semoy, et déroule son mince filet au pied des montagnes, entre des rocs, des blocs d'ardoises et des arbres maigres. La Semoy, augmentée par les pluies, faisait entendre des grondements pleins de colère; ses flots jaunâtres, à ras bords de la rive, avaient sans doute, en leur parcours depuis la Belgique, lavé des chantiers, des hangars, des remises, comme une vague, en s'abattant, lave le pont d'un navire, car ils emportaient pêle-mêle des planches, de la paille, du foin, des poutres et des tonneaux... Si les eaux étaient toujours hautes, la pluie avait cessé, et, ce matin-là, le soleil, entre deux cônes boisés, se levait radieux... Une partie de la vallée restait encore dans l'ombre, une ombre indécise où l'aurore flottait comme une traînée de brouillard, plus mince et plus transparente que la plus fine dentelle; mais les hauteurs resplendissaient, et dans les aridités âpres des

paquis, là où pas même les sapins n'avaient voulu pousser,
s'accrochaient sur les pierres rouges des flèches d'or étincelantes de lumière. En un instant, ce qui restait de brouillard
s'éparpilla comme en une déroute gigantesque, roulant sur les
côtes, s'engouffrant dans les profondeurs des bois, dégringolant le long des mamelons, repoussé dans les racines, se perdant au fond des creux. Et, au fur et à mesure que la brume
battait en retraite, le soleil prenait possession du paysage,
dont tous les détails maintenant apparaissaient : la percée
large de la Meuse, sur laquelle descendaient des bateaux chargés de perches, et qui tournait en un coude brusque, au bout
de Monthermé, entre deux ardoisières ; les bâtiments des
forges ; des maisons de plaisance, plantées, comme des nids
d'aigle, derrière des gaulis de chênes, sur des crêtes, avec
l'admirable vue de la Semoy d'un côté, et de la Meuse de
l'autre ; des voitures basses, conduites par des petits chevaux,
allant au marché ; des femmes aux yeux noirs, au teint
brun, sèches et robustes, qui, la hotte sur le dos ou le panier
au bras, suivaient le même chemin ; deux ou trois gamins à
mine éveillée trimballant dans les buissons, leurs mains
jusqu'aux coudes dans les poches de pantalons montant sous
les bras, retenus par des bretelles dont les pointes battaient
les genoux. Et ces gens-là, paysans, femmes ou gamins,
saluaient Noël poliment.

Il était arrivé en haut de la côte ; à sa gauche, s'élevaient
des rochers bruns qui revêtaient des formes bizarres et
tourmentées, comme si des générations eussent essayé de
percer leurs flancs impénétrables ; à droite, une pente à pic
au bas de laquelle la Semoy, plus étroite, promenait ses
méandres dans une vallée élargie, entre les deux chaînes de
montagnes. Deux villages étaient perdus là, Tournaveaux et
Haulmé, dans le fond, si loin que les maisons paraissaient
toutes petites et que les chevaux qu'on menait à l'abreuvoir
avaient l'air de poulains. La rivière léchait le bas des

rochers, et des branches de chênes, venues entre les pierres, pendaient dans l'eau. Les maisons s'allongeaient régulièrement le long de la rive, et, derrière, des haies d'épines en carrés marquaient les découpures symétriques des jardins. Sur la route, une maison, avec une enseigne, qu'il connaissait : « *Au Paquis de Blossette, Merlin, cantonnier chef, débitant.* » Il entra. Le cantonnier, avant de faire sa tournée, buvait de la bière, et, debout, mangeait un morceau de fromage sur une tranche de pain.

— Bonjour, Merlin! dit le jeune homme.

Le cantonnier l'examina des pieds à la tête. L'examen fut long. Pourtant Merlin se mit à rire :

— Tiens, le fils Chrétien qui revient au pays !

Ils échangèrent une poignée de main solide. Et Noël demanda, d'une voix tremblante :

— Est-ce qu'il y a longtemps que vous avez vu mon père?...

— Jean Chrétien?... Hier, garçon, justement...

— Et comment... comment va-t-il?...

— Lui?... Le père Chrétien?...

— Oui..., est-ce qu'il est mort?...

Merlin regarda Noël, stupéfait, et descendit le morceau de fromage énorme qu'il portait à sa bouche... Puis il éclata de rire :

— Sans compter, garçon, dit-il, qu'avec votre figure blanche comme un drap qui sort de la lessive, vous avez plus mauvaise mine que lui...

— Il n'est pas malade?... Il n'est pas mort?

— Il est fort comme le rocher de Linchamps, et il avalerait, sans être incommodé, toutes les caillouttières du pays!... Ce n'est pas de lui qu'on est près de dire qu'il s'en est *rallé*!...

Noël sortit, troublé, cherchant à se rappeler la lettre de Paqueron. Elle était précise; point de doute là-dessus; alors,

pourquoi ce mensonge?... L'oncle, paysan rusé, très-intelli-
gent, n'était pas homme à faire des farces d'écolier...
Quelle était la raison d'un pareil subterfuge?... Il eut un peu
d'inquiétude, puis bientôt n'y pensa plus. Un épanouissement
le prenait; son cœur, serré douloureusement depuis la
veille, battait avec violence; mais c'était de joie; son père
n'était pas malade... alors, pas de tristesse, pas de deuil au
logis...

Il approchait de Thilay, et la côte qu'il avait montée, il la
redescendait.

La route s'encaissait, et de chaque côté du talus grimpaient
de fortes haies de branches vives; les miroitements des
rayons du soleil passaient à travers les déchiquetures et
l'aveuglaient; cela ressemblait à de la lumière diversifiée à
l'infini sur des éclats de miroir; des toiles d'araignée, d'un
ingénieux travail, conservaient encore des gouttelettes de
rosée qui étincelaient comme des diamants; une rangée de
pommiers commença bientôt; autrefois, il avait fait là plus
d'un emprunt à des tas de fruits embaumant la vallée. Il
aperçut tout à coup un étang, endormi sous des herbes
molles; la brise du matin s'était levée, et deux ou trois vieux
saules berçaient lentement leurs palmes; il s'arrêta et
regarda devant lui : c'était Thilay avec ses maisons noircies
par la fumée des usines, Thilay avec ses fumiers et sa boue,
Thilay avec ses clouteries, ses chiens galeux tournant la roue
pour alimenter les petites forges, Thilay, enfin, tel qu'il
l'avait connu, si profondément enseveli dans la vallée que le
soleil s'y montrait à peine, l'été, cinq heures par jour. Il
traversa une ruelle; des chiens aboyèrent; des enfants,
jambes nues, le suivaient de loin, ouvrant les yeux tout
grands, sans dire un mot. Là-bas, de l'autre côté du village,
près de la rivière, il y avait une maison plus basse, plus
noire que les autres, et qu'il semblait que le moindre coup
de vent devait enlever... et sur le seuil, un vieux, courbé,

qui fendait du bois... C'était Jean Chrétien... Comme Noël
s'approchait, était à deux pas de lui, il releva la tête, le
reconnut. Et gravement, sans émotion :

— Tiens! v'là le fils!... Eh! la femme!...

La mère fut bientôt là; elle épluchait des légumes, et sans
cesser la besogne :

— Jour, l'enfant!... Quoi que tu viens faire au village?...
Je croyais que tu en avais fait ton deuil, da?...

Le père posa sa hache, et s'essuyant le front :

— La santé est bonne, garçon? Ça fait tout de même du
plaisir de te revoir...

Chrétien les embrassa. La mère tendit la figure, mais le
père essuya ses lèvres avec la manche de sa blouse pour
répondre au baiser de son fils. Ni l'un ni l'autre n'avait veilli.
Chrétien les regardait avec émotion, les retrouvait tels qu'il
les avait laissés jadis. Il entra en se baissant, la porte était
trop basse, et il alla s'asseoir dans un coin, sur une mauvaise
chaise de paille, auprès d'une vieille, ridée et parcheminée,
qui le regardait avec de petits yeux brillants; c'était la
grand'mère Pauline, qui vivait là, végétait plutôt, ne bougeant guère de son fauteuil où elle passait sa journée à
caresser, sur son giron, un affreux barbet pelé, Tout-
Beau; elle comptait bien quatre-vingt-dix ans, mais elle
était vigoureuse encore, avait même la coquetterie de
marcher sans bâton, et,' par les soirs d'hiver, s'en allait à
la veillée d'un bout du village à l'autre, sans fatigue et sans
accident.

— Bonjour, grand'mère, bonjour, Liline, dit-il, lui donnant
un surnom d'enfant.

— Jour, Noël! Embrasse-moi, mon beau fi!

Jean et sa femme, qui avaient conversé à voix basse sur le
seuil de la porte, s'approchèrent. Toute la famille était là,
maintenant, et, chose bizarre! cet homme et ces deux
femmes se ressemblaient; les mêmes rides étaient creusées

5.

aux mêmes endroits, par les mêmes soucis, les mêmes préoc-
cupations ; les cheveux étaient gris, le visage tanné, les
yeux inquiets et ironiques, les coins des lèvres tombants, la
physionomie attristée ; tous trois aussi semblaient de même
taille, mais Liline était courbée en deux quand elle marchait, si courbée que cela faisait pitié, si courbée qu'elle en
riait :

— J'ai encore du temps à vivre, disait-elle, tant que le
menton n'aura pas rejoint les genoux...

Le silence régnait. Jean bourrait sa pipe ; Marie-Jeanne, la
mère, continuait d'éplucher ses légumes, et Liline, avec
curiosité, examinait Noël des pieds à la tête. Elle seule
paraissait heureuse. Les autres avaient l'air gêné. Le jeune
homme s'en aperçut. Inquiet, il demanda :

— Qu'y a-t-il ? Est-ce que cela vous ennuie que je sois
revenu ?

— Non. C'est ton droit.

— Vous n'avez rien à me reprocher ?

— Encore non. Tu te montres bon fils...

Ils n'avaient jamais plus d'épanchement. Noël ne s'étonna
donc point de leur laconisme. Autour de lui, il reconnaissait,
avec la même propreté méticuleuse, la même simplicité, le
même dénûment qu'autrefois : sur la terre battue, des
escabeaux de bois et des chaises de paille ; aux murailles
blanchies à la chaux, des enluminures représentant les
guerres de l'Empire, Bonaparte la main dans sa redingote
grise, à pied, à cheval, sur le pont d'Arcole, à Waterloo, à
Sainte-Hélène ; des images de sainteté ; des vieux meubles,
bahuts, tables, et la vaisselle sur une étagère, et les chande-
liers de cuivre sur la cheminée, et le haut lit dans l'alcôve
tendue de rideaux à ramages rouges. Deux portes, de chaque
côté, communiquaient, l'une avec la clouterie, où travaillait
Jean ; l'autre avec un étroit cabinet noir, où se trouvait
encore un lit, de réserve celui-là, qui jadis avait été et allait

être encore le lit de Noël. Quant à Liline, elle avait un coin de grenier où elle montait par une échelle; une trappe s'ouvrait; la grand'mère grimpait; la trappe se refermait, laissant pendre des quartiers de lard et de jambon, des bottes d'oignons, d'échalotes, des gousses d'ail, et Liline était chez elle.

Entre la grand'mère et les autres se livrait une guerre perpétuelle de petites haines, de petites cruautés. L'aïeule possédait trois ou quatre bouts de terre dans la vallée, sur des pierrailles, et cette fortune était l'objet des constantes ambitions de Marie-Jeanne, sa belle-fille. Souvent celle-ci en parlait aux voisines :

— Quand Liline sera morte... commençait-elle.

Et les autres, comme d'une chose toute simple :

— Oh! elle ne vivra pas longtemps, à c'te heure!...

Liline avait un autre fils, Laurent Chrétien, le plus hardi contrebandier de Sorendal, qui ne voyait pas d'un bon œil son installation à Thilay; il comprenait que les lopins resteraient au dernier qui aurait pris soin de la vieille. A l'auberge, quand les paysans lui en parlaient, il secouait les épaules avec ironie :

— L'héritage ne vaut pas un clou, disait-il; c'est des « caillaudières ».

Dans le fond, il rageait et il essayait d'attirer Pauline chez lui pour la même raison que Jean s'efforçait de la retenir; Liline, sans se prononcer dans son affection, n'avait pas voulu quitter Thilay; elle était née là, elle voulait y mourir; les deux frères s'étaient brouillés et plus d'une fois avaient échangé des insultes; la grand'mère, égoïste et rusée, envenimait ces querelles; elle y trouvait la tranquillité de ses vieux jours; car plus ses fils attachaient de prix à cet héritage, plus elle était certaine d'être entourée de soins; Marie-Jeanne le comprenait, et, entre la paysanne et la vieille, c'était une lutte pleine d'atrocités, de reproches et d'épithètes sanglantes; l'une et l'autre se haïssaient, et la moins forte des deux, celle qui frappait le moins juste et le moins cruellement, n'était pas toujours la grand'mère... la bouche inutile... Quelquefois Jean se fâchait, se mettait en colère :

— Femme, tu vas trop loin, disait-il ; elle finira par aller retrouver Laurent.

— Pas de danger. C'est Thilay qu'il lui faut.

— Alors elle nous déshéritera.

— Nous connaissons le testament ; il est chez le notaire ; nous saurons bien si elle le change.

Le paysan craintif se taisait. Quand il était là, que les querelles avaient lieu en sa présence, Marie-Jeanne, la plupart du temps, avait le dessus. On eût dit que, devant son fils, la vieille dédaignait de répondre ; mais, une fois parti, Liline reprenait avantage ; elle avait un mot, surtout, qui amenait du rouge aux yeux de sa bru :

— Va, ma belle, va retrouver le charron Habert, dans le bois des Six-Chenons !

— Vous en avez menti, entendez-vous ? menti, menti, menti !...

Pendant que la paysanne, les poings serrés, les lèvres blanches, se retenait pour ne pas la battre, Liline souriait, hochait la tête :

— Faut pas dire non, ma belle... j'ai bonne mémoire... Il y a de ça vingt ans... je t'ai vue... je t'ai vue !...

— Menti !... menti !... gueuse !

— C'était à côté d'un petit frêne... j'ai fait une croix sur l'écorce le lendemain... le frêne a grossi... la croix s'est élargie... je te la montrerai quand tu voudras... sur le revers des Six-Chenons !...

Et l'autre, de la mousse aux lèvres, prise de l'envie de la tuer, ne savait que dire :

— Menti !... menti !... menti !...

L'arrivée de Noël mit un peu d'apaisement dans ces crises quotidiennes. Marie-Jeanne avait comme une honte de se laisser aller à ses violences, et Liline, oubliée, se reposait. A peine, au repas, quand la vieille tendit sa longue main sèche et jaune vers la miche, la mère murmura-t-elle, entre les dents :

— Il faut qu'elle retourne au pain, celle-là !...

Tel était ce ménage. Et pourtant Noël ne se défendait pas contre une émotion. Il regardait autour de lui, reprenait possession des moindres choses : ses années de gamin se réveillaient avec ses flâneries dans les champs, ses retours au logis, la mère filant, le père à sa forge, Liline endormie en son coin, Tout-Beau tournant la roue comme un écureuil, et la petite forge ronflant, toute rouge, dans les salissures noires de la boutique...

Une grande horloge, à cadran jaune, fit entendre l'arrêt du ressort et sonna, claire; Noël, surpris, se retourna. Liline eut une réflexion :

—- C'est à moi, l'horloge... Tout ce qui est ici m'appartient... Veux-tu l'emporter à Paris?... Je te la donne.

Marie-Jeanne lui lança un regard de vipère.

— Hé! dépouillez-nous, da! si vous croyez que nous vous nourrissons pour rien !...

Le soir de son arrivée, Chrétien dit à son fils :

— Demain, tu iras voir ton oncle Paqueron?

— Oui. Vous m'accompagnerez?

— Je ne peux pas. J'ai de l'ouvrage. Comme il est probable que tu y passeras la journée, nous ne t'attendrons point. Tu reviendras quand tu voudras.

Le lendemain, il partit.

Dans les villages, les nouvelles vont vite; tout le monde savait déjà qu'il était revenu; quand il prit la rue des Paquis, la Couture-de-la-Croix, la Halliette, les rideaux des fenêtres s'écartèrent pour le voir passer. Il traversa la Semoy sur le pont qui était au bout des maisons, et s'engagea dans le bois de chênes qui recouvre les mamelons, du côté gauche de la rivière.

La verrerie de l'oncle Paqueron, la Malavisée, dépendait de l'ancien château de Linchamps, près de Naux, à quelques minutes de Thilay.

Joli pays perdu, plein de souvenirs historiques.

Il y avait une demi-heure de chemin entre Thilay et la verrerie de la Malavisée. Il fallait suivre une route pierreuse, coupée dans le roc, à travers bois, et qui parfois s'enfonçait sous terre si profondément que l'on eût cru traverser une grotte... Au-dessus, la pluie des derniers jours filtrait dans la terre et tombait goutte à goutte avec une limpidité de cristal le long des parois de granit, sur la rigidité desquelles des fougères étalaient leurs chevelures vertes. Les gouttes d'eau formaient un ruisselet clair, large comme la main, qui fuyait, pareil à une couleuvre, dans les cailloutis blancs, coupait la route en zigzag et se perdait plus loin dans quelque trou. Au bout du chemin, Noël se retrouva en pleine lumière, avec la nappe large de la Semoy devant lui, et de l'autre côté les toits rouges de la verrerie de l'oncle Paqueron, sur une crête, dans les ruines du château de Linchamps.

II

La verrerie était sur la rive droite. Noël passa la rivière sur un pont en construction, devant Naux, puis prit le chemin qui grimpait à la Malavisée, située à mi-côte de Linchamps. Il était parti de bonne heure; il avait peu dormi la nuit dernière, et s'était levé avec le jour... Il s'arrêta un moment et jeta un coup d'œil derrière lui; la brume, bercée par le petit vent du matin, s'épandait dans la vallée, remontait les côtes et laissait entrevoir des coins d'azur du ciel; l'aube flotta un moment indécise derrière les arbres; le vent, dans les halliers, parut vouloir s'apaiser; l'horizon blanc resta noyé de vapeurs, puis brusquement le soleil parut, et la rivière eut des scintillations d'acier. Et mille criailleries de petits oiseaux s'égrenèrent dans les branches.

Il était à la verrerie; la maison d'habitation était précédée d'un jardin; il entra. Il y avait là des cris assourdissants de basse-cour, un tas de poules, de canards, de pintades, qui environnaient de leur course une belle fille brune, aux épaules larges, robuste et crânement campée sur ses hanches. Elle puisait dans son tablier qu'elle tenait relevé par un coin, et distribuait des grains à tout ce monde turbulent. Elle aperçut Noël et n'interrompit point sa besogne; elle répondit seulement d'un signe de tête au salut léger du jeune homme.

— J'arrive peut-être un peu tôt pour voir M. Paqueron? dit-il sans la regarder.

— Veuillez entrer au salon, monsieur.

Il allait obéir, quand la jolie fille l'arrêta d'un mot :

— ...A moins que vous n'aimiez mieux me tenir compagnie, mon cousin, dit-elle en riant, montrant ses dents blanches; et jetant à des poules deux dernières poignées d'avoine, elle tendit les mains à Noël...

— Vraiment, tu ne me reconnais pas? J'ai tellement changé?... Tu ne le fais pas exprès?...

— Geneviève! dit-il, riant aussi.

— Moi, je n'ai pas hésité une minute... Eh bien! qu'est-ce que tu attends?... Tu ne sais plus m'embrasser?

Elle offrait ses joues, le long desquelles, tout près du lobe des oreilles roses, transparentes, il y avait un fin duvet brun; ce fut là, de chaque côté, qu'il mit sans y penser deux baisers de camarade. Geneviève, qui les avait demandés, fut sur-

prise, car du rouge empourpra son front, et comme une lan-
gueur humide passa dans ses yeux.

Une grosse voix, derrière eux, les fit sursauter :

— Eh! ne vous gênez pas, mes enfants, ne vous gênez
pas!

C'était l'oncle qui venait de faire un tour à la verrerie et
qui, les bras croisés, les regardait en souriant. Et il continuait sur le même ton :

— Eh! l'artiste, c'est à Paris qu'on apprend à embrasser
comme ça les filles?

Geneviève s'était enfuie dans la maison, et l'oncle Paqueron et Noël se serrèrent vigoureusement la main, en se
regardant une minute, silencieux. Ce fut Noël qui le premier parla :

— J'ai un reproche à vous faire, mon oncle...

— A moi?

Et Paqueron, embarrassé, se baissa, ramassa une bûchette
de bois et se la mit entre les dents.

— Pourquoi, dans votre lettre, me dites-vous que mon père
est très-malade, même qu'il va mourir, alors que je le
retrouve, heureusement, en excellente santé?...

— Eh bien, tu n'aimes pas mieux le retrouver?

Noël fronça le sourcil et interrompit :

— Je vous prie de me répondre franchement, mon oncle...
Votre lettre m'a fait pleurer... On ne se joue point de pareils
sentiments..

— Ne me reproche rien... Noël... l'idée vient de ta mère...
j'ai eu tort de m'y associer... mais Marie-Jeanne eût fait écrire
par un autre la lettre que tu as reçue...

— Dans quel but?

— Ah! tu m'en demandes trop. Interroge-la.

Noël resta soucieux, puis, tout à coup :

— Allons, dit-il, n'en parlons plus.

Ils entrèrent. Geneviève était dans la salle à manger. En

une seconde, elle avait arrangé ses cheveux, changé sa toilette de ménagère matineuse et passé un élégant peignoir qui lui serrait la taille par une cordelière bleue. Elle apprêtait la table, aidée par une bonne.

— Tu mangeras bien un morceau, garçon? fit l'oncle en se frottant les mains à s'écorcher la peau.

— Volontiers; la Semoy me donne de l'appétit.

— Et qu'est-ce que tu veux boire? Du vin ou de la bière?... Le vin est bon... mais la bière est plus frisque chez nous que dans d'aucunes caves du pays... Pourtant t'as l'air fatigué, le vin te vaut mieux... Geneviève, fais-nous monter cinq ou six bouteilles, de celles qui sont à gauche, près du gros tonneau de cidre. Préviens aussi tes frères que Noël est arrivé... qu'ils viennent dire bonjour à leur cousin... et boire un coup...

Les frères de Geneviève arrivèrent presque aussitôt... Septime, Sylvain et Hippolyte étaient trois grands et robustes garçons, barbus, broussailleux, aux yeux fatigués par le travail de la verrerie, au visage paisible, où les flammes des fourneaux entretenaient des lueurs rouges suantes; un gilet de flanelle sans manches était passé par-dessus leur torse vigoureux, et leurs bras nus étalaient volontiers des biceps énormes, brûlés comme le visage. Septime était le plus âgé, il avait trente ans; le plus jeune était Hyppolyte, qui avait vingt-sept ans; mais tous les trois paraissaient de dix années plus vieux; ni l'un ni l'autre n'était marié.

Paqueron était plus petit que ses fils, mais plus large d'épaules, presque carré; un peu de ventre et une ronde figure joviale éclairée par des petits yeux intelligents et vifs lui donnaient un air avenant; et, de fait, ce n'était point un méchant homme; il avait des générosités à lui, par élans, qui étonnaient quelquefois ses fils, plus calmes, de même que des retours d'avarice qui allaient jusqu'au sordide et les faisaient rire entre eux... Les trois gaillards craignaient, du reste, leur père comme on craint le feu, redevenaient tout petits quand il était là, n'osant parler haut ni émettre une opinion, traités rudement lorsqu'ils se trompaient, rougissant comme des filles quand il élevait la voix. Et c'était un spectacle curieux que celui-là; les fils avaient l'intelligence assez bornée, restaient bons ouvriers, sans rien de plus qui les distinguât de ceux de la Malavisée; et le père, à cause de cette infériorité qui pouvait laisser péricliter l'échafaudage pénible de toute une vie de labeurs, élevé à force de ruse, d'intrigues, de coups d'audace, le père les méprisait... Septime, Sylvain et Hippolyte s'en rendaient compte, et cela les tenait sous la dépendance de Paqueron... Quant à Noël, ils l'avaient toujours considéré comme au-dessous d'eux, malgré ses années de pension et ses succès à Paris... De ceux-ci, ils ne comprenaient pas grand'chose; écrire des livres ou faire des tableaux ne piquait pas autrement leur curiosité... Même ils avaient un peu d'ironie, quand ils parlaient de lui... sans méchanceté toutefois... De loin comme de près, Noël était resté leur camarade, plus encore que leur parent... L'accueil fut donc très-cordial... Les anciennes rancunes d'autrefois, nées, chez Paqueron, de son désappointement, avaient disparu, et Noël, heureux, ne se sentait plus gêné pour aimer à son aise le brave homme qui l'avait retiré de la boutique du charron pour l'envoyer au collège de Charleville. Geneviève s'était assise auprès de lui et le regardait avec un bon sourire d'amitié franche.

— Ainsi, dit-elle une fois, tu peux rester huit ans loin de Thilay, loin de tes parents, sans nous regretter, sans même penser à nous?...

— Je vous promets qu'à l'avenir, Geneviève...

— Comment dis-tu?...

— Je dis qu'à l'avenir je vous promets...

— Ah! mon Dieu, tu ne me tutoies plus... Voilà que je suis devenue une étrangère pour toi, à présent...

— Dame! écoute, puisque tu le veux... Mais je t'avais laissée gamine, et je te retrouve aujourd'hui grande et belle... Je ne savais pas, cela pouvait te froisser...

— Dis, Noël, fit Paqueron qui mangeait vigoureusement, crois-tu que, dans ton Paris, les filles soient plus jolies qu'elle?...

— Non, dit Noël, distrait.

L'image de Martha fugitive, rapide comme un éclair, venait de passer devant ses yeux... Depuis son retour, c'était la première fois qu'il y pensait... Il eut un remords... Quelque chose lui serra le cœur... Il vit l'enfant, attristée, l'attendant, en ce logis où ils se renfermaient, comme au fond d'une retraite ignorée... l'enfant songeuse, des larmes aux yeux, cherchant la pensée de Noël à travers l'espace qui les séparait... Et Paqueron disait à ce moment-là :

— Un beau brin de fille, oui, et même que nous allons lui chercher un mari...

Le mot de Paqueron, prononcé en un autre moment, n'eût pas frappé Noël; mais, tout de suite, les deux figures de Geneviève et de Martha se mêlèrent dans sa pensée; et il réfléchit :

— La lettre de l'oncle, qu'elle eût été ou non dictée par ma mère, n'était pas sans motifs, et le motif, le voilà. Paqueron vient de le dire, il a songé à moi pour sa fille...

Ce mot de mari n'embarrassait point Geneviève : il la faisait sourire seulement. Rien de plus naturel qu'elle se mariât, jolie comme elle était, et de plus avec une dot rondelette. Elle dit pourtant, afin de ne point paraître, aux yeux de Noël, trop empressée d'en finir avec la vie de jeune fille :

— Oh! moi, j'ai le temps... j'aime mieux choisir.

— Oui, dit Septime, qui fut approuvé en cela par Sylvain et Hipppolyte, c'est à force de choisir et de faire la difficile qu'on coiffe sainte Catherine.

— Si je reste vieille fille, je m'en consolerai vite.

— Nous n'en croyons pas un mot.

Et les trois frères Paqueron haussèrent les épaules; Noël se taisait; c'étaient des intérêts de famille auxquels il était étranger depuis longtemps; il n'avait pas à donner son avis; du reste, le mariage de sa cousine le laissait calme. Il ne vit même pas le coup d'œil malin du père à ses fils, et Geneviève elle-même ne remarqua rien. Quand on se leva de table :

— Mon neveu, dit Paqueron, tu es ici chez toi, mieux que chez toi... Va, viens, sors, entre, fais ce qu'il te convient... Les fils ont leur besogne qui les attend... excuse-les... tu les retrouveras à midi, à l'heure du déjeuner... Moi, il faut que j'aille à Charleville, et je ne rentrerai que cette après-midi... mais Geneviève te fera les honneurs de la maison, comme on dit... elle s'y entend mieux que nous... Dans leurs pensions, maintenant, on enseigne plutôt aux filles à être des grandes dames qu'à laver la vaisselle et raccommoder les chaussettes...

— Mon père! fit Geneviève sur un ton de reproche.

— Oui, je sais, toi, tu connais tout, tu es l'exception... Ainsi, Noël, si tu es curieux, si tu veux visiter la verrerie, tu n'auras pas de guide plus instruit que ta cousine. Parole! elle est aussi forte que moi.

Et de nouveau, entre les fils et le père, il y eut un signe furtif par-dessus la tête de la jeune fille et derrière Chrétien.

La verrerie de la Malavisée était importante et produisait tous les ans d'assez jolis bénéfices; la grande fabrication était surtout celle des verres à vitre et de la gobeleterie. Comment Paqueron, qui dans sa jeunesse et selon son expression « avait traîné la savate », se trouvait-il à la tête de cette manufacture? Après différents métiers qui ne lui avaient pas réussi, il était entré là, au retour du service militaire, comme apprenti, et trois ou quatre années avaient suffi pour le faire remarquer de Morisset, le propriétaire, qui l'avait élevé successivement de sa besogne de gamin à celle d'ouvrier, de maître souffleur, de regardeur, puis de surveillant. Toutefois il n'aurait sans doute jamais connu le titre de patron, si une faiblesse de la fille de Morisset, petite bossue, délaissée et sournoise, n'avait forcé le verrier à le prendre pour gendre. La mort de son beau-père le laissa seul maître de la Malavisée, et la petite bossue, après lui avoir donné trois robustes gars et une belle fille, avait jugé ici-bas sa tâche terminée et rendu l'âme. Les gens du pays affirmaient que Paqueron avait « bien mené sa barque ». Il justifia du moins ce bonheur par une série d'entreprises dont le succès doubla en vingt ans les bénéfices de l'usine. Maintenant il était riche et il aspirait même, aux prochaines élections, à se faire nommer conseiller général. Et toutes les chances étaient pour lui.

Noël, après s'être une heure ou deux promené dans le jardin et le parc de la Malavisée, après avoir fait une visite sommaire aux caveaux, aux murailles démolies du manoir de Jean de Louvain, pria Geneviève de lui tenir compagnie et de lui montrer l'usine.

— Volontiers, dit-elle; donnez-moi votre bras.

Elle le fit passer par le bois pour allonger le chemin, ainsi qu'elle l'en avertissait en riant. Et dans les sentiers étroits, sous les feuilles mouillées, dont les gouttelettes, au moindre frôlement, tombaient en pluie drue, car, à cette époque, le soleil ne séchait les bois que lorsqu'il était au milieu de sa course, elle lui parla de Paris qu'elle ne connaissait pas encore, et de ce qu'il y faisait, de sa vie là-bas, éloigné de sa famille, de ses œuvres, de ses projets pour l'avenir, de ses ambitions, de ses espoirs. Elle avait lu ses livres, les possédait même dans sa bibliothèque; quant à ses tableaux, elle avait vu la reproduction de son *Duel des faucheurs* en gravure et en photographie. Elle babillait comme une fauvette.

sur un ton très-bas, avec de petits arrêts pendant lesquels
son regard disait au jeune homme combien elle était heureuse de le retrouver et combien elle s'était occupée de lui,
alors qu'il n'y songeait guère. Vraiment, elle était avenante,
et douce, et jolie avec cela, d'une beauté calme et forte qui
semblait s'ignorer... Bien qu'elle fût très-brune, ses yeux,
largement fendus, avaient une couleur d'un bleu pâle
étrange sur lesquels ses cils noirs mettaient une ombre...
Et ils souriaient toujours, même quand elle était sérieuse...
Les nattes de ses cheveux, tressées hâtivement, dans le
désordre d'une toilette interrompue par l'arrivée de Noël,
pendaient sur ses épaules. Une branche, en les fouettant, les
fit se dénouer tout à coup, et leur vague onduleuse s'en-
roula autour de sa taille et de ses hanches... Un fin parfum de fille délicate et soignée se mêlait aux senteurs fores-
tières. Elle ne parut pas gênée.

— Ça m'arrive souvent, dit-elle; j'ai les cheveux trop
lourds, trop épais... je ne peux jamais les natter... A la fin,
je les porterai en filet... Aide-moi, Noël.

Il obéit, et quand tout fut en ordre, elle murmura sournoisement, le regardant en dessous :

— Tu t'y entends... ce n'est pas la première fois que tu
rends pareil service...

Il ne répondit rien. Cette remarque lui déplaisait. Elle
s'en aperçut et s'efforça d'être plus gaie. Mais, cette fois,
son rire sonnait faux. Alors, prenant son parti sans hésiter :

— Écoute; ne te gêne pas avec moi... Je ne suis pas une
niaise... J'ai beaucoup lu, en cachette ou autrement, et je
sais bien qu'à Paris les maîtresses ne sont pas rares...

— Quel âge as-tu? demanda-t-il froidement.

— Vingt ans! dit-elle, rouge jusqu'aux yeux.

Ils arrivaient à la verrerie. Là, c'était un remue-ménage
fiévreux. Ils entrèrent. Les ouvriers allaient et venaient,
chacun ayant sa besogne limitée; quelques-uns séchaient les

éléments du verre dans des creusets, pour leur enlever toute humidité, et leur faisaient subir une première fusion.

— C'est la *fritte*, dit Geneviève, étendant les lèvres pour prononcer ce mot bizarre. Viens par ici, tu vas voir retirer la fonte...

Et elle lui expliquait, sans paraître incommodée par l'étouffante chaleur de l'usine, que la matière, une fois prise au premier creuset, était versée dans d'autres, que l'on plaçait au centre du four, pour être chauffés au rouge blanc; après vingt-quatre heures, quand la matière était devenue pâteuse, avait lieu l'opération du soufflage.

Geneviève appela un gamin, lui dit deux mots à l'oreille; l'autre répondit :

— C'est très-facile, mademoiselle, si vous voulez me suivre.

— Qu'est-ce que tu veux faire? demanda Noël.

— Tu vas voir. Je tiens à ce que tu n'ignores aucun de mes talents...

Le gamin ouvrit un four, et la jeune fille, bravement, sans craindre la chaleur horrible, s'empara d'une canne de fer creuse, la plongea dans le creuset où se trouvait la pâte des matières en fusion, cueillit autant de verre qu'elle le put et la retira en tournant la canne dans les mains, puis souffla, ayant soin de tourner le verre constamment, sur une plaque, pour façonner le goulot; elle le réchauffa ensuite dans le four, le souffla encore et l'introduisit dans un moule qui devait lui donner sa forme définitive. Puis elle reprit haleine et se mit à rire :

— Vous achèverez ma besogne, dit-elle.

Et à Noël :

— Je viens de te fabriquer un joli flacon... Ce n'est pas plus difficile que cela, tu as vu?... Tu l'emporteras comme un souvenir de ta cousine... Si je ne te laisse que celui-là, au moins ce sera original... plus original que de te donner des fleurs... Qu'en dis-tu?

Avec sa liberté d'allures, ses propos de garçon, elle piquait vivement la curiosité de Chrétien... Elle n'avait rien de la timidité des filles de son âge... affectait même une assurance qui déplaisait à beaucoup et faisait dire à ceux qui la connaissaient :

— Geneviève Paqueron? En voilà une délurée!... Il ne lui manque que des culottes.

En réalité, c'était une âme candide, fraîche et neuve, mal élevée par Paqueron, qui avait pour elle une affection orgueilleuse, d'autant plus vive qu'elle avait à elle seule — il ne se gênait pas pour le dire — trois fois plus d'esprit que Septime, Sylvain et Hippolyte ensemble.

III

Cette première journée se passa sans incident. Ils rentrèrent à la verrerie. Dans l'après-midi, Paqueron, de retour, prit Noël à part :

— J'ai fait deux ou trois invitations à Mézières, dit-il; tu viendras demain déjeuner avec tes parents. C'est en ton honneur, je te préviens.

Noël n'avait pas à refuser.

— A propos, ajouta l'oncle, tu n'es guère bien logé, à Thilay; on te fait coucher dans un trou; les Chrétien n'ont jamais voulu quitter leur cahute... Si tu veux, nous te préparerons une chambre à la verrerie; nous avons du logement de reste...

— Merci, fit Noël, mais j'ai peu de jours à consacrer à mes parents, je tiens à ne pas les quitter.

— Comme il te plaira. Donc, à demain!

— A demain !

Chrétien franchit la cour et gagna la route qui, de la Malavisée, rejoignait le pont en construction sur la rivière. Il ne s'apercevait pas que son oncle le suivait, les mains dans les poches. Le verrier, tout à coup, l'appela :

— Eh! Noël, pas si vite!...

Le jeune homme, étonné, se retourna. Paqueron marcha près de lui sans rien dire d'abord, puis, à brûle-pourpoint, demanda :

— Hé! garçon, comment la trouves-tu?

— Qui cela?

— Mais not' fille, da?

— Charmante, fit Noël négligemment.

— N'est-ce point? Et c'est un bon parti, avec ça!

Il quitta son neveu sur ce mot, pour aller, du côté des Hautes-Rivières, visiter une coupe qu'il avait envie d'acheter. Noël descendit la côte et se retrouva sur la Semoy. Le soir venait, un soir inquiet des premiers jours du printemps. L'air sentait bon; des insectes sortaient des feuilles, la tête en bas; des bourgeons répandaient une pénétrante odeur; la fougère déroulait ses crosses naissantes, et déjà des bouts de prairies étaient parsemés de fleurettes aux couleurs d'un violet tendre, lavé de rose; le sentier suivi par Noël courait parmi les escarpements des rocs, entre deux haies de genévriers, et aboutissait brusquement à la Semoy; quand il arriva sur le bord, le soleil disparaissait derrière des crêtes, et des nuages emplirent le ciel; un instant la lande parut embrasée, puis ce fut presque l'obscurité; des buses, qui planaient dans un tournoiement lent et immense, s'enfoncèrent sous la coupole des chênes; le vent s'éleva, un vent humide qui amena les odeurs chaudes des étables et des parfums subtils de feuilles, de sauge et de marjolaine; il y eut des chocs grêles de branchettes encore nues; de hauts et minces peupliers se saluèrent cérémonieusement; le vent, sur leurs cimes, avait la voix berceuse des vagues, mais

6

s'enfonçait plus loin dans la forêt avec des plaintes lugu-
bres; c'était le seul bruit, avec, très-loin, les détonations
sourdes de mines que des ouvriers faisaient sauter. Bientôt
une petite pluie tomba. Un paysan passa, un sac gris sur la
tête en guise de parapluie, une pipe courte entre les dents :

— Il commence à *mousiner*, monsieur, dit-il avec obligeance; il faut se mettre au coi...

Noël se jeta sous les arbres, s'arrêta, consulta le ciel;
l'onde arrivait; la Semoy avait des reflets de moire; bien
que le soleil fût à peine couché, il faisait nuit sombre; il
hésita, incertain, s'il rentrerait à la verrerie ou s'il pour-
suivrait son chemin; il était à quelques minutes seulement
de la Malavisée; il apercevait l'usine qui flambait avec des
lueurs d'incendie; sur la façade noire étaient percées des
trouées incandescentes devant lesquelles s'agitaient des silhouettes fantastiques de verriers; les ouvreaux flamboyaient; il y avait, dans cette fièvre de travail nocturne,
au milieu de ces rouges rayonnements de fourneaux, quelque
chose de démoniaque. Son hésitation ne dura guère. Ce fut
la pensée de Martha qui lui fit prendre une décision.

— Elle a dû m'écrire, se dit-il; sa lettre m'attend sans
doute à Thilay.

Et sous la pluie battante il regagna le village. Il ne s'était
pas trompé.

— Le facteur est venu, lui dit Marie-Jeanne, t' as un
écrit...

Et, s'essuyant les doigts à son tablier bleu, elle lui
tendit la lettre. Il les lut, les chères petites pattes de mou-
che, à la lueur fumeuse d'un quinquet graisseux; la moitié
des phrases était en italien, l'autre moitié en français, sans
guère d'orthographe, celle-ci; et le long des pages était agré-
menté de pâtés d'encre essuyés d'un coup de langue comme
sur des cahiers d'enfant... Ah! les bonnes choses de cette
lettre!... Martha avait pleuré, pleurait encore et s'en-

nuyait... Mais cela était dit doucement et se perdait dans
les consolations tendres qu'elle envoyait à son amant... Elle
ne savait pas que Jean Chrétien se portait comme un chêne
et croyait Noël attristé par un deuil... il y avait des pages
et des pages, emplies dans tous les sens d'une écriture aisée,
mais inégale, s'égarant sur des hauteurs et dégringolant
dans des abîmes... C'était le récit de ses deux journées,
minute par minute, où se retrouvait toute son âme, avec
ses craintes secrètes et son amour dévoué.

— Tu l'apprends par cœur, da? fit la mère.

Il sourit, distrait, glissa la lettre dans sa poche.

Le lendemain le temps était encore pluvieux, mais on
partit quand même. Liline avait voulu les suivre, bien qu'on
ne l'eût point invitée. Marie-Jeanne avait grondé comme un
dogue en colère. La vieille n'y prit pas garde. Elle marchait
en avant, courbée en deux, mais la tête relevée pour voir
le chemin, et dans tout le trajet ne prononça pas un mot.
Jean Chrétien et sa femme étaient eux-mêmes silencieux.
De l'autre côté de la Semoy, au bas de la montée, Liline
s'arrêta, essouflée, et Noël lui tendit les mains :

— Voulez-vous que je vous aide, grand'mère ?

— Merci, mon beau fi, j'irai toute seule.

Toutefois il voulut rester auprès d'elle, pendant que son
père et Marie-Jeanne les précédaient. Liline en profita, fit
un clin d'œil et dit à voix basse :

— Penche-toi jusqu'à mon oreille, fi !

Noël obéit, et la vieille :

— On veut te marier avec la fille Paqueron, tu sais?

Et comme il ne répondait pas :

— C'est une dératée finie... mais elle a bon cœur... et
puis, son père a le moyen!...

Noël ne dit mot. On arrivait. Des invités, des notables du
pays, des fabricants, des marchands de bois flânaient dans
le jardin.

— A table! cria Paqueron, guilleret.

Ils étaient une quinzaine d'hommes, hauts en couleurs, solides, les épaules larges, le rire bruyant, avec un coup d'œil en dessous du côté de la cuisine. Ce fut un repas vigoureux, plantureux, qui n'en finissait plus. Geneviève avait mis, devant Noël, dans un vase, des brindilles, des branchettes aux bourgeons éclos, d'un vert tendre, avec des fleurettes précoces que les premiers rayons du soleil avaient fait naître. Le vase, d'une gracieuse forme, au col élancé, était celui qu'elle avait soufflé la veille, à la verrerie...

— L'emporteras-tu à Paris? demanda-t-elle.

— Je te le promets.

— Tant mieux! En le voyant, tu penseras à ta cousine.

Comme aux jours de gala chez lui, Paqueron, qui se souvenait de ses débuts modestes et s'en targuait souvent, avait installé au milieu de la table un râcloir en argent doré, massif. Personne ne s'en étonna. Ce râcloir était célèbre aux environs, connu comme Paqueron lui-même.

— J'ai ramoné des cheminées dans ma jeunesse, disait l'oncle, ça m'a noirci, mais ça ne m'a pas fait rougir!

C'était une de ses faiblesses. On la lui pardonnait.

Liline voulut se mettre à table, comme les autres, malgré Marie-Jeanne qui avait dressé pour elle une petite table près de la cuisine. Mais Geneviève s'était opposée à cet isolement, avait même installé la grand'mère à sa droite. Noël était à sa gauche. « Côté du cœur! » avait-elle dit en lui désignant sa place. Pendant le repas, Liline, dont les pauvres vieilles mains sèches tremblaient, cassa deux assiettes et renversa son verre. Chaque fois, Marie-Jeanne pâlissait, ses yeux lançaient des éclairs et regardaient les convives avec une sorte de crainte rageuse!... la crainte de fâcher Paqueron, la rage de ne pouvoir prendre Liline par le dos et la jeter dehors.

— Dégoûtante, c'te baveuse! murmura-t-elle.

Geneviève fut admirable de bonté et de patience. Elle ramassa les débris d'assiettes, essuya la nappe en riant, consolant de son mieux la vieille qui s'excusait.

— Vous êtes bonne! dit Noël.

Elle ne répondit rien, mais son cœur battit; il y avait une grande douceur dans ce simple mot, et presque de la tendresse dans le regard qui l'accompagna.

Le repas fini, on passa au salon.

— Si tu nous jouais quelque chose? demanda Paqueron à sa fille.

Celle-ci ne se fit pas prier; elle s'attendait à cette corvée sans doute, y était habituée probablement. Elle se mit au piano, tapota des polkas et des valses, assez adroitement, et, sans qu'on le lui dît, chanta en s'accompagnant :

Petit oiseau de la nature...

Puis les invités, gens pratiques, venus pour manger, s'en allèrent tous ensemble. Mais au salon Noël les avait entendus échanger des réflexions. Il les faisaient à haute voix du reste, comme s'ils estimaient que ce qu'ils disaient était chose très-simple.

— Ils s'accordent bien ensemble... — Ça sera un bon mariage... — Il a une bonne place, et elle a des écus... — Il a du bonheur, après tout... — Elle l'aime, paraît-il... — C'est une vieille idée au père Paqueron... — Noël sera décoré... — On parle de lui à Paris... — C'est l'honneur du canton...

On alla reconduire jusqu'au pont de Nohan ceux qui partaient. Une demi-heure après, il ne restait plus à la verrerie que la famille Chrétien et les Paqueron. Septime, Sylvain et Hippolyte, las d'avoir beaucoup bu, avaient la langue épaisse; Jean Chrétien n'y voyait plus aussi clair; ce n'était pas son habitude de boire tant et d'aussi bon vin; quant à la mère, silencieuse et roide dans sa robe de laine grise, elle

6.

poursuivait son idée fixe avec un entêtement dont rien ne pouvait la distraire.

En rentrant à la verrerie :

— Paqueron, si vous lui parliez, à Noël ?

— Oui ; c'est mon avis, je vais lui dire la chose...

Et il appela le jeune homme qui se promenait avec Geneviève pendue à son bras.

— Laisse-nous, ma petite, fit le verrier.

Geneviève regarda tour à tour son père et son cousin.

— Quel air mystérieux ! dit-elle.

Et elle les laissa.

Alors, gravement, Paqueron remplaça sa fille au bras de Noël. D'abord ils firent en silence le tour du clos. Puis l'oncle, l'arrêtant, lui désigna d'un geste tout ce qui les environnait.

— Le jardin a trente arpents, dit-il, et autour de la Malavisée il y a bien cent cinquante hectares de bonnes futaies qui m'appartiennent et qui ne doivent rien à personne...

Ils remontèrent, et, montrant la maison d'habitation, coquette et propre avec son toit d'ardoises rouges, ses volets verts, ses rideaux blancs aux fenêtres :

— Je l'ai fait rebâtir à peu près en entier, et j'ai ajouté un corps de logis... complétement isolé de la maison... où un ménage pourrait vivre à l'aise... Ça te plaît-il, ça, monsieur mon neveu ?...

— Je ne connais pas de plus joli pays que celui des bords de la Semoy et, dans ce pays, de plus délicieux paysage que celui de la Malavisée...

— Tu as déjà visité la verrerie... Elle aussi est reconstruite à neuf... Et elle rapporte !... elle rapporte !... Le sable chez moi produit de l'or... C'est pour faire mentir le proverbe... Je bâtis dessus !...

Et il eut un gros rire...

— Viens, ajouta-t-il; ce n'est pas tout.

Marie-Jeanne les avait suivis et les joignit quand ils entrèrent dans la maison. L'oncle ne fit pas attention à elle. Il conduisit son neveu dans toutes les chambres, depuis la cuisine jusqu'aux greniers, et, au fur et à mesure qu'il les désignait, la mère ouvrait les armoires, les placards, les tiroirs, les guéridons.

Et Paqueron disait :

— Regarde la cuisine et admire avec moi cet ordre et cette propreté!... Vois les casseroles étamées... on dirait de l'argent... Et les casseroles de cuivre rouge... on dirait de l'or... c'est pareil aux pièces de vingt francs d'à présent... Eh bien! sais-tu qui est-ce qui surveille tout cela?... C'est ta cousine...

Et Marie-Jeanne, avec un signe de tête, appuyait :

— Oui, c'est Geneviève!

— Regarde les armoires... En v'là des piles de nappes, de serviettes, de draps, de taies d'oreillers, de chemises, de mouchoirs, et des bas de toutes les couleurs... Devine à qui ça appartient...

— A Geneviève! disait Marie-Jeanne.

— C'est pour son trousseau, et c'est marqué à son chiffre... par elle!... Et des robes... des peignoirs... des chapeaux... des cravates... des rubans... Elle en a, va!

— Rien ne lui manque! disait toujours la mère.

Et Noël, préoccupé, se laissait conduire.

La maison visitée, on passa au corps de logis dont le verrier avait parlé.

— Vois-tu, disait-il, comme c'est arrangé confortablement!... Des placards partout... des fenêtres larges... des plafonds hauts...

Et continuant, sans s'apercevoir que sa parole suivait sa pensée et traduisait celle-ci trop fidèlement :

— Voici la salle à manger, si vous voulez manger chez

vous... car je ne gênerai personne... la liberté pour tous...
Voici deux chambres à coucher contiguës, si vous voulez
faire deux lits... ça dépend des goûts... Vous aurez même
des chambres plus qu'il ne vous en faudra, dans le début,
s'entend... parce qu'ensuite, quand les enfants grandissent...

Mais il s'interrompit et eut un peu d'embarras. Il en prit
vite son parti :

— Assieds-toi, dit-il; nous avons à causer.

Et à Marie-Jeanne, qui faisait mine de s'éloigner :

— Restez, ma sœur, vous n'êtes pas de trop.

Paqueron se recueillit un moment et commença :

— Oui, c'est une idée, je crois que tu ferais un bon mari
pour Geneviève, et je suis sûr que Geneviève serait une
bonne petite femme pour toi...

— Économe, propre, ménagère, dit la paysanne...

— Laissez-moi lui conter cela, Marie-Jeanne; je m'entends
mieux que vous à parler...

Et après un nouveau silence, un peu étonné de ne pas
être interrompu par Noël :

— J'ai fait éduquer Geneviève comme une fille de richard...
On a jasé dans le pays, mais je ne suis pas homme à écouter
les clabauderies... Dieu sait ce qu'on a dit : « Elle sera bien
lotie, ta fille, quand elle n' songera plus qu'à s'embellir !...
Elle mangera ton avoir jusqu'à la dernière écafille de noix !...
Tu n' te souvens donc plus qu' t'as vagabondé comme un marchand de pierres rouges?... Faudrait mieux la garder et la
faire aller, tous les soirs, à la rafourée pour tes vaches !...
Ne fais pas tant de fla-fla !... Elle pourra ben un jour démé-
nuser ton bien chiquette et miette, jusqu'à ce qu'il ne te
reste pas même une riblette de bois !... » Je n'en ai pas moins
suivi mon idée, et j'ai envoyé ta cousine en pension. Elle en
est revenue très-instruite, tu as dû t'en apercevoir par toi-
même. Elle est aussi habile à jouer du piano, à chanter, à
faire les travaux de femme les plus difficiles qu'à surveiller

le ménage d'une maison comme la mienne... Je tomberais malade qu'elle ne serait pas embarrassée de diriger la verrerie. Donc ça n'est pas une femme ordinaire que je te propose...

Paqueron s'arrêta, planta les deux mains sur ses genoux, la paume en dehors, regarda alternativement Noël et Marie-Jeanne, pour juger de l'effet de ses paroles, et reprit :

— Comme ordre, propreté, économie, instruction, Geneviève n'a certainement pas sa pareille à dix lieues aux environs, mais je crois qu'elle ne serait pas, avec cela, ni la moins jolie ni la moins élégante, le jour où tu la conduirais à ton bras dans vos salons ou dans vos théâtres, à Paris. Je n'ai pas besoin de te dire qu'elle porte bien la toilette. Elle est là dedans comme chez elle. Donc, en te présentant Geneviève, ce n'est pas un rossignol que je t'offre... les prétendants ne lui manquent pas, tu dois le penser, et des plus riches que toi.

Noël fit un signe affirmatif.

— Si, avec toutes ses qualités, elle n'avait pas le sou, je te dirais : « Ça ne te convient pas! » Mais ce n'est pas le cas. Elle est riche. Sais-tu combien je lui donnerai en dot?... Une centaine de mille francs, ni plus ni moins... Et, à ma mort, elle en aura encore autant... Je n'ignore pas que tu gagnes ton existence à Paris; mais enfin, tu vis au jour le jour de ton travail, et une pièce de cinq mille francs de rente, ça n'est pas à dédaigner... On nargue la misère avec cela, et l'on a le droit de flâner même un bout de temps, si l'on veut... sans crier famine après... Qu'est-ce que tu dis de mon idée?

— Je vous remercie, mon oncle... elle me touche profondément, car je vois que vous n'avez jamais cessé de me considérer comme votre fils ; mais...

— Attends, je n'ai pas tout dit... Je suis content que le projet te plaise, je n'en doutais pas, mais tu me remercieras tout à l'heure... Tu me demanderas peut-être comment je t'ai choisi entre d'autres plus riches et aussi bien de leur personne... Dame! il y a des années et des années que j'ai en tête de faire de toi le mari de Geneviève... On a souvent comme ça des idées sans savoir pourquoi... Tu me semblais intelligent, on pouvait faire de toi un brillant sujet... Tu n'as pas embrassé la carrière à laquelle je te destinais... au lieu d'être un notaire, tu es devenu un artiste... Mais puisque tu as fait ton chemin, n'en parlons plus!...

Paqueron s'arrêta une dernière fois et, résumant ses idées, acheva ainsi son discours :

— Je crois que ce mariage te plaira, garçon, et cela pour différents motifs. D'abord nous sommes parents de très-près, par conséquent nous n'avons pas nouvelle connaissance à faire... Ensuite, la petite aime ton père et ta mère, prend soin d'eux comme si elle était leur fille... Une union resserrerait encore nos liens de parenté... Que tu viennes habiter une partie de l'année à la Malavisée, et tu verras, du coup, la famille de ta femme et ta famille à toi... Les deux ne seront pas dispersées, comme souvent, aux quatre coins de la France. Toutes les convenances y sont... Il ne s'agit plus que de savoir si tu plais à Geneviève... Elle ne t'avait pas vu depuis longtemps, mais ton souvenir a toujours trotté dans sa cervelle... je crois qu'elle n'a pas peur de toi, à vrai dire ; mais, dans tous les cas, je suis certain qu'elle n'a pas d'autre amour en tête... Maintenant, monsieur mon neveu, parle, je suis prêt à recevoir tes actions de grâces...

Et Paqueron, souriant, sûr du succès, et Marie-Jeanne, les doigts entrelacés sur sa robe de laine noire, regardèrent Noël et attendirent...

— Mon cher oncle, dit le jeune homme, vous me demandez brusquement de me décider alors que je n'avais nullement réfléchi jusqu'aujourd'hui à ce mariage...

Paqueron et Marie-Jeanne se levèrent ; les yeux noirs de la

paysanne s'emplirent d'une singulière expression de dureté.

Noël n'y prit pas garde.

— Non-seulement je n'avais jamais songé que Geneviève, un jour, pourrait être ma femme, mais je n'avais jamais pensé même à me marier...

— C'est un refus? dit Marie-Jeanne.

— Laissez-le parler, ma sœur, dit le verrier... Après tout, ce qu'il dit là est plein de bon sens, et je ne vois pas ce qui vous fait fâcher...

La paysanne se mordit les lèvres et pâlit.

— Certes, je suis persuadé que Geneviève a toutes sortes de qualités et qu'elle est une jeune fille accomplie, mais je ne veux pas me marier...

— Hein? dit l'oncle surpris.

— Tu ne veux pas?... dit la paysanne, rageuse.

Il y eut un silence, avec un grand embarras. Paqueron ne savait trop que penser; Marie-Jeanne ouvrait et fermait les poings; la colère contenue empourprait ses joues basanées, et elle regardait l'un après l'autre son fils et son frère, étonnée de les voir si calmes; quant à Noël, il restait froid et mécontent; il trouvait bizarre qu'on eût disposé ainsi de sa vie, sans qu'il s'en doutât; il n'avait pas cru ces projets aussi avancés au premier soupçon qui lui en était venu; et voilà qu'il trouvait un mariage si bien préparé qu'il semblait qu'il n'eût plus qu'à se laisser conduire à l'autel; sa fierté d'indépendant se révoltait; même il concevait du ressentiment contre Geneviève, complice de cette intrigue. Il fronça le sourcil, et sèchement :

— Je désire ne pas me marier.

— Ça ne peut pas être ton dernier mot, garçon; j'espère que tu réfléchiras.

Et Paqueron tourna le dos, fâché. Marie-Jeanne le suivit et dit, assez haut pour être entendue de son fils :

— Voyez-vous, mon frère, on n'en fera jamais rien, de

ce débauché-là... C'est les traîneuses de Paris qui l'ont emberlificoté!...

Et ils s'en allèrent par les allées du jardin, gesticulant de toutes leurs forces. Noël, au contraire, remonta vers le bois de la Malavisée : il avait besoin de réfléchir; il prévoyait qu'il allait avoir à supporter des assauts pénibles; il connaissait l'entêtement de la mère et savait qu'elle n'abandonnerait pas facilement l'espérance, longtemps caressée, de voir son fils s'enrichir par un beau mariage; cette idée avait été celle de toute sa vie; elle l'avait fait naître jadis chez Paqueron et l'avait entretenue soigneusement, alors même que l'oncle concevait un peu d'humeur du départ de Noël pour Paris; c'était elle aussi qui, patiente, rusée et perfide comme un sauvage, préparait depuis des années l'esprit de Geneviève, ne passant guère de jour sans lui rappeler le souvenir de son cousin, en attendant qu'elle fût en âge de se marier. Ce mariage était son œuvre, et elle n'y renoncerait pas facilement. En cela, elle n'était pas le moins du monde conduite par l'amour maternel; que Noël fût heureux ou non, elle y était depuis longtemps indifférente; la vanité seule et l'orgueil la faisaient agir : son fils épousant une dot de cent mille francs, avec un héritage probable de pareille somme, son fils devenant le gendre d'un des plus riches manufacturiers du pays, tel était le rêve de cette paysanne silencieuse et obstinée. Elle n'en serait pas plus riche elle-même, n'en aurait pas plus d'aisance; mais quelle joie de pouvoir entrer à la verrerie, non plus comme une parente pauvre qu'on tolère, mais comme chez elle! Quelle joie surtout de pouvoir présenter partout cette jolie Geneviève, courtisée par les plus huppés du canton, non plus comme sa nièce, ce qui la laissait toujours à cent mille lieues de la verrerie, mais comme sa bru! Quand elle y pensait, ses yeux étincelaient, un vague sourire passait sur ses lèvres desséchées et blanches, son cœur battait violemment et le sang, fouetté tout à coup, lui montait aux pommettes :

— Ah! pour en arriver là, murmurait-elle, je ne sais vraiment pas de quoi je serais capable!...

Noël n'était pas dans le bois depuis un quart d'heure qu'il se trouvait face à face avec Geneviève. La jeune fille, malgré les efforts qu'elle faisait, malgré tout son sang-froid, semblait un peu décontenancée. Ses yeux n'avaient plus leur clarté franche, semblaient, au contraire, voilés. Pourtant elle ne chercha pas à éviter la rencontre de son cousin. Il y eut un peu d'embarras, et la fille de Paqueron souriait d'un air peureux. Ils marchèrent côte à côte pendant quelques instants, dans un sentier où le bruit de leurs pas était assourdi par des feuilles mortes entassées, rendues moelleuses par l'humidité de tout un hiver et dans lesquelles leurs pieds enfonçaient jusqu'à la cheville. Elle prit vite son parti.

— Tu sais, on veut nous marier.

— Ton père vient de me le dire.

— Oui. Sans cela, tu comprends, je ne t'en parlerais pas. J'ai suivi de loin la conversation que vous avez eue ensemble. J'en avais déjà même deviné le résultat, quand ta mère, qui me cherchait, s'est empressée de m'annoncer que tu préférais rester garçon...

— C'est bien ce que j'ai répondu, en effet.

Ils firent silence.

Geneviève marchait en baissant la tête; elle avait comme une flamme autour des yeux et, pour prendre une contenance, s'amusait à cueillir par-ci par-là des brindilles déjà vertes; elle les arrangeait en faisceau avec un soin méticuleux qui semblait réclamer toute son attention.

— Alors, tu ne veux pas? dit-elle sur un ton de reproche, comme si c'était la chose du monde la plus simple, comme s'il manquait à une promesse faite... Tu ne veux pas?

Il ne pouvait donner d'explications. Il l'eût froissée. Et elle ajouta naïvement :

7

— Pourquoi?... Je te déplais?

— Non.

— Eh bien?

— J'ai dit qu'on m'avait pris à l'improviste. J'ai répondu ce qui m'est venu à l'esprit, voilà tout.

Elle leva les yeux sur lui, comprenant qu'il n'avouait pas sa pensée, et il y avait un peu d'ironie dans son regard. Il le vit bien, et sa gêne s'en accrut. Au contraire, maintenant, Geneviève paraissait avoir toute sa liberté de jugement.

— Mon père a eu tort de te proposer ce mariage sans me consulter, dit-elle. Je lui aurais épargné un refus... un refus qui le chagrine, j'en suis sûre, car je le connais, il a pour toi beaucoup d'amitié.

— Sans doute tu n'as jamais songé à moi, et cette seule observation eût suffi?

— Ce n'est pas cela que je lui aurais dit, car c'eût été un mensonge. Ta mère et mon père me parlent de toi tous les jours depuis que j'ai l'âge d'être mariée... Je t'aurais donc accepté de grand cœur si tu avais voulu...

— Eh! qu'aurais-tu dit à mon oncle?...

— Qu'il fallait te laisser le temps de me voir, de venir à la Malavisée; l'amour n'est pas fourni sur commande; quand tu es arrivé, j'étais si loin de ton esprit que tu ne soupçonnais même pas mon existence. Est-ce vrai, cela?

— Oui.

— Comment peux-tu m'aimer du jour au lendemain? Sais-tu ce que j'aurais fait, si tu avais eu l'idée de répondre à mon père que tu m'aimes, que je suis la femme de tes rêves et que tu es prêt à te brûler la cervelle si je ne comble pas tes vœux?

— Qu'aurais-tu fait? dit Noël intrigué.

— J'aurais ri comme une folle, d'abord...

— Et puis?

— Ensuite je t'aurais pris à part et je t'aurais donné le conseil de regagner Paris...

— Et quel eût été ton raisonnement, s'il te plaît ?

— Celui qui serait venu à toutes les filles : à savoir que ma dot te séduisait plus que ma personne... ce qui n'est jamais flatteur...

— Et ce qui n'eût pas été vrai pour moi, car ta personne me séduit infiniment...

— Sans rire ?

— Est-ce que j'ai l'air de plaisanter ?

— En ce cas, la réponse que tu as faite à mon père ne peut pas être considérée comme définitive ?...

Noël, étonné de son insistance, frappé de cette candeur derrière laquelle, certes, ne surgissait aucune arrière-pensée, Noël lui prit les mains qu'il garda un instant dans les siennes. Elle ne se défendait pas.

— Tu y tiens donc ? dit-il.

Et elle, avec un sourire d'enfant :

— Beaucoup ; je suis si habituée à te considérer comme mon mari que, si tu ne veux pas de moi, je n'épouserai personne ! Mais entendons-nous, ne te crois pas obligé de me faire la charité ! Si tu es engagé autre part, n'en parlons plus.

— Et avec qui ? demanda-t-il brusquement.

— Est-ce que je sais ? Les Parisiennes sont si jolies !

Ils en restèrent là et regagnèrent la Malavisée en prenant un chemin qui s'en allait en droite ligne jusqu'à la verrerie. Le chemin défoncé par les ornières dans lesquelles croupissaient des flaques d'eau jaunâtre était à peu près impraticable. Ils s'en aperçurent trop tard, au moment où ils s'embourbaient. Tant bien que mal, Noël se dégagea et sauta sur la lisière tapissée de mousse, d'herbes sèches et de branchettes ; mais quand il se retourna, il vit que Geneviève était prise jusqu'à la cheville par une boue épaisse et tenace. Elle n'en avait point d'humeur, du reste, et se mit à rire aux éclats, tout en faisant de vains efforts pour sortir du cloaque. Elle criait gaiement :

— A moi, Noël, à moi! je sens que j'enfonce.

Il dégringola le long du talus et en pataugeant la rejoignit.

— Prends mon bras et appuie-toi sur moi de toutes tes forces, dit-il.

Elle obéit, mais ne réussit pas à se tirer de là.

— Es-tu fort? demanda-t-elle.

— Assez pour t'emporter, si tu veux.

— Alors, viens!

Elle entoura ses jambes avec sa robe et se laissa aller dans les bras de Noël en se retenant à son cou. Il l'enleva comme il eût fait d'une enfant, remonta et la déposa sur l'herbe. Elle riait toujours.

— Je suis jolie! et mes souliers sont restés dans la boue! Quelle idée aussi de mettre des chaussures de satin pour se promener par les bois à pareille époque!

Elle remuait les pieds, qu'elle avait tout petits, et ses jupes retroussées laissaient entrevoir la finesse de la jambe, d'un modelé parfait.

— Comment faire? Je vais prendre froid.

— Je cours à la verrerie, et je te rapporte tes bottines.

— Va, mon sauveur, et reviens vite.

Dix minutes après, il était de retour. Il la chaussa lui-même, disant qu'elle se salirait les mains, — ses bas et les dentelles de ses jupes étaient souillés de terre, — puis, Geneviève gaiement, mais Noël un peu troublé par tous ces soins donnés à la jolie fille et qu'elle acceptait sans façon, ils rentrèrent à la Malavisée. Paqueron, bourru, gourmanda sa fille :

— Tu n'en feras jamais d'autres!

Elle l'embrassa malgré lui, étouffant cette mauvaise humeur sous ses caresses.

Le soir tombait. Noël prit congé de son oncle. Jean Chrétien, Marie-Jeanne et Liline étaient partis depuis quelques minutes. L'oncle tendit sa large main à son neveu.

— Sans rancune, dit-il ; tu peux venir nous rendre visite tout de même, à ta fantaisie.

Noël chercha des yeux sa cousine, mais elle n'était plus là : il donna une poignée de main à Paqueron et descendit la côte. La jeune fille le guettait au bout du jardin. Elle s'approcha de lui, et, très-bas, son corsage soulevé, les yeux humides, dissimulant mal son émotion :

— Est-ce vrai que tu reviendras ?

— Oui, dit-il, sans penser...

Elle resta longtemps à la même place, le cœur gros, le regardant qui s'éloignait à travers les broussailles, quasi perdu dans l'ombre envahissante de la nuit.

IV

Noël, en retrouvant son père valide, tout de suite avait eu l'envie de retourner à Paris ; peu à peu, il prolongea ses vacances, repris par ces souvenirs des jours d'autrefois qui agissaient sur son imagination avec autant d'intensité que si sa vie de gamin et d'adolescent lui eût apparu dans une sorte de panorama où il voyait les moindres choses grossies démesurément. Jean Chrétien et Marie-Jeanne s'occupaient à peine de lui ; sa mère lui gardait rancune depuis son explication avec l'oncle ; toutefois, elle attendait que Noël se fût définitivement prononcé, eût dit son dernier mot, avant de laisser déborder sa haine et tout le désappointement de ses ambitions déçues. Quant à Liline, elle adorait son petit-fils et se soumettait volontiers à ses décisions ; en cela elle obéissait encore au désir d'affliger sa bru, et sa vieille peau ridée avait un épanouissement lorsqu'elle songeait à cette colère de paysanne trompée dans ses calculs. Déjà elle laissait échap-

per des mots cruels à l'adresse de Marie-Jeanne, comme si le
jeune homme lui eût confié qu'il ne reviendrait jamais sur
sa décision.

— Eh! la belle, tu ne le fais pas plier, ton fi?

— Verrons bien! verrons bien!

— Il a du sang dans les veines, c'ti-là... c'est pas comme
son père que tu fais tourner en bourrique...

— Verrons bien... verrons bien...

Et Marie-Jeanne, ne sachant que répondre, pâlissait de
fureur et se mordait les lèvres. Liline, comprenant qu'elle
avait l'avantage, continuait de la harceler, sans réfléchir
que ces piqûres ne faisaient que rendre plus vif son désir
de triompher, plus vive aussi sa rancune contre Noël. La
grand'mère ne lui laissait pas de repos. Elle amenait son
petit-fils à part, feignant de profiter d'un instant où la mère
n'était pas là, alors, au contraire, qu'elle savait bien être
entendue, et du bout du doigt, avec un clin d'œil, désignait
un à un les meubles de la maison. Elle ouvrait un haut bahut
troué par les vers.

— C'est à moi, disait-elle, cette armoire, à moi aussi
presque tout le linge que tu vois dedans.

Une mauvaise glace ébréchée pendait à une ficelle dans
l'angle du mur.

— C'est à moi la glace... En as-tu besoin? Je te la donne...
Tout ce qui est ici m'appartient, le lit, les draps, les oreillers, les couvertures, tout, jusqu'aux chaises, aux tables;
tout, quoi! Tes parents n'ont rien. L'huissier Libert, de
Monthermé, les a saisis deux ou trois fois quand tu étais
petit... Ils auraient, sans moi, couché sur la paille... Je n'ai
pas voulu... Tu vois, aujourd'hui, comme on m'en récompense, parce que je suis vieille... Ils ne savent pas que je
peux les déshériter... Tout ce qui est ici, le veux-tu pour
Paris? Les armoires sont encore bonnes, bien qu'elles viennent de mon grand-père... et les tables aussi... Si le cœur

t'en dit, ne te gêne pas... j'aime mieux pour toi que pour tes parents...

Marie-Jeanne écoutait et tout à coup faisait irruption entre eux deux.

— Qu'on y touche à vos frusques, qu'on les prenne, vos meubles... voir un peu !... Est-ce que vous croyez que c'est pour vos beaux yeux qu'on vous nourrit à rien faire, « acouvissée contre le feu à fergouiller les braises » ? Nenni-da ! je brûlerai les meubles, je brûlerai votre cambuse, le jour où on emportera un clou d'ici... Ça nous appartient maintenant plus qu'à vous, depuis le temps, vieille drogue !

Liline, satisfaite d'avoir mis Marie-Jeanne hors de ses gonds, ne répliquait pas, s'en allait s'asseoir sous la haute cheminée, à sa place favorite, tournait les pouces sur son tablier et fermait les yeux.

Quelques jours s'écoulèrent. Noël évitait d'aller à la verrerie ; mais, à moins de rompre complétement avec son oncle, il ne pouvait le négliger plus longtemps. Il observa que sa mère lui parlait maintenant avec plus de douceur, presque avec bonté. Elle se montra prévenante, lui adressa même des questions auxquelles elle ne l'avait guère accoutumé :

— Tu n'as pas été malade, à Paris ?... Il ne faut pas trop te fatiguer dans ton travail... la santé avant tout... Pourquoi que tu es resté si longtemps sans venir nous voir ?

Noël, surpris, ne réfléchissant pas, se laissait aller à des espérances depuis longtemps conçues, mais bien souvent abandonnées. Est-ce que sa mère, à la fin, comprendrait qu'elle seule, avec sa dureté inflexible, l'avait éloigné de Thilay ? Ce fut comme une embellie. Mais l'orage couvait. On eût dit que les efforts pour être bonne lui coûtaient trop, et puis, sur ce visage attristé, le sourire avait un air de grimace. On devinait une fourberie sous cette caresse pateline.

La grand'mère connaissait trop sa bru pour s'y laisser prendre. Elle prévint Noël dans son langage imagé :

— Méfie-toi, fils!

— Pourquoi, Liline?

— Ta mère fait la douce avec toi, comme un émouchet
qui guette un écureuil...

Un jour, après dîner, Marie-Jeanne interrogea son fils tout
en lavant la vaisselle :

— Eh! Noël, as-tu réfléchi, mon enfant?

Elle ne lui avait jamais parlé sur ce ton. Un peu d'attendrissement le prenait, et aussi comme une crainte de s'attirer de nouveau, d'un mot, les duretés d'autrefois. Et voyant
qu'il hésitait :

— On ne peut pas laisser ainsi ton oncle Paqueron le bec
dans l'eau... Il lui faut une réponse... Ce n'est pas qu'on
veut te donner Geneviève à toutes forces, entends-tu?...
Encore faut-il tout de même qu'on sache à quoi s'en
tenir...

— Je verrai mon oncle, je lui parlerai...

— Et qu'est-ce que tu lui diras?

Déjà ses yeux brillaient; ses lèvres devenaient blanches.

— Est-ce que décidément c'est sérieux, ta réponse de
l'autre jour? Est-ce que tu vas refuser Geneviève et la fortune qu'on t'offre?... Alors, ça ne t'aurait rien servi d'habiter la capitale?... Tu serais resté aussi bête qu'autrefois,
quand tu te laissais voler tes tartines et rosser par les
gamins du village?...

Noël avait un peu du caractère de la paysanne. Il dit
sèchement avec une révolte :

— Ceci est une affaire entre mon oncle et moi. Je vous
prie de ne pas essayer de m'imposer votre choix.

Elle fut un moment interdite. Jamais il ne lui avait
répondu de la sorte. Elle se tut, allant et venant, des
assiettes à la main, les manches retroussées découvrant ses

bras nerveux, brunis par les morsures du soleil. A la fin,
elle murmura, entre ses dents :

— Imbécile!

L'après-midi, Noël était à la Malavisée.

— Bonjour, dit Paqueron d'un ton dégagé... Je croyais,
pardine, qu'on ne te reverrait plus, da? Eh bien, garçon,
as-tu quelque chose à m'apprendre? Est-ce que, pour toi
comme pour les autres, les nuits portent conseil?...

— Oui, mon oncle.

— Ah! et peut-on savoir ce que tu as résolu?

— Je n'ai pas changé d'avis depuis l'autre jour.

— Tu ne veux pas te marier?

— Non. Cela m'effraye.

Paqueron haussa les épaules d'un air de mépris. Ils se
promenèrent côte à côte, sans parler, dans le jardin. Le
verrier, distrait, s'obstinait à fumer sa pipe éteinte. Noël
essayait de penser à autre chose.

— Tu n'as pas d'autre raison que celle-là?

Noël secoua la tête.

— Tu peux tout me confier... Tu as peut-être des
dettes?... des embarras d'argent?... Et c'est un excès de
scrupule qui t'empêche?... Non?... Tant mieux! les dettes,
c'est lourd à porter... Alors, quoi?... Une maîtresse?...
de Paris, ça ne doit pas être gênant, et il me semble qu'à ta
place je m'en débarrasserais sans peine... Ce n'est pas cela
non plus?... Je ne comprends pas...

Un silence. Paqueron reprit :

— Je te considérais comme un homme sérieux; je me
trompais... Je m'imaginais surtout que tu aurais un peu de
reconnaissance en souvenir des bontés que j'ai eues pour
toi... mais je me trompais toujours... j'ai obligé un ingrat...
Ah! tu vas te dire, sans doute, avec la blague de chez vous,
que j'ai l'air de te demander à mon tour de me rendre un
service en épousant Geneviève... Comme si je n'en trouvais

7.

pas le placement, qu'en dis-tu? C'est que j'ai été bête, j'ai
parlé de toi à ma fille... et sa petite imagination a bâti là-
dessus mille verreries en Espagne... C'est ma faute... Le mal
est fait... je suis sûr qu'elle sera très-malheureuse... Enfin
je ne devrais pas te dire ces choses-là... Tout de même,
c'est pour te faire comprendre mon insistance... la demande
est partie de moi, au lieu de toi... c'est le monde renversé...
Il faut venir à la Malavisée, parole! pour voir ça... Je te le
dis, n'en parlons plus, vaut mieux; n'en parlons plus...

Il s'animait, se montait la tête, marchait à grands pas,
mais fumait toujours sa pipe éteinte, ce qui indiquait chez
le brave homme une préoccupation extrême :

— Oui, tu n'es qu'un ingrat, Noël, tu n'agis pas bien
envers moi, et cependant je mérite mieux que cela...
Réponds un peu à ce que je vais te demander... Qu'est-ce
que tu serais sans moi?...

— Rien, dit Noël attristé.

— Moins que rien... Tes parents t'avaient mis chez le
charron en apprentissage. Je t'en ai retiré. Tes parents
n'avaient pas le sou, je t'ai envoyé en pension. J'ai payé les
frais; tu n'as jamais manqué de rien au collége. Ton instruction, qui t'a permis d'être ce que tu es, à qui la dois-tu?...
A moi. On dit dans les journaux que tu as du talent. On
écrit ton nom partout. Eh! ce serait un peu justice de
mettre le mien à côté du tien. Ton talent, je ne le reven-
dique pas. C'est ta verrerie, à toi. Mais est-ce que c'est les
coups de marteau sur les ferrailles du charron qui l'auraient
développé? Non, pas vrai? J'ai donc le droit d'être fier, et
quand les gens parlent de toi devant moi, ils ne manquent
pas d'ajouter : « C'est votre œuvre, père Paqueron. »

— Mon oncle, je n'ai pas oublié.....

— Oh! tu peux la garder, ta reconnaissance, mon fiston,
elle n'est pas lourde et tiendrait facilement dans un de nos
flacons..... je n'en ai que faire..... Mettons que tu ne me

dois rien, même, si tu veux..... mettons que c'est toi qui
m'as tiré de la misère..... mettons que c'est moi qui vaga-
bondais en guenilles, sur les bords de la Semoy..... mettons que c'est moi qui peinais et crevais de fatigue chez
Habert..... mettons que c'est moi qui ai reçu de l'instruction..... mettons que c'est moi qui suis devenu célèbre.....
mettons que c'est moi qui ai tout et que c'est toi qui
as tout donné..... Hein? Ça te va?..... Moi, ça m'est égal,
t'entends?..... Là-dessus je te présente mes respects et je
suis bien ton serviteur.....

Furieux, il laissa choir sa pipe, la brisa d'un coup de
talon et tourna le dos.....

V

Il resta deux ou trois jours encore sans retourner chez
Paqueron. Marie-Jeanne connaissait à coup sûr la dernière
conversation qu'il avait eue avec son oncle, car elle n'adres-
sait plus la parole à son fils, feignait même de l'oublier complétement, comme s'il eût été à cent lieues de là ; et Noël, en
rentrant à midi pour déjeuner, le soir pour dîner, ne trouvait
pas son assiette mise. La mère avait un petit éclat de rire et
disait :

— Dame ! vois-tu ! c'est que maintenant tu es quasiment un
étranger pour nous, depuis le temps...

Un coup d'œil ironique de Liline à son petit-fils semblait
vouloir allumer la querelle qui couvait, faire éclater l'orage
qui menaçait. La vieille, rancunière, toute à ses rêve-
ries, du matin au soir, passait ses journées à combiner des
ennuis pour sa bru. Son plan, depuis que Noël était revenu
à Thilay, consistait à brouiller le fils et la mère. Et ses petits

yeux noirs intelligents accusaient une joie mauvaise à toutes
les déconvenues de Marie-Jeanne, à toutes les résistances de
Noël. A sa bru, elle disait :

— C'est un fier homme, ton garçon, et qui ne se laissera
pas tondre la laine sur le dos...

— Verrons bien ! verrons bien ! répétait la paysanne.

Et à Noël, les rares fois qu'elle se trouvait seule avec lui :

— T'as raison, mon beau fi, de ne pas te marier contre ton
goût... N'en fais qu'à ta tête, va !

Un matin, Geneviève entra, un panier à la main, apportant
des œufs à sa tante, — un prétexte pour venir à Thilay.
Elle vit tout de suite que Noël était absent ; il n'y avait là
que Liline, Jean Chrétien, qui travaillait à sa clouterie, et
Tout-Beau, qui tournait la roue, toussant et tendant la langue.
Quand la jolie fille rendait visite à ses parents pauvres, la
maison, en un instant, était sens dessus dessous. Chrétien
voulut la retenir à déjeuner, disant qu'il y avait justement,
ce jour-là, le pot-au-feu, avec de la soupe grasse ; mais Geneviève était distraite. Chrétien, brave homme, et qui n'avait
pas l'intelligence très-affinée, lui dit à brûle-pourpoint,
comme une chose toute simple :

— Il est à la promenade, dans le bois des Quatre-Vents,
vers les Hautes-Rivières...

Elle rougit et s'en alla, un peu mécontente. Est-ce qu'on
allait penser qu'elle courait après son cousin, par exemple ?
Eh bien ! elle serait la risée de tout le village ; elle ferait le
sujet de toutes les conversations. De là aux cancans, aux
médisances, aux calomnies, le trajet n'était pas long. Ces
choses, elle se les disait en s'en retournant, et sa préoccupation était si grande que, sans y songer, elle se trompa de
sentier, et que ce fut justement vers le bois des Quatre-Vents
qu'elle se dirigea. Le sentier s'enfonçait entre deux talus,
d'où émergeaient des racines pareilles à de gigantesques
pattes d'araignée, au-dessus desquels il y avait un gaulis

très-épais, entremêlé de buissons de noisetiers. Quelqu'un
était perché là-haut, qui la vit et cria :

— Où vas-tu ?

C'était Noël qui prenait des notes et à coups de crayon
mettait sur un calepin la longée pittoresque du sentier avec,
tout au bout, les déchiquetures claires de la Semoy à travers
un rideau d'arbres.

Elle tressaillit et leva la tête.

— Je rentrais à la verrerie, dit-elle...

— Par le bois des Quatre-Vents ?

Elle rougit, puis, avec un rire un peu forcé :

— Tiens ! je me suis trompée de sentier !... C'est drôle !...

Et elle ajouta, regardant Noël avec un reproche dans ses
yeux dont les cils tremblaient :

— Du reste, depuis quelques jours, je ne sais plus ce que
je fais... je ne dors plus... je rêve... j'ai des cauchemars...
je me réveille en sursaut... pendant le jour, je suis fatiguée
comme si on m'avait battue, et j'ai la fièvre... Je suis sûre
que je serais allée jusqu'aux Hautes-Rivières sans m'en
apercevoir... Je tomberai malade, c'est certain !...

— D'où viens-tu ?

— De Thilay, où j'ai été porter des œufs à vos parents,
dit-elle, cessant de le tutoyer.

Il le remarqua. Il était descendu auprès d'elle, et, à mesure
qu'il s'approchait, elle se reculait, comme si elle avait peur.
Mais il la rejoignit, et gravement :

— Tu ne me tutoies plus ?

Elle secoua la tête ; des larmes montaient, brillaient au
coin de ses yeux ; elle ne répondait pas.

— Tu m'en veux ? Je t'ai fâchée ?

Elle n'y tint plus et éclata en sanglots, pleurant, sans se
cacher ; de grosses larmes descendaient le long de son visage,
laissant comme un léger sillon humide, plus clair, sur sa
joue brune veloutée ; les sanglots contractaient sa bouche, et

elle s'efforçait de rire, tout en pleurant. Interdit, Noël lui
prit les mains, ne trouvant rien pour la consoler. Mais elle se
remit bien vite.

— Je suis bête de pleurer comme ça, dit-elle; qu'est-ce
que vous allez penser, vraiment?

— Alors, c'est fini? Tu vas me traiter comme un
étranger?

— Ne vivons-nous pas comme des étrangers, depuis dix
ans, et ne devons-nous pas vivre comme des étrangers, le
reste du temps? Je vous ai accueilli, le premier jour, avec
une grande familiarité, parce que je voulais vous faire comprendre qu'entre vous et moi les longues années d'absence
ne compteraient pas... C'est votre faute s'il en est autrement, et j'en suis fâchée...

Elle changeait de ton; la faiblesse qu'elle avait montrée
tout à l'heure lui donnait un peu d'irritation contre Noël qui
en avait été le témoin, et avec sa finesse de femme elle cherchait, instinctivement, à regagner un peu du terrain qu'elle
avait perdu. Lui la laissait dire, et quand elle le salua, fière-
ment, et qu'elle le quitta, il ne chercha pas à la retenir. De
loin, il la suivit. Elle ne se retourna pas une seule fois. Seulement, il la vit, à plusieurs reprises, qui, s'arrêtant, portait
son mouchoir à ses yeux. Il en fut ému.

Pendant les premières semaines de son séjour au village, la
pensée de sa maîtresse avait préoccupé l'artiste. Puis peu à
peu, au fur et à mesure que les jours s'écoulaient, qu'il était
repris par cette monotone vie où il redevenait en quelque
sorte et pour un temps le Noël d'autrefois, ce souvenir
devenait plus vague, les détails de sa vie, depuis qu'il était
l'amant de la Sicilienne, étaient moins précis, comme un
brouillard s'étendait sur les six mois qui avaient précédé; la
figure de Martha était moins nette; seuls, les ennuis de cette
liaison ressortaient vigoureusement; il se rappelait bien tous
les incidents, mais ceux-ci prenaient une tournure singu-

lière, et il concevait presque du dépit d'avoir enchaîné sa vie, sans y penser, inconsidérément. De loin, l'influence de la petite danseuse agissait moins sur lui ; il était livré à des réflexions contre lesquelles l'amour de Martha n'était pas là pour le défendre. Puis des scrupules lui venaient. Allait-il sacrifier sa vie à cette fille ? Qu'était-ce que Martha ? D'où arrivait-elle ? Il ne savait là-dessus que ce qu'elle avait bien voulu lui confier... Pas plus !... Elle avait pu inventer les histoires les plus mensongères... Comment les contrôler ?...

Et il restait. Et Geneviève, maintenant, avec son amour naïf, qui ne se dérobait pas, qui s'avouait dans toutes ses pensées, dans tous ses regards, dans toutes ses paroles, Geneviève occupait son âme, prenait possession de lui... Il souffrait véritablement... combattu par des désirs qui le rappelaient à Paris et d'autres qui le retenaient à Thilay... attiré par Martha dont la douceur l'amollissait ; attiré par ses défauts même qui lui avaient tant donné d'angoisses... retenu au village par ce joli roman avec sa cousine... par la certitude de conquérir cette fille neuve sur laquelle il serait le premier à régner... à laquelle il enseignerait les premiers mots de l'amour... qui s'offrait avec ingénuité et oubliait même, pour cacher son trouble, la finesse réservée de toutes les femmes. Entre elle et la Sicilienne, il essayait de faire une comparaison, et c'était cette figure inconnue de Victor Procoli qui l'impressionnait le plus !

Dès lors, que faire ? Ici, Geneviève ; là, Martha ! Ici, toutes les convenances de la vie de famille et de la vie sociale, la fortune, une tranquillité béate ; là, un amour nerveux, tourmenté, qui n'aurait que lui-même pour se soutenir, qui jusqu'à l'épuisement se retremperait à ses propres forces ; qui vivrait en dehors des conventions et des lois, un amour illégal, ce que Monjolit appelait brutalement « le collage ».

La question était posée.

Il ne trouva pas sa mère en rentrant; Jean Chrétien, seul, était là, avec Liline, dans le fond. Le père n'attendit pas qu'il s'informât, et, sur un regard de son fils, lui dit :

— Elle est partie... un voyage... Oh! elle ne restera pas longtemps hors de chez nous... Elle est comme les chats... elle n'aime pas quitter la maison...

— Et où est-elle allée?

Le père se mit à rire.

— Si tu crois, dit-il, que Marie-Jeanne rend compte de ses allées et venues, tu te trompes.

Sur le moment, Noël ne fut pas inquiet. En somme, il n'y avait rien d'extraordinaire dans ce départ; en général, c'était elle qui, à Mézières, à Charleville ou à Givet, s'occupait d'acheter les choses nécessaires au ménage et même renouvelait les fils de la clouterie, quand le travail de son mari les avait épuisés; mais elle ne découchait jamais. Partie le matin ou l'après-midi, toujours elle était revenue le soir. Or, le lendemain, la matinée s'écoula, et Marie-Jeanne ne rentra point. Jean ne paraissait pas s'en soucier; mais Noël, qui n'avait pas confiance en sa mère et qui redoutait de sa part toutes les entreprises, était devenu soucieux. Liline s'en aperçut, sortit de la maison en lui faisant signe de la suivre, et quand ils eurent marché quelque temps sur le bord de la rivière, sans parler, la vieille tout à coup s'arrêta :

— Écoute, mon beau fi, dit-elle, ça n'est pas bien, ce que tu as fait là, non, ça n'est pas bien...

Noël, étonné, la regarda, essayant de comprendre. La vieille s'était assise sur une pierre, pour être plus à l'aise, et il se tenait debout, devant elle, la tête un peu baissée.

— Et qu'est-ce que j'ai fait, Liline?

— On sait tout. Tu n'as plus besoin de rien cacher maintenant. Hier, quand tu es allé te promener aux Quatre-Vents, tu as laissé ton paletot sur ton lit; ta mère n'a rien eu de plus pressé que de fouiller dedans : elle a trouvé des lettres...

— Celles de Martha, murmura Noël inquiet.

— Marie-Jeanne ne sait pas lire, et Jean Chrétien non plus ; mais ça ne pouvait pas les embarrasser longtemps. Ta mère est allée à la verrerie, et pour sûr c'est l'oncle qui l'a édifiée sur ce que les lettres contenaient.

La vieille branlait la tête.

— Ce qu'elles contenaient, reprit-elle, tu le sais mieux que nous ; on ne me l'a pas dit, à moi ; pourtant, j'ai de bonnes oreilles, et j'en ai entendu assez pour deviner que ces écrits te sont adressés par une de ces mauvaises femmes qui perdent les jeunes gens... Est-ce vrai ?...

Il ne répondit pas. Soulever devant Liline, comme devant son père et sa mère, un coin du voile qui leur cachait la vie de Paris, il savait bien que cela était inutile. Il n'essaya même pas.

— Alors, dit la grand'mère, qui paraissait, du reste, tout attristée, alors Marie-Jeanne est revenue de la verrerie, blanche comme un de ces linges qui sont là, étendus sur la haie. Elle a dit à Chrétien, en parlant de toi :

« — Il entretient une gueuse, à Paris ; c'est pour ça qu'il ne veut pas de la fille à Paqueron !

« — Est-on sûr ? a répondu ton père.

« — Oui, puisqu'il y a des lettres. Paqueron l'a dit.

« — Faudrait voir, avant, faudrait voir !

« — Je vas partir et j'irai la trouver, c'te traîneuse.

« — Et quoi que tu l'y ferais ? Elle se moquera de toi.

« — Verrons bien ! verrons bien ! »

Liline s'arrêta et fit son clin d'œil habituel :

— On ne savait pas que j'écoutais, dit-elle ; tu vois, je n'ai pas perdu un mot de la conversation. Je n'ai pas voulu m'y mêler, parce qu'on m'aurait dit que ces choses ne me regardent pas, et aussi parce que je n'aurais point pris ta

défense. Je ne pouvais pas approuver ta conduite, n'est-ce
pas? et dire que tu avais raison de dépenser ton argent
avec des femmes et d'user ta jeunesse, ta santé, tes forces,
en débauches.

— Mais, ma bonne Liline, vous grossissez les choses!...
Des débauches, il n'y en a jamais eu dans ma vie, croyez-le
bien... le temps m'a toujours fait défaut... Quant à des
maîtresses...

— N'en fallait pas! n'en fallait pas! murmura la grand'-
mère.

Noël haussa les épaules et n'eut pas même l'idée d'insister.
Il rentra, laissant Liline en train de regarder couler l'eau;
mais, se retournant à deux ou trois reprises, il la vit qui
hochait la tête, et, malgré la distance, il lui semblait entendre
la vieille murmurer :

— T' as usé ta santé dans des débauches!...

Il se mit à rire tout haut. Puis le souvenir de Marie-Jeanne
lui revint... de Marie-Jeanne à Paris, trouvant Martha chez
lui; il connaissait sa mère, la savait capable de toutes les
violences; qu'allait-il se passer là-bas? Et la tristesse l'en-
vahit. Il envoya une dépêche à Martha pour la prévenir, la
mettre en garde.

Il se trouva isolé, aux prises avec les préjugés, les sottises,
les grossièretés solennelles de la vie du village; il lui fallait
combattre ses parents; il avait beau fouiller dans le fond de
leur cœur, il n'y trouvait plus d'amour; la mère l'avait dit :
il n'était guère plus qu'un étranger. Cette vie de Paris avait
creusé un abîme : chacun des jours passés là-bas avait, pour
ainsi dire, jeté entre eux comme la distance d'un monde à
l'autre; plus rien de commun n'existait : ni les pensées, ni
les aspirations; ni les intérêts, ni les soucis; ni les inquié-
tudes, ni les peines, ni les joies, plus rien! Chez les Chrétien,
point d'affection; chez Noël, au contraire, l'amour filial
n'avait fait qu'augmenter, rendu plus vivace encore par le

travail de son imagination, par l'éloignement, par l'énervement et la surexcitation de sa vie qui aiguisaient ses impressions. Mais cette affection se heurtait à de l'indifférence, à
une sorte d'inertie du cœur, presque à de la malveillance. Il
eût sacrifié moitié de ses succès à Paris pour un peu plus de
tendresse. Il exigeait si peu ! N'y avait-il pas droit, vraiment ?

— Tu ne m'embrasses jamais, dit-il un jour à sa mère.

Elle avait haussé les épaules :

— C'est-y que j'ai le temps !...

VI

La paysanne était à Paris. Elle demanda son chemin vingt
fois, se trompa souvent, accosta au coin de toutes les rues
femmes et hommes qui passaient, auxquels elle disait, inva-
riablement :

— C'est Montmartre, la rue des Rosiers et la villa
Duchêne que je cherche... Savez-vous ben où que ça se
trouve ? Etes-vous d'ici ?

On riait, et quand elle s'était égarée, des gens, avec complaisance, la remettaient sur sa route. Paris ne l'étonnait pas
non plus ; elle ne pouvait le comprendre ; le bruit incessant,
seul, l'assourdissait, la rendait inquiète, et elle avait des
épouvantes toutes les fois qu'il lui fallait traverser la
chaussée ; elle criait alors à des voitures qui arrivaient de
s'arrêter, gesticulant, maniant son parapluie comme une
canne ; les cochers la suivaient du coin de l'œil, goguenards ;
elle perdit une fois son panier qui roula sous les pieds des
chevaux, étalant un tas de choses, des mouchoirs, des
chaussons de laine, du fil, une bouteille de bière, une miche
de pain, un morceau de jambon et des noix. Elle les ramassa

en maugréant, cherchant la dernière des noix jusque sous les
roues des charrettes. Après quoi elle se redressa, revint sur
le trottoir, rouge jusqu'aux yeux, roide dans sa guimpe,
convaincue que Paris tout entier, pareil au village perdu de
Thilay, avait les yeux sur elle. Elle ne fut tranquille que dans
les rues désertes de la butte Montmartre. Comme elle n'avait
pas mangé depuis le matin et qu'il était plus de cinq heures,
elle s'assit dans un terrain vague, où elle tira de son panier
ce qui lui restait, buvant, cassant ses noix, mordant à même
dans sa miche. Quand elle eut fini, elle essuya son couteau
dans son mouchoir, avala une dernière gorgée de bière, se
leva, fit tomber les miettes de pain accrochées à son tablier
et s'approcha d'un groupe d'ouvriers :

— Où est la villa Duchêne ? fit-elle.

— Tu n'as qu'à suivre le chemin, maman, dit l'un ; au
bout, tu prendras à droite, puis à gauche aussitôt, et encore
à droite. C'est là.

Elle s'éloigna, ne sachant pas trop si l'on ne continuait pas
de se moquer d'elle. Pourtant on ne l'avait pas trompée. Elle
arriva, entra sans rien demander et fila droit devant elle, à
travers les petits carrés de jardins minuscules. Le concierge
lui cria :

— Eh ! ma brave femme, où allez-vous ?

— Chez mon fils, da. Je suis madame Chrétien !

— M. Noël Chrétien est absent depuis près d'un mois ;
puisque vous êtes sa mère, à ce que je vois, vous ne devez
pas l'ignorer...

— Mais il y a quelqu'un chez lui ?

— Il y a sa bonne et puis madame... la femme de monsieur... Faut-il la prévenir de votre arrivée ?...

Madame ?... La femme de monsieur ?... Qui cela ?... Cette
fille, qui s'appelait Martha, dont elle avait vu le nom au bas
des lettres surprises ?... Elle passait, à Paris, pour la femme
de Noël ?... Mais c'était du dévergondage !... Une fureur la

prenait, la paysanne vindicative et cruelle ; elle était devenue blanche comme son bonnet tuyauté à larges passes nouées sous le menton.

— Oui, répondit-elle, dites-lui que c'est moi, Marie-Jeanne Chrétien, la mère de Noël, et que je viens de la part de mon fils !...

Il revint au bout d'un intant :

— Madame attend madame ! dit-il. M. Chrétien occupe le pavillon n° 7...

Quand elle sonna, Florence, la bonne, vint ouvrir. Marie-Jeanne la regarda d'un œil étonné :

— Tiens ! mon fils a une domestique ! Mâtin !...

— Ah ! madame est la mère... Alors madame doit savoir que monsieur est absent...

Mais la paysanne ne l'écoutait pas et curieusement promenait les yeux autour d'elle :

— Où est-ce qu'elle est ?

— Qui cela ?

— La traîneuse de mon fils, da ?

— Madame veut parler de madame Martha ?...

— Oui, c'est son nom, à c'te gueuse.

— Je vais l'avertir de votre arrivée...

— Annoncez-lui que je suis là de la part de Noël...

La bonne disparut un instant ; ce ne fut pas elle qui revint, mais Martha, souriante, en peignoir, les cheveux mal peignés dégringolant dans le dos. Elle avait, entre l'index et le doigt majeur, le pouce écarté coquettement, un bout de cigarette duquel s'échappait une mince spirale de fumée bleue. Son peignoir brun, relevé d'agréments rouges, la prenait jusqu'au cou. Mais les manches ne descendaient pas plus bas que les coudes, laissant voir les deux bras ronds, magnifiques, blancs comme du lait... Curieuse, un peu inquiète, elle dévisageait la paysanne. Celle-ci, méchamment, pensait :

— Ça fume comme un homme... et ça a des mains qui

n'ont jamais travaillé... ben sûr... qui ne sauraient même
point ramasser des pommes de terre, je parie...

— Vous êtes la mère de Noël? fit Martha.

— Qu'est-ce que ça vous fait?

— Mais je suis heureuse de vous voir...

— N'y a pas de quoi, ma belle, merci.

— Si vous saviez combien de fois nous avons parlé de vous,
ensemble... combien de fois je lui ai dit que je serais si heureuse d'être mise en rapport avec vous...

— Il y a temps pour tout, ma fille.

— Entrez donc, madame, ne restez pas là... posez votre
panier... venez dans le salon... Vous allez me parler de lui,
n'est-ce pas?... Est-ce qu'il est malade? Non, vous ne l'auriez
pas quitté... vous seriez à le soigner... là-bas... à Thilay,
très-loin, au fond des Ardennes... Ah! je connais votre
pays... Noël en raffole, moi aussi... J'aurais si bien voulu
m'en aller avec lui... Et son père, il est guéri, sauvé... Tant
mieux, cela m'a rendue bien heureuse, quand il me l'a
écrit... Pourquoi n'est-il pas venu, lui aussi?... Il n'est pas
complétement remis? Noël vous a parlé de moi, n'est-ce
pas?... Il vous a dit combien je l'aime... Je l'aime plus que
n'importe quoi... plus que mon amie Domenica, plus que la
Sicile, plus que Catane, plus que la Madone... plus que tout...
vous savez? N'ayez pas peur qu'il soit jamais malheureux
avec moi!... S'il l'est, ce sera sa faute... je préférerais mourir
plutôt que de lui faire un chagrin... Est-ce qu'il vous a dit que
j'avais voulu me noyer? Non, sans doute, ces choses-là ne
vous intéressent guère. Vous ne me connaissiez pas. Est-ce
qu'il vous a dit que j'avais été très-malade à la fin de l'hiver?
Non plus. Il a oublié, probablement. Il a tant de tracas! Tra-
vaille-t-il à Thilay? Il m'a dit, en partant, qu'il prendrait des
croquis de la Semoy et qu'il achèverait un roman, l'*Oasis*, pour
lequel il est allé passer, l'an dernier, paraît-il, un an dans le
Sahara. Je parie qu'il ne fait rien? Ah! le grand paresseux!

Tout à coup elle s'attendrit :

— Paresseux, lui! Ne me croyez pas, ma bonne femme!
Il se fatigue à travailler, au contraire, et il a bien raison,
allez, de prendre un peu de bon temps!... Si vous saviez ce
qu'il a souffert! mais il a dû vous le dire comme à moi...
Est-ce que cela vous fait le même effet?... Moi, je pleure...
C'est bête, hein? maintenant que tout cela est passé. Dire
qu'il y a eu des jours où il n'a pas touché, du bout des dents,
même à une bouchée de pain!... Ah! si j'avais été là... Mais
non, il n'aurait pas voulu... J'aurais été vous trouver, et
j'aurais bien rapporté un peu d'argent, sinon de chez vous,
mais de chez son oncle... ça lui aurait épargné des moments
de misère noire... et aussi bien des pensées mauvaises qui
poussent, on ne sait comment, dans ces jours-là...

Et jetant sa cigarette, qu'elle avait laissée s'éteindre :

— Mais asseyez-vous donc... posez donc votre panier!... Il
vous embarrasse... Vous coucherez ici, n'est-ce pas? Je vais
vous faire préparer un lit... Avez-vous besoin de manger?...
Voulez-vous un biscuit dans du vin, en attendant que Florence mette la table?... Non?... Vous dînerez ici, nous
parlerons de Noël... hein?... Nous en parlerons jusqu'à ce
que vous alliez vous reposer... Est-ce que vous êtes pour
longtemps à Paris?...

Marie-Jeanne s'était assise, le buste droit, tout à fait sur
le bord d'un fauteuil, les deux mains croisées sur l'anse de
son panier qu'elle avait devant elle, entre les genoux, comme
les vendeuses au marché. Un linge blanc noué par-dessous
recouvrait les restes, soigneusement conservés, de la man-
geaille.

— Je ne veux ren de vos bonnes choses! dit-elle. Faut pas
croire que je sois venue pour me goberger, ni pour manger
l'argent de mon fils... C'est ben assez de vous et des autres
drôlesses, comme vous, que vous devez amener chez lui...

Martha Rosaora ne comprit pas tout de suite... Certains

mots de la langue française lui échappaient quelquefois...
Mais le sens de la phrase était précis; elle ne pouvait hésiter
longtemps.

— Une drôlesse? répéta l'enfant... Alors vous me prenez
pour une de ces vilaines filles?...

— Tiens, pardine!... La maîtresse de mon fi!

— Mais je l'aime, Noël, je l'aime, entendez-vous?

— Vous aimez les sous qu'il gagne, oui; lui, non.

Elle était toute pâle, et ses yeux s'agrandissaient, comme
lorsqu'elle avait une émotion intense. Cette fois, elle devinait une ennemie; elle ne s'en était pas doutée d'abord, à
l'arrivée de Marie-Jeanne; avec sa candeur naïve, elle s'était
mise tout de suite à babiller, à babiller... Maintenant elle se
rappelait les récits de Noël, l'histoire de ses épouvantes
d'enfant quand sa mère courait après lui pour le battre,
parce qu'il s'était sali, parce qu'il s'était déchiré en déni-
chant des chardonnerets ou parce qu'il revenait un peu tard
de chez Habert, le charron, ayant flâné le long des haies...

Marie-Jeanne continuait :

— Alors, ma petiote, vous pensez comme ça qu'on a des
enfants et que c'est pour les donner à des gueuses de vot'
espèce?... Nenni-da! Faut pas croire que les gens de Thilay
se laisseront dauber comme les gens de la ville... Plus souvent!...

— Mon Dieu, que demandez-vous? Qu'ai-je fait à Noël
pour que vous me parliez de la sorte? Il vous imposerait
silence, s'il vous entendait...

— Faudrait voir qu'il prenne le parti d'une traîneuse
contre sa mère...

— Que me reprochez-vous?

— De lui voler ses sous encore! C'est-y en faisant pas
œuvre de vos dix doigts que vous avez des falbalas et des
chapeaux à plumes?... C'est-y en restant couchée jusqu'à
des midi? C'est-y en fumant comme un Belge que vous

gagnez votre boire et votre manger?... C'est-y que vous avez des rentes, ma belle?

— Je ne suis pas sans amis, sans parents... Tous les mois, de Catane, je reçois une petite somme...

— De l'argent d'un de vos anciens, sans doute, qui vous aura signé un papier, le bêta... Paqueron, qui lit les gazettes, m'a dit que ça se faisait... Et ça aussi, c'est votre idée par rapport à notre fils?...

— Madame, je vous en prie!...

— De qué droit que vous lui dépensez son avoir?... C'est un vol, ça... un vrai vol... puisque vous ne gagnez pas seulement un jour de votre existence...

— Mais je pouvais vivre sans lui. J'étais au théâtre. Il m'en a retirée. Il m'a même défendu d'y rentrer.

— Et qu'est-ce que c'était que votre état au théâtre?

— J'étais danseuse.

Marie-Jeanne resta un moment interdite devant l'énormité de ce que cette révélation représentait pour elle. Puis, mettant toute sa farouche colère en un seul mot :

— Oh! l'éhontée! l'éhontée!

Il y eut un peu de silence entre les deux femmes. Martha, comprenant que sa vie traversait une crise suprême, était étonnée de ne pas ressentir plus d'émotion; sa première surprise passée, elle s'était remise bien vite, et elle avait même une singulière lucidité d'esprit. Ce qu'elle eût désiré savoir, par exemple, c'était si son amant jouait un rôle dans cette entrevue. S'il avait engagé Marie-Jeanne à venir, c'est qu'il l'approuvait. Dès lors, c'en était fait de son amour... Noël ne reparaîtrait jamais... elle ne le reverrait plus. Mais qui prouvait, en somme, qu'il eût connaissance du voyage de sa mère? S'il l'ignorait, elle n'avait rien à craindre... Quelques jours se passeraient, et elle retrouverait son amant.

Elle demanda courageuse :

8

— Vous venez de la part de Noël?

— Oui; c'est lui qui m'envoie...

Elle se sentit défaillir; mais il lui fallait aller jusqu'au bout. Sa fierté lui redonna des forces.

— Il vous a chargé d'une mission, sans doute? Vous pouvez me la faire connaître, je vous écoute.

— Noël comprend que c'est des bêtises de gagner de l'argent pour le voir dépenser par des traînasses de rien du tout... Quoi que ça lui rapporte, de vous avoir pour maîtresse? La belle jambe que ça lui fait! Il est obligé de subvenir à toutes vos nécessités, et ça n'est pas une toilette par an qu'il vous faut, mais je suis ben sûre plus d'une par mois... et ça lui coûte gros, plus que les yeux de la tête, pour tout, pour le linge, le blanchissage, la nourriture et le reste, et l'argent de poche... Si pour tout ça il avait l'estime du monde!... Mais des filles qui ont gueusé partout, c'est pas elles qui font considérer un homme... Donc, voilà les réflexions de Noël... Il s'est dit que vous pouviez bien vous en aller de votre côté et lui du sien, sans tambours ni trompettes... Prenez vos nippes et ce que vous avez... devant moi... parce qu'on ne peut pas savoir... s'il y a de l'argenterie qui traîne, une distraction est vite commise... Alors vous vous retirerez. Ça n'est pas les amants qui vous manqueront, allez, ma fille! vous avez l'air d'une fieffée rouée... et vous devez vous retourner facilement dans la vie d'ici-bas... Vous n'êtes point vieille, pourtant... Mais vingt ans bien employés, ça vaut mieux que quarante de paresse... Profitez de ce que ce bêta de Noël vous a rafistolée et de ce que vous avez des frusques neuves pour donner dans l'œil à des Parisiens... Les gens de chez nous, voyez-vous, ma belle, ça n'est pas fait pour des filles de votre genre... Vous aurez vite une consolation.... vous ne devez pas être regardante? Quand on a vu le loup, comme vous, les jeunes et les vieux, ça passe... L'important, c'est qu'ils aient des écus dans leur bourse et qu'ils ne se fassent pas tirer l'oreille pour en délier les cordons... pas vrai?... Mon discours, en fin de compte, est pour vous apprendre, ma toute belle, que notre fils ne vous veut plus, qu'il a trouvé autre part une chaussure à son pied, et que, si le cœur lui en dit, il se mariera vers la quinzaine qui suit la Saint-Jean... Voilà!...

Elle posa son panier par terre, prit les deux coins de son tablier, ramena celui-ci sur ses genoux, par un geste machinal découvrant ainsi le devant de sa robe de grosse laine grise, dénoua, ayant chaud, les passes de son bonnet, et, ses yeux méchants fixés sur Martha, attendit.

Pendant cela, Martha la regardait, les yeux étonnés, les lèvres entr'ouvertes, concentrant toute son attention à l'écouter, toute son intelligence à la comprendre. Marie-Jeanne parlait un langage qui ne lui était pas familier, et qui la surprenait. Un instant, elle resta atterrée. Mais une idée rapide lui passa par l'esprit avec un mouvement de joie et comme le regret de n'avoir pas fait plus tôt cette réflexion... Elle demanda une seconde fois :

— Ainsi, c'est bien vrai?...

— Quoi! ma belle, quoi qui est vrai?

— C'est lui qui vous envoie?

— Pardine! puisque je vous le dis...

Marie-Jeanne eut un rire faux :

— Mâtin, ma petite, m'est avis que vous êtes méfiante.

— Et sans doute il vous a remis quelque chose pour moi? Donnez...

Et elle tendit la main, sans perdre de vue le regard fuyant de la paysanne...

— Qu'est-ce qu'il vous faut donc?

— Quelques billets de banque... ou l'abandon de ses meubles... un riche bibelot quelconque, un cadeau enfin... Noël est trop Parisien pour ne pas savoir, en pareil cas, se

conduire en galant homme... On ne se sépare pas d'une
maîtresse en la jetant au coin de la rue, comme une
défroque dont on ne veut plus.

— Ah! la gueuse! la gueuse! dit la paysanne se levant et
serrant les poings. C'est de l'argent qu'il lui faut, encore,
toujours!...

Ce fut Martha qui, cette fois, se mit à rire, d'un rire
nerveux, haussant les épaules et les yeux brillants.

— Que m'offrez-vous, voyons?

— Est-ce que je sais, moi?... Rien, tiens!... Il y a des
gendarmes à Paris comme à Thilay, si vous refusez de
déguerpir d'ici... Vous n'êtes pas chez vous...

— Alors Noël ne vous a rien donné?

— Oh! rien... Mais, tout de même, si vous avez besoin
d'un peu d'argent, pour les premiers jours, on vous en
fournira... pas beaucoup, par exemple...

— Combien, dites-moi?...

— Dame! est-ce qu'on sait?... Fixez votre prix...

— J'ai peur de trop demander...

— Allez toujours, nous jugerons après... quitte à rabattre.

— Une centaine de francs, ça vous irait-il?

La paysanne ne répondit pas. Elle s'attendait à une plus
grosse somme. Paqueron, mieux au courant qu'elle, l'avait
prévenue sans doute... Elle fut mise en défiance et regarda
Martha en dessous, pour deviner sur cette figure pâle, dont
les yeux noirs avaient des flammes, si vraiment on ne se
moquait pas d'elle... Pourtant son instinct de paysanne, qui
la portait à marchander, fut plus fort que ces défiances;
puisqu'on ne demandait que cent francs, réfléchit-elle, c'est
que c'était le plus... pour avoir le moins... Donc on pouvait discuter...

— Dame! fit-elle, hésitant... c'est beaucoup...

— Je n'accepterai pas un sou de moins, fit Martha.

— Cent francs, savez-vous? c'est un gros argent pour

des pauvres comme nous... Ça ne se trouve pas sous un pied de pommes de terre... et vous disiez vous-même que Noël peinait dur pour vivre...

— C'est cent francs.

— Tout de même, si soixante francs vous faisaient plaisir, ça nous obligerait...

— Oui ou non, ma bonne femme?

— Soyez gentille... vous n'avez pas l'air d'une méchante fille, vous ne voudriez pas nous mettre dans la peine... deux napoléons de plus ou de moins, qu'est-ce que ça vous fait?... Tandis que pour nous... il en faut vendre, des clous, allez, pour deux napoléons... Non, vous y tenez?... Si nous coupions la paille en deux?... Quatre-vingts francs, ça y est-il? Non... c'est cent francs qu'il faut?... Je dirai qu'on vous les envoie, parce que, moi, pensez, je ne les ai pas... Au moins, ensuite, on n'entendra plus parler de vous?... C'est dit?...

Martha eut un haut-le-cœur, ouvrit la fenêtre et respira à pleins poumons... Elle faisait des efforts surhumains pour se contenir; ses dents claquaient; ses mains tremblaient; elle avait du sang aux pommettes, du sang aux yeux; la paysanne ne voyait rien; elle avait repris son panier et s'était levée pour partir, en abaissant son tablier et renouant, sous son menton, les passes de son bonnet. Brusquement, Martha vint à elle, et d'une voix basse, presque indistincte, où l'on devinait une violence extrême, avec peine contenue :

— Depuis quel jour avez-vous quitté Thilay?

— Je suis partie ce matin, hé donc!...

— Et ce mariage est décidé depuis longtemps?

— Depuis quatre ou cinq jours.

— Et vous me jurez que Noël m'abandonne?

— Je le jure, la main en l'air!...

— Noël habite-t-il chez vous, à Thilay?

— Oui. Pourquoi?

— Vous allez le savoir. Donc, vous l'avez vu hier?... Que vous a-t-il dit?

— Il n'était pas là, quand je suis partie...

— Bien. Et à quelle heure faut-il mettre les lettres à la poste de Thilay, pour Paris?

— A cinq heures du soir... elles partent par le train de huit heures à Monthermé, et elles arrivent à Paris dans la nuit... elles sont distribuées le matin...

Martha tira une lettre de son corsage et la mit sous les yeux de la paysanne, que ces questions bizarres commençaient à inquiéter.

— Voici une lettre de Noël... Elle m'est arrivée ce matin, à huit heures; elle a sans doute été jetée dans le train que vous avez pris... Lisez!... Vous verrez ce que Noël me dit...

— Je ne sais pas lire...

— Noël ne me parle même pas de votre voyage, et il l'ignorait, à coup sûr... je vous le prouverai tout à l'heure... Il me dit qu'il m'aime, qu'il pense à moi du matin au soir... et qu'il songe à revenir... Est-ce le langage d'un amant qui abandonne sa maîtresse?...

— P't-être ben que vous inventez des choses...

— Tenez, prenez-la! Puisque vous connaissez notre liaison, je n'ai rien à vous cacher... vous ferez lire cette lettre par M. Paqueron, si bon vous semble... et vous verrez que je ne mens pas, quand il vous l'aura lue...

— Eh bien, quoi que ça prouve, vot' écrit?...

— Que Noël m'aime toujours, et qu'il n'est pour rien, entendez-vous? pour rien dans l'ignoble proposition que vous m'avez faite...

— Noël a pu changer d'avis, depuis hier... Même, il pouvait penser le contraire de ce qu'il écrivait...

— A quoi bon?

— Pour vous endormir, pour que vous n'ayez point soupçon de son mariage...

— Et cela, la veille du jour où vous deviez m'en avertir vous-même?... A quoi bon, encore une fois?... Noël ignore votre démarche, tout me le prouve... J'attendrai qu'il revienne...

— Il ne veut plus de vous, qu'on vous dit... il en a assez... seulement, il n'ose pas, voilà, il n'ose pas...

— Menteuse! menteuse!...

— Quoi que vous dites? fit la paysanne qui se voyait prise au piége, se sentait envahie par la colère, une colère blanche, froide, qui la laissait indifférente en apparence et qui, pourtant, faisait bouillonner tout son sang.

Martha continuait :

— J'étais prévenue de votre voyage... Vous n'avez donc pas remarqué que je n'ai pas eu l'air surpris, à votre arrivée?... Vraiment vous n'êtes pas fine... oui, je savais que vous deviez venir...

— Et qui, s'il vous plaît, vous l'avait dit?...

— Noël!

— Allons donc, vous appelez les autres menteuses!...

Martha mit un papier bleu entre les mains de la paysanne, qui le retourna de tous les côtés.

— Voici une dépêche que vous ferez lire encore par M. Paqueron, si vous y tenez...

— Et ça raconte, c'te dépêche?

— « Ma mère arrive à Paris aujourd'hui... Ira te voir sans doute... J'ignore le but de son voyage... Quoi qu'elle te dise, souviens-toi que je t'aime... d'abord... et ensuite que je ne l'ai chargée d'aucune mission pour toi! »

La paysanne, interdite, bredouilla quelques mots, ne sachant même pas ce qu'elle voulait dire. Martha, effrayante, tant elle était pâle, s'approcha d'elle, lui prit les bras et l'obligea de s'asseoir, avec une force qu'on n'eût pas devinée dans ses petites mains frêles. Elle resta debout, à regarder cette femme qui n'avait pas assez l'habitude de situations aussi critiques pour conserver son sang-froid et sa présence d'esprit. Les yeux de la Sicilienne flamboyaient.

— Après ce que vous m'avez proposé, après ce que vous m'avez dit, je pourrais vous chasser... Vous m'avez insultée... grossièrement... Je suis ici chez Noël, votre fils, soit, mais qui ne vous doit rien, pour parler... votre langue... Noël est mon amant, Noël m'aime, et je suis ici chez moi... Je ne suis pas sa femme, c'est vrai... je ne suis que sa maîtresse... Mais de quel droit venez-vous essayer de m'éloigner de lui?... Est-ce parce que vous êtes sa mère?... Alors, vous croyez que ça suffit?... L'aimez-vous, votre fils? L'avez-vous jamais aimé, seulement?... Il m'a raconté bien des fois toutes vos brutalités qui l'ont tant fait souffrir pendant qu'il était petit... Il ne m'a rien caché de son enfance... rien non plus de sa jeunesse... Il est resté huit ans sans vous voir, et il a fallu la maladie de son père pour le décider à retourner au village... Et qui l'en éloignait?... Vous!... Il ne m'a jamais parlé de vous qu'avec terreur... Certes, il vous respecte et vous aime... Mais dans ses moindres souvenirs apparaît votre dureté; vous aviez la main lourde!... Et aujourd'hui qu'il vit loin de vous, certaines histoires de son existence là-bas lui mettent l'âme à l'envers et le rendent triste pour toute une journée... Je le répète, vous n'avez pas le droit de me chasser d'ici... parce que je ne suis pas une fille, comme vous feignez de le croire, parce que j'aime Noël de toutes mes forces, parce je l'aime vraiment, sans arrière-pensée, parce que je suis prête, pour lui, à tous les sacrifices, à mourir même, s'il le faut... Lui seul a des droits sur moi... lui seul peut me renvoyer... Cette fois, je ne résisterai pas... je ne sais, ensuite, ce qu'il adviendra... mais je lui obéirai... Quant à vous, madame, vous m'en avez dit, en une seule fois, bien plus que je n'en veux entendre. Noël n'apprendra jamais les propositions que vous m'avez faites... Cela me porterait malheur, si j'excitais chez lui une rancune contre vous... Je ne demande qu'à vous aimer, moi; interrogez-le... Je vous connaissais depuis longtemps par ses récits, et j'ai dû même vous excuser quand je remarquais, à propos de vous, un peu d'amertume dans ses paroles... Allez, je ne suis pas exigeante, laissez-moi Noël, laissez-moi vivre auprès de lui... Une femme légitime l'aimera-t-elle plus que moi?... Non... Il y a des limites que l'amour ne franchit pas... et ce n'est pas le mariage qui peut reculer les bornes de l'amour... Je l'aime, et je fais tout mon possible pour qu'il soit heureux avec moi... Au contraire, quand il se sent pris de découragements, je le réconforte... et plus d'une fois j'ai vu, à la façon dont il me remerciait, que j'avais touché juste... sa reconnaissance éclatait dans ses yeux... C'est que je me suis mise, pour ainsi dire, de niveau avec son esprit, autant que je le peux... je partage ses enthousiasmes... je m'intéresse à ses travaux... je souffre de ses hésitations, de ses incertitudes... Je l'aime enfin, comme il faut qu'il soit aimé... avec le sacrifice de moi-même toujours prêt, s'il le veut... Et c'est à moi que vous conseillez d'aller chercher ailleurs des amants, jeunes ou vieux! à moi que vous offrez de l'argent!... Comprenez-vous, maintenant, que ce que vous avez fait est ignoble?... Non!... Si vous aviez pu le comprendre, jamais une pareille idée, aussi atroce, ne vous serait venue... J'ai eu, un moment, l'envie de vous étrangler... Eh bien, tenez, ma pauvre femme, je vous pardonne!...

Marie-Jeanne cherchait à répondre et ne trouvait que ces mots qu'elle laissait échapper sans y penser, plutôt pour ne pas rester silencieuse :

— Vous n'êtes qu'une gredine, une gueuse, une méchante fille... c'est vous qui entraînez les jeunes gens à mal faire, c'est vous qui détruisez l'honneur des familles...

Martha haussa les épaules.

— Vous seriez bien en peine de me démontrer ce que vous venez de dire là, fit-elle... Les méchantes filles de mon espèce sont rares, allez ! et il faut les garder quand on les rencontre... Et puis, je ne pourrai pas vous convaincre, je le sens, j'aurai beau faire... il vaut mieux que vous partiez comme vous êtes venue ; je raconterai à Noël votre visite... mais...

Elle s'arrêta, réfléchit, et continuant :

— Oui, lui cacher que vous m'avez vue, cela n'est pas possible, vous le pensez bien... seulement, je ne veux pas qu'il sache ce que vous m'avez dit... il en concevrait contre vous trop d'irritation... et moi, je regretterais toujours, je le répète, d'avoir amené une querelle entre vous... je lui mentirai, et ce sera la première fois à cause de vous... J'espère que ce mensonge, vous n'aurez pas le courage de me le reprocher...

Elle se tut encore une fois, et plus doucement :

— J'aurais si bien voulu vous aimer ! dit-elle... j'avais si souvent pensé à vous !... Je me faisais une fête de vous rencontrer et de vous connaître... Que c'est drôle, la vie ! Par exemple, je n'avais jamais imaginé que vous m'auriez traitée comme la plus infâme des filles... Non... Mais je ne reviens pas sur ce que j'ai dit... Je vous pardonne... parce que vivant si loin de votre fils et de moi, vous ne pouvez comprendre que je l'aime... que son amour est pour moi toute ma vie... ni qu'il m'aime et que tout le dévouement qu'il devine en moi lui est devenu nécessaire... Adieu !...

Mais la paysanne était tenace.

— Alors, dit-elle d'une voix altérée, où passait un tremblement, où il était facile de deviner une fureur contenue, alors vous avez donc le droit de vous accrocher comme ça à notre fils ?...

— Oui !

— Et ce droit, d'où le tenez-vous ?

— De mon amour, d'abord, du sien ensuite .. Vous ne voulez donc pas comprendre ?...

— Si fait, si fait ! Mais l'amour, ça n'est que dans les livres que ça paraît... ça ne vient pas dans la question qui nous divise... C'est bientôt dit qu'on aime quelqu'un, pardine ! qu'est-ce que ça coûte ?... Au contraire, à vous autres, ça rapporte... et plus souvent que vous le narrez, mieux ça vaut pour vous !...

Martha fit un geste de découragement ; cette scène cruelle, après l'avoir surexcitée, l'abattait ; elle était prise d'une lassitude énorme ; elle ne se sentait plus le courage de répondre. Marie-Jeanne continuait :

— Notre fi vous a-t-il séduite ? Vous a-t-il arrachée à votre famille ?... Vous a-t-il mise à mal ?...

— Hélas ! fit-elle, baissant la tête sous les souvenirs.

— Je m'en doutais, dit la paysanne avec un rire féroce ; vous n'étiez pas fille quand il vous a prise, hein ?... Vous aviez connu des hommes ?... Eh ! il n'y a pas de mal à ça : qui est-ce qui vous le reproche ?... Seulement, où vous avez tort, c'est lorsque vous voulez jouer par devers moi à la vierge Marie, ma belle... Quand on est telle que vous, il faut en prendre son parti gaiement. Je dis gaiement, et j'ai raison, car ce n'est pas en restant morose que vous ferez des affaires... Vous n'êtes pas d'ici, j'entends ça à votre voix... Eh bien, à votre place, je retournerais dans mon pays, moi, ni plus ni moins... Qu'est-ce que vous en pensez ?

Martha secoua la tête.

— Il faut avoir du sérieux dans la vie, pourtant. Si Noël vous avait débauchée, je comprendrais vos motifs... Chez nous, quand on détourne une fille, on se marie avec... Mais pour ce qui vous regarde, est-ce la même chose ?... Vous n'étiez pas fille quand il vous a eue... c'est vous-même qui l'avouez... Donc, il ne vous doit point de réparation... Il faudra vous séparer un jour ou l'autre... Votre amour ne durera pas toujours... Autant aujourd'hui que demain...

Martha avait tressailli. Elle se rappelait le mot de son amant, un jour de mauvaise humeur.

— Oh! notre liaison n'est pas éternelle!...

La paysanne n'abandonnait pas son idée :

— Est-ce que, par hasard, dit-elle, vous auriez songé à vous marier avec mon fi?...

— Non, non, non! Je ne puis pas être sa femme!

Les yeux de Marie-Jeanne petillèrent de joie.

— Et sous prétexte que vous l'aimez, vous le condamnez pour toute sa vie à une situation fausse qui fera que ni vous ni lui ne serez jamais reçus dans aucune famille honnête?... Voilà pourtant du sérieux auquel il faut réfléchir, songez!

Elle n'avait pas besoin de la paysanne pour cela; c'était sa pensée constante. Avoir Noël pour mari, elle ne le pouvait; mais n'était-il donc pas possible qu'ils vécussent toute leur vie côte à côte?... Elle n'avait jamais été méchante, méfiante ou jalouse. Noël restait libre de ses actes. Elle avait en lui la plus entière confiance, et cela suffisait. Elle ne demandait qu'à être aimée, et encore n'exigeait-elle pas qu'il eût pour elle tout l'amour qu'elle avait pour lui? Elle eût été désolée d'apprendre qu'à cause d'elle il avait dérangé ses habitudes, négligé de voir ses amis. Dès lors, que fallait-il de plus à son amant? Elle l'ignorait. Pour elle, il était tout. En dehors de lui, rien n'existait plus. Si Noël l'aimait un peu, elle devait dans sa vie tenir la plus large place. Le bonheur était là. Les convenances sociales auxquelles, dans son rude parler, Marie-Jeanne faisait allusion, elle ne les connaissait pas; elles finissaient là où commençait son amour. Eh bien, qu'importe?... A Paris, les ménages illégitimes ne

sont pas rares... Ce ne sont pas les moins heureux non
plus. Elle avait entendu dire cela au Châtelet, par Isabelle
et les autres du ballet de *Michel Strogoff*... Ces ménages-là
ne sont pas reçus dans le monde ?... Eh! ils se voient entre
eux, voilà tout! Dans sa petite tête remuaient, pêle-mêle.
toutes ces pensées, se heurtant, se contredisant, avec un
tumulte qui lui faisait fermer les yeux et penser machina-
ment aux malheureux dont le cerveau éclate dans un accès
de folie soudaine... Et Marie-Jeanne poursuivait, têtue, son
raisonnement, parce qu'elle devinait que Martha ne saurait
rien répondre, parce qu'elle comprenait, d'instinct, qu'elle
abordait des vérités cruelles, fatales, contre lesquelles l'amour
de la Sicilienne se débattrait vainement :

— Et si vous aviez des enfants, qu'est-ce qu'ils devien-
draient? Ça serait donc des bâtards? Et quoi qu'on leur
dirait de leur mère, plus tard, lorsqu'ils auraient l'âge de
raison? Ça serait alors un mensonge perpétuel... ou bien,
il faudrait avouer la vérité. Et, la vérité connue, ils auraient
quasiment le droit de ne respecter ni leur père ni leur mère.
Et ces enfants porteraient à leur tour la peine de votre inconduite. On se dirait en les montrant du doigt : « C'est le fils
à la fille une telle! » Et quand ils voudraient se placer, se
marier, faire n'importe quoi, ce souvenir les suivrait, voyez-
vous! Vrai, ma belle, je ne vous en dis pas plus, mais c'est
une bonne action que vous feriez si vous laissiez Noël à son
aise pour aller de son côté...

Mais Martha, résolûment, avec une sorte de colère même :

— Je ne suis pas imposée à Noël... Le jour où il ne vou-
dra plus de moi, qu'il le dise...

— Eh bien! ça sera p't-être plus tôt que vous le pensez,
da!...

— Je suis prête à obéir. Qu'il ordonne!

— Alors, c'est fini, vous ne déguerpissez point?

— Non, je reste, je l'attends!

— Et si, de Thilay, il ramène sa femme?

Martha eut un coup au cœur et chancela. Mais, avec un effort immense de volonté, elle se remit :

— Je ne vous crois pas... je ne crois à rien... je veux voir Noël... je n'ai confiance qu'en Noël...

— Bon! que ça soit dit. N'en parlons plus!

Elle partit, appuyant de toutes ses forces ses gros souliers ferrés sur le parquet ciré où elle glissait, et sans dire adieu, sans un signe de tête, sans se retourner, ouvrit la porte, passa et la referma. Martha, debout, restait pensive, accablée. Tout à coup les mêmes pas durs et solides résonnèrent dans la pièce voisine. La paysanne reparut.

— J'ai oublié mon panier, dit-elle.

Elle refit de la même façon le même trajet, et cette fois on ne la revit plus.

VII

Le lendemain, dans la matinée, elle était de retour au village. Noël, tranquillisé par la dépêche qu'il avait envoyée à sa maîtresse et qui mettait celle-ci en garde, l'attendait avec calme. Les premiers jours qui suivirent ce voyage, il douta presque que sa mère eût vu Martha. En effet, Marie-Jeanne dissimulait de son mieux, et rien d'insolite n'apparaissait ni dans ses paroles, ni dans ses regards, ni dans la manière dont elle traitait son fils. Mais Liline veillait. Un soir que sa belle-fille était sortie et que Chrétien travaillait encore à la clouterie, elle alla rejoindre Noël qui se promenait dans le jardin, en attendant le dîner.

— Écoute, mon fi, il y a du nouveau.

— Quoi donc, Liline?

— Tu ne le devines pas un peu, de vrai?

— Si; vous voulez me parler de la lettre surprise dans ma poche, et du voyage de ma mère à Paris?

— Oui-da! mon beau fi.

Et clignant ses petits yeux vifs, selon son habitude, ce qui faisait grimacer les mille rides de son visage tanné :

— Marie-Jeanne a vu ta maîtresse.

— Je m'en doutais, murmura Noël, et Martha qui depuis ne m'a pas écrit! Que s'est-il passé, Liline? le savez-vous?...

— Ça, tu m'en demandes trop long, mon fi. Mais ne t'impatiente pas. Tu ne perdras rien pour attendre, Marie-Jeanne te le racontera un jour ou l'autre. Par exemple, ce que je puis te dire, c'est qu'elle est dans une fureur, et ton père et ton oncle Paqueron, et tout le monde, quoi! à cause de ta maîtresse!...

Le jeune homme, soucieux, ne répondait pas. Il connaissait Martha. Il craignait un malheur, un acte de désespoir... Il eut tout de suite l'idée de retourner à Paris. La grand'mère ajoutait :

— Y aura du grabuge, ces jours-ci, à la maison... mon fi, faut t'y préparer...

Noël haussa les épaules. Du grabuge, il s'en souciait comme d'un fétu. Il lui venait des impatiences. Des colères le prenaient, à la fin. Il entendit sa mère qui entrait. Et à la clouterie tout bruit cessa. Jean Chrétien et Tout-Beau avaient terminé leur journée de travail. Noël quitta Liline brusquement; la vieille hocha la tête, et son œil attristé suivait son petit-fils dans les grandes enjambées qu'il faisait vers la maison. Elle s'en vint aussi, prévoyant une scène pénible, voulant être là pour défendre de son mieux « son beau fi », comme elle l'appelait, bien que dans le fond du cœur sa rigidité de mœurs lui donnât tort. Quand Noël parut, Marie-Jeanne causait avec Chrétien; à son entrée, toute conversation cessa.

— Mère, dit le jeune homme d'une voix sourde, tu m'as volé des lettres, et tu es allée à Paris, chez moi.

Marie-Jeanne, haineuse, se redressa :

— Oui, j'ai volé tes lettres. Après?... Oui, je suis allée à Paris chez toi. Après?... Oui, j'y ai vu, chez toi, la crapule de femme que tu y nourris, vaurien, traînard, débauché!... Après?...

Tous les deux, Noël et sa mère, étaient blancs; ils avaient dans le sang la même violence. Le père, interdit, murmurait :

— Allons! c'est bon; allons! c'est bon! Y a pas besoin de crier si fort!

Et Tout-Beau, craintif, s'aplatissait sous les jupes de Liline, en baissant les oreilles...

— Oui, je suis allée chez toi, répéta Marie-Jeanne; j'ai voulu voir ta gueuse; eh bien, je l'ai vue, et je t'en fais mon compliment : c'est une jolie vermine...

— Ma mère, ma mère, taisez-vous!

— Me taire, et c'est toi qui me l'ordonnes?... J'en ris, tiens!... Et qu'est-ce que tu ferais, si je ne me taisais point?

Liline prit un bâton et de toutes ses forces frappa contre terre, en élevant la voix :

— Allons, vous allez vous disputer, à présent?

— Vous l'aurez voulu, pour un peu, vous, dit Marie-Jeanne. Et si nous ne nous disputons pas, ce ne sera pas faute de nous avoir excités l'un contre l'autre comme des chiens qui se montrent les dents...

Noël s'était assis, les coudes sur une table, la tête entre ses mains qui fourrageaient ses cheveux. On devinait des efforts suprêmes pour rester calme.

— Si je vous ai « aguichés », j'ai eu tort, dit la vieille; mais toi, tu n'as pas raison non plus de traiter ton fils comme on ne traiterait pas un gardeur de vaches... C'est pas votre clouterie qui fait mettre la viande au pot tous les

.jours, à présent ; c'est votre fils qui vous nourrit, faut pas
l'oublier...

Et Jean Chrétien, hochant la tête, murmura, comme
honteux :

— C'est vrai, ça, c'est vrai !...

— Et toi aussi, tu vas te mettre contre moi ? dit Marie-
Jeanne se retournant vers son mari.

L'autre baissa le dos et ne répliqua pas. La terrible
paysanne reprit, s'adressant à son fils :

— Alors, t'as envie de la garder, c'te fille ? T'as donc ben
de l'argent, pour entretenir des femmes ? Et c'est ça qui
t'empêche de te marier ?... Dis-le !

Noël sentait que la colère l'envahissait et ne voulait pas
répondre, dans la crainte de manquer de respect à sa mère.
Mais ce mutisme surexcitait celle-ci. Elle se rapprocha de
lui, mit la main sur son épaule, qu'elle secoua :

— Tu n'as rien à répondre, pas vrai ? Tu es ici comme
ta guenon était devant moi, à Paris : sans paroles. Ah ! tu
mènes une jolie vie, et ça ne m'étonne plus maintenant que
tu sois si souvent malade, avec une débauche pareille !...
Aussi tu es maigre comme un clou... tu as l'air d'un
déterré... Pourtant, ça n'est pas ici que tu as reçu de mauvais exemples... ton père et ta mère ne t'ont jamais donné
que de bons conseils ; tu n'as jamais eu sous les yeux, tant
que tu es resté à Thilay, que des habitudes de travail,
d'ordre et d'économie... ça ne t'a guère profité, puisque
ton argent, tu le dépenses en orgies... Ah ! je lui en ai dit,
à c'te femme !... Et ça, c'te guenille que t'as ramassée dans
le ruisseau, ça porte notre nom, tout bonnement comme si
ça était marié en légitime mariage... ça s'appelle madame
Noël Chrétien, gros comme le bras, ça fainéantise, ça se
soûle et ça fume !... Si c'est ça qu'on apprend à Paris, fallait
mieux rester à Thilay, mon garçon.

Elle s'arrêta, essuya le plat de ses mains, par un geste

machinal, des deux côtés des hanches, sur son tablier.

— Es-tu décidé, demanda-t-elle, à ne pas épouser ta cousine?...

— Si j'avais encore hésité, ma mère, vos paroles et surtout ce que vous avez fait me tireraient d'indécision.

— Ah! et comment cela? Tu acceptes?

— Non, je refuse!

La paysanne s'élança sur Noël, qui, toujours assis, avait seulement relevé la tête; elle se penchait sur lui, et son visage touchait presque celui de son fils; elle crispait les poings; ses ongles durs et noirs entraient quasi dans la paume de ses mains; ses dents étaient serrées et ses lèvres toutes blanches.

—— Alors, moi, je suis comme rien ici, dit-elle, et quand je te dis de faire quelque chose, c'est comme si je crachais dans l'eau? Tu te moques de moi?...

— Voyons, Marie-Jeanne... murmura Chrétien.

— T'as tort de te fâcher, dit Liline; après tout, ton fi a bien le droit de prendre femme à son goût...

— Et c'est pour ça qu'il choisit une p...

Elle dit le mot avec une joie sauvage, et elle le répéta à plusieurs reprises, en appuyant avec un entêtement stupide. Noël se dressa brusquement, dominant sa mère des épaules et de toute la tête.

— Taisez-vous! taisez-vous!

— Oui, je l'y ai dit son nom... c'en est une, c'en est une... et je ne m'en dédirai pas...

— Taisez-vous! taisez-vous! taisez-vous!

— Non, t'entends... Et puis, tiens, tiens, ça t'apprendra à ordonner des choses à ta mère!

Et ses deux rudes poings s'abattirent sur les joues de Noël, qui s'affaissa, comme un grand arbre que les bûcherons ont coupé et qui, tout à coup, perdant sa base, ébranlé sur son tronc meurtri, s'écroule... Elle l'avait frappé, oui, deux fois, comme lorsqu'il était tout petit, et le sang affluait, marquant chaque côté du visage, de l'oreille à la mâchoire, d'une tache d'un rouge violet... Et elle restait là, au-dessus de lui, à le regarder, comme si elle avait voulu jouir de sa honte... de sa faiblesse... sûre qu'il n'oserait répondre, ni se venger... abusant ainsi, barbarement, du respect profond qu'il avait pour elle... Liline, joignant les mains, avait murmuré : « Oh! oh! oh! » par trois fois...

Elle n'avait rien trouvé de plus, mais ses yeux allaient de Noël à sa mère et de celle-ci à Jean Chrétien; aux deux soufflets bruyants le cloutier avait tressailli; ses yeux brillèrent, une fierté s'éveillait en lui; c'était lui qui ressentait la honte sur ses deux joues brûlantes; l'homme frappé, c'était son fils, après tout, son fils qui, à sa mère, ne pouvait rendre coup pour coup!... Il se leva, prit sa femme par les épaules dans ses deux larges mains noires, la fit tourbillonner et l'envoya contre le mur du fond, où elle resta étourdie :

— En v'là de trop, je te dis, la femme, en v'là de trop!... Tant que t'as narré des sottises à Noël, c'était ton droit. A présent, il ne te battra pas, ce garçon, mais je te défends d'y toucher, entends-tu?...

Et Liline, les larmes aux yeux, se souleva de sa chaise, toute courbée en deux, entoura de ses bras tremblants le cou du jeune homme, et l'embrassa deux ou trois fois sur le front, en murmurant :

— Mon pauv' fi, t'as été battu, jusqu'à douze ans, deux fois par jour, le matin à ton lever, et le soir à ton coucher; et pour une fois que tu reviens à Thilay, à l'âge d'homme, t'es battu encore!...

Noël était immobile, plié sur sa chaise, pour ainsi dire, les yeux fixes et les bras ballants. La mère, épouvantée par l'intervention brutale de Chrétien, était accroupie là où elle avait roulé; mais ses yeux luisants jetaient un regard venimeux sur Jean, sur Noël et sur Liline.

Le cloutier était, à certains moments, comme tous les
hommes faibles, capable d'une violence extrême. Il revint
à sa femme, la prit par le bras, la força de se relever malgré
elle. Il lui serrait les poignets dans ses mains dures ainsi que
des tenailles, et, comme elle résistait de toutes ses forces,
il devait lui faire un mal affreux; mais elle ne se plaignait
pas. Elle se débattait silencieusement, dans son coin, les
dents serrées, tordant les coudes pour se dégager, tantôt
attirée par le cloutier, tantôt le repoussant.

— Tu viendras, langue de vipère, tu viendras! disait le
paysan...

— Et où est-ce que tu veux que je vienne?... As-tu
fini, à la fin des fins, de me tordre les poignets?... Tu
m'écorches... Je vais crier... A moi!

Ce fut un cri aigu, perçant, qui eut pour effet de mettre
le comble à la colère de Chrétien; ses doigts se serrèrent un
peu plus.

— Ne gueule pas, t'entends? Je toque pas souvent, tu
sais; mais quand on m'y force, je toque dur!

Effrayée, elle ne résista pas, demanda seulement :

— Quoi que tu me veux?...

— Je veux que tu dises à not' fils que t'as eu tort de le
battre... tu l'as esquinté assez, malgré moi, quand il était
gamin. Si t'avais été un homme, il t'aurait cassée en deux
sus son genou, je le connais, il est solide; mais voilà, t'es
une femme, et par-dessus le marché, sa mère... Dis-lui que
t'as eu tort...

— Non, non, non!

Il voulut l'entraîner; elle se laissa faire, voyant bien
qu'elle n'était pas la plus forte ; mais elle ne prononça pas un
mot; on l'eût brûlée, on lui eût, sous les ongles, introduit
des aiguilles, on l'eût menacée de mort, tout eût été inutile.
Les lèvres étaient closes. Jean la connaissait assez pour
savoir qu'il n'obtiendrait rien d'elle. Il la laissa, rentra dans

la clouterie, suivi par Tout-Beau qui s'enfuyait la queue
entre les jambes, effrayé par ces éclats de voix. Il ferma la
porte avec violence. Liline était tout près de Marie-Jeanne.
Elle murmura, en essayant de redresser sa taille, pour arriver jusqu'à l'oreille de sa bru :

— Ma belle, v'là deux grands chagrins que tu me causes
dans ta vie : le premier, tu t'en souviens, c'était au bois des
Six-Chenons, sus le revers, avec le charron... Il t'avait sus
ses genoux... et tu te laissais faire... tu t'es laissé faire jusqu'à tout !... Le second, c'est tout de suite, en battant Noël,
qui est un bon fils, honnête, doux, plein de respect...

Marie-Jeanne frémissait. Ce souvenir, évoqué sans cesse
par la vieille, était pour elle comme un cauchemar. Ah! ce
bois des Six-Chenons! Et son aventure avec Habert! Que de
fois Liline la lui avait reprochée! Et chaque fois, ç'avait été
la même épouvante. Si Jean Chrétien entendait! car Liline
ne se gênait pas pour parler haut! si Jean Chrétien entendait et comprenait!

— Ma belle, continuait Liline, rappelle-toi le bois des Six-
Chenons, et sois indulgente pour les autres...

— Qu'est-ce que vous voulez, vous?

— Que tu dises à ton fils, comme ça, sans approuver sa
conduite à Paris, que t' as eu tort de le battre... grand tort...
et que tu ne recommenceras jamais...

— Plus souvent que je lui dirai! fit la paysanne.

Mais les yeux de Liline étaient devenus singulièrement
cruels; elle se redressait toujours, et maintenant elle se tenait
presque debout. Sèchement, avec une menace, d'un ton que
jamais elle n'avait pris :

— Dis-lui que tu as eu tort!

— Je ne le dirai pas, fit l'entêtée.

— Dis-lui, malheureuse, et tout de suite, ou, je te le jure
par tous les saints du paradis, avant cinq minutes, Jean
connaîtra l'aventure d'Habert!

Marie-Jeanne, alors, la tête baissée, Marie-Jeanne, contenant une rage folle au fond de son âme, Marie-Jeanne ayant
l'œil injecté de rouge, Marie-Jeanne murmura :

— J'ai eu tort, Noël, j'ai eu tort... je ne recommencerai
plus !...

Noël ne parut pas entendre, ne fit aucun mouvement;
deux ou trois mots de Liline venaient de réveiller chez lui
un souvenir confus de son enfance. Qu'était-ce donc? Il
remontait... C'était loin... très-loin... dans le brouillard de
l'indéfini... Il lui semblait qu'il cherchait comme au fond de
l'horizon brumeux de la mer... A la fin, il trouva... Ce bois
des Six-Chenons, sur la côte en avant de Thilay, il le connaissait bien, parbleu! Il avait traîné là, les pieds nus, le
pantalon effiloché, vingt ans auparavant... S'il le connaissait,
le bois des Six-Chenons! Aussi bien que tous les villageois
de Thilay... Sur la lande inculte, le long de la bordure, il
avait tendu des piéges à moineaux, avec des ardoises et
des briques dissimulées dans la neige; l'été, il avait planté
là des pieds de salades en graines sur lesquels il avait posé
des pliettes à chardonnerets; il y avait mené paître les
vaches de la verrerie, en vagabondant avec ses petits cousins, Septime, Sylvain et Hippolyte; avec des branches de
coudrier, ils fabriquaient, tous quatre, des arbalètes et
tiraient en l'air contre les hirondelles, ou, à perte de vue,
contre des buses qui tournaient au-dessus du bois; ou bien
ils faisaient des balançoires aux arbres et s'amusaient des
heures, pendant que les vaches, sournoisement, dégringo-
laient pour aller manger des pommes dont le jus découlait
de chaque côté de leur mufle, comme d'un pressoir; ou
bien encore ils mettaient le feu à des branches mortes et
faisaient cuire, sous la cendre, des pommes de terre volées
à un champ voisin. S'il s'en souvenait! Les petits Paqueron,
même, couraient toujours là, en chantant, égosillés, une
chanson qu'il répétait avec eux, trouvant cela très-drôle :

> Tout du long du bois,
> Ma culotte, ma culotte,
> Tout du long du bois
> Ma culotte s'en va!...

S'il s'en souvenait! Un dimanche, après vêpres, il y avait accompagné Liline, qui aimait sortir avec lui, le tenant par la main. Le bois était feuillu. Ils passaient par des sentiers larges comme la main, en respirant la bonne odeur délicate du muguet. Car c'était au printemps. Ses souvenirs se précisaient. Tout à coup, sur le revers, Liline avait serré sa main très-fort, comme si quelque bête féroce s'était trouvée là et que la vieille eût craint, non pour elle-même, mais pour la vie de son petit-fils.

— Va-t'en, Noël! va-t'en vite!

— Pourquoi, man Liline?

— Va-t'en, que je t'ordonne, va-t'en tout de suite!...

Et elle aurait bien ajouté :

— Va, et ne retourne pas la tête, ne regarde pas en arrière.

Il était parti, attristé, sans comprendre, et la grand'mère s'était avancée doucement dans le taillis. Quand il l'eut perdue de vue, il s'arrêta, écouta, n'entendit rien. Alors sa curiosité d'enfant fut plus forte que son obéissance aux ordres de Liline. Il se glissa dans les broussailles, ne faisant pas plus de bruit qu'un lièvre qui file par une coulée, passant dans les branches entremêlées, dans les ronces piquantes, sans être arrêté, habitué au bois, où il savait marcher librement, comme en plaine. Et il aperçut Liline qui, penchée, regardait devant elle, les yeux agrandis, épouvantée. Et lui aussi regarda, aperçut, derrière des feuilles vertes, le charron Habert, son maître, assis sur la mousse, et, près de lui, sa mère, très-rouge, que le charron embrassait; et comme Liline avait remué, craignant d'être surpris, il avait regagné le sentier, puis le village où

la grand'mère rentra, pâle et troublée, une heure après lui.
Il s'était demandé en chemin :

— Pourquoi maître Habert embrasse-t-il maman?

Mais le soir même il n'y pensait plus; depuis vingt ans,
il n'y avait pas pensé. Pour se rappeler cette promenade aux
Six-Chenons, il eût fallu comprendre. Et il n'avait pas compris. S'il s'en souvenait, maintenant, des Six-Chenons! Il
releva la tête, et eut du rouge au front quand il rencontra
les yeux de sa mère. Il venait de souffrir si cruellement
qu'il eut une pensée mauvaise; cela monta comme une
amertume à ses lèvres. Il eut envie de dire :

— Moi aussi, j'étais aux Six-Chenons, sur le revers, avec
Liline; moi aussi, j'ai vu le charron Habert et je vous ai
vue...

Et puisque Liline domptait avec un mot la farouche
colère de sa bru, pourquoi ce mot, lui, ne le dirait-il pas?
Est-ce qu'elle ne le méritait pas, vraiment? Et puisqu'elle
avait parlé de vertus, de bons exemples... de mœurs pures...
puisqu'elle haïssait à ce point l'inconduite... et puisqu'elle
traitait Noël de débauché, dans ce langage outré qui ne
trouvait pas d'expressions assez fortes, pourquoi ne se venge-
rait-il pas d'un mot, la forçant au silence pour toujours?...
Les Six-Chenons, les Six-Chenons! Ce nom bizarre bourdon-
nait à son oreille, et, à côté de sa mère, à présent, devant
lui, il apercevait très-distincte la figure broussailleuse du
charron et ses grosses lèvres charnues qui embrassaient
Marie-Jeanne!... Les Six-Chenons! les Six-Chenons! Ah! s'il
voulait!... Un mot faible comme un soupir, murmuré à la
paysanne, et cela suffisait... Et il était tranquille pour toujours... Plus de querelles! plus d'injures grossières! Il faisait d'elle une enfant. Ah! s'il s'en souvenait! Liline et Marie-
Jeanne le considéraient, la grand'mère avec une affection
inquiète, la mère avec une haine dans les yeux. La mauvaise
pensée l'emporta... Il prit le bras de la paysanne, l'attira

pour l'éloigner de Liline, se pencha, et d'une voix sourde :

— Mère, écoute-moi bien...

Mais la porte de la clouterie s'ouvrit... Tout-Beau, d'abord, entra, sa queue pelée frétillante... puis Jean Chrétien, qui revenait, n'entendant plus de bruit et croyant la querelle apaisée... Et Noël, repoussant sa mère, se prit le front dans les deux mains... Ce qu'il allait faire là était abominable... A quoi songeait-il donc? Il était fou! Cette figure grave et triste du cloutier, brusquement entrevue, le rappelait à lui... Son père, à la faiblesse duquel il pardonnait... son père, qu'il aimait, bien qu'il ne trouvât pas toujours chez lui l'appui qu'il était en droit d'attendre... son père qui, malgré la crainte de sa femme, s'était jeté entre lui et Marie-Jeanne, tout à l'heure, pour le défendre... son père fit déborder son cœur trop plein... Il éclata en sanglots!... Et il pleurait sans se cacher, redevenu enfant, avec des soubresauts qui le secouaient tout entier et lui arrachaient les nerfs. Jean Chrétien murmurait :

— C'est ta faute, Marie-Jeanne, c'est ta faute!...

Et se retournant pour qu'on ne vît pas son émotion :

— Si not' femme croit que c'est avec des coups qu'on fait marier les jeunes gens, à l'époque d'aujourd'hui!

Liline, machinalement, regardait couler les larmes de son « beau fi ». Elle semblait vouloir les compter. Et, reprenant le bras de Marie-Jeanne, elle dit avec un geste significatif du côté du cloutier :

— Allons, ma belle, montre à Jean Chrétien que tu es repentante, et demande encore pardon à ton fils...

Et Marie-Jeanne, blème, cédant sous la menace que lui transmettait la pression des doigts de la vieille, Marie-Jeanne bredouillait :

— J'ai eu tort de te frapper, Noël, j'ai eu tort... je ne recommencerai plus...

VIII

Noël était très-inquiet; Martha ne lui envoyait plus de ses nouvelles. Cela lui donna des soupçons. Un matin, il interrogea Marie-Jeanne :

— Il n'est rien arrivé de Paris pour moi?

— Rien! On t'oublie, va... Dame! on n'a pas fait vœu de fidélité, après tout...

Noël regarda sa mère en face, et la paysanne soutint son regard; mais il crut pourtant qu'elle se troublait. Toutefois il n'insista pas.

— Demain, se dit-il, je saurai à quoi m'en tenir.

Depuis leur querelle, Marie-Jeanne avait évité de faire aucune allusion à Martha devant son fils. Ce matin-là, pourtant, au déjeuner, elle en parla. Noël, distrait, ne mangeait pas. La paysanne, haussant les épaules, murmura :

— C'est c'te femme qui lui trotte par la tête.

Et une minute après... rompant le silence que cette exclamation avait amené tout à coup :

— Ça le rendra fou, vrai comme il y a un Dieu, ça le rendra fou!...

Liline s'était retirée de table et mangeait dans une écuelle de bois, sur ses genoux, pour ne rien casser; elle avait cette habitude-là depuis longtemps. Le cloutier, tête baissée, avalait sa soupe à grandes cuillerées; il en appuyait le pain méticuleusement, avec sa fourchette, qu'il tenait de la main droite. Tout-Beau allait de ci de là, mettant ses pattes sur tous les genoux pour attraper un morceau. Quant à la mère, elle se levait toutes les minutes, servait, desservait,

grondant toujours entre ses dents des injures à l'adresse de
son fils. Une fois, elle dit :

— Je l'ai vue, c'te fille... ça compte vingt ans, soit, mais
ça n'est pas joli... au contraire, elle est laide... Drôle de
goût, pour un artiste...

Noël voulut en finir d'un mot :

— Elle est laide, je le reconnais, dit-il.

Marie-Jeanne regimba, sous cette approbation, comme un
cheval qui se cabre au coup de fouet, au lieu d'être désarmée.

— Eh da! puisque c'est un laideron, pourquoi es-tu si
attaché à elle?

— Je l'aime parce qu'elle est faible et délicate... qu'elle a
besoin de quelqu'un pour la protéger et l'aimer...

— Alors, c'est pour la vie?... Tu ne le quitteras pas, c'te
diamant que t' as trouvé sus le fumier?

Noël fut un instant sans répondre... Quand sa mère parlait ainsi, des révoltes lui faisaient monter aux lèvres ce mot
des Six-Chenons et son souvenir honteux... Et il rougissait
chaque fois... pour lui, pour elle et pour son père... Il
répondit, d'une voix ferme :

— Non, je ne la quitterai pas...

— Et pourquoi?

— Parce que si je l'abandonnais, elle en mourrait!

La mère eut un mot horrible :

— Eh! qu'elle crève!

Noël, pâle, laissa tomber sa fourchette, se leva de table et
sortit, sans rien répliquer. Alors Tout-Beau venait de sauter
sur sa maîtresse et passait sa langue dans l'assiette. Marie-
Jeanne le caressa, et tout à coup, prise d'un attendrissement
subit :

— Dire que voilà plus de douze ans qu'il tourne la roue
à la clouterie!... Pauvre bête! ça me fera ben du mal quand
elle mourra!...

Noël ne rentra pas de la journée. Il erra par les champs

et par les bois, sans pensées et sans but. Cette course le
conduisit au bord de la Semoy. Il longea la rive, attristé, le
cœur plein de découragement. Il ne savait guère où il allait,
et ce fut avec étonnement qu'il se retrouva au pied de la
côte en haut de laquelle était la verrerie de la Malavisée.
Comme si brusquement il avait eu peur, il rebroussa chemin
et gagna le bois au bout duquel était la route qui devait le
ramener au village. Il n'avait pas fait dix pas qu'il se trouvait face à face avec Geneviève.

— Bonjour, dit-elle délibérément, je viens de chez
vous.

— Je regrette de ne pas m'y être trouvé.

— Pourquoi?

— Pour vous y voir, pour être un peu près de vous.

— Si vous le désirez tant que cela, me voici. Je ne suis
pas une sauvage pour vous, ne le savez-vous pas?

Il détourna les yeux, ennuyé; mais elle, insistant :

— Offrez-moi votre bras, voilà tout... Nous causerons.

Il ne pouvait alléguer de raison pour refuser; il accepta.
Elle semblait très-gaie. Mais il la connaissait et devinait qu'il
y avait une arrière pensée sous le sourire de ses lèvres
fraîches. Pourtant il ne l'interrogea pas. Il savait que sa
mère avait vu l'oncle, et il craignait que l'indiscrétion ordinaire de Paqueron n'eût mis sa fille au courant de ses
démêlés avec Marie-Jeanne. Il fut bientôt tiré d'incertitude.
Du même ton, la jeune fille lui disait :

— Eh bien, tu as donc une maîtresse là-bas?... Voilà ce
que tu nous cachais... Pourquoi ne l'as-tu pas avoué franchement?... C'était pourtant si simple!

Tout à coup elle le tutoyait, comme si les révélations
apportées par la mère, au lieu de l'éloigner de son cousin,
avaient rétabli entre eux leur intimité d'autrefois. Il en fut
frappé, en même temps qu'il était choqué de sa liberté de
paroles.

— Vous êtes, Geneviève, la dernière personne que je pouvais entretenir de cette aventure...

— C'est une aventure? Raconte-la-moi, veux-tu?

— Non.

— Pourquoi? C'est sérieux?... Puisque nous ne devons plus nous marier, maintenant nous n'avons plus besoin d'avoir de secrets l'un pour l'autre...

— Vous en aviez donc pour moi?

— Ma foi, non! Lesquels?... je te le demande! Est-ce que tu t'imagines que j'ai un amoureux?

— Dame!

— Eh bien, si j'en avais un, où serait le mal? Je n'ai répondu à personne qu'à toi; je n'ai donné d'espérances qu'à toi; toi seul avais le droit de me demander compte de mon cœur... Ce droit, tu l'as perdu... je compte que tu n'auras pas le mauvais goût, ayant une maîtresse à Paris, de me faire la cour et de feindre d'être jaloux.

— Je n'y songe pas, en effet.

— Alors, c'est vrai, là, bien vrai?

— Quoi donc?

— Tu aimes une... femme... de Paris?

— Oui, puisque vous le savez...

— Tu aimes une autre femme que moi... que ta cousine Geneviève?...

— Réfléchissez un peu; je ne vous connaissais pas...

— Oh! maintenant que tu me connais, c'est la même chose...

Et elle riait d'un rire forcé. Elle reprit, continuant son idée :

— C'est vrai... tu aimes une mauvaise femme... une femme qui n'est pas digne de toi...

— Ma mère vous a trompée.

— Une femme qui te rendra malheureux...

— Elle n'a pas commencé jusqu'aujourd'hui...

— Une femme, m'a dit ta mère, qui en a aimé d'autres avant toi...

Noël tressaillit, une blessure se rouvrait.

— Une femme dans laquelle tu ne peux pas te voir seul; dans le cœur de laquelle, toute ta vie, tu retrouveras une autre image que la tienne... C'est une femme comme cela que tu aimes?...

Il fronçait les sourcils, irrité.

— J'ai lu, dans les romans, qu'il en existait, de ces femmes; j'ai lu également qu'on les aimait quelquefois, mais je me disais : Ce sont des fables; je ne croyais pas qu'il fût possible de les aimer vraiment...

— Geneviève, voulez-vous m'être agréable?

— Oui.

— Parlons d'autre chose!

— Soit : conduis la conversation à ta guise!

Brusquement enrayée, la conversation ne reprit pas de sitôt. Ils étaient descendus vers la Semoy, Geneviève regagnant la verrerie; ils éprouvaient tous les deux le même embarras : lui, étonné d'entendre cette petite fille naïve et mal élevée; elle, cachant avec peine son émotion et le trouble de son âme sous des dehors affectés de gaieté et d'insouciance. Tout à coup elle s'arrêta, lorsqu'ils furent sur le point d'arriver devant Nohan, là où Noël allait la quitter, et, curieuse, elle demanda, les cils baissés :

— Elle est donc bien belle? Elle est donc plus belle que moi?

On eût dit qu'elle comprenait, d'instinct, que si elle forçait Noël à la mettre ainsi en comparaison avec sa maîtresse, c'était un avantage qu'elle remportait sur Martha Rosaora. Lui-même le sentait, et comme toujours lorsqu'il était contrarié, énervé, une subite irritation se peignit sur son visage. Elle s'en aperçut, et en riant :

— C'est bon; puisque je te déplais, je m'en vas!

Et elle s'en alla, en courant, après lui avoir jeté, du bout des doigts, un adieu amical.

IX

Le lendemain, dans la matinée, il sortit du village, prit la route de Monthermé, songeant à sa maîtresse et à son silence inexplicable. De Thilay à Monthermé, il y a une heure et demie à peu près, une « petite lieue de pays », disent les gens des bords de la Semoy. A Monthermé, il passa à la poste, où il se fit connaître.

— Est-il arrivé des lettres à mon adresse depuis quelques jours? demanda-t-il.

— Ma foi! monsieur, dit le receveur, je crois que oui, et je crois que non... Il nous en passe tant par les mains, tous les jours!... vous savez, pour les usines, les forges, les ardoisières, etc... etc... Je ne me rappelle pas vraiment...

— J'ai un grand intérêt à le savoir...

— Mais, dit le receveur, s'il est arrivé des lettres, elles ont été remises; vous avez dû les recevoir... Si vous n'avez rien reçu, c'est qu'il n'est rien venu...

— Elles ont pu s'égarer...

Le receveur fit un signe de doute.

— Ou être interceptées, ce qui est plus grave, pensa Noël.

— Il y a, du reste, un moyen bien simple de vous en assurer, fit l'employé de la poste.

— Lequel?

— Connaissez-vous le facteur de Thilay?

— Non... Depuis longtemps j'ai quitté le pays...

— Veuillez l'attendre ici; dans un quart d'heure il reviendra de la gare et prendra ses dépêches; lui, à coup sûr, pourra vous renseigner.

Noël attendit avec impatience. Le facteur arriva quelques instants après. Aux premiers mots de Chrétien, il comprit.

— Mais oui, monsieur, tous les jours il y a quelque chose pour vous... des lettres assez volumineuses même, avec des suppléments de timbres-poste.

— Et à qui les avez-vous remises?

— A votre mère... tenez, pas plus tard qu'hier.

Le facteur commença un récit, mais le jeune homme ne l'entendait pas. Il était parti. Dans tout le parcours, depuis la Val-Dieu jusqu'à la montée, qui, partant des forges de Phade, grimpe jusqu'au pâquis de Blossette, il ne rencontra que des cantonniers et le boucher de Thilay qui s'en revenait de la gare, ayant des veaux dans sa voiture. Mais en haut de la montée, au moment où il s'arrêtait machinalement pour jeter un coup d'œil sur le pittoresque paysage de Haulmé et Tournaveaux, au fond d'une sorte d'immense précipice, sur les bords de la rivière, il avisa très-loin une femme enveloppée d'un long manteau gris, une ombrelle ouverte posée sur l'épaule, qui trottinait devant lui. Bien qu'à cette distance il lui fût impossible de la reconnaître, pourtant il devint tout pâle.

— Ah! ce serait une folie! murmura-t-il.

Et il hâta le pas. Et au fur et à mesure qu'il avançait, il apercevait plus distinctement celle qu'il avait devant lui; après l'ombrelle, ce fut la tête, puis la taille, souple, déliée, élégante; car elle avait ôté son manteau qu'elle portait maintenant jeté sur le bras. Le soleil était chaud, et la voyageuse semblait fatiguée. Elle commençait à traîner la jambe, s'arrêtait de temps en temps, comme pour regarder le joli tableau des alentours et le moutonnement des collines le long de la Semoy, puis se remettait en route péniblement. A la fin, elle s'arrêta, pour se reposer, sauta, en relevant ses jupes, le fossé de la route, grimpa le petit talus, en haut duquel commençait le taillis, et là, se trouvant à

l'ombre, ferma son ombrelle et s'assit. Et comme le jeune
homme avait gagné du terrain, il arriva devant elle presque
aussitôt. Et il vit, cette fois, son visage.

— Martha! Martha!!...

— Noël!!...

— Martha! Toi, ici!!... Mais tu es folle!!

— Noël! ah! que je suis heureuse!

Et ils se regardèrent longuement, s'étreignant, heureux,
ne songeant pas tout de suite à l'embarras d'une pareille
situation. Elle riait, comme si elle avait fait une bonne
gaminerie, elle riait franchement, la figure fraîche, les
lèvres rouges, du soleil dans ses yeux noirs, elle riait en lui
secouant les mains, et lui-même ne pouvait s'empêcher de
sourire.

— Voyons, embrasse-moi, dit-elle. Depuis le temps! Tu
ne m'attendais pas, hein? Et cette rencontre ici, dans la
campagne, sur la route, oh! que c'est drôle! Avoue que tu
ne pensais guère me voir dans les Ardennes.

— Ma foi, non!

— Comme le grand air t'a bruni! Mais tu es toujours à
mon goût! je t'aime encore mieux qu'avant... C'est parce
qu'il y a longtemps que je ne t'ai vu...

Et elle ne se lassait pas de le regarder... Lui la retrouvait
aussi plus jolie qu'autrefois... plus femme... La figure était
moins émaciée, les yeux moins fatigués; le corsage même
s'était empli... le cou était plus gras... Il l'admirait; c'était
Paris qui revenait à lui brusquement, avec son ivresse, ses
élégances, ses raffinements. Du monde passa sur la route,
des paysans et des femmes qui les dévisagèrent curieusement et qui, une fois passés, se retournèrent pour les voir
encore.

— Entrons dans le bois, dit-il, cela vaut mieux.

— Pourquoi?

— Il peut venir des gens qui me connaissent...

Ils s'enfoncèrent sous le gaulis et gagnèrent un petit sentier qui longeait la grand'route, tout en ne quittant jamais le couvert. Elle avait pris son bras, comme lorsqu'ils se promenaient dans Paris, et s'appuyait dessus de toutes ses forces. Elle lui confia son manteau :

— Porte-le, dit-elle, il est trop lourd.

Et après un long silence, plein de pensées :

— Alors, tu es content de me voir?

— Oui.

— C'est vrai, ça ne te contrarie pas ? J'avais cru d'abord que tu ne voudrais pas me reconnaître, que tu dirais, comme dans les drames de l'Ambigu, tu sais : « Madame, je ne sais qui vous êtes! Vous vous trompez sans doute. » Le rôle du traître... c'est toi qui l'aurais joué...

Elle se mit à rire et il l'imitait, du bout des dents, cette fois, car, le premier moment de surprise passé, il ressentait une gêne. Qu'allait-il faire de Martha? Où, comment allait-il la cacher? Mais il ne voulait rien laisser paraître, et dissimulait de son mieux. Elle continuait, tout en frappant la terre humide du sentier avec la pointe de son ombrelle, dont elle se servait comme d'une canne :

— Du reste, je vois bien que tu m'attendais... tu avais reçu mes lettres où je te prévenais de mon voyage, et, avoue-le, si tu te trouvais sur le chemin de Thilay, c'est que tu guettais mon arrivée...

Des lettres? Cela lui rappelait Marie-Jeanne et ce qu'il était venu faire à Monthermé.

— Je n'ai rien reçu de toi depuis la semaine dernière, dit-il, attristé tout à coup.

— Rien? je t'écrivais chaque matin.

— Ma mère a tout intercepté.

— Ah!

Elle pâlit et baissa la tête. Elle se souvenait de la scène cruelle où la paysanne l'avait si grossièrement insultée. Elle en avait parlé à Noël, elle avait empli des pages avec ce récit; mais puisque rien ne lui était parvenu, peut-être ignorait-il encore...

— Alors tu ne sais rien? dit-elle.

— Je sais tout...

— Ta mère t'a raconté?... Elle t'a dit?... Après son départ, pendant deux jours, j'ai cru que j'allais mourir... Et devine ce qui me soutenait, ce qui m'a empêchée d'être malade, ce qui me donnait un peu de forces... devine...

— La pensée que je n'étais pour rien dans la démarche de ma mère... Ne t'ai-je pas écrit?... ne t'ai-je pas télégraphié?

— Il y avait bien un peu de cela, mais surtout, ce qui m'a guérie, c'est l'idée que tu allais me quitter, ne plus revenir, que je ne te reverrais plus, que tu voulais te marier... enfin... ou plutôt, je l'espère encore, qu'on voulait te marier...

Elle appuya sur cette dernière phrase, et ajouta :

— Car tu n'y as pas songé, n'est-ce pas? C'est autour de toi que cette pensée est née. Dis-moi la vérité... j'ai confiance en toi. Dis-moi la vérité comme tu sais la dire, sans l'envelopper de réticences, brutalement, qu'elle soit bonne ou mauvaise. J'aime mieux apprendre un malheur que de rester plus longtemps dans une pareille incertitude.

Elle s'exprimait avec beaucoup de calme. Jamais il ne l'avait entendue parler ainsi. Il y avait moins de l'enfant chez elle, plus de la femme. La visite de Marie-Jeanne, sans doute, en lui déchirant le cœur, en soulevant le voile qui cachait l'avenir, l'avait forcée à des réflexions graves et tristes.

— Si cette pensée m'était venue, dit-il, c'est toi, Martha, qui en aurais reçu la première confidence.

Elle fut tranquillisée tout de suite et ne dit plus qu'un mot, pour lui faire comprendre ce qu'elle avait souffert :

— Ta mère m'a traitée comme la dernière des filles!

Il la serra dans ses bras, en un mouvement instinctif, comme s'il avait voulu la protéger. Alors elle oublia un peu, en sentant contre elle le cœur de son amant, et Paris, et son isolement, et ses craintes, et Marie-Jeanne elle-même, dont la figure sèche et dure emplissait ses rêves, maintenant, sous les formes les plus fantastiques; elle oublia tout pour ne plus songer qu'au plaisir de se trouver dans de vrais bois, dans une vraie campagne, avec de la vraie herbe verte, et de la mousse, et des tas de broussailles, et des flaques d'eau dans le sentier.

— Ah! que c'est gentil, disait-elle en un ravissement, que c'est gentil, et qu'il y a longtemps que je n'ai rien vu de tout cela!... Longtemps!! Je crois bien, depuis que j'a quitté la Sicile; il me semble que je n'ai pas vu d'arbres depuis les bois d'oliviers de Catane... Si, j'ai été au bois de Meudon, une fois, avec Isabelle, l'été dernier, mais ça ne compte pas. On ne peut pas seulement déchirer sa robe, dans le bois de Meudon; tandis qu'ici! Alors c'est ton pays? Nous sommes chez toi?... Est-ce que nous arriverons bientôt?... Je suis fatiguée...

— Asseyons-nous, veux-tu?

— Si je le veux!...

Et, de nouveau, ils se mirent côte à côte, sur de la mousse. Elle était gaie et vive comme une fauvette, tournait sans cesse à droite et à gauche sa tête mutine, éveillée par le plaisir, et se levait à toutes minutes pour s'enfoncer sous bois, à la recherche de n'importe quel brin de fleur sauvage. Une fois qu'elle avait disparu, et que Noël, attendri, restait à songer, elle cria:

— Noël! Noël! Noël!

— Quoi donc?

— Une source, j'ai trouvé une source...

Il ne se dérangeait pas; alors, elle insista:

— Une source, Noël. Viens donc voir !...

Et bon gré, mal gré, il fallut qu'il y allât, comme si c'était une chose très-rare, comme si c'était une découverte extraordinaire... Mais il ne la vit pas, bien qu'il cherchât. Elle était cachée par une population de ronces qui s'enchevêtraient là depuis des ans, tout au fond d'une ravine pierreuse. En bas sourdait un filet clair, large comme les deux mains, qui sortait des pierrailles et s'enfuyait sous la mousse; elle était à genoux, les bras en l'air, nus jusqu'aux coudes, et buvait dans ses deux mains jointes en coquille; des gouttes filtraient à travers les doigts et tombaient dans le creux des manches.

— Martha, dit-il, je te défends; tu as chaud, tu vas te rendre malade...

Elle abaissa ses mains et tourna de son côté son visage rieur, où il y avait de l'eau sur les joues, le nez et le menton.

— Je savais bien que tu me le défendrais, fit-elle; c'est pour ça que j'ai bu avant...

Elle remonta, un peu sur les genoux et sur les mains, s'aidant aussi des branches.

— C'est bien meilleur que l'eau de Paris !...

Elle revint achever son bouquet, au bord du sentier; elle s'arrêtait, de temps en temps, pour regarder Noël avec un sourire, et quand elle rencontrait le regard de son amant, tout de suite dans ses yeux passait comme une lueur humide... Et quand elle eut fini :

— Voilà un bouquet que je conserverai longtemps, va, dit-elle... et quand il sera desséché, j'en détacherai une branchette que je cacherai, comme on fait chez nous avec les reliques pieuses.

Et passant tout d'un coup d'une idée à l'autre :

— Ah! mon Dieu!... Et moi qui oubliais!... J'ai une faim, mais là, une faim! Je n'ai rien mangé depuis mon dîner d'hier... tu penses...

10

Il ne répondait pas ; elle en fut étonnée :

— Qu'est-ce que tu as ?... Tu es désolé parce que je meurs de faim ?... J'avais chaud... et soif... En buvant à la source, la faim est venue tout de suite... Je sais bien que tu ne te promènes pas avec des poulets froids dans tes poches, mais aux environs nous trouverons bien une auberge...

Il réfléchissait toujours, consterné. Et elle, rieuse, sans comprendre :

— Est-ce qu'il n'y a que des ardoises à manger, dans ton pays perdu ?...

— C'est que, dit-il, je ne sais trop où te conduire.

Et très-embarrassé, il détournait la tête. Que faire ? quelle résolution prendre ? Après une pareille escapade, le mieux eût été de renvoyer Martha à Paris... Oui, mais y consenti-rait-elle ?...

— Il y a un mois, quand je suis arrivé, personne ne se rappelait plus mon visage, dit-il ; personne ne se souvenait plus du fils Chrétien, comme ils disent, tandis qu'aujourd'hui...

— Aujourd'hui ?

— Tout le monde me connaît.

— Eh bien, tant mieux, je n'en trouverai que plus facilement à déjeuner... Allons, viens !

Et elle se leva.

— Ce n'est pas cela... dit-il, de plus en plus gêné...

— Explique-toi, Noël... pourquoi hésites-tu ?...

— Tout le monde me connaît, et je ne puis me présenter nulle part avec toi... Le lendemain, le pays entier l'apprendrait... mes parents... mon oncle... et le reste...

— Ah ! oui, je comprends... ta mère... n'est-ce pas ?... A Paris, tu es fier de moi, tu me présentes à tous tes amis, tu me mènes partout avec toi... j'habite chez toi, même... mais ici, tu es honteux, tu rougis... Dame ! une maîtresse, une fille, qu'est-ce qu'on dirait ?...

Elle se tut, laissa choir son bouquet, et dans un mouvement de colère, piétina dessus avec rage.

— Martha, dit-il, j'ai été très-malheureux ces jours-ci; n'augmente pas ma peine, je t'en supplie.

Toute sa colère se fondit devant cet aveu désespéré; elle se jeta dans ses bras, l'étreignant avec force, souriant pour lui faire oublier l'accès d'humeur qu'elle n'avait pas réprimé.

— Si je te gêne, si tu as peur d'avoir des ennuis à cause de moi, je m'en irai tout de suite... je reprendrai le premier train...

Il fut tenté d'accepter, mais elle ajoutait :

— Pourtant je suis bien fatiguée... c'est loin, les Ardennes... et comme je n'avais plus guère d'argent, j'ai pris les dernières classes... alors j'ai les os rompus comme si on m'avait battue et traînée sur des pierres...

La renvoyer en cet état, c'était de la cruauté.

— Viens, dit-il, nous chercherons.

Ils reprirent le sentier, silencieux. Quand ils furent en haut, Noël avisa l'auberge de Merlin, la seule qui fût entre Thilay et Monthermé, isolée au milieu de la montagne. L'enseigne de fer-blanc : « Au Pâquis de Blossette, Merlin, cantonnier-chef, débitant », était agitée par le vent, qui souffle là toute l'année, et grinçait avec un bruit aigre et monotone.

— Entrons! fit le jeune homme.

La femme du cantonnier se trouvait là. Elle n'eut pas l'air de les voir et attendit qu'on lui adressât la parole. Quand Noël lui eut expliqué ce qu'il voulait, des œufs, du beurre, du lait, n'importe quoi, elle répondit, les deux poings sur les hanches, avec un coup d'œil oblique du côté de Martha qui s'était assise :

— Tout de même, on va vous donner ça.

Elle sortit pour aller au poulailler. Et elle grommelait entre ses dents, sûre de ne pas être entendue :

— On a beau être ce qu'on est, l'argent n'a pas de couleur.

Un charretier passa, entra, se fit servir un verre de genièvre, regarda insolemment Martha et sortit en interrogeant l'aubergiste :

— Quoi que c'est que ceux-là ?

La paysanne haussa les épaules en cassant ses œufs sur le rebord extérieur de la fenêtre.

— C'est le fils Chrétien, de Thilay, avec sa donzelle de Paris... qu'il ramène au village.

— Pas de gêne ! pas de gêne ! murmura le charretier en jetant autour de son cou la lanière de son fouet.

Martha se taisait et considérait son amant avec une crainte, comprenant à demi la situation fausse où il se trouvait. Il s'était assis en face d'elle et attendait que l'aubergiste les servît, non qu'il eût faim, l'arrivée de Martha lui avait coupé l'appétit, mais parce qu'il faisait de son mieux pour dissimuler. Madame Merlin, autour d'eux, allait et venait, affectant toujours de ne pas les regarder, évitant de leur adresser la parole. Quand les œufs furent prêts, elle mit la table, étendit une serviette blanche, plaça des assiettes et des verres, des cueillers et des fourchettes.

— Nous avons de la soupe aux choux, dit-elle à la fin. Si madame en veut?...

— Oui, oui, dit Martha, tout ce que vous avez...

Et pendant que la soupe trempait, pendant que la paysanne, occupée, sortait de la cuisine, rentrait, sans faire trop d'attention à eux, Martha racontait à son amant sa vie à Paris depuis un mois et le voyage qu'elle venait de faire.

— Quel trajet! et long! j'ai cru qu'il ne finirait pas... C'est donc au bout de la France, ton pays? Plus loin que l'Italie? plus loin que la Sicile, n'est-ce pas?... Mais c'est à la dernière gare, à Monthermé, que j'ai été embarrassée... Pas de voiture... pas de diligence... rien... Il fallait aller à

pied, et moi qui n'ai jamais pu marcher!... J'ai demandé
mon chemin et je me suis trompée plus de vingt fois...
Heureusement, j'ai rencontré un garçon de ton village, un
grand, à figure rouge... une figure qui avait l'air d'être
cuite... qui conduisait une charrette... Il a vu mon embarras et m'a accompagnée, en revenant sur son chemin,
jusque de l'autre côté du pont de Phade... Tu vois, je connais les noms... Il m'a dit qu'il était de Thilay, qu'il était
verrier, qu'il était très-riche... et je ne sais pas pourquoi,
mais il me regardait avec des yeux tout drôles...

Elle se mit à rire...

— Il me trouvait peut-être jolie, ajouta-t-elle.

Chrétien avait fait un geste de surprise, et une ombre
était passée sur son visage. Un verrier?... de Thilay?... Ce
ne pouvait être qu'un des trois frères, Septime, Sylvain ou
Hippolyte?... Justement, on était au samedi, et c'était le
jour où la verrerie expédiait ses produits à la gare de Monthermé.

— Tu ne lui as pas dit où tu allais?

— Si! Il le fallait bien, puisque j'étais perdue!...

— Il ne t'a pas interrogée?

— Si! Très-curieux, les gens de ton pays, celui-là surtout, avec ses yeux bleus à fleur de tête...

— Et que t'a-t-il demandé?

— Chez qui je me rendais à Thilay; si je connaissais des
personnes au village, etc., etc., etc...

— Et tu as répondu?

Elle, toujours riant :

— Oh! n'aie pas peur... je lui ai confié que j'étais étrangère et que je venais visiter les bords de la Semoy... J'ai
bien fait, n'est-ce pas?

— Oui, dit-il avec malaise.

Ils se turent. L'aubergiste apportait une omelette, ornée
de larges tranches de jambon, et en même temps une sou-

10.

pière qu'elle découvrit, d'où s'échappa un nuage épais de
fumée, comme de la soupape d'une machine à vapeur;
Martha poussa un grand soupir.

— Mon Dieu! je n'ai jamais eu aussi faim!

Elle servit Noël, se servit et mangea, se dépêchant, avec
une grimace parce qu'elle se brûlait; quand elle eut fini,
elle regarda l'omelette avec désolation.

— Je ne pourrai jamais! dit-elle d'un ton comique.

Malgré lui, Noël était égayé.

— Tu sais, dit-il, si tu veux plaire à madame Merlin, il
faut manger ce qu'elle te servira; il faut manger plus que
tes forces et reprendre de tout avec conviction.

— Pourquoi?

— C'est la coutume dans mon pays!...

Elle le regarda, étonnée; mais quand elle vit qu'il souriait,
elle fut heureuse, allégée d'une crainte.

— Puisque c'est l'habitude, dit-elle, je trouverai tout très-
bon.

Vers la fin du déjeuner, Merlin, le cantonnier, rentra. Il ne
fut pas surpris. Les paysans ne le sont jamais. Il salua Noël,
sans oser toutefois lui donner, comme d'habitude, une
poignée de main, et il alla s'asseoir à une table dans le
fond. Il déplia le *Courrier des Ardennes* et se mit à lire attentivement les nouvelles, passant tout de suite aux annonces
de la quatrième page qui l'absorbèrent. En dessous, pourtant, il jetait un coup d'œil du coté de Martha, dont la présence l'intriguait.

— Bonjour, Merlin! fit Noël.

— Bonjour, Noël, bonjour! dit le paysan, ne levant pas la
tête et d'un air pincé.

Il y eut deux ou trois mots murmurés très-bas à son oreille
par sa femme; le cantonnier parut d'abord tout grave, puis
devint goguenard. Une fille de Paris, chez lui, en voilà une
aubaine! Ça dépense gros, et c'est difficile, ces espèces-là!

Après déjeuner, Martha et Noël ressortirent et errèrent dans le bois ; ils étaient seuls et pouvaient causer à l'aise, cette fois ; aussi, l'après-midi fut courte. Vers six heures, ils regagnèrent le pâquis de Blossette. Noël aurait bien voulu que sa maîtresse repartît le jour même, mais la jeune fille était brisée de fatigue. Arrivée le matin, elle avait passé la nuit en chemin de fer et n'avait pu dormir. Recommencer ce voyage la nuit prochaine, c'était tomber malade, à coup sûr. Il fallait trouver une chambre. Ce fut encore à Merlin qu'ils songèrent.

— Est-ce que madame peut coucher ici ? demanda Noël en rentrant à l'auberge.

La paysanne semblait mécontente et prit son temps avant de répondre.

— Je vous dirai ça tout à l'heure, quand notre homme sera revenu de sa tournée...

Noël souffrait des arrière-pensées qu'il devinait dans ces hésitations, mais Martha continuait de ne pas comprendre. Ils attendirent. Lorsque Merlin rentra, il eut une longue conversation avec sa femme ; après quoi celle-ci dit, en ouvrant une armoire :

— Je vas mettre des draps.

Et tout à coup, se retournant avec rudesse :

— Mais, entendons-nous, monsieur Chrétien, entendons-nous... un oreiller, seulement un oreiller...

Et pendant que Noël pâlissait et se mordait les lèvres, Martha, cette fois, devenait rouge jusqu'aux oreilles, et ses yeux se remplissaient de larmes. Puis elle haussa les épaules, et à demi-voix :

— Bah ! fit-elle, ta mère m'en a dit bien d'autres !

Ils se séparèrent à la nuit tombante.

— Ne fais pas d'imprudences, dit Noël, reste dans ta chambre, ne te montre pas... que personne ne te voie... repose-toi... attends patiemment mon retour...

— Et quand te reverrai-je?...

— Demain, je viendrai déjeuner avec toi... Nous passerons la journée ensemble... tu partiras le soir... je te conduirai jusqu'à Monthermé...

— A la bonne heure...

Comme il s'en allait, elle le rappela, mystérieusement, l'attira dans un coin, et s'assurant que personne ne pouvait l'entendre :

— Écoute, j'ai lu des histoires qui arrivent, comme ici, dans les montagnes, au milieu des bois... Es-tu sûr de l'aubergiste?... Est-ce que je n'ai rien à craindre?...

— Oh! tu peux dormir tranquille, dit-il en riant, et si tu perçois des gémissements pendant la nuit, c'est que le vent soufflera un peu plus fort dans le bois...

— Tu te moques de moi? Je te semble une petite sotte? Dame! chez moi, vois-tu, en Sicile, c'est le paradis terrestre des assassins et des voleurs...

Il faisait nuit autour d'eux; madame Merlin n'avait pas encore allumé de chandelle; il embrassa Martha à la dérobée, dans les cheveux, et la quitta avec un poignée de main. Elle le suivit des yeux tant qu'elle put, sur la route blanche où sa haute taille se détachait nettement. Puis la silhouette de son amant devint de plus en plus vague et finit par s'évanouir dans les sombres profondeurs des arbres; elle resta, sur le seuil de la porte, à écouter les mille bruits du soir qui montaient jusque-là; le murmure des flots de la Semoy, dans le fond, à des centaines de mètres au-dessous de la côte où elle se trouvait; le claquement, dans les feuilles, des ailes d'une chauve-souris; des bourdonnements des hannetons qui peuplaient l'obscurité de leurs vols incessants; des coups de vent brusques, au sein de la forêt, venant mourir sur la bordure; au loin, un roulement de charrette; au loin encore, des cris de gamins retardataires; au loin, toujours, des aboiements, vers Haulmé et Tournaveaux. Des lucioles luisaient dans les herbes, auprès du banc de pierre sur lequel elle s'était assise, et, dans l'étable, des vaches ruminaient. Et Martha murmurait :

— Mon Dieu, qu'il fait beau et que l'air est bon !

Des clochettes tintèrent du côté de Thilay, assourdies par la distance ; mais tel était le calme de la soirée, qu'elle put compter huit heures. C'était l'église qui sonnait. On ne voyait rien par là ; les arbres empêchaient ; mais sa pensée volait par-dessus le bois et accompagnait Noël Chrétien qui rentrait au village... Un grincement de roues s'entendit, avec des cris rudes : « Hue! hue! Dia, oh! » et une charrette apparut au tournant de la Roche rouge. Elle s'arrêta devant l'auberge, et un robuste garçon, lourd, entra, son fouet à la main, passant à côté de Martha sans l'apercevoir.

— Bonjour, Merlin, la compagnie !...

Et comme il se trouvait dans l'obscurité et qu'on ne répondait pas, il tapa un grand coup de poing sur une table... criant :

— Hé!... n'y a personne?...

On tardait à venir, soit que la Merlin n'eût pas entendu, soit qu'elle n'eût pas pour habitude de se presser ; alors il ressortit pour accrocher son cheval à un anneau scellé dans le mur. Et, cette fois, il remarqua la jeune fille. Il la regarda sans la reconnaître tout d'abord, parce que l'obscurité était de plus en plus profonde ; mais il s'approcha et ne retint pas un geste de surprise. Il se mit à rire, et sur un ton familier :

— Tiens, dit-il, c'est la demoiselle de tantôt !

— Bonsoir, monsieur, fit Martha, qui retrouvait le verrier « à la figure cuite » dont elle avait parlé à Noël...

— Vous n'avez pas poussé plus loin ?

— J'étais fatiguée.

— Et comme ça, vous voyagez seule ?

— Seule, oui, monsieur.

— Et si l'on vous prenait, en route? dit-il avec un gros rire.

— Oh! je n'ai pas peur... et puis je ne voyage que le jour... je vais passer la nuit ici...

— Ah! vous couchez au Blossette? Vous avez raison : les Merlin, c'est des braves gens, ils auront soin de vous... et complaisants et propres...

Il faisait à droite et à gauche des petits pas brusques, comme s'il n'eût pas eu son équilibre, et en parlant bredouillait un peu.

— Et dans votre voyage, mademoiselle, est-ce que vous irez jusqu'à la Belgique?

— Peut-être; je ne sais pas encore, monsieur.

— Parce que, si vous vous dirigez vers Lorendal, il faudra bien que vous passiez à Thilay, le village qui est en bas de la côte...

— J'y passerai, s'il le faut...

— Eh bien, si vous venez à Thilay, faudra visiter la verrerie de la Malavisée, sur la Semoy, dans les ruines du château de Linchamps...

— Pourquoi?

— C'est une des curiosités du pays... Et vous y serez bien reçue, je vous le promets, attendu que le propriétaire, c'est Paqueron, et que je suis Septime Paqueron, un de ses fils...

— Le cousin de Noël, pensa Martha, frémissante.

Septime ne titubait plus : il avait pris un point d'appui contre le mur, et il faisait, pour s'amuser, claquer son fouet à tour de bras, et les claquements, renvoyés par les sonorités de la forêt, dans ce solennel silence d'une belle nuit de printemps, retentissaient comme des détonations.

Madame Merlin rentra; Septime l'entendit.

— Si, tout de même, c'était un effet de votre bonté, fit-il, nous pourrions prendre un verre ensemble?

— Merci, monsieur, dit Martha.

— Un verre de doux, quoi, rien!...

— Merci, monsieur, n'insistez pas...

Septime disparut dans l'auberge en murmurant :

— Elle fait sa bégueule... Pourtant, quand on est mise comme elle, on ne doit pas être la première vertu du pays...

Septime s'était attablé et avait demandé du genièvre, la boisson favorite de cette contrée des Ardennes. Et il buvait silencieusement, verres sur verres. Il avait allumé sa pipe et restait là, le coude sur la table, regardant la fenêtre devant laquelle, au dehors, était assise Martha, sur le banc. Et il avait aux lèvres le sourire ironique des ivrognes bêtes; ses yeux bleus luisaient et ses joues étaient si rouges qu'il semblait que le sang menaçait de les faire éclater. Surprise par la fraîcheur de la nuit, Martha frissonnait; elle rentra; il y avait un peu de feu sous la haute cheminée où cuisait le dîner de Merlin. Elle s'en approcha et tendit ses mains, frileusement. Septime quitta sa place et vint se mettre auprès d'elle. Il essaya encore d'engager la conversation.

— Le soleil est chaud dans la journée, mais les soirées sont encore frisques; un petit air de feu, ça ne fait pas de mal, n'est-ce point, ma jolie demoiselle?

Elle ne répondit pas. Il l'obsédait, à la fin, ce garçon ivre... et elle devinait de mauvaises idées dans le regard dont il la poursuivait. Elle s'éloigna. La Merlin, tout en vaquant à sa besogne, remarqua ce jeu de scène. Elle frappa sur l'épaule de Septime, et mystérieusement :

— Viens donc, mon fiston, que je te dise...

Ils sortirent ensemble dans la cour, et Martha, qui avait tout vu, murmurait :

— Elle va lui apprendre que je suis la maîtresse de Noël... Que faire?... Si je m'en allais!...

Mais il était très-tard... Dans ces grands bois, sur cette route qui filait dans les montagnes, auprès de cette rivière

grondant, elle aurait peur... et puis, bien sûr, elle se per-
drait... Et demain, que penserait Noël en ne la retrouvant
pas?... Non, il fallait rester !

Dans la cour, l'aubergiste, avec un sourire méchant,
disait à l'oreille de Septime :

— Tu ne sais pas?

— Quoi ! la vieille? Non, que je ne sais pas !

— C'te fille?... c'est la donzelle à ton cousin Chrétien.

— Noël?

— Oui. Il a passé sa journée avec. Il l'a installée chez
nous. Merlin n'a pas osé refuser. Quoi qu' t' en dis? En voilà,
une rencontre ! !...

Le verrier ne répliqua point. L'étonnement le clouait sur
place. Même cette nouvelle le dégrisait.

— Tiens ! tiens ! faisait-il, une fille de Paris... Je savais
bien que ça ne devait pas être une Jeanne d'Arc !...

Et il souriait, regardant la Merlin. Et toujours continuant
son idée :

— Y a moyen, p't-être, y a moyen... On va voir !...

Il revint dans la salle, prit une chaise, la mit contre celle
de Martha et appuya sa grosse main brutale sur les genoux
de la jeune fille. Celle-ci se leva, blême.

— A la fin, que me voulez-vous?... Que demandez-vous?
fit-elle, exaspérée, farouche.

— Rien ! quoi ! on veut causer un brin...

Il avait l'air décontenancé. Elle haussa les épaules, avec
mépris.

— Dame ! dit-il, chez nous, les filles ne sont pas si sau-
vages, savez-vous? et quand on leur pince la taille d'un peu
près, elles n'en font que rire...

La paysanne, pour le laisser libre, essaya de s'éclipser.

— Madame Merlin, dit Martha, ma chambre est prête?

— Oui; voulez-vous monter?

— Conduisez-moi, tout de suite !

L'aubergiste prit une chandelle et obéit, pendant que Septime, furieux, se mordait les lèvres et murmurait :

— Oh! je la retrouverai, je la retrouverai!... C'est une fille à argent, et parce que je suis mal vêtu, elle s'imagine que je suis un va-nu-pieds, sans le sou!... Mais j'ai des économies, et je les ferai danser, s'il le faut; mais je l'aurai, je l'aurai, aussi vrai que voilà du genièvre et que je le bois!

Et il avala un dernier verre, sortit, détacha son cheval, fit claquer son fouet, en manière de défi, sous la fenêtre de Martha, et reprit le chemin du village, se retournant deux ou trois fois, comme avec regret, vers l'auberge du pâquis de Blossette.

X

Le lendemain, qui était un dimanche, Septime se retrouvait à l'auberge au soleil levant; Martha lui tenait au cœur; il avait digéré son ivresse de la veille, mais le visage de la jeune fille et ses grands yeux noirs, et cette élégance à laquelle il n'était pas habitué, lui avaient fouetté le sang. Chez une femme dont la position eût été supérieure à la sienne, cette élégance l'eût éloigné; mais il prenait, dans sa grossièreté, Martha pour une fille, et cela l'attirait comme une chose inconnue, dont il n'avait pas goûté, qui le tentait, le surexcitait, l'irritait même. Il s'était répété toute la nuit, avec obstination :

— Je l'aurai, oui, je l'aurai...

Chez Merlin, il but cinq ou six verres de genièvre, puis demanda à l'aubergiste si Martha dormait toujours.

— Je viens de l'entendre remuer, dit la paysanne; elle doit s'habiller, présentement.

— Et le cousin viendra, sans doute?

— Dame! faut croire... et je le parierais.

— Bon. Je ne tiens pas à le rencontrer.

La Merlin avait sa morale à elle; la morale des paysans n'est pas celle de tout le monde; l'idée qu'elle devinait chez Septime la faisait sourire...

— Ma foi! se dit-elle, après le fils Chrétien, un autre...

Septime s'en alla dans le bois, un peu en avant de l'auberge, et resta sur la bordure, caché au milieu des broussailles, à guetter la sortie de Martha. La jeune fille, aussitôt habillée, vint prendre l'air devant la porte, et comme le ciel était splendide, le soleil étincelant, comme les oiseaux chantaient, que les bois sentaient bon... comme elle avait été matinale, que les chants des coqs l'avaient réveillée plus tôt qu'elle n'aurait voulu, elle alla, en attendant l'arrivée de Noël, se promener en forêt. Elle n'avait pas fait vingt pas que Septime, brusquement, se trouvait en face d'elle. Elle le reconnut, et, sans le saluer, passa.

— Un peu fière, la jolie fille, dit le verrier.

Elle ne répondit pas, fit semblant de ne pas entendre et continua son chemin. Mais il la suivit, riant, ne se décourageant pas pour si peu. Alors elle se retourna, toute pâle de colère.

— Où allez-vous, monsieur? Descendez-vous? montez-vous? Choisissez, votre présence me gêne...

— Je veux vous faire un brin de cour, da!... C'est donc défendu?... Mais n'ayez point peur... vous ne perdrez pas votre temps... je suis un des plus aisés du pays...

Elle fut tentée de se fâcher, mais après avoir regardé Septime elle n'y tint pas et éclata de rire.

— Mon Dieu, que vous êtes bête! dit-elle.

— Ce n'est pas gentil, ça, fit Septime vexé; non, ce n'est pas gentil du tout...

— Mais je ne tiens pas à vous être agréable...

Et elle continuait de rire, pliée en deux, n'en pouvant

plus, tant cette figure du verrier lui paraissait drôle. Le paysan fronça le sourcil, et ses lèvres, s'entr'ouvrant, laissèrent voir ses dents fortes, serrées violemment, comme avec fureur... Soudain il s'élança sur Martha, avant qu'elle s'y attendît, et lui broya le poignet.

— Oh ! dit-elle avec un cri, j'ai mal, j'ai mal !...

Lui, sans la lâcher :

— Veux-tu venir faire un tour dans le bois ?

Il l'entraînait, malgré ses efforts, et la tutoyait toujours, disant avec une méchanceté :

— Viens donc, ma fille, viens donc !...

Et faisant sonner son porte-monnaie dans sa poche :

— J'ai de l'argent... et le père Paqueron aussi en a... Ne te fâche point parce que je te tutoie... Puisque Noël est ton amant, tu es devenue un peu de la famille... Moi, je suis son cousin germain...

Elle avait un bras libre ; l'autre, il le tenait. Elle serra le poing et de toutes ses forces, avec la vigueur d'un homme, l'abattit sur la bouche de Septime.

— Tonnerre de Dieu ! fit le paysan.

Il porta les deux mains à ses lèvres, horriblement fendues... sanglantes... Du sang coulait à flots... dans sa barbe blonde... Il le crachait.... s'essuyant avec son mouchoir... Martha, les doigts déchirés par la violence du coup, s'était enfuie... Et le paysan bégayait... car ses lèvres enflaient à vue d'œil et déjà l'empêchaient de parler...

— Tu me le payeras ! tu me le payeras !

Noël venait d'arriver à l'auberge. Il remarqua le trouble de Martha et la blessure de sa main.

— Que t'est-il arrivé ?

Elle eut d'abord envie de tout dire. Mais à quoi bon ? Il y avait assez déjà de sujets de querelle dans la famille sans celui-là. Elle mentit.

— Je suis tombée, dit-elle, et je me suis blessée.

Et la Merlin, qui la regardait, tout en s'habillant pour aller à la messe, murmurait :

— Tiens! tiens! Paraît qu'elle ne s'est pas laissé faire!

XI

La journée se passa sans autre incident; Martha oublia Septime et sa brutalité; elle était heureuse de se retrouver auprès de Noël, et ce fut le soir seulement, quand il s'agit de partir, qu'elle redevint soucieuse.

— Ainsi, tu m'accompagnes? dit-elle.

— Oui, allons-nous-en, le temps presse. Tu ne marches pas vite, et il ne faut pas que tu manques le train.

— Et tu me laisses seule?

— Qu'espérais-tu donc?

— Que tu reviendrais à Paris avec moi...

— Patience! dit-il en souriant; je te rejoindrai bientôt.

— Tu ne peux pas me fixer une époque?

— Je t'écrirai la veille, pour ne pas te surprendre.

Ils s'en allèrent à Monthermé, et le soir le train emporta Martha, laissant Noël sur le quai, la suivant avec une tristesse. Au moment où la locomotive sifflait, où la porte de la salle d'attente allait se refermer, un homme haletant, courant de toutes ses forces, fit irruption au guichet, demanda une place de troisième classe pour Paris et se précipita dans le train. Et Noël, qui le vit passer, le reconnut, malgré sa distraction. C'était un grand et robuste gars, aux formes découplées, haut en couleurs.

— Septime Paqueron! murmura-t-il.

Mais une réflexion rapide lui passa par l'esprit.

— Il va sans doute à Charleville, pour ses plaisirs ou pour ses affaires...

Et il ne s'en occupa plus. Rentré au village, il trouva Jean Chrétien, Marie-Jeanne et Liline conversant à la lumière d'un quinquet pendu par une chaînette sous la cheminée. La grande pièce, qui servait de cuisine, de salon, de chambre à coucher et de salle à manger, restait à peu près dans l'ombre; la plaque de la cheminée, seule, où il y avait un archange terrassant un dragon, recevait des reflets jaunes. Les deux paysannes et le cloutier étaient invisibles. On échangeait à demi-mot des paroles découragées, et Marie-Jeanne, même, semblait craintive. Quant à Liline, elle hochait la tête, et pour s'occuper, peut-être pour se donner une contenance, du bout d'une brindille de bois, remuait dans l'huile poisseuse et noire la mèche puante du quinquet. C'était Marie-Jeanne, surtout, qui parlait :

— Oui, voilà le bruit qui court... Dans le village, tout le monde me l'a dit... On l'a vue, c'te fille... elle a couché au pâquis de Blossette, chez les Merlin... du joli peuple, les Merlin, pour recevoir des clientes pareilles!... Est-ce qu'ils n'auraient pas dû la chasser à coups de manche à balai?...

— Pourtant, insinuait le cloutier, les Merlin, c'est des aubergistes, et ils sont bien obligés d'accueillir les gens autrement qu'avec des coups...

— Y a gens et gens... Quand il a vu que c'te femme est la gueuse à not' fils, Merlin aurait dû lui faire des observations... Paqueron doit savoir tout, à l'heure qu'il est. Eh bien, sais-tu ce qu'il y aura?

— Non!

— D'abord, Merlin perdra sa place de cantonnier-chef, et puis le mariage de Geneviève, faut plus en parler; c'est de la Saint-Jean! Un si beau parti!... Ah! sainte Vierge! les enfants sont ben ingrats!

Ils se turent; ils venaient d'entendre du bruit devant la

porte; Noël rentrait; il devina tout de suite qu'on parlait de lui, alla prendre une chaise et s'assit, ne prononçant pas un mot, laissant venir l'orage. Marie-Jeanne se retourna.

— Tu penses à elle, pas vrai, mon fi? Ça t'ennuie de l'avoir laissée partir?

Et comme il ne répondait pas :

— Tu n'es pas honteux, fit-elle par deux fois, tu n'es pas honteux d'amener dans ton pays, auprès de ta famille, des femmes des rues?... Tu nous déshonores, t'entends?... Et c'est pourtant Paris qui t'a dépravé comme ça; Paqueron aurait été mieux inspiré s'il t'avait laissé chez Habert, à souffler la forge et à marteler les boulons.

Habert! Le charron! Les Six-Chenons! Sa mère! Tout cela se mêlait, maintenant, dans l'esprit de Noël. Les Six-Chenons! il y pensait tous les jours.

Liline avait relevé la tête.

— Faut mieux se taire, dit-elle. Noël a tort, c'est vrai, d'amener comme ça des créatures mauvaises au pays... mais les querelles n'engendrent rien de bon... Je le dis, Marie-Jeanne, faut mieux se taire...

— Et pourquoi, s'il vous plaît, la grondeuse?

— Qu'est-ce qui prouve que c'est Noël qui l'a fait venir, cette femme? Si elle l'aime, not' fi, elle a pu être bien inquiète, après ta visite à Paris... Si elle l'aime, et il est assez beau pour ça, da! elle a pu croire qu'il était mort, puisque tu avais soin d'attendre le facteur pour surprendre les lettres destinées à Noël : c'est des choses qui me déplaisaient; je les voyais ben, mais je n'osais élever la voix...

— Vous n'allez pas le défendre, vous, la mère?...

— Peut-être que si...

— Essayez donc, pour voir un peu!...

Et Marie-Jeanne, se levant tout à coup, alla mettre son poing sous le nez de Liline, qui, fermant les yeux et tournant les pouces, ne s'en préoccupait pas...

— Tu sais bien, ma belle, que je n'ai pas besoin de mon poing, moi, pour te fermer la bouche...

Et son œil rond, brillant tout au fond de la cavité sous les rides jaunes, désignait le cloutier assoupi...

Marie-Jeanne se taisait toujours, à ces allusions; mais une haine atroce grondait sous le calme apparent qu'elle montrait alors; elle lança un regard furieux à la vieille, et celle-ci ricana :

— Ah! si c'étaient des pistolets, tes yeux! Encore ils ne tireraient pas aussi loin que d'ici aux Six-Chenons.

Et elle eut un petit rire sec qui ouvrit ses lèvres et montra, toute grande, sa bouche vide de dents.

Le matin, Noël reçut une dépêche de Martha :

« Je suis arrivée, malade. Me mets au lit. Domenica, avertie, vient me soigner. Nouvel est là; assure que c'est la fatigue seulement. Pourtant, reviens. Ta présence fera mieux et surtout plus vite que n'importe quoi. »

Il écrivit un mot qu'il mit à la poste de façon que sa maîtresse pût le recevoir le lendemain. Il la prévenait de son arrivée pour le jour suivant :

« Le temps de faire ma malle, disait-il, et je suis à Paris. Je m'ennuie. Et la vie, ici, me devient odieuse. A bientôt ! »

Un événement inattendu devait retarder son départ en lui causant une tristesse nouvelle.

Ce matin-là, Marie-Jeanne était sortie de bonne heure, sa hotte pleine de linge sur le dos. Elle lavait à la Semoy, entre Thilay et la Malavisée, en un endroit où la rivière baigne les roches et s'enfonce dans un impénétrable fouillis de ronces, de broussailles et d'arbres grêles. L'eau coulait avec des profondeurs limpides comme du cristal dans lesquelles filaient des truites avec la rapidité de l'éclair. Des bandes de poissons s'avançaient aussi, puis des petits, innombrables, précédés par quelques gros, allant de droite et de gauche, comme s'ils eussent eu pour mission d'explorer le passage.

Ils disparaissaient, revenaient, s'enfuyaient tout à coup,
effarés, lorsqu'une ombre remuait sur l'eau, et traversaient
les ondoiements d'herbes molles qui se saluaient sans cesse,
au fil de la rivière, et qui, parties d'un même pied mince
comme une tige d'œillet, s'étalaient à la surface en masses
énormes de feuilles d'un vert foncé admirable. Là passaient
des araignées, glissant sur la nappe ainsi que sur une glace;
là aussi montaient des grenouilles vertes, avançant la tête,
les pattes écartées restant sous l'eau, buvant un peu de soleil,
se pâmant à la chaleur qui les éveillait au fond de leurs
retraites mystérieuses; des boutons de nénufars nageaient,
non encore éclos, laissant entrevoir seulement un point de
leur robe, d'un blanc immaculé, entre le vert des feuilles à
peine entr'ouvertes. Et le bleu du ciel, avec l'étincellement
du soleil, se réfléchissait dans le fond où se renversait toute
la vie d'en haut : les flocons ouatés de nuages; les hirondelles
perdues dans l'immense infini; les vols de tourterelles, de
geais ou de ramiers s'enfuyant d'un bois à tire-d'aile pour
gagner un autre bois.

Marie-Jeanne descendit au bord de la rivière; c'était sa
place de prédilection; elle y était tranquille, à l'aise; jamais
personne ne l'y dérangeait. Elle enleva les bretelles de sa
hotte, tint celle-ci un moment sur sa poitrine, entre ses bras
robustes, et la posa contre un arbre, le pied dans l'herbe.
Puis elle mit sur la rive, presque dans l'eau, sa planche,
son baquet et son battoir, et, les deux poings sur les hanches, les yeux fixés droit devant elle, se reposa un peu.

Là-bas, en face, elle distinguait les toits de la verrerie de
la Malavisée, la maison d'habitation dont les murs faisaient
des taches claires derrière un rideau d'arbres, et l'usine qui
fumait, toute noire, envoyant jusque-là le ronflement incessant de ses ouvreaux. Et, tout autour, il y avait des champs
ensemencés, jusqu'à perte de vue, au fond de la vallée, et
ces champs étaient la propriété de Paqueron; et les bois,

grands ou petits taillis, coupes, hautes ou basses futaies, aussi
loin que l'œil pouvait apercevoir, c'était encore à Paqueron,
et tout cela bien tenu faisait deviner le bien-être, une fortune
bien assise, où rien n'était laissé au hasard ; une intelligence
solide, réglant tout par elle-même, confiant peu de chose
aux étrangers ; des charrettes montaient à la Malavisée ou en
descendaient, apportant les matières premières, ou allant y
chercher les produits fabriqués ; va-et-vient incessant ;
richesses s'accumulant ; des nuées d'ouvriers étaient là ; la
moitié de la population de Nohan, de Naux, de Thilay y
gagnait sa vie ; Paqueron était le maître de tous, faisant
comme il voulait la pluie et le beau temps... Et il apparut
tout à coup, lui, le maître, en manches de chemise, les
bretelles descendant de chaque côté de son pantalon ; il
apparut, en face d'une des fenêtres de l'usine, gourmandant
un ouvrier, lui prenant sa canne à souffler, et soufflant pour
lui montrer ; il dirigeait tout, veillait à tout, et c'était grâce
à sa vigilance et à son activité que la verrerie continuait
d'être si prospère... Et près de la grille, en haut du jardin,
apparut aussi Geneviève, appelant ses poules, ses poussins,
ses canards, ses pintades, ses pigeons...

Marie-Jeanne distinguait très-bien les gestes de la jeune
fille qui jetait des grains à la basse-cour... Et la paysanne
murmurait :

— Ça, c'est des travailleurs... ça se lève matin... ça n'a
pas peur de déranger ses dix doigts... ça amasse... ça
s'enrichit... ça n'est pas comme ce traînard de Noël... Et
dire que s'il voulait, s'il disait un mot... tout de suite on
prendrait une part de cette belle propriété, une part des
bois, une part des champs, une part de la maison, une
part de l'usine, une part de tout, et cette belle fille par-
dessus le marché, et qu'on la lui donnerait !... Dire que ça
serait un peu à moi, puisque cela appartiendrait à mon fils...
Oh ! Dieu ! oh ! Dieu !... ça n'arrivera jamais !...

11.

Elle serra les deux poings, grinça les dents. Et tout à coup une autre pensée lui vint :

— Et c'te Liline qui ne crève pas, dit-elle, comme si elle avait juré de manger son héritage avant de s'en raller !

Elle enleva le linge sale de sa hotte, le jeta sur l'herbe, à côté d'elle, le compta, mit à part des torchons, en tas, puis des serviettes, des cols, des bonnets, des bas, des chaussettes, des mouchoirs, le tout très-soigneusement, et quand elle eut compté et recompté, examiné et retourné, elle s'installa. Elle trempa le linge dans l'eau claire, en l'agitant, l'étendit sur sa planche, le frotta d'un gros carré de savon qui tenait à peine dans sa main, le plia, le battit à grands coups, l'étendit et le trempa de nouveau... et le fil de l'eau emporta la mousse blanche du savon qui devenait bleue un peu plus loin... le courant l'entraînait sur les feuilles de nénufars où elle s'arrêta, empêchée... Les poissons, étonnés par le bruit du battoir, fuyaient l'eau empoisonnée... Au-dessus d'elle, derrière, dans les buissons du bois, des nuées de moineaux piaillaient et pépiaient avec un assourdissant ramage. Elle travaillait et suivait, en son esprit, la dernière pensée éveillée chez elle par le spectacle de la fortune des Paqueron. Tout à coup, comme elle entendait du bruit, elle tourna la tête, sans cesser de frotter. Quelqu'un arrivait par la route de Thilay et descendait le sentier qui menait à cet endroit de la rivière... Une laveuse peut-être, qui, s'imaginant que Marie-Jeanne n'était pas là, venait lui prendre sa place... Marie n'y avait aucun droit... La rivière était à tout le monde... Mais elle ne se mettait jamais autre part... et l'habitude de la possession lui faisait considérer ce coin comme une propriété... Ah bien, si c'était une laveuse, elle allait être reçue, celle-là !... Marie-Jeanne était connue pour sa mauvaise langue et redoutée à dix lieues à la ronde !

Les pas se rapprochèrent, doucement, des pas incertains, comme ceux d'un enfant... car le sentier était très-rude,

coupé de rocs et de larges ardoises glissantes où le pied
n'était pas solide... Une vieille femme courbée en deux apparut, et Marie-Jeanne fronça le sourcil... C'était Liline qui,
plus fatiguée que les autres jours, s'appuyait sur un bâton.

— Qu'est-ce qu'elle vient faire ici, celle-là ?

Et, sans plus d'attention, elle se remit au travail. La grand'-
mère arriva près de la rivière, considéra un moment sa bru...
sans dire un mot... hochant seulement la tête... Elle semblait
triste, avait la figure grave, les yeux moins vifs que d'habitude; on eût dit qu'elle se ressentait, ce jour-là, de sa grande
vieillesse, et qu'elle en était tout d'un coup abattue. Son visage
était pâle... d'une pâleur terreuse... ses lèvres blanches; et
ses doigts aux phalanges sèches, dont les os saillaient, dont
la peau était tiraillée, tremblaient sur le bec de sa canne
comme s'ils eussent été sous le courant d'un accès nerveux.
Liline avait son bonnet du dimanche, blanc, à larges bords
évasés, tuyautés, sous lesquels ses cheveux gris devenus
rares étaient plaqués symétriquement. Les passes étaient
nouées sous le menton avec une régularité méticuleuse, et
les deux pointes s'en allaient à droite et à gauche, roidies
par l'empois. C'était aussi sa robe des dimanches qu'elle avait
mise, en grosse laine noire, très-courte, et que la cassure de
son pauvre corps usé faisait remonter dans le dos; c'étaient
aussi ses brodequins neufs, attachés avec des lacets de cuir
noirci par le cirage sur des bas tricotés par elle au coin du
feu, ses lunettes sur le nez; c'était aussi son tablier de toile
bleue, le plus propre, et son fichu sur l'épaule, croisé et
attaché avec une épingle à tête de cuivre sur sa poitrine.
C'était Liline, en costume de fête, de cérémonie ou de
voyage... le même pour elle... Liline, enfin, qui nourrissait
sans doute en sa tête quelque projet mystérieux... Où allait-
elle ?

— Bonjour, Marie-Jeanne; alors, tu laves ?

— Oui; vous le voyez bien, sûrement.

La vieille hocha doucement la tête, regarda l'eau couler entraînant les bulles de savon qui éclataient en s'accrochant aux nénufars, et se tut.

— Et peut-on savoir, fit Marie-Jeanne sans se retourner, peut-on savoir pourquoi vous avez sorti votre saint-frusquin, aujourd'hui?... Est-ce que vous allez à la noce, par hasard?...

— Non, ma belle, ça n'est pas pour une noce, bien sûr, ça n'est pas pour une réjouissance... je n'ai pas l'air de rire et je suis triste comme si j'allais à l'enterrement d'un proche... Ça n'est pas pour me vanter, mais j'ai le cœur gros comme le jour où j'ai conduit mon pauvre homme au cimetière...

— Et qu'est-ce qui vous prend, bonté divine?

— Il me prend que je m'en vas.

— Vous vous en allez? et où, s'il vous plaît?

— Je m'en vas, parce que j'aime mon beau fi et que ça me peine, ce que vous lui faites... Vous devriez être honteuse, Marie-Jeanne, de causer comme ça un pareil chagrin à c't enfant... Je ne veux pas voir ces choses-là davantage, et je m'en vas, là, je m'en vas...

— Où allez-vous, qu'on vous demande?

— A Sorendal, chez Laurent, mon autre fils...

— Ah! dit Marie-Jeanne qui se leva toute droite, d'un bond, et devint affreusement pâle.

— Chez Laurent, au moins, je vivrai tranquille... je n'ai pas tant de fois, à c'te heure, à voir se lever le soleil... Je veux que mes derniers vieux jours soient paisibles.

— Ah! répétait la paysanne, pendant qu'une colère terrible lui faisait monter du sang aux yeux, ah! vous allez à Sorendal, chez le beau-frère Laurent?

— Oui, c'est dit. Depuis des jours, j'hésitais. Je suis née à Thilay et je ne l'ai jamais voulu quitter... et voilà que j'aurai bientôt quatre-vingt-dix ans... On s'accoutume à tout ce qu'on voit, et ça n'est pas à mon âge qu'on change ses habi-

tudes... Et puis Jean Chrétien a toujours été mon préféré...
quoique Laurent de Sorendal n'ait jamais manqué aux égards
qu'il me doit... Oui, c'est malheureux, à mon àge, et je vais
être bien dépaysée, là-bas, et ça m'abrégera, j'en suis certaine, ça m'abrégera!...

Et Marie-Jeanne toujours disait :

— Ah! vous allez chez le beau-frère Laurent!

Et la pauvre vieille, radotant, se parlant à elle-même :

— C'est que je le connaissais, moi, Thilay... Je le connaissais mieux que les autres... parce que j'y étais depuis plus
longtemps. Je l'ai vu changer deux ou trois fois, le village...
Au temps jadis, les bois venaient jusqu'aux maisons; on les
a fait reculer à coups de hache... Au temps jadis, il n'y
avait que des clouteries... Point d'usines, de hauts fourneaux,
de boulonneries... Au temps jadis, n'y avait point de routes;
maintenant il y en a, même dans les roches... Au temps
jadis, on mettait deux jours pour aller à Charleville ou à
Givet; maintenant on met une heure... Au temps jadis, tout
le monde était ami; tout le monde, s'aidait et s'entr'aidait,
parce que tout le monde était pauvre... Maintenant on se
déteste, on s'arrache le pain de la bouche... Au temps jadis,
on respectait les vieux et les vieilles, ceux et celles qui
avaient rudement peiné et dont les doigts et les os étaient
devenus tout roides à force de manier le hoyau et la bêche...
maintenant on se moque d'eux parce qu'ils ne savent plus
ni marcher, ni parler, ni rire, et parce qu'ils ne sont plus
bons au travail, on leur reproche le pain qu'ils mangent...

Et l'autre, n'entendant rien, n'ayant qu'une pensée
unique, continuait :

— Ah! vous allez chez Laurent, le beau-frère?...

— Oui, j'y vais, et j'y ferai mon trou pour mourir, mais
je ne veux pas y être enterrée, par exemple; ah! non, je
veux que mes os reposent dans le cimetière de Thilay, sous
les peupliers du bord... Ah! j'en ai vu mener là, des petits

et des grands, des riches et des pauvres, des vieux et des
jeunes... Je l'ai fait, ce trajet, par tous les temps et en toutes
saisons... Chacun son tour... le mien ne tardera pas...
Mais voilà, c'est mon idée d'être enterrée à Thilay, au milieu
des gens que j'ai connus... C'est drôle... eh bien ! il me
semble que je ne serai pas tout à fait seule, comme si j'avais
à m'en inquiéter une fois morte !... Oui, c'est le cimetière de
Thilay que je veux... et je le dirai à Laurent, et ce sera une
condition que je mettrai...

Elle s'arrêta ; mais Marie-Jeanne dardait sur elle son œil
de vipère et la força de continuer :

— Une condition à qui ? Une condition à quoi ?

— Qu'est-ce que ça te fait, ma belle ?

— Une condition au testament, pas vrai ?

— Oui, puisque tu le devines...

— Et le testament, c'est en faveur de Laurent que vous
allez le faire, de Laurent, un contrebandier, un fainéant...
qui jamais ne s'est soucié de vous...

— Oui, ma belle... y a bel âge que mon deuxième fils veut
me voir auprès de lui...

— Et quand vous n'avez plus que pour quatre sous d'existence, c'est chez lui que vous allez, pour qu'il profite de vos
meubles, à notre détriment, à nous autres qui vous aurons
gratis nourrie à vous croiser les bras !...

— C'est comme tu le dis, ma belle...

— Faudra voir...

— Ça, tu le verras, pas plus tard que demain...

— Et comment, s'il vous plaît ?...

— Parce que j'enverrai Laurent chercher mes meubles.
J'en ai la note exacte. Il prendra tout. Oh ! tu ne me voleras
rien... Sais-tu ce qu'il faut qu'il me ramène, pour que j'aie
mon compte ?...

— Ah ! malheur ! malheur ! dit Marie-Jeanne, effrayante,
brusquement secouée de frissons...

— Il faut qu'il me ramène les bois de lit et la literie, d'abord, taies d'oreiller, traversins, draps et couvertures, puis les serviettes, un tas de linges qu'on n'utilisait pas, mais que je connais sur le bout du doigt, qui m'appartiennent, dont j'ai la liste, puis les meubles, tables, chaises, puis un poêle, puis de la vaisselle, puis des marmites, toutes sortes de casseroles pour la cuisine… Y en a, des objets, des pages et des pages, sans compter l'horloge et les armoires, et le pétrin, et les crochets pour le four, et les pelles à enfourner, et les chenets, les pincettes, les soufflets… Tout, tu me rendras tout… ça m'appartient… tu n'as pas le droit de le conserver… Tu as joui de mon bien jusqu'à présent… aussi… mais à partir de l'année prochaine, c'est Laurent qui cultivera les terres et fauchera les prés et vendra les foins… Et ça rapporte, da, quand l'année est bonne… Oui, tu n'auras plus rien… de moi… ni meubles, ni terres, ni prés… C'est ça qui te punira de ta méchanceté, Marie-Jeanne… et le testament, qui est chez le notaire, oh! il ne m'inquiète pas… je me sens bien la force de vivre encore quelques jours… et c'est plus qu'il n'en faut pour annuler celui qui existe et le remplacer par un autre… Et je n'ai pas peur de te le dire… le deuxième, ça sera pour Laurent, ma belle… V'là ce que t' auras gagné…

Marie-Jeanne avait croisé les deux bras, et ses ongles déchiraient sa chair, d'où le sang coulait sans qu'elle y prît garde…

— Non, vous ne ferez pas ça, d'abord.

— Et pourquoi, ma belle?…

— Parce que ce ne serait pas juste… parce qu'il faut réfléchir… parce que vous seriez malheureuse si vous quittiez Thilay et si vous alliez chez Laurent…

C'était le dernier effort de Marie-Jeanne pour dompter sa colère; elle n'implorait pas; elle cherchait à raisonner; elle voyait fuir cet héritage des lopins de terre de la vieille qu'elle s'était habituée à considérer comme lui appartenant. Les perdre, c'était impossible... Elle ne s'y résignerait pas... Elle était capable de tout, et depuis que Liline parlait, elle voyait rouge, et deux ou trois fois, machinalement, elle s'était mise à regarder sur les bords de la rivière si personne ne venait, si personne ne les voyait... comme si, du fond de son âme, un atroce projet fût monté, pour l'exécution duquel la paysanne avait besoin de la solitude complète... d'un éternel mystère... Elle avait vu rouge et elle avait eu peur d'elle-même... C'est pourquoi elle essayait de peser sur la résolution de Liline.

Mais la grand'mère s'obstinait dans son idée.

— Tu dis que ce ne serait pas juste. Et le motif?

— Le motif, c'est que depuis des années et des années vous vivez à nos crochets... C'est-il Laurent qui nous remboursera l'argent que vous nous avez coûté?...

— Je ne te dois rien, ma belle; je n'ai pas mangé plus que les rentes de mes biens... et si je voulais à mon tour élever des réclamations, est-ce que je ne serais pas en droit de te faire payer l'usure de mon mobilier, du linge et du reste?...

Cette réplique avait un semblant de logique : Marie-Jeanne resta un moment silencieuse, mais elle serrait toujours les poings; ses ongles s'enfonçaient toujours dans sa chair, sa colère devenait de plus en plus farouche...

La vieille reprenait :

— Tu dis aussi que je serai malheureuse chez Laurent? Pas plus que chez toi, après tout! Et, va, c'est guère la peine d'y songer, dans tous les cas, pour ce qui me reste à vivre...

— A plus forte raison, si vous vouliez demeurer chez nous, pourtant, on vous cajolerait...

— Nenni, ma fille, je sais ce que contiennent tes promesses... et qu'elles ne sont pas sérieuses... Ça irait bien

deux jours, trois jours, après ça ferait la même chose
qu'avant... Et puis, je te l'ai dit et je te le répète, ce n'est
pas tant à cause de moi que je pars, c'est à cause de tout ce
que tu fais à Noël... Je ne te pardonnerai pas, vois-tu,
d'avoir battu et d'avoir fait pleurer mon beau fi... Ce n'est
pas bien, non, ce n'est pas bien...

Marie-Jeanne décroisa les bras, et ses deux mains, dont les
ongles saignaient, fouillèrent ses cheveux, dans un mouvement de rage... Et elle laissa échapper cette exclamation
qui, chez elle, indiquait le dernier degré de la violence :

— Ah! malheur, malheur!...

Et de nouveau son regard erra autour d'elle... Personne
là, personne sur la rive... personne en face, sur l'autre
bord... un grand isolement... et la nature même faisait
silence... Comme le soleil montait et qu'il y avait un peu
plus de chaleur, les oiseaux se taisaient... les moineaux qui
pépiaient sur les buissons tout à l'heure, avant l'arrivée de
Liline, étaient partis dans une envolée soudaine, drus
comme des moucherons qui tourbillonnent; les geais,
apparus un moment sur la bordure où ils s'étaient égosillés,
avaient gagné un autre bois; seules, deux ou trois fauvettes
grises babilleuses restaient sous le couvert, à continuer, du
bout du bec, une jolie, gracieuse et murmurante conversation. Le regard de Marie-Jeanne s'arrêta sur la Malavisée.
Le grand soleil faisait étinceler les ardoises qui apparaissaient
au-dessus des arbres; on eût dit que les matières en fusion
dans les ouvreaux s'étaient éparpillées sur le toit; il y avait
des fleurs partout, autour de la verrerie; les pommiers
n'étaient plus que d'énormes bouquets roses, dont la pénétrante odeur emplissait la vallée; les prés, sur le versant du
coteau, en haut duquel fumait l'usine, étaient de larges
nappes blanches de marguerites. Et pas une brise ne soufflait;
les nuages du matin s'étaient dissipés, et les eaux claires ne
reflétaient plus qu'un ciel d'une admirable pureté : le ciel

en haut ; le ciel en bas, sous l'abîme. Et Marie-Jeanne pensait :

— On pourrait me voir !

C'était vrai, mais deux pas plus loin, là où s'était arrêtée la grand'mère, des branches tombaient dans la Semoy, comme attirées par les profondeurs, et étendaient leur voile de feuillage entre la verrerie et la vieille. Elle franchit ces deux pas et se trouva près de Liline qui, toujours les deux mains jointes sur le bec de sa canne, hochait la tête en poursuivant ses pensées tristes... Cette fois, elle était bien cachée...

— Alors, c'est dit, vous voulez nous quitter ?...

— Oui, je le veux.

— C'est dit... Vous voulez tout donner à Laurent ?

— Oui, je lui donnerai tout, mes prés, mes terres, les meubles, tout, ma belle... T'as l'oreille dure...

— Ah ! vous voulez, là, vous voulez ?... Répétez-le donc encore !...

— Je le répète, je le répéterai toujours...

— Une dernière fois ?... Mais là, pour de bon !...

— Une dernière fois !...

Alors Marie-Jeanne, blême, s'accroupit tout à coup, puis, se détendant avec un bond de bête sauvage, les deux poings en avant, fit rouler Liline, d'une terrible secousse, dans la rivière. Et elle eut un cri féroce :

— Tiens ! va donc le chercher, ton Laurent, vieille sorcière !

Liline culbuta, sans lâcher son bâton, enfonça d'abord, puis remonta, dans des efforts désespérés... Ses jupes la soutenaient un peu, mais sa tête était sous l'eau... elle râla :

— A moi ! à moi ! Au secours !...

Ses bras battaient l'air désespérément. Dans cette agonie épouvantable du noyé qui sent ses forces se perdre et sous lui l'abîme qui s'ouvre, elle rencontra les nénufars et s'y accrocha...

— A moi ! à moi ! Au secours !

Ce fut son dernier cri ; la touffe énorme d'herbes plia mollement sous la grand'mère qui disparut, les deux bras en l'air et toujours la canne dans une de ses mains. Il y eut un bouillonnement de l'eau ; la rivière ondoya, des ronds partirent de l'abîme et allèrent se perdre, au loin, sur la nappe claire, en s'élargissant à l'infini ; deux ou trois bulles vinrent crever à la surface, quand la grand'mère toucha le fond ; puis, tout à coup, quelque chose remua : c'était d'abord une feuille large, puis une autre feuille, puis un bouton, puis toutes les tiges des nénufars qui reprenaient leur place au-dessus de l'eau, dont la limpidité était à peine troublée... Puis quelque chose remonta encore : le bâton, échappé aux mains de Liline, et qui, prenant le fil de l'eau, se mit à flotter doucement... suivant peut-être, au clair soleil, le pauvre vieux corps qui roulait dans les profondeurs... Puis la rivière fut calme, glacée ; le ciel était dans le fond, comme un appel à l'infini, et ce fut seulement le cri d'un oiseau de proie, semblant planer au-dessous, qui salua, d'une plainte lugubre, la mort de la paysanne... Au bord, à genoux, appuyée sur les deux mains, le corps tendu, horriblement pâle, la respiration rauque, Marie-Jeanne regardait... regardait l'eau... toujours... avec la fixité d'une folle... Et elle était folle, à cette heure-là... Elle appela, ne sachant pas même ce qu'elle disait :

— Liline ! Eh ! Liline !

Et devant elle une voix sonore sortit des mystérieuses ténèbres de la forêt et répondit :

— Liline ! Eh ! Liline !

Marie-Jeanne se dressa ; ses dents claquaient ; une grosse sueur coulait de son front, d'ordinaire hâlé, mais en ce moment que l'épouvante rendait jaune comme du buis... Et elle répéta, plus fort :

— Liline ! Eh ! Liline !...

Et la voix, de très-loin, distinctement, répondait :

— Liline! Eh! Liline!...

La peur lui avait rendu un peu de présence d'esprit. La folie qui envahissait son cerveau se dissipait, et le crime qu'elle venait de commettre apparaissait dans sa monstruosité. Elle avait assassiné! Alors elle eut un cri aigu, perçant, qui retentit jusqu'au fond de la vallée, monta jusqu'à la verrerie, jusqu'à ceux qui travaillaient là...

— A moi! au secours! au secours!

Devant les fenêtres, des ouvriers demi-nus se montrèrent, s'interrogeant, ayant bien entendu, mais doutant encore : et Marie-Jeanne criait toujours :

— A moi, venez, Liline se noie! Au secours!

Et elle tomba roide, évanouie, sur l'herbe, si près de la Semoy que ses bras pendirent dans l'eau, comme si elle avait eu l'espérance folle de ramener le corps qu'elle avait jeté là, de s'épargner ainsi l'effroyable remords de ce crime... On l'avait vue... sans la reconnaître... on avait compris qu'elle appelait... Des ouvriers accoururent, et, sans aller jusqu'au pont, détachèrent un bateau de pêche qui servait à Paqueron et s'approchèrent à force de rames.

— Tiens, dit l'un en se penchant sur la rivière et en ramenant quelque chose, il y a un malheur, bien sûr...

Et il jeta dans le fond du bateau un fort bâton à large bout recourbé... poli par l'usage. La canne de Liline! Quand ils abordèrent à l'autre rive, Marie-Jeanne revenait à elle. Les ouvriers la secouèrent vigoureusement, lui jetèrent au visage de l'eau à pleines mains.

— Eh! qu'y a-t-il?... Pourquoi avez-vous crié?

Elle montra, épouvantée, la rivière :

— Là! là! Tout à l'heure... Liline est tombée... Elle a glissé... elle n'a pu se retenir... elle a roulé... et l'eau l'a emportée... elle est là... sous les herbes... l'eau est claire... on la voit peut-être..

Et elle lança le même cri aigu, perçant, affolé :

— Liline! Eh! Liline!...

Et l'écho, impitoyablement :

— Liline!...

Deux ouvriers se mirent à la nage; deux autres remontèrent dans le bateau, et les recherches commencèrent; Marie-Jeanne, sur le bord, regardait. Ce fut long; les verriers ne trouvaient rien. De temps en temps les nageurs plongeaient, puis revenaient prendre des gorgées d'air à la surface et replongeaient de nouveau. Et, du bord, Marie-Jeanne suivait leurs évolutions, et de la verrerie des gens descendaient toujours, car la nouvelle avait été vite connue que quelqu'un se noyait dans la Semoy. Il y eut bientôt là une centaine d'hommes et de femmes et d'enfants, curieux, anxieux, échangeant leurs réflexions, disant :

— C'est Marie-Jeanne qui a crié... Qui est-ce qu'elle a vu dans l'eau?...

Paqueron lui-même était venu... avec ses fils, Sylvain et Hippolyte... Septime n'ayant pas paru à l'usine la veille et dans la journée...

A la fin, du bateau, on cria :

— Nous la tenons!

Un des nageurs, en effet, remorquait quelque chose d'inerte qui flottait. De la rive, les spectateurs en voyaient assez pour distinguer les vêtements d'une femme. C'était le corps de Liline, en effet, de Liline inanimée, ne donnant plus signe de vie. Et le bateau aborda. Paqueron la reconnut tout de suite, tressaillit, et murmura :

— Pauvre vieille! C'est un grand malheur!...

Et d'autres qui se pressaient devant le cadavre :

— Avoir attendu quatre-vingt-dix ans pour mourir comme ça!...

Marie-Jeanne n'entendait pas, mais devinait. Et des frayeurs la faisaient frissonner :

— S'ils m'avaient vue, pourtant, ils m'accuseraient, et demain les gendarmes de Monthermé seraient chez nous, et après-demain on m'enverrait à la prison de Mézières!

Elle fermait les paupières pour ne pas voir, mais, quand même, tout cet affreux spectacle de Liline noyée reparaissait devant ses yeux... Elle était à genoux, gardant cette attitude de supplication, comme si l'âme de la grand'-mère eût voltigé autour d'elle. Elle n'avait pas la force de se lever. La malheureuse redoutait d'affronter les regards de tous ces gens qui, avec leur curiosité naturelle, chercheraient bien sûr à deviner sur sa physionomie l'effet que la mort de Liline produisait sur elle... Pourtant elle comprit qu'elle ne pouvait rester. Elle comprit qu'il lui fallait répondre aux interrogations qu'il lui semblait entendre : « Comment Liline s'est-elle noyée? Elle a donc glissé?... Elle a donc eu le vertige?... une faiblesse?... Marie-Jeanne seule pourrait donner des renseignements là-dessus, puisqu'elle était là. puisqu'elle a tout vu! »

Et la paysanne terrifiée répétait :

— Ah! malheur! malheur!...

Elle alla traverser le pont de Nohan plus loin et rejoignit la foule qui, respectueusement, s'écarta devant elle; on ne l'aimait pas, mais cette catastrophe la rendait, pour un moment, sympathique. Paqueron lui serra les mains, très-ému, répétant :

— Pauvre Liline! pauvre Liline!

Alors, chancelante, elle alla s'agenouiller auprès du cadavre, détournant la tête pour ne pas voir, et elle murmurait d'une voix plaintive :

— Liline! Liline! vous n'êtes pas morte?

Autour d'elle, des paysannes qui avaient connu la vieille, essuyaient leurs yeux tout rouges, et des petits, épouvantés, se cachaient dans les jupes de leur mère.

— Venez, ma sœur, dit Paqueron, ne restez pas là!

Marie-Jeanne se laissa entraîner. Le verrier la conduisit à l'usine, où Geneviève, avertie, la reçut en pleurant. Des ouvriers allèrent chercher une charrette, étendirent là, sur de la paille, le corps de la noyée et prirent le chemin du village. Chrétien et Noël restèrent des heures à contempler Liline qu'on avait mise sur le lit : Chrétien retrouvait dans son cœur une vieille tendresse filiale, endormie depuis longtemps, mais qui éclatait en une brusque et douloureuse explosion; Noël, lui, avait toujours aimé sa grand'mère, sur laquelle il s'était plu à reporter l'affection dont Marie-Jeanne ne voulait pas.

Ce fut un deuil cruel au logis.

Laurent, prévenu, assista à l'enterrement qui eut lieu le lendemain, et auquel il manquait seulement la paysanne, malade et alitée. Suivre jusqu'au cimetière la victime à laquelle, une minute avant le crime, elle avait entendu dire : « Moi, je ne veux pas être enterrée à Sorendal. Il me faut autour de moi des personnes de connaissance », la suivre était au-dessus de ses forces... Elle se fût trahie... Certainement, pensait-elle, à l'église, au moment du *Dies iræ,* Liline se serait levée du cercueil, entourée de son suaire, pour la désigner du doigt; et lui reprocher son abominable forfait. C'était la première fois de sa vie qu'elle tombait malade, car elle souffrait véritablement; elle avait une fièvre intense. Chrétien en fut alarmé et dit à Noël :

— Je ne croyais pas ta mère aussi sensible. Elle a un mauvais caractère, mais, tu vois, au fond elle est loin d'être méchante.

Noël, un peu étonné lui-même, se réservait.

A l'auberge, dans l'après-midi qui suivit les funérailles, Laurent, le contrebandier de Sorendal qui n'était pas venu à Thilay depuis des mois, renoua connaissance avec ses amis et se grisa un peu en parlant de Liline, qu'il aimait. Sur le soir, il ne put s'empêcher de dire :

— Bah! elle était encore solide, la mère! Marie-Jeanne l'aura avancée en lui donnant le coup de grâce!!!

Il essuya une larme avec le dos de la main et ajouta, mais plus bas, se parlant à lui-même, car c'eût été formuler une accusation précise :

— Comme ça, elle héritera plus vite!

Lui seul avait deviné.

XII

Noël ne voulut point s'en aller de Thilay en ce moment-là, et il écrivit à Martha les motifs qui le retenaient. La mère garda le lit plusieurs jours, mais n'eut pas le délire. Son énergie avait vaincu la maladie. Pourtant, quand elle reprit ses travaux habituels, quand, petit à petit, elle se retrouva dans sa vie d'autrefois, Noël s'aperçut qu'un grand changement s'était fait dans son caractère. Elle était triste et timide, s'occupait sans relâche du matin au soir, ne criant plus, n'injuriant plus, faisant tout pour qu'on ne la vît et ne l'entendît point. Elle se montrait maintenant très-douce avec Noël, évitait même toute allusion à Martha, et un jour que le jeune homme disait que ses travaux le rappelaient à Paris et qu'il lui fallait songer à partir, elle répliqua :

— Non, reste encore quelque temps... tu travailleras un peu plus là-bas, en arrivant, pour regagner le temps que tu auras perdu auprès de nous...

Et comme il paraissait surpris :

— La maison sera bien vide, vois-tu? dit-elle, avec un tremblement dans la voix.

Ce n'était plus la même femme. Ce n'étaient plus ni ses

yeux durs, ni sa bouche sèche, ni son implacable visage. Elle était transformée.

Plus bas encore, comme si elle eût éprouvé une dernière honte à confier toutes ces choses :

— J'ai eu des torts envers toi, disait-elle... envers toi comme envers Liline, qui n'est plus là pour me les pardonner... et c'est justement parce qu'elle n'est plus là que mes torts me paraissent d'autant plus grands... Je lui ai fait de la peine en te maltraitant... elle t'aimait... Moi aussi, je t'aime, et c'est ton bonheur que je voulais... c'est ta fortune, ton bien-être, ta tranquillité pour l'avenir que j'avais en vue... Je sais bien que je t'ai dit des choses dures, et que c'est une faute... que je t'ai parlé comme une mère ne doit jamais parler à son enfant, même quand elle est convaincue qu'il a tort... je le reconnais aujourd'hui, trop tard pour Liline, mais toujours assez tôt pour toi, mon fi... n'est-ce pas? Dis-moi que tu ne m'en veux pas trop... que tu me pardonnes les mauvaises choses que j'ai faites à ton endroit...

— Ah! mère, dit-il troublé... mère!...

— Oui, je sais bien que tu ne demandes pas mieux que d'être aimé de moi, comme tous les enfants sont aimés de leur mère... Pardine!... ça n'est pas ta faute si tu as été, jusqu'à présent, malheureux comme les pierres...

— Mère! mère! disait-il, voulant l'interrompre.

Mais elle avait comme un besoin de parler, de dire des tendresses, pour échapper à l'horreur de son remords, aux épouvantes de ses souvenirs. Il lui semblait qu'on pouvait lire dans ses yeux l'effroyable scène des bords de la Semoy, et elle implorait d'avance, elle se faisait petite, humble, résignée, repentante. Elle reprit :

— Va! t'as mangé, chez nous, ton pain noir avant le pain blanc... c'est le contraire de ce qui arrive, en général, dans les existences... Moi, je ferai désormais mon possible pour ne jamais rappeler mes duretés d'autrefois... J'espère, de

ton côté, que tu n'y penseras plus... Cela fait que, à Paris,
lorsque tu songeras à moi, tu n'auras pas de...

Elle hésita; puis, avec un grand effort sur elle-même,
pâlie, le front perlé de sueurs :

— Cela fait que tu n'auras pas de mauvaises idées, que je
ne te ferai plus peur, que tu n'auras plus de frayeur rien
qu'au souvenir des coups que t' as reçus étant gamin. Je
redeviendrai ta mère, quoi!... Veux-tu?... Comme si j'avais
trente ans, moi, et toi comme si tu étais au premier jour
de ta naissance...

Noël sentait venir des larmes.

— Ah ! mère, dit-il, si tu n'avais toujours eu pour moi
que ces douces paroles, quelle heureuse vie tu m'aurais
faite !...

— Ça viendra, mon fi, tu es sûr, à présent...

Le jeune homme embrassa la paysanne, qui se laissa
faire, les yeux fermés, toute droite, les bras ballants et
immobile.

— Si la pauvre Liline pouvait t'entendre! dit-il.

Marie-Jeanne tressaillit brusquement, repoussa Noël avec
violence, et son regard exprima une épouvante affreuse. Et
elle murmura, se parlant à elle-même :

— Ah ! Liline! Liline! Voilà une chose qui me sera lourde
à porter jusqu'à la fin de mes jours.

Tant que Noël fut à la maison, elle resta la même, inven-
tant tous les jours des attentions nouvelles, qui surprenaient
le jeune homme. Chrétien n'était pas exempt des effets de
cette bonté soudaine, si tard éclose, et qui était bien douce
à la tristesse résignée que laissait en lui, tout au fond de son
cœur, la mort de sa mère. Il la cherchait souvent, la pauvre
vieille, dans son grand fauteuil de bois, quasi sous la cheminée,
avec ses lunettes sur le nez, son tricot entre les mains, et
sur son giron Tout-Beau ronflant, quand il ne tournait pas
la roue. Et Marie-Jeanne, qui le guettait, qui comprenait sa

pensée, se hâtait de venir et murmurait, faisant très-tendre
sa voix criarde :

— Allons, mon pauvre homme, il ne faut pas se laisser
aller comme ça à la désespérance.

Elle l'obligeait de sortir, de se promener, de passer même
une heure au cabaret, pour y chercher une distraction, et,
sans faire semblant, elle mettait dans la blouse du cloutier
quelques pièces de menue monnaie pour subvenir à ce sup-
plément de dépenses. Mais Chrétien restait grave et triste.
Marie-Jeanne, de l'aube à la fin du jour, se multipliait autour
de son fils et de son mari. C'était une sollicitude de tous les
instants, avec des inventions constantes de son imagination
pour occuper l'esprit des deux hommes. A Chrétien, elle
parlait des premiers temps de leur mariage, en rappelant un
tas de souvenirs logés en un coin de sa tête, comme des
noces auxquelles ils avaient assisté ensemble, et aussi des
baptêmes, et puis des fêtes, dans les villages voisins... Mais
impitoyablement, sans qu'il y songeât, Chrétien ramenait la
figure ridée de sa mère dans ces histoires, en disant avec un
sourire mélancolique :

— Ah! oui, Liline était avec nous! Elle n'avait que
soixante ans, à cette époque-là!...

Il en était ainsi pour tout. Et Marie-Jeanne, lassée, se taisait d'abord, puis, reprenant courage, venait à son fils, cette
fois. Elle faisait renaître devant les yeux de Noël sa première
enfance, et tout à coup se laissait prendre elle-même à ces
lointains souvenirs, retrouvait un peu du cœur de la mère,
oubliait ses terreurs, et s'arrêtait, oppressée, gagnée par
l'attendrissement.

— Tu étais très-méchant, en ce temps-là, disait-elle, tu
tenais de moi, vois-tu, et je n'ai malheureusement rien fait
pour te corriger... Si tu es bon aujourd'hui, c'est que tu t'es
corrigé toi-même...

Deux ou trois fois, dans la soirée, elle voulut sortir avec

lui, l'accompagner dans ses promenades, et Chrétien même les suivait, en fumant sa pipe, auprès de Tout-Beau qui marchait dans ses jambes. Et elle disait :

— Au fond, je ne te l'ai jamais avoué, mais je suis très-fière de toi... tu es beau, tu gagnes beaucoup d'argent... on parle de toi dans les feuilles de Paris... tu as fait ton chemin... et tu prends soin de tes parents... Oui, je suis fière de toi, tu es un bon fils!...

Il la laissait parler à son aise, ravi, n'osant pas l'interrompre, parce qu'il lui semblait qu'il faisait un rêve et qu'une parole dissiperait ce bonheur léger tenu par un fil, qui en était seulement à son premier jour... Jamais il n'avait vu sa mère ainsi... jamais elle ne s'était livrée à ces épanchements... elle avait passé la moitié de sa vie dans un silence farouche... ouvrant les lèvres pour proférer des duretés.

Et, une fois qu'ils se promenaient ainsi le soir, ils passèrent au bord de la Semoy, tout près de l'endroit où Liline avait été noyée... Ce fut quand il était trop tard que Marie-Jeanne s'en aperçut. Et Chrétien, se rapprochant de sa femme :

— Raconte-nous donc comment cela s'est passé, Marie-Jeanne, dit-il; je ne te l'ai jamais demandé à cause de ta maladie; maintenant, tu le peux...

Elle était devenue pâle et sentait qu'elle allait s'évanouir. Alors, lâchant le bras de son fils, elle alla s'asseoir au bord de la route sur une pierre...

— Tu veux que je te raconte ça? C'est pourtant bien triste... Et puisque c'est passé, faudrait peut-être mieux ne pas y revenir...

— Non, fit Jean Chrétien; raconte, va! Je ne sais rien, moi : tu n'as jamais rien voulu dire.

Elle réfléchit... pleine d'une épouvante immense. Devant elle, debout, les deux hommes étaient venus se placer, dans une attitude respectueuse, et ils étaient là, comme s'ils eussent voulu se découvrir, parce qu'ils allaient entendre le récit des dernières minutes de la vie de Liline. Marie-Jeanne réunit toutes ses forces et parla :

— Je lavais, dit-elle, et je ne pensais à rien quand j'ai entendu Liline qui venait. « Où est-ce que vous allez? — Voir mon fils Laurent », dit-elle. Et elle me raconta toutes sortes de choses. Elle était toute drôle. Elle avait une absence d'esprit, pour sûr, et moi je ne l'avais jamais vue en cet état. Je lavais toujours, et pendant ce temps-là elle allait et venait sur le bord, quand, tout à coup... Ah! mon Dieu! pourquoi m'obligez-vous à vous dire ça?

— Tout à coup? dit Chrétien qui pleurait...

— Elle a glissé sur une ardoise, justement près de la rive... Elle a glissé et elle est tombée dans l'eau, et elle était enfoncée déjà que je n'avais pas encore eu le temps de lâcher mon savon et de me lever pour la sauver...

Il y eut un silence long, pénible.

— Alors c'est tout, dit Chrétien, c'est bien tout?

— Et qu'est-ce que tu veux qu'il y ait? Est-ce que ça n'est pas déjà assez malheureux?

Chrétien ne répliqua pas. Marie-Jeanne se leva, reprit le bras de Noël, et ils continuèrent leur route, silencieusement. La lune éclairait en plein le paysage et lui donnait un aspect mélancolique et triste. De grandes ombres traînaient par terre, que le vent agitait, par petites secousses brusques. Tout ce qui les entourait semblait avoir des mystères : les buissons, d'où s'échappaient des vols de chauves-souris et des plaintes d'oiseaux de nuit; la route blanche où réson-naient leurs pas; les près où descendaient les dentelles fuyantes et impalpables du brouillard, jusqu'à la rivière dont les flots avaient un murmure pareil à l'accompagnement d'une chanson sur un rhythme monotone très-bas; la forêt aussi semblait se plaindre, et dans l'obscurité de ses pro-fondeurs les fûts blancs des bouleaux ressemblaient à

12.

d'immobiles fantômes. Chrétien laissa Marie-Jeanne et Noël
disparaître, et, marchant à petits pas, revint jusqu'à la
rivière, à l'endroit où s'était noyée Liline. Là, il descendit
le pré, entra dans le massif et ressortit sur le bord.

— C'est ici, dit-il, — se parlant à lui-même, mais tout
haut, sans le remarquer, — c'est ici qu'elle est morte...
qué malheur! Il faudra pourtant que je fasse mettre une
croix et que je dise au curé de Thilay de venir bénir la
place. Elle était dévote, la mère, et si elle est défunte en
état de péché, ça lui fera peut-être plaisir où elle est.

Il s'accroupit si près que la pointe de ses pieds trempait
dans la rivière. La lune blanchissait les eaux de lueurs
étincelantes, que le courant faisait miroiter. La verrerie, au
coin, sur la crête de la Malavisée, apparaissait confuse,
engloutie dans la verdure assombrie des massifs d'arbres.
Mais les ouvreaux flamboyaient toujours avec des lumières
d'incendie, et l'on entendait le grondement intérieur des
feux, comme un ronflement sourd et incessant. Des
hommes, qui semblaient rouges, avaient l'air de se jeter
dans les flammes et se livraient ensuite à des contorsions
démoniaques, rappelant les anciens temps de la sorcellerie,
en jouant avec des morceaux de feu auxquels ils faisaient
prendre mille formes. Et Chrétien rêvait :

— Elle est morte là, ma pauvre Liline, dans l'eau froide,
après avoir vécu quatre-vingt-dix ans; c'était trop dur; elle
a dû bien souffrir; il me vient l'idée que je n'aurais pas
autant souffert, moi!... Et peut-être que je me serais
sauvé!... La Semoy, au bord, n'est pas si profonde... les
gamins s'y baignent, en été... mais voilà, elle a eu peur...
elle aura bu un coup... elle aura perdu l'esprit... et le courant l'a entraînée... C'est drôle, pourtant... on lui aurait
tendu la main, elle aurait repris pied... Marie-Jeanne n'a
pas eu le temps, bien sûr, et puis, quelquefois, les noyés se
perdent eux-mêmes, à cause des efforts qu'ils font pour

nager... Oui, je vois bien maintenant comment cela s'est passé... Marie-Jeanne était là, à laver son linge... et Liline, là-bas, près du buisson, et elle a glissé sur l'ardoise...

Il fit deux pas, se baissa :

— Où est-elle, l'ardoise?... Il y en a dans le pays, des blocs d'ardoises, et des ardoises plates, et c'est dangereux quand ça se trouve auprès de l'eau... Aussi, rien d'étonnant à ce que ma pauvre Liline, qui n'était plus solide sur ses jambes, ait glissé... Mais où est-ce qu'elle est, l'ardoise?

Et il cherchait, et il ne trouvait pas.

— C'est drôle, murmura-t-il... n'y a que de l'herbe, et comme la rivière n'est pas plus haute que d'habitude, l'herbe n'est pas tant seulement mouillée, si ce n'est par le brouillard.

Et il passait sa main partout, redressant les brins, allant jusqu'aux buissons qui se baignaient dans l'eau, écartant les premières et plus basses branches...

— N'y a point d'ardoise! n'y a point d'ardoise! Alors pourquoi Marie-Jeanne prétend-elle que Liline a glissé dessus? Elle est folle!

Et il restait à réfléchir, quand une voix mécontente, dans laquelle pourtant il y avait un effroi, cria :

— A quoi penses-tu, notre homme? Viens donc!

Il tressaillit, et, sans répondre, alla rejoindre sa femme et Noël. Et, jusqu'au logis, le paysan ne prononça pas un mot. Il avait de nouveau bourré sa pipe et fumait, pendant que Tout-Beau, effrayé par les ombres remuantes des branchettes sur la route, aboyait de peur.

A la maison, quand Noël fut couché, Marie-Jeanne secoua l'épaule de son mari.

— Jean, faudrait pourtant prendre sur soi de ne pas être triste toujours...

Et Chrétien, machinalement :

— N'y avait point d'ardoise! point d'ardoise! t' entends? Alors Liline n'a pas glissé...

La mère frémit; est-ce que son homme allait se douter de
la vérité, à présent?

— Quoi? fit-elle, je ne sais pas ce que tu dis?

— Si, tu le devines; t' as prétendu que Liline avait glissé
sur une ardoise...

— Eh bien! oui. Après?

— N'y en a point... n'y en a point!

— Alors, c'est sur l'herbe... Elle a glissé... Comment
est-ce qu'elle serait tombée, autrement? Je ne l'ai pas vue,
moi... elle a crié... j'ai regardé... elle était dans l'eau... et
il n'y avait plus que son bras, oui, son bras et puis sa
canne, au-dessus!...

Et lui, sans autre colère, avec un contentement presque,
parce qu'il voyait que Marie-Jeanne était effrayée de ses
soupçons :

— Et ça n'est pas toi, dis, not' femme, ça n'est pas toi
qui l'a poussée... pour hériter plus tôt?

Marie-Jeanne s'affaissa sur une chaise, sentant qu'elle
devenait faible, froide comme si pas une goutte de sang
n'eût coulé dans ses veines.

— Bonté de Dieu! bonté de Dieu!

Chrétien se mit à tourner autour d'elle, mâchonnant le
bout du tuyau de sa pipe et murmurant :

— C'est des bêtises, j'ai tort, Marie-Jeanne! C'est des
bêtises du frère Laurent...

Il n'en fut plus question entre eux. Du reste, le lendemain
la paysanne s'en expliqua nettement avec son mari, en présence de Laurent, venu de Sorendal pour parler affaires.

— Le testament de Liline nous donne tout, dit-elle; mais
Laurent est le fils de Liline, comme Chrétien, bien qu'il n'ait
pas autant de droit que nous à son héritage. Nous partage-
rons, mais nous nous réserverons toutefois la meilleure part.

Et se tournant vers son beau-frère :

— C'est trop juste, n'est-il pas vrai?...

— Oui, dit le contrebandier étonné.

Et il pensait :

— Elle a des remords! Pour sûr, c'est elle qui a jeté la mère dans la Semoy.

Mais il n'y avait pas de preuves. Il n'eut garde de se plaindre. L'intérêt parlait plus haut. Il avait longtemps considéré les biens de Liline comme perdus pour lui. Il en retrouvait une part. Il se déclara satisfait.

Noël reçut une nouvelle lettre qui le rappelait à Paris; Martha était plus malade; il fit ses préparatifs de voyage et alla prendre congé de son oncle. Paqueron parut distrait et embarrassé. Sylvain et Hippolyte lui donnèrent une cordiale poignée de main, et, comme il ne voyait pas Septime, il s'en informa. Paqueron rougit; il y avait comme un ressentiment dans ses yeux.

— Septime est à Paris, où il fait la noce, dit-il.

Et il s'en alla, laissant là Noël et grommelant :

— Les filles de Paris, c'est la perdition des honnêtes familles. Ça n'était pas assez de Noël, il faut encore que mon fils soit accroché aux jupes de c'te cocotte!

— Où est Geneviève? demanda aussi Chrétien.

Elle arriva, prévenue par son père que son cousin venait lui faire ses adieux.

— Tu pars? Nous ne te reverrons plus?

— Si, je te le promets.

— Quand cela?

— Bientôt.

Elle accompagna le jeune homme le plus loin qu'elle put, traversa le pont avec lui, prit le bois et s'arrêta seulement quand elle aperçut les maisons de Thilay. Ils s'étaient raconté pendant ce temps-là des banalités. Entre eux, trop de souvenirs s'élevaient; ils n'osaient s'y abandonner. Quand ils se dirent adieu pour la dixième et dernière fois, elle avait les yeux rouges, le cœur gros, le corsage gonflé; on devinait des larmes sous son sourire peureux. Et elle murmura :

— Tu t'en vas; tu me laisses bien triste; tu es ma première désillusion... Bien que tu fusses séparé de moi... et que tu ne songeasses guère à ta cousine que tu n'avais connue que toute petite, ta vie, je te l'ai dit, était liée à la mienne.

— Il peut en être encore ainsi.

— Non, nous allons être séparés... pour toujours sans doute... car j'ai pu te paraître futile, légère, mal élevée, tout ce que tu voudras, mais je suis fière... je sais tes aventures de Paris et la suite que tu leur as donnée dans ton village natal.

Et sur un geste de Noël :

— Adieu, je ne veux pas disputer ton cœur à une fille comme Martha Rosaora !

TROISIÈME PARTIE

LA FIN D'UNE FIGURANTE.

I

Martha n'avait pas tout dit dans ses lettres. Elle avait revu Septime Paquéron. Le verrier s'était jeté dans le train qui emportait la jeune fille à Paris. A la gare de l'Est, il était descendu derrière elle, sans qu'elle y prît garde. Il l'avait suivie jusqu'au moment où elle monta dans une voiture qui la conduisit à la butte Montmartre. Septime savait par Marie-Jeanne que Martha demeurait chez son amant. Il n'avait donc pas à s'enquérir de son adresse. Il était sûr de la retrouver quand il voudrait. Il connaissait Paris pour y être venu passer huit jours l'année précédente avec son père. Il se rappela un hôtel aux environs du Palais-Royal où ils étaient descendus. C'est là qu'il alla coucher. Le lendemain, il frappait à la porte du pavillon de Noël, à la villa Duchêne; Florence vint ouvrir et l'introduisit.

— Qu'est-ce que vous demandez, monsieur?

— Mamzelle Martha, la maîtresse à Noël Chrétien...

Florence le regarda de travers et murmura :

— En voilà un rustre !

Elle se demanda si elle ne le congédierait pas sur-le-champ;

mais Septime ayant ajouté qu'il était le cousin germain de Noël, et qu'il venait de la part de celui-ci, elle n'hésita plus.

— Vous venez peut-être un peu tôt, dit-elle seulement; madame est rentrée de voyage hier; elle paraissait très-fatiguée, et elle est encore au lit.

— J'attendrai, fit Septime.

Martha se levait. Florence l'avertit de cette visite. La jeune fille ne songea pas tout d'abord à Septime, et, en apprenant qu'un des cousins de Noël était là, elle crut qu'un malheur était arrivé à son amant, passa un peignoir et vint au salon où était le verrier. Mais à sa vue elle recula, une flamme dans les yeux, son visage tout à coup devenu dur.

— Que me voulez-vous? Que venez-vous faire ici?

Et Florence, qui entendit, sortit en murmurant :

— Tiens! ils se connaissent, ils se sont déjà vus!

Septime fut un moment embarrassé. Mais il reprit bientôt toute son assurance.

— Pardine! ce que je veux, c'est facile à deviner.

— Et quoi donc, s'il vous plaît?

— Je ne demande qu'à continuer la conversation du pàquis de Blossette... comme elle avait commencé, mais pas comme elle a fini.

Et il appuya le poing sur ses lèvres où se voyait encore une forte coupure à peine cicatrisée faite par les doigts de la jeune fille. Martha haussa les épaules :

— Vous êtes fou!

— Peut-être bien, de vous!

Elle allait lui imposer silence, mais ne savait trop s'il fallait se fâcher. Au fond, elle avait envie de rire, tant cette figure « cuite » du verrier, avec ses gros yeux bleus pleins d'effarement, lui paraissait bouffonne. Elle aurait eu peur si elle avait deviné la violence qui grondait derrière cette vulgarité du paysan.

— Oui, reprenait Septime poursuivant son idée avec un entêtement dont rien ne pouvait le distraire, je suis affolé de vous, je le sens bien, et je vous veux...

— Mais Noël, qu'est-ce qu'il devient dans tout cela? Vous semblez ne point vous soucier de lui?

— Comme d'une bûchette de bois.

— Il est votre ami, votre parent. Je lui appartiens et, vous ne devez pas l'ignorer, je l'aime.

Il eut un rire énorme, retentissant.

— Vous n'êtes point mariée... vous êtes sa maîtresse, oui, mais comme toutes les filles peuvent l'être... et il est votre amant comme moi je peux l'être si vous voulez...

Et il riait toujours, avec un coup d'œil malin. Elle pâlit sous l'outrage, se précipita vers la porte, l'ouvrit et allait appeler Florence, quand il la saisit brutalement, lui appliqua la main sur la bouche et la renversa sur une chaise.

— Avant de crier, avant de me faire chasser d'ici, faut m'écouter, dit-il.

Elle resta épouvantée. Qu'était-ce donc que cette famille qui la torturait de la sorte, et qu'avait-elle fait pour cela? Après Marie-Jeanne, la mère de Noël, c'était Septime à présent! Que pensaient tous ces gens-là, et quelle idée d'elle se faisaient-ils donc? Elle chercha des yeux une arme, quelque chose qui pût la défendre. Il y avait sur une table, au milieu du salon, un petit poignard dont la poignée en vieil argent était richement ciselée. Noël lui en avait fait cadeau. Elle s'en servait comme de coupe-papier. Elle essaya de se rapprocher de la table, décidée à frapper si de nouveau le paysan se montrait brutal. Mais Septime riait toujours. Il suivit son regard, comprit, lui laissa les bras libres et, allant chercher le poignard, le lui tendit.

— Oh! je n'ai pas peur, dit-il, vous êtes trop bonne fille;

13

je ne veux pas vous prendre de force ; au contraire, je veux trouver avec vous des accommodements.

— Allez-vous-en! dit-elle, allez-vous-en!

— Non, pardine! Je suis venu de Thilay exprès. Je perdrais mon voyage, alors?...

— Noël connaîtra toutes vos injures et l'infamie de vos propositions.

— Qui est-ce qui perdra à cet aveu? Vous! Moi, je peux vous offrir des avantages que lui ne vous offrira jamais... Il gagne un peu d'argent, soit! Mais supposez, par exemple, qu'il soit malade ou blessé, qu'il ne puisse plus travailler, adieu l'argent! Alors c'est la misère, on tire la langue... tandis que la même chose n'arrive pas quand on a une fortune assurée... et je suis dans ce cas, moi...

Elle le regardait avec une rage dans les yeux, serrant machinalement son poignard, et elle savait bien qu'elle aurait beau faire, le menacer, lui défendre de continuer, l'implorer même, il irait jusqu'au bout, pareil à Marie-Jeanne, le jour où elle était venue.

— Je suis riche; mon père a la plus riche verrerie des Ardennes, et ça rapporte, allez, une verrerie, quand c'est bien conditionné, comme la nôtre... Mais vous me direz : La verrerie, ça n'est pas à vous, c'est à votre père... Oui, oui, ah! gueusarde, je vous comprends!... mais ma mère était très-riche, c'est elle qui a tout donné à mon père, et comme elle est morte au jour d'aujourd'hui, et que je suis majeur, il me revient une part de l'héritage, grossie par tous les intérêts et les bénéfices depuis ce temps-là... Oh! je ne me laisserai pas duper par mon père! et quand je lui dirai de me rendre mes comptes, j'aurai l'œil dessus... C'est donc pour vous faire voir, mamzelle Martha, que je ne suis pas le premier venu... que je vaux mieux que Noël, da!... car vous ne devez pas cracher sur les pièces de cent sous, hé! ma jolie fille?... Voulez-vous que nous allions au bal, ce soir, ensemble?...

Et toujours avec le même rire stéréotypé :

— Après, nous verrons ! Laissez donc votre couteau, vous voyez bien que ça ne m'effraye pas...

Elle se jeta sur lui, le prenant à la gorge avec tant de vigueur qu'il recula, étranglé.

— Allez-vous-en ! allez-vous-en !

Il réunit ses forces et meurtrit, dans sa main de fer, les doigts roidis autour de son cou. Elle répétait, haletante, furieuse, ne se possédant plus :

— Allez-vous-en ! allez-vous-en !

Et lui, dégagé, avec le même rire niais :

— Avec toi, si tu veux; mais sans toi, non !...

Elle le frappa de toutes ses forces avec son poignard, et la pointe, glissant sur l'épaule, entra profondément dans le bras, où elle disparut presque. Il poussa un cri de douleur.

— Ah ! coquine, coquine, tu me payeras ça avec le reste !... Je ne te tiens pas quitte...

Mais comme elle s'avançait encore, les lèvres blanches, avec une colère terrible, retrouvant pour une seconde, dans un coin de son âme, toute la violence sauvage de sa race, et prête à frapper de nouveau, il recula jusqu'à la porte, l'ouvrit d'un coup de pied et disparut. Quand Florence, attirée par le bruit, accourut, Martha, étendue sur le canapé, était évanouie. Elle s'empressa autour d'elle, lui fit reprendre connaissance, la transporta dans son lit, où elle eut le délire toute la nuit. Le lendemain pourtant, un peu calmée, elle eut le courage d'écrire à Noël, ignorant la mort de Liline et le priant de revenir à Paris. Le jeune homme répondit en racontant la catastrophe qui retardait son arrivée. Cela prolongea l'indisposition de Martha jusqu'au jour où elle reçut une lettre de son amant l'avertissant qu'il serait à Paris dans la soirée. Il n'en fallait pas plus, avec son étrange impressionnabilité, pour la remettre sur pied.

L'artiste arriva. Il s'attendait à trouver Martha au lit et

fut fort étonné de la voir, au salon, riant et chantant assise au piano. Il eut comme un peu de mécontentement.

— Et moi, dit-il, après l'avoir embrassée, moi qui croyais que tu étais malade!...

— Je ne le suis plus. Du reste, si cela peut te faire plaisir, je serai encore malade demain... Rien n'est plus facile... Pour cela, tu n'as qu'à ne plus m'embrasser une seule fois de la soirée.

Il y avait toujours, même quand elle voulait rire, même quand elle débitait des drôleries, un peu de sérieux dans sa voix et comme une tendresse craintive et discrète. Ce soir-là, elle était si heureuse qu'il y avait sur son visage une animation extraordinaire.

— Tu m'aimes donc toujours un peu?

Elle hocha la tête à deux ou trois reprises, et, sérieusement, avec un soupir :

— Je t'aime trop!

— Tu le regrettes?

— Oui, dit-elle avec la même gravité réfléchie.

— Pourquoi, s'il te plaît?

— Parce qu'il me semble que si je ne t'aimais pas tout à fait autant, je t'aimerais mieux!...

Elle avait souvent de ces mots qui peignaient, d'un trait, la délicatesse de sa nature nerveuse.

Noël se remit facilement au travail, et avec bonheur reprit ses habitudes d'autrefois. Martha, tranquille, oubliait ses craintes, les outrages de Marie-Jeanne, les propositions de Septime Paqueron, et recommençait de passer ses journées assise dans le cabinet de son amant, silencieuse, toute à l'amour qui l'absorbait, accueillant le jeune homme d'un sourire quand il se retournait vers elle. Lorsque venait le soir, en général, ils sortaient une heure ou deux. Quelquefois ils s'en allaient au hasard, bras dessus bras dessous, de rue en rue, par Montmartre, en avant de la butte; mais le plus souvent ils descendaient dans Paris, gagnaient les Champs-Élysées ou le bois de Boulogne, et là flânaient jusqu'à ce que la fatigue ou la fraîcheur de la nuit les rappelassent à la villa Duchêne.

Un soir, ils avaient quitté leur voiture à la Concorde, et ils remontaient à pied les Champs-Élysées, doucement, ne causant guère, heureux seulement d'être l'un auprès de l'autre. Ils s'arrêtèrent à l'Arc de triomphe, puis redescendirent à petits pas. L'avenue était encombrée de voitures allant et venant, se croisant et s'entre-croisant. On ne distinguait, malgré les deux guirlandes de gaz, que celles qui s'approchaient et, tournant à droite du rond-point, filaient derrière, du côté du Bois; mais des autres, qui arrivaient au loin, on ne pouvait voir que les lanternes, de toutes couleurs, surtout blanches, pareilles à des diamants ruisselants sous le feu de mille bougies; le ciel, au-dessus de Paris, semblait embrasé; il avait fait toute la journée une étouffante chaleur; le soleil avait été insupportable; la ville manquait d'eau; on n'arrosait pas, de telle sorte que sous les pieds des chevaux la poussière s'élevait d'abord en tourbillons d'une épaisseur qui suffoquait, puis s'éparpillait dans l'air, à la hauteur des arbres, et là, recevant les reflets des lumières de l'avenue, avait des tons d'une couleur rose indécise. C'était une houle incessante de promeneurs, aussi nombreux qu'aux jours des réjouissances publiques. Les bancs, les chaises et les fauteuils étaient garnis sur les deux côtés. Les petites boutiques de jouets étaient assiégées par les enfants. Le Cirque d'été flambait, au milieu des massifs verts, comme si un incendie intérieur eût détruit ses gradins en amphithéâtre, ses longs couloirs en bois, ses écuries et ses remises; au coin de l'avenue Montaigne, un écriteau en lettres de feu indiquait qu'à dix pas plus loin se trouvait le *Jardin Mabille.*

— Je ne suis jamais allée là, dit Martha; on en dit tant de choses! Est-ce que c'est beau?

Noël se mit à rire, et la jeune fille, mortifiée, n'insista pas.

Ils rencontrèrent aussi les globes en verre blanc illuminés de l'Alcazar, et, près de là, les Ambassadeurs, les deux concerts dont les orchestres s'entendaient de l'avenue; il y avait surtout des cors de chasse sonnant à pleins poumons et qui ameutaient la foule des ouvriers, des femmes et des enfants aux alentours de l'entrée, plaquée de grandes affiches affriolantes devant lesquelles se promenait un gardien de la paix, les mains ballantes. La Sicilienne s'arrêta pour écouter avec un plaisir très-vif. Quand les cors eurent fini, après un moment de silence, on perçut des éclats de voix, des bribes de couplets drôles, accompagnés par les hurlements des spectateurs qui faisaient chorus avec les chanteuses. Et même des ouvriers du dehors se mêlaient au refrain, et, debout sur les bancs, se tordaient de rire, comme les autres.

— Veux-tu me faire un plaisir, Noël?

— Certes. Tu as envie d'entrer là, n'est-ce pas?

— Oui; un quart d'heure seulement.

— Entrons!

Comme c'était un soir de courses à Longchamps, les places étaient prises. Un garçon, pourtant, réussit à leur trouver deux chaises, et ils s'installèrent. De grands arbres étalaient sur eux leurs branches où pas le moindre souffle de brise ne se jouait; les guirlandes de globes lumineux éclairaient les feuilles, par-dessous, d'une lueur blafarde, tandis que l'autre côté restait dans l'ombre profonde; le ciel était piqué d'étoiles scintillantes. Sur la scène, huit femmes étaient assises, dans le fond, contre le mur; elles avaient toutes des robes voyantes, décolletées très-bas; immobiles, les bras croisés, elles étaient là pour la montre, ne chantant jamais, ne se levant qu'une fois pendant les trois heures du concert, pour rentrer dans la coulisse au moment du seul entr'acte. Des jeunes gens qui revenaient des courses, qui avaient dîné aux Champs-Élysées copieusement, et dont les jumelles pendaient dans leur étui tenu à l'épaule par une courroie en

bandoulière, faisaient force tapage sur les premières ban-
quettes, interrompaient les chanteurs, qui s'arrêtaient d'un
air pincé ou continuaient quand même, applaudissaient les
chanteuses à outrance; trois ou quatre, très en train, étaient
sortis, avaient dévalisé les bouquetières dans les Champs-
Élysées, étaient revenus avec un tombereau de fleurs et
avaient fait une ovation à un gros homme qui, d'une voix
éraillée de femme, glapissait à tue-tête une romance senti-
mentale :

> Alors que tournoyaient au signal de l'archet
> Les couples enlacés pour la valse enivrante,
> Déjà tout consumé de passions ardentes,
> C'était, plus que mes yeux, mon cœur qui vous cherchait.
> Dans les moites vapeurs d'une atmosphère ambrée,
> Ma tête s'embrasait sous vos regards de feu.
> Vous m'avez tout à coup, ô sirène adorée,
> De mon aveugle amour fait regretter l'aveu !

— Ils sont gris, n'est-ce pas? Ce n'est pas sérieux, ce
qu'ils font là?... demanda la jeune fille.

Elle paraissait ennuyée, s'attendant à autre chose sans
doute, un peu effrayée par ce débraillé de petits viveurs en
goguette.

— Veux-tu que nous sortions?... dit Noël.

— Encore cinq minutes... Il y a tant de monde à déranger pour partir... Et puis, voilà quelqu'un qui va chanter
encore...

A cet instant, pendant que l'orchestre préludait, des
bancs où se faisait le tapage, un garçon de haute taille, très-
brun, à la moustache noire, l'air insolent, l'œil allumé, se
leva et, tournant le dos aux musiciens, se mit à regarder, de
ci de là, le public. En même temps, l'artiste annoncé, en
court veston à larges manches, en petit chapeau melon sur
le derrière de la tête, en pantalon à carreaux, en gilet à
fleurs sur le devant duquel battaient les énormes breloques
d'une montre de pacotille, saluait, la main sur le cœur, et

commençait, le cou tendu par-dessus les archets de l'orchestre :

> Un de mes vieux amis, sobre comme un ânon,
> Avait de trop peut-être pris plus d'un canon.
> Sortant d' chez l' marchand de vin, se sentant peu d'aplomb,
> D'vant un' fontaine Wallace il dit : Qu'est-c' que j'ai donc?
>   J' suis un peu pst! pst! pst!
>   Est-ce que j' serais pst! pst! pst!
> Ça serait trop fort que je sois maintenant
>   Pst! pst! pst!
>   Je n'ai pris qu' dix pst! pst! pst!
>   Avec quinz' pst! pst! pst!
> C'est vraiment étonnant que j' sois comm' ça dans
>   Pst! pst! pst!

Le grand garçon brun tournait toujours le dos au chanteur et promenait son regard vaguement dans les rangs du public, sans accueillir autrement que par un sourire d'impertinence les cris qui partaient du fond à son adresse : « Assis! assis! A la porte, le gommeux! » Tout à coup ses yeux s'arrêtèrent sur Martha Rosaora, comme avec surprise; il tressaillit, ramena sa jumelle qui pendait dans son dos, la tira de l'étui, sans perdre de vue la jeune fille, et se mit à la lorgner longuement, avec une persistance étrange. Noël le voyait et fronçait le sourcil. Heureusement il ne lui vint pas à l'esprit de regarder sa maîtresse; elle était d'une pâleur mortelle, avait la gorge sèche, était prise de tremblements et se sentait défaillir. Et ses yeux ne quittaient pas l'homme qui l'examinait, attachés là par une force irrésistible, plus grande que ses frayeurs, plus grande que sa volonté... Et elle murmura par deux fois :

— Lui! lui! ici! A Paris, près de moi!...

A la fin, les cris venant du fond : « Assis! assis! A la porte le gommeux! » redoublèrent tellement que l'inconnu fut obligé de s'asseoir; mais il restait quand même tourné vers Martha.

Sur la scène, l'artiste au pantalon à carreaux et aux breloques cliquetant sur le ventre finissait sa chansonnette :

En fait de politique, avez-vous un dada ?
Moi, je connais des gens qui sont ci, qui sont ça ;
J'aim' bien qu'on me dis' : Mon opinion, la v'là !
Moi, ma vraie conviction s' résume par ces mots-là :
   Êt's-vous un pst ! pst ! pst !
   Ou bien un pst ! pst ! pst !
Enfin, dites-moi vraiment si vous êtes un...
    Pst ! pst ! pst !
   J' n' suis ni pst ! pst ! pst !
   Pas plus que pst ! pst ! pst !
Je vois avec plaisir que nous somm's tous des... des...
    Pst ! pst ! pst !

Le rideau baissa, et une pancarte, glissant de chaque côté, annonça, en grosses lettres noires, un entr'acte de dix minutes. Cependant personne ne bougea, excepté les tapageurs des premiers bancs qui se levèrent, gesticulèrent, demandèrent du champagne sur le ton : « Garçon, apportez-nous des bouteilles de pst ! pst ! pst ! » ce qui amusa beaucoup les voisins, gens qui pourtant, la plupart, étaient tranquilles. L'inconnu qui avait semblé reconnaître Martha la regarda de nouveau, et la jeune fille, toujours très-pâle, se remit à trembler.

— Qu'est-ce que tu as donc ? fit Noël se penchant.

L'autre se leva sur la pointe des pieds pour voir Chrétien et ricana, en braquant sur lui sa lorgnette. Noël se mordit les lèvres. Son visage était aussi blanc que celui de sa maîtresse.

— Tu connais cet homme ?

— Non, non, fit-elle très-bas, d'une voix étranglée par l'épouvante... Allons-nous-en, veux-tu ?

— Viens !

Ils se levèrent, sortirent du banc, prirent l'allée ; Noël marchait devant ; elle, derrière lui, avait à peine la force de le suivre. L'inconnu, en deux ou trois pas rapides, fut auprès de l'enfant, se pencha et à son oreille :

— Martha !

13.

Elle chancela, se retint à une chaise, et cependant ne se retourna point. Et l'homme, s'arrêtant, la regardait s'éloigner, un sourire sur les lèvres, l'œil ironique. Mais Noël avait entendu. Auprès du concert, des voitures stationnaient. Il fit entrer Martha, puis, tout à coup, naturellement :

— J'ai oublié ma canne, attends-moi...

Il revint, traversa toute la longueur du concert, et, prenant le bras de l'inconnu qui, à cet instant, débouchait une bouteille de champagne :

— Deux mots, monsieur, s'il vous plaît !...

— Mais je ne vous connais pas !...

— Deux mots ; sortons, monsieur, sinon...

— Je reste !

Le bras du paysan se leva ; sa lourde main fermée s'abattit sur la figure de l'homme qui se renversa ainsi que s'il eût été foudroyé... Il y eut un tumulte indescriptible : tous ceux qui étaient là se levaient, pour voir, pendant que l'orchestre attaquait une ritournelle, et qu'on chantait sur la scène :

> Titine est grand', forte et belle !
> Tant mieux pour elle !
> Guguste est maigre et petit :
> Tant pis pour lui !...

Deux cartes furent échangées, et Noël repartit, faisant face de temps à autre aux gens qui le poussaient dehors, comme un sanglier qui tient tête à des chiens. Et lorsqu'il se trouva dans la rue, il s'arrêta sous un bec de gaz et lut la carte de celui qu'il venait d'insulter mortellement. Cette carte portait :

VICTOR PROCOLI

— Je m'en doutais ! murmura Chrétien.

Martha, dans la voiture, l'attendait, demi-morte. Elle ne se faisait pas d'illusions ; elle connaissait Noël, sa violence ;

elle était sûre qu'il était allé chercher querelle à Procoli.
Elle n'essaya même pas de l'en empêcher, sachant bien que
c'était inutile. Seulement, elle guettait son retour, avide
d'apprendre, épouvantée; quand elle le vit, elle respira,
comme s'il avait échappé à un grand danger. Il marchait
sans se presser; on eût juré que rien d'extraordinaire n'était
survenu; cependant, à l'entrée, des gens étaient accourus
qui le suivaient du regard, curieusement; et, pendant cela,
le chanteur, sur la scène, déroulait, imperturbable, les couplets de sa chanson idiote :

> Titine jou' de la vielle :
>   Tant mieux pour elle !
> Gugust', d' l'orgue de Barbari' :
>   Tant pis pour lui !

Il entra dans le fiacre auprès d'elle, ferma la portière, et
la voiture partit; et le cocher, mis en gaieté par le voisi-
nage du concert, fouettait son cheval en chantant :

> Titin' brûl' de la chandelle :
>   Tant mieux pour elle !
> Et Gugust' de la bougi' :
>   Tant pis pour lui !

Martha n'osait interroger son amant. De son côté, Noël ne
paraissait pas résolu à rompre le silence. Ils étaient graves
tous les deux; leurs yeux étaient cernés, leurs lèvres tristes;
on eût dit que quelque chose de leur vie venait de s'écrouler sur eux brusquement. Comme il ne se décidait pas à
parler, Martha dit, d'une voix basse et tremblante :

— J'ai entendu un peu de bruit, dans le concert, des
éclats de voix, un tumulte, quand tu es entré... Qu'est-ce
qu'il y avait donc?

— Rien. Je n'ai pas remarqué !

Elle ne voulut pas insister. Du reste, elle n'en avait pas
le courage. La frayeur la paralysait. Et puis, malgré la chaleur de cette soirée d'un été torride, elle avait froid, grelot-

fait, était secouée de la tête aux pieds par des tremblements nerveux qui la faisaient souffrir. De la place de la Concorde à la villa Duchêne, Noël ne prononça pas un mot. Blotti dans le coin de la voiture, les mains croisées sur les genoux, il avait fermé les yeux et paraissait dormir. Quand ils furent chez eux, Martha, n'y tenant plus, prit les bras de son amant, l'attira; ses yeux secs, enfiévrés, cherchaient à lire dans ceux du jeune homme, à fouiller jusqu'au fond de son âme :

— Dis-moi tout!

Il haussa les épaules.

— A quoi bon? Ces affaires-là ne regardent pas les femmes... Qu'est-ce que tu crains?

— Tu vas te battre?

— Non.

— Tu mens. Tu vas te battre avec Procoli!

— Eh bien, oui, c'est vrai!... Pourquoi disais-tu que tu ne connaissais pas cet homme?...

— Est-ce que je sais? Parce que je croyais que tu ne le remarquerais pas!... J'espérais que nous ne le reverrions plus!...

Tout à coup, elle éclata en sanglots.

— C'est ma faute, dit-elle. Pourquoi ai-je voulu entrer dans ce concert?... Pourquoi ne m'as-tu pas refusé?...

— C'est vrai, j'aurais dû... peut-être... cela eût mieux valu ainsi... pour toi et pour moi!

Il était sombre et préoccupé. Martha sanglotait toujours.

— Et si tu es blessé?... si tu es tué?... car Procoli est officier, il a l'habitude des armes; c'est un batailleur qui a déjà eu à Catane et à Naples cinq ou six duels; toi, tu n'as jamais tenu une épée... tu es fort... tu briserais Procoli comme tu brises un porteplume quand tu es nerveux; mais peut-être n'as-tu jamais tiré un coup de pistolet... Si tu es blessé!... si tu es tué!... ce serait ma faute... ce serait à cause de moi... Et c'est la seconde fois que tu vas courir un danger pour moi... La première fois, tu m'as sauvée des brutalités de Jean Houdiard, le figurant du Châtelet... maintenant, c'est avec Procoli que tu vas te battre... Mon Dieu! qu'est-ce que j'ai donc fait pour être malheureuse toujours?

Elle s'était laissée tomber sur une chaise et se cachait la tête entre les mains pour pleurer.

— Ce duel n'aura pas lieu; il ne peut pas avoir lieu!... Je ne veux pas te perdre, entends-tu? je ne le veux pas!... Procoli aurait brisé ma vie deux fois... si je te perdais!... Et pourquoi te battrais-tu avec cet homme?... Est-ce que tu es jaloux de lui?... Mais je ne l'ai pas aimé! jamais, je le jure devant Dieu!... Je ne savais guère ce que c'était que l'amour... j'étais une enfant... Je t'ai raconté tout cela... ne me force pas à recommencer... Tu m'as dit un jour que Procoli n'existerait plus pour nous deux; tu m'avais promis de ne plus penser à lui. Quant à moi, cet homme vit dans mon souvenir et dans ma haine, tu le sais bien... je revois souvent sa figure en rêve... mais c'est chaque fois pour le maudire de m'avoir faite ce que je suis, chaque fois pour t'en aimer davantage... Ce duel n'aura pas lieu, ce serait une injustice; tu ne te battras pas; je te le défends!

Il secoua la tête.

— Je lui ai fait une insulte sanglante...

— Tu l'as frappé?

— D'un soufflet en pleine figure!...

— Et cela parce qu'il m'avait regardée! Mais tous les hommes me regardent... me trouvent jolie, surtout quand je suis à ton bras, parce que le bonheur c'est une beauté... Tu ne t'en fâches pas!... A Paris, les femmes, même les plus honnêtes, sont bien obligées de souffrir les regards hardis de tous ceux qui passent. Ce n'était donc pas une raison pour le souffleter.

— C'est que je voulais le forcer à se battre.

— Ah! tu voulais!... Alors, c'est dit, rien n'empêchera cette rencontre?... Il faut que l'un de vous deux meure ou soit blessé?... et ce sera toi... je te le répète... et je verrai ton sang... couler... et tu expireras peut-être dans mes bras... sans que rien au monde puisse te sauver...

— Je n'en sais rien... Un duel, malgré la maladresse, c'est presque une loterie... Bien que tu en dises toutefois, je ne tire pas trop mal le pistolet...

— Procoli ne se bat jamais qu'à l'épée... et il a le choix des armes...

— Alors, à la grâce de Dieu!

— Et si je mourais, moi, si je me tuais, si je disparaissais, est-ce que cela rendrait le duel inutile?

— Tu es folle! Ce serait au contraire une raison de plus.

— Tu m'aimes à ce point-là, dis?...

Elle se jeta dans les bras de son amant et cacha sa tête dans sa poitrine, s'abandonnant à une crise de douleur nerveuse qui tordait son corps frêle d'enfant. Noël ne répondit pas. L'aimait-il encore? Il ne savait. Pourtant il se battait à cause d'elle? Oui; mais s'il avait analysé le sentiment qui inspirait sa colère et dirigeait son bras, eût-il reconnu l'amour, la jalousie, ou seulement son orgueil d'homme froissé et l'envie de punir un bellâtre insolent?... Ce n'était pas à ce moment qu'il pouvait réfléchir... Ce fut plus tard que lui vinrent ces pensées-là et d'autres encore... Il écrivit deux mots à Pierre Nouvel et à Claude Fleury, les priant de venir le trouver dans la matinée, sans leur cacher ce qu'il attendait de leur amitié. Fleury, qui demeurait à Montparnasse, prit Nouvel sur son chemin, et ils arrivèrent tous les deux à l'heure dite à la villa Duchêne. Noël était levé depuis longtemps et mettait en ordre quelques papiers. Il alla lui-même ouvrir à ses amis. Et, avant qu'il eût dit un mot, Fleury, lui mettant un journal du matin sous les yeux, montrait du doigt cinq ou six lignes intercalées dans les *Échos de Paris* :

« Scandale hier aux Ambassadeurs. Un de nos jeunes artistes, Noël C..., que tout le monde reconnaîtra facilement quand nous aurons dit qu'il est en même temps peintre d'un grand mérite et littérateur de talent, a souffleté un officier italien, M. V. P.... Des cartes ont été échangées, et l'on se battra demain... Maintenant, si vous nous demandez quel est le motif du soufflet d'abord, et la vraie cause de ce duel ensuite, nous vous répondrons : Chut! cherchez la femme! »

— Est-ce vrai? dit Fleury, quand Chrétien eut fini.

— Absolument vrai, et j'ai songé à vous pour être mes témoins. Procoli demeure à l'hôtel du Louvre. Veuillez aller le trouver, il vous indiquera l'adresse de ses témoins. Vous vous mettrez en rapport avec eux.

— N'as-tu pas des instructions particulières à nous donner? Mets-nous au courant de ce qui s'est passé.

— L'entrefilet du journal est exact. J'ai souffleté Procoli parce qu'il regardait Martha avec insolence. J'accepte donc toutes les conditions qu'il plaira aux témoins de cet homme de m'imposer. Je n'ai qu'un désir cependant...

— Lequel?

— C'est que la rencontre ait lieu le plus tôt possible.

Pierre sortit avec le sculpteur, pendant que Noël rentrait dans son cabinet. A peine la porte était-elle fermée que Martha pénétrait au salon. Elle n'avait pas dormi de la nuit, sa figure était pâle, fatiguée, ses yeux étaient creusés, rouges; elle semblait avoir vieilli. Elle ramassa le journal apporté par le sculpteur, y jeta un coup d'œil et trouva tout de suite, sans hésiter, ce qu'elle voulait. Et, après l'avoir lu, elle murmura :

— « Chut! cherchez la femme! » Oui, tout le monde sait déjà que je suis la cause du duel... et si Noël meurt... qui est-ce qui l'aura tué?... Est-ce Procoli?... Est-ce moi?... C'est moi!

Elle froissa le journal avec rage dans ses petites mains.

— Et je ne puis rien pour empêcher cela, je ne puis même m'interposer entre eux! Est-ce que je n'ai pas été leur maîtresse à tous les deux? Est-ce qu'ils n'ont pas eu, chacun à son tour, des droits sur moi?... De ces deux hommes, l'un a été mon amant, l'autre l'est encore... Je hais le premier... j'aime Noël à en mourir, et pourtant c'est moi qui les ai mis face à face... j'ai armé leurs bras! Je suis donc maudite, et la Madone m'a donc abandonnée?... Ah! si Noël revenait sain et sauf!... Mon Dieu!... Je suis inquiète, et ce n'est pas seulement pour lui... j'ai des épouvantes, mais elles ne me sont pas seulement inspirées par le danger qu'il court... j'ai des pressentiments sinistres... comme si Noël allait ne plus m'aimer, comme si l'arrivée de Procoli, sa rencontre, avaient brisé en lui l'affection qui le retenait à moi!... Oui, j'ai peur!... Je suis folle, sans doute! Où vais-je chercher des idées pareilles?... Mon amant expose sa vie à cause de moi, et je l'accuse! Pourquoi Procoli l'éloignerait-il de moi?... Est-ce qu'il ne le connaissait pas?... Est-ce que je ne lui avais pas tout dit?... Est-ce que je lui avais fait un mystère de cette triste aventure?... Ah! se je la lui avais cachée!... si je l'avais trompé!... je mériterais ses reproches aujourd'hui! Surtout je serais indigne de son amour : je n'aurais plus qu'à courber la tête devant sa colère et à me résigner à son abandon!...

Elle regagna sa chambre et se jeta sur son lit, guettant tous les bruits qui venaient, soit du cabinet où s'était renfermé Noël, soit du dehors; elle avait vu arriver Fleury et Nouvel; elle devinait le motif de cette visite matinale, et elle attendait leur retour avec angoisse, comme si une dernière espérance, bien folle, lui était venue :

— Si Procoli avait eu peur!... Ce n'est qu'un lâche, après tout... S'il était parti, pendant la nuit!

A midi, les deux témoins rentrèrent. Alors elle ne respira plus.

— Tu te bats demain, vers sept heures du matin, dans la forêt de Compiègne, à l'épée, dit Nouvel.

— Bien. Je vous retrouverai tous les deux à la gare du Nord. Il y a un train vers cinq heures et demie, je crois... Est-ce convenu?

— Oui. Tu ne ferais pas mal, cette après-midi, de passer chez Vigeant ou chez Mérignac. Certes, ils ne feront pas de toi, en une leçon, un tireur consommé, mais ils pourront t'apprendre qu'on tient son épée par la garde, et que c'est la pointe qui blesse, — ce que tu ignores, j'en suis certain.

Chrétien sourit. Nouvel plaisantait, mais il était très-inquiet pour son ami et n'augurait rien de bon d'un duel avec l'Italien.

Martha entrait. Les trois hommes prirent un air gai, sans réussir à la tromper. Elle lisait sur leur visage. Du reste, elle était prévenue.

— Pour quel jour? demanda-t-elle.

Ils furent obligés de la mettre au courant. Elle n'ajouta rien, et elle s'assit, comme elle faisait toujours dans ses moments de tristesse, les yeux fixes, les mains jointes sur les genoux, abîmée. Vers quatre heures du matin elle entendit Noël qui se levait et s'habillait. Elle écouta, retenant sa respiration. Son amant, qui la croyait endormie, allait et venait sur la pointe des pieds. Il s'approcha même de la porte derrière laquelle elle se trouvait. Sans doute il voulait s'assurer qu'il ne l'avait pas réveillée; puis il sortit. Alors avec un grand cri :

— Noël! Noël! tu partais sans m'embrasser !

Il était un peu ému. Elle s'était jetée dans ses bras. Et, tout à coup, comme si elle était devenue plus forte, après l'avoir vu, après avoir baigné une dernière fois son regard dans celui de son amant, elle dit, presque avec fermeté, et ne pleurant pas :

— Va! quitte-moi! Je ne veux pas t'attendrir... Tu dois

te conduire en homme... Moi, ce n'est pas ma faute si je suis
lâche et si j'ai peur...

Elle rentra, mais par un coin du rideau soulevé elle le
regarda, s'en allant dans l'allée, entre les petits jardinets
symétriques, jusqu'à ce qu'il eût disparu et que la porte de
la rue se fût refermée sur lui!...

II

Le lendemain, à sept heures, Chrétien tombait sur les
feuilles mortes de la forêt de Compiègne, avec l'épée de
Procoli enfoncée dans la poitrine. Nouvel était auprès de lui,
étanchait le sang qui sortait à flots, examinait la blessure;
et sa main habile et expérimentée, qui avait guéri des
étrangers tant de fois, tremblait un peu; et ses yeux se
troublaient, en fouillant la blessure de son ami... Claude,
auprès de lui, anxieux, dans une angoisse mortelle, l'interrogeait du regard. Quant à Noël, il était évanoui, semblait
mort, tant il était pâle. Cinq ou six secondes s'écoulèrent
ainsi.

— Eh bien? dit le sculpteur.

Et comme Nouvel, penché sur Chrétien, ne répondait pas,
il ajouta, avec une sorte de colère :

— Parle donc! Que vois-tu? que penses-tu?...

Pierre se releva, essuya soigneusement ses genoux, où
des feuilles s'étaient collées, ferma sa trousse, la mit dans
sa poche, et regardant Fleury en souriant :

— Dans quinze jours il sera guéri. La blessure est profonde, mais elle n'est pas dangereuse.

Claude alla chercher la voiture, qui arriva à travers bois
jusque là où gisait Chrétien Celui-ci fut installé sur la ban-

quette. Nouvel resta auprès de lui, pendant que Fleury montait sur le siége. Et c'est ainsi qu'ils regagnèrent Compiègne. Après avoir donné à son ami les premiers soins, Nouvel courut au télégraphe et envoya une dépêche à Martha :

« Blessé. Mais suis pas inquiet. Dans quelques jours, guéri ; j'en réponds. »

La jeune fille, en recevant ces deux lignes, les relut cinq ou six fois. Elle s'attendait à une catastrophe. C'était un si grand bonheur qu'elle ne comprenait pas. Elle tenait la feuille de papier bleu dans ses mains, la regardait, et se disait :

— Je me suis trompée... Je suis sûre qu'il y a autre chose... encore, que je n'ai pas lu...

Elle appela Florence, la bonne, lui tendit la dépêche :

— Lisez, dit-elle, j'ai essayé, je ne l'ai pu... j'ai des larmes dans les yeux qui m'empêchent de voir...

Et Florence, après avoir lu :

— Monsieur est blessé, mais ce n'est pas grave.

Alors Martha, dont tous les nerfs se détendirent brusquement, se mit à pleurer. La bonne était sortie, et elle restait seule ; elle n'avait pas besoin de se contraindre, du reste ; les larmes qu'elle versait étaient des larmes de joie.

— Noël sauvé ! pensait la pauvrette. Mon Dieu ! je n'espérais pas cela...

Elle songea tout de suite à rejoindre son amant à Compiègne et fit ses préparatifs pour partir.

— Personne ne le soignera mieux que moi, se disait-elle, pas même son ami le médecin.

Au moment où elle allait sortir, Septime entra. Il n'avait pas trouvé la bonne, partie en courses, et, comme il connaissait le chemin, il n'avait pas hésité. Le concierge, auquel il s'était adressé tout d'abord, lui avait dit que Chrétien, « le monsieur de madame », était absent. Cela l'avait rendu

audacieux, car il lui eût été très-désagréable de se trouver
en face de son cousin.

— Vous! dit-elle avec une colère dans les yeux.

— Moi, mam'selle Martha, qui vous aime toujours; est-
ce que vous croyez qu'on vous oublie aussi facilement? Plus
souvent!... Ça va bien?

Elle ne répondit pas. La surprise lui enlevait la faculté de
parler. Il en profita.

— Oh! je ne vous garde pas rancune de votre petit coup
de couteau... C'était dans le bras; ça n'avait rien de grave...
Ah! si vous m'aviez frappé en pleine poitrine, j'étais un
homme mort!

— Que me voulez-vous? Ne comprenez-vous pas combien
votre présence m'est odieuse? Je vous hais, entendez-vous?
et vous me faites rougir!

— Preuve que j'ai de l'influence sur vous, mam'selle
Martha... preuve que je ne vous suis pas indifférent... da!
Mais, tranquillisez-vous, je ne viens pas vous raconter des
choses qui vous offensent... puisque vous faites semblant de
vous fâcher de ce que je vous dis... J'ai longuement réfléchi,
j'ai longuement pensé à vous, mam'selle Martha... je me
suis bien demandé si je vous aimais vraiment... je me suis
répondu oui, et alors je suis venu pour vous confier...

Il hésita. Il était encore plus rouge que d'habitude, et ses
gros yeux bleus, à fleur de tête, erraient à droite et à gauche,
sur tout ce qui l'entourait, comme pour y chercher un
sujet d'attention et une contenance... En même temps, ses
jambes chancelaient... Et il avait un rire niais... Et Martha
se rappelait l'avoir vu ainsi, le soir où il était ivre, au pâquis
de Blossette.

— J'ai une proposition à vous faire, dit-il.

Sur un geste impatient et irrité de la jeune fille, il ajouta :

— Oh! une proposition honnête, qui vous plaira!

Il essaya de s'approcher, mais elle recula; il était devenu

prudent et la craignait un peu, depuis sa dernière visite ;
il la laissa, se retint à un meuble, attendit pour rassembler
ses idées, et, avec le même sourire :

— Voyons, dit-il, vous ne pouvez pourtant pas rester
toute votre vie comme vous êtes.

— Comme je suis?

— Oui, la maîtresse de Noël... Ça n'est pas un sort...
Quand il vous lâchera, vous n'aurez pas le sou... Alors
faudra vivre : de quoi? de l'air du temps! Moi, j'ai mieux à
vous offrir :

— Encore!

— Non, que je vous dis. Ce n'est pas la même chose que
l'autre jour.

— Où voulez-vous en venir, décidément.

— Eh bien! c'est clair... J'ai trente ans; je n'ai besoin de
personne; je raffole de vous. Qu'est-ce que vous répondriez,
mam'selle Martha, si je vous demandais pour femme?...

— Moi?

— Oui.

— C'est sérieux? dit-elle, ne sachant que penser.

— Dites un mot, et vous le verrez... Je partirai en campagne tout de suite, et avant un mois nous serons mariés...

Elle regardait Septime attentivement, surprise, convaincue qu'il disait vrai. Et cependant tous les raisonne-
ments qu'avait tenus devant elle la mère de Chrétien lui
revenaient à l'esprit. Et elle avait comme une envie de se
venger sur Septime de tout ce que la paysanne lui avait fait
souffrir, d'essayer sur ce garçon les arguments de Marie-
Jeanne.

— Je suis la maîtresse de Noël...

— Eh bien! une fois ma femme, vous ne le verrez plus.

— Noël est votre parent, votre ami.

— Je vous aime, je ne pense qu'à cela.

— Il pourrait être désespéré de mon abandon.

— Il s'en consolerait en épousant ma sœur...

— Mais vous me reprocheriez un jour d'avoir eu un amant... Et vous me rendriez malheureuse!

— Non, je vous veux... C'est tout dire... Si vous pensez que, dans mon pays, on a toujours les filles en mariage dans l'état qu'on croit!...

— Alors un amant, deux amants, cela ne vous fait pas changer de résolution?

— Qui le saura?

— Vous... moi... Noël!...

— Noël, vous ne le reverriez pas, que je répète... Voilà tout... Vous et moi n'en parlerions jamais...

— Et, vraiment, vous estimez que c'est possible qu'on se marie avec moi?

— Dame! la preuve!...

Elle éclata de rire, de son rire d'enfant, bruyant, sonore, pendant que Septime restait interdit, les yeux largement ouverts.

— Ça vous égaye, mam'selle Martha?

— Oui, et ça me rend bien heureuse...

— Pourrait-on savoir?

— Je ne veux pas me marier, monsieur, pas plus avec vous qu'avec Noël; mon ambition ne va pas jusque-là, et vous ne comprendrez jamais les raisons de cette ferme volonté.

— Pourtant ça serait un sort qu'on vous ferait.

— Je refuse votre offre; je ne puis accueillir votre demande, bien qu'elle m'honore; mais puisque vous avez songé, ce qui me surprend un peu, je l'avoue, à faire de moi votre femme, c'est que vous avez beaucoup d'affection pour moi; c'est aussi que vous me jugez digne d'estime quand même...

— Non, je n'ai pas pensé à ça... dit l'autre naïvement.

— Soit, dit-elle en se mordant les lèvres, je vous remercie néanmoins, et je vous supplie de me rendre un service...

— Pourvu que ça ne soit pas...

— De l'argent? Tranquillisez-vous! Je vous prie, lorsque vous serez de retour à Thilay, d'aller trouver la mère de Noël...

— Marie-Jeanne Paqueron?... Et pourquoi?

— Pour lui raconter, sans rien omettre, tout ce qui s'est passé entre nous...

Et brusquement, laissant Septime seul, elle passa dans sa chambre, où elle s'enferma à double tour. Le paysan avait pâli, puis s'était mis à rire, méchamment, en hochant la tête :

— C'est bon! On verra, on verra!...

Et frappant du poing la porte qui le séparait de la jeune fille, il criait :

— On s'en souviendra, la petite, on s'en souviendra!

Il comprenait qu'elle s'était jouée de lui, et il en ressentait une sourde fureur. Martha guetta son départ, ne devinant guère que, le jour où elle le reverrait, le paysan hâterait pour elle le dénoûment d'un terrible drame. Elle ne s'en souciait pas. C'était un importun qu'elle avait éloigné et qu'elle espérait ne plus rencontrer. Heureuse parce qu'elle savait son amant sauvé, elle s'était amusée aux dépens de Septime. Le verrier devait plus tard se venger, comme se vengent les paysans, d'une manière froidement féroce. Quand il fut parti, la jeune fille se sauva, descendit jusqu'à la première station de voitures et se fit conduire à la gare du Nord. Elle avait hâte de retrouver son amant. Noël l'attendait; il était sûr qu'elle viendrait et ne fut pas étonné en la voyant. Elle s'installa à l'hôtel, auprès de lui, et ne voulut ni se coucher ni prendre de repos, tant qu'il ne fut pas en état d'être transporté à Paris. Au bout de quatre jours, Noël, qui déjà pouvait se tenir debout et marcher un peu, rentrait à la villa Duchêne.

III

Sa convalescence dura deux ou trois semaines. Même il était au bout de huit jours en état de sortir et de reprendre ses habitudes d'autrefois; mais Nouvel, qui craignait une imprudence, lui avait fait promettre de lui obéir jusqu'au bout. Et quand il s'impatientait, Martha s'opposait doucement à ce qu'il quittât sa chambre.

— Si tu as besoin d'un livre, de n'importe quoi, ne suis-je pas là, disait-elle, pour aller te le chercher?... Est-ce que je ne t'ai pas fait cent fois des courses pareilles?...

Un jour qu'il s'ennuyait et que son esprit un peu lassé se refusait à toute étude sérieuse, il l'envoya chez un libraire acheter quelques romans. Elle partit aussitôt. Un quart d'heure s'était à peine écoulé que Florence, après avoir frappé, entrait mystérieusement.

— Monsieur, dit-elle, il y a là quelqu'un, ou plutôt une personne, même c'est une dame, une jeune fille, quoi!... qui demande à parler à monsieur...

— Son nom?

— Ah! monsieur comprend que je ne l'ai pas interrogée; mais si monsieur veut savoir, je lui dirai que c'est une jeune fille très-jolie, grande, peut-être bien plus belle que mademoiselle Martha... Après ça, reprit Florence, ce que j'en dis, ça ne tire pas à conséquence... Mais elle doit connaître monsieur, car elle m'a demandé : « Est-ce que Noël est chez lui ? » Et elle s'est reprise aussitôt en disant : « Est-ce que M. Chrétien peut me recevoir? »

Et Florence pensait :

— C'est sans doute une ancienne; enfin il faut toujours prendre ses précautions.

Noël réfléchissait, mais ne trouvait pas.

— Voulez-vous la prier d'entrer? dit-il.

La bonne disparut. Quelques secondes s'écoulèrent, et le jeune homme, anxieusement, avait les yeux fixés sur la porte, quand tout à coup il se leva, bouleversé, et eut une exclamation :

— Geneviève! Geneviève!

Elle entrait, un sourire sur les lèvres, l'allure très-dégagée, sans embarras :

— C'est moi, dit-elle; cela t'étonne?

— A Paris! chez moi!!!...

— Eh bien! oui, à Paris, chez toi! Mon Dieu, veux-tu me dire ce qu'il y a là de si surprenant?

Elle venait à Noël et lui tendait les mains avec autant de franchise et de cordialité que s'ils se fussent, tous les deux, trouvés à la verrerie de la Malavisée.

— Voilà comme tu me reçois!

Lui se taisait, interdit.

— Voilà comme tu me rends l'hospitalité que je t'ai donnée au village? Tu ne te lèves même pas quand j'arrive?... et tu n'as pas encore souri?...

— Dame! écoute, tu me permettras bien d'être étonné...

— Non, c'est très-simple, et mon voyage à Paris, où je suis avec mon père, n'a rien qui doive te surprendre.

Le regard de Noël interrogea la jolie fille.

— D'abord, il faut que tu saches que mon frère Septime est ici depuis une quinzaine de jours, depuis ton retour, à peu près.

— Et que fait-il, à Paris?

— Rien. Il est fou. Toutes les lettres que nous avons écrites sont restées sans réponse, excepté la dernière, dans laquelle mon père lui parlait très-sévèrement.

— Et comment a-t-il accueilli cette réprimande?

— En mettant mon père en demeure de lui faire parvenir immédiatement ce qui lui revient de la fortune de ma mère... Septime a l'intention de s'établir à Paris, ou plutôt d'y dépenser cette fortune... Quand mon père a tout appris, il s'est écrié : « Voilà l'exemple de Noël! ça porte ses fruits! » N'aie pas peur, je t'ai défendu!

— Merci. Et c'est pour chercher l'enfant prodigue que ton père et toi vous avez entrepris ce voyage?...

— Mon père, oui. Moi, c'est pour autre chose.

— Et pourquoi donc?

— Ne le devines-tu pas? Faut-il vraiment t'expliquer tout, à présent, sans que tu comprennes à demi-mot?

— Je t'avoue franchement que je ne saisis pas tes réticences. Voyons, Geneviève, la vérité?

— La voici. Tu t'es battu en duel?

— C'est exact. Qui te l'a dit?

— Je me suis abonnée, depuis ton départ, à cinq ou six journaux, afin d'être tenue au courant de tout ce que tu fais, car je ne compte guère sur tes lettres, et ce sont les journaux qui m'ont appris d'abord que tu t'étais querellé au concert des Ambassadeurs, et qui ont publié ensuite le procès-verbal du duel où tu as été blessé... légèrement, par bonheur.

Elle s'arrêta, puis :

— Comment vas-tu?... Ta blessure ne te donne plus de craintes?... Elle ne te fait plus souffrir?

Noël la rassura.

— Je suis guéri, ou à peu près; rassure-toi.

— C'est que j'ai été très-inquiète, et je n'en ai rien dit à mon père. Il ignore tout.

— Il ne lit donc pas les journaux, lui?

— Si; les annonces, le bulletin du commerce, les prix de la Halle, le bulletin de la Bourse; le reste l'ennuie profondément.

— Et tu ne lui as rien dit?

— Je n'avais garde, puisque mon intention était de l'accompagner à Paris; il est furieux contre toi, mon père, et s'il se fût douté que j'étais inquiète, que je voulais te revoir, que tu étais souffrant et que tu venais de courir un grand danger, jamais il n'eût consenti à ce voyage.

— De telle sorte qu'il ne sait pas que tu es chez moi?

— Non. Crois-tu qu'il me l'aurait permis? Je n'ignore pas qu'en te rendant cette visite j'enfreins toutes les lois des convenances... et que ma conduite même peut être considérée... oh! je vais dire le mot... malgré toi... considérée comme légère... mais tant pis!... Personne ne l'apprendra, après tout... Et puis, tu es mon cousin germain... et de plus tu es convalescent... tu sors à peine de maladie... il me semble que la raison est suffisante...

Il souriait, toujours intéressé, comme à la verrerie, par son babil et sa franchise d'allures. Tout à coup elle regarda autour d'elle, avec un peu de crainte et d'hésitation dans les yeux. Et elle demanda :

— Tu es seul?... absolument seul?

Il comprit et répondit, gêné cette fois :

— Oui, elle est partie quelques minutes avant ton arrivée... Cela vaut mieux... Qu'aurais-je fait si tu t'étais trouvée avec elle?

— Oh! je la verrais volontiers... très-volontiers même. J'ai entendu dire qu'elle n'était pas jolie... Pourtant, puisqu'elle te plaît!...

— Veux-tu que nous changions de conversation?

— Si tu le désires!

Ils restèrent silencieux pendant quelques minutes. Elle s'était assise en arrivant, afin de laisser se calmer un peu l'émotion qu'elle avait quand même, bien qu'elle ne l'avouât pas. Pour se donner une contenance, elle se leva, fit deux ou trois tours dans la chambre, avec un coup d'œil sur

chacun des bibelots qui l'encombraient. Elle feignit de ne
pas voir deux ou trois gravures de genre leste qui plaisaient
tant au dernier siècle et qui représentaient des scènes
d'amour un peu vives. Elle voltigeait de ci de là, comme
un oiseau, et Noël se rappelait, malgré lui, la première
visite de Martha dans son petit appartement du boulevard
Haussmann, le lendemain du jour où il avait été blessé par le
couteau de Jean Houdiard. Et la similitude de ces deux
rencontres frappait son imagination, le forçait à la rêverie...
rappelait soudain la figure de Martha pour la mettre en comparaison avec Geneviève... Et oubliant, à cette heure-là, le
dévouement dont la Sicilienne avait encore fait preuve pendant sa maladie, il se laissait aller, en contemplant sa cousine, à toutes les mauvaises pensées qui germaient dans son
esprit, depuis cette scène du concert des Ambassadeurs où
il s'était trouvé en face du premier amant de Martha...
Ç'avait été un réveil brusque... comme si jusque-là il eût
dormi, sans songer... La réalité brutale lui était apparue...
Oui, la rencontre de Procoli était une catastrophe dans leur
vie... La veille, l'Italien restait comme une chose vague
pour Noël, rappelant un grand malheur sans doute, mais que
chacune des tendresses nouvelles de la jeune fille faisait
oublier... Maintenant, c'était un être en chair et en os...
C'était l'homme !... c'était le premier amant !... c'était celui
à qui s'était donnée Martha... qui avait reçu ses baisers de
vierge... qui lui avait appris les mots d'amour... c'était celui
qui avait laissé une tache ineffaçable sur ce front pur...
qui avait creusé dans ce cœur un abîme sans fond... C'était
l'homme, enfin, qui vivait, qui se rappelait, qui pouvait se
trouver à toute heure sur le chemin de Noël, sourire en le
voyant passer... et dont la seule présence amenait la rougeur sur le visage de sa maîtresse...

— A quoi penses-tu donc ?

C'était Geneviève qui le regardait dans les yeux.

— Je suis heureux de te voir... chez moi... quand personne ne s'en doute, pas même et surtout ton père... Je trouve cela singulier... original... Et toi?

— Moi aussi!

Elle se remit à voleter partout, un peu étourdiment, comme un oiseau qui se heurte aux fenêtres, émue sans savoir pourquoi... Malgré cela, rassurée sur la santé de Noël, sur l'état de sa blessure, elle paraissait toute joyeuse, et ses yeux rayonnaient, en même temps qu'un sourire errait sur ses lèvres.

— Tu es bien installé! dit-elle.

Cette exclamation était celle de Martha quand, des mois auparavant, elle était venue boulevard Haussmann et qu'elle s'était écriée : « C'est gentil, ici! »

Geneviève prit une chaise, la traîna près du fauteuil où était Noël, et mystérieusement :

— C'est à cause d'elle que tu t'es battu?

— Oui.

Et très-grave, hochant la tête :

— Tu as bien fait. Du moment qu'une femme est à ton bras, il faut la protéger, fût-ce au péril de ta vie! Agir autrement n'eût pas été digne de toi.

Il lui prit une main qu'elle ne retira pas, la serra doucement. Elle restait indifférente, paraissait insensible à cette caresse. Alors il porta la main à ses lèvres et mit un baiser sur les doigts qu'elle avait élégants, fuselés. Elle tressaillit, et leurs yeux se rencontrèrent. Elle ne fit pas un mouvement pour s'éloigner, et il n'y eut pas un mot entre eux, pendant quelques minutes. Elle ne fuyait pas son regard non plus, au contraire semblait s'y attacher avec insistance, comme si elle avait voulu plonger jusqu'au fond de son âme et deviner s'il n'y avait rien là pour elle. Lui se sentait grisé par cette belle fille aux yeux clairs dont il entendait les battements du cœur, dont il voyait le trouble, et qui

14.

s'abandonnait naïvement, sans rien craindre, à toutes les
ardeurs de sa passion. Il était seul à voir le péril de ce tête-
à-tête qui les remuait, les rendait silencieux, leur amenait
des sourires honteux, et mettait dans leurs regards noyés
et très-longs des langueurs, des voluptés dangereuses. Elle,
surprise, se laissait aller à un anéantissement délicieux,
qui la prenait de la tête aux pieds, lui jetait comme du
vague sous le front, lui alourdissait les paupières. Elle
restait ravie, les lèvres entr'ouvertes; et ses dents paraissaient d'un blanc presque transparent sur la rougeur humide
des gencives. La main de Noël remonta du bras jusqu'à
l'épaule, sans qu'elle se défendît. Il l'attira doucement, et
elle fut si près de lui, toujours assise, que son corsage le
frôla et que ce simple frôlement produisit sur leurs nerfs
l'effet d'une secousse électrique. Et lui, d'une voix basse,
tremblante :

— Tu es jolie, Geneviève, trop jolie, et coquette... et tu
as eu tort de venir... Pourquoi es-tu venue?...

Et ses doigts, légèrement, caressaient les cheveux noirs
de la jeune fille. Celle-ci essayait de répondre, mais ne
pouvait; ses lèvres seules s'agitèrent faiblement, et elle
n'eut pas un mot. Il lui semblait qu'elle était bercée par
quelque chose d'inconnu et qu'elle allait s'endormir. Elle
ferma tout à fait les yeux. Et, toujours très-bas, Noël disait :

— Tu m'aimes donc, Geneviève?

Elle murmura :

— Oui, je t'aime; c'est mal, je le crois, mais ce n'est pas
ma faute, je t'aime encore de toutes mes forces.

Lui, sentant qu'il perdait la tête :

— Moi aussi, je t'aime !

— Noël !...

— Et je te demande d'être ma femme, veux-tu?

Et, pour l'empêcher de répondre, il mit sur ses lèvres,
où courait un frémissement, un baiser enfiévré, brusque,

où il y avait une ardeur impatiente. Et, si rapide que fût ce baiser, il sentit que l'enfant le lui rendait.

— Oui, dit-elle, je veux être ta femme...

Il lui mit un nouveau baiser, mais sur le front, cette fois, à la naissance des cheveux, puis se leva avec une sorte de violence, comme s'il eût voulu échapper d'un coup à cette ivresse que la jolie fille lui faisait monter au cerveau.

— Va-t'en, Geneviève, dit-il égaré, ne reste pas ici plus longtemps...

— Pourquoi?

Elle était un peu faible et chancelait. Elle se retint à un fauteuil et se mit à rire.

— Je ne sais pas ce que j'ai... je suis tout étourdie...

Il revint à elle, la prit encore dans ses bras et cette fois l'embrassa avec passion pendant qu'elle défaillait.

— Noël, Noël, laisse-moi! disait-elle d'une voix mourante.

Mais il répétait sans cesse :

— Je t'aime, je t'aime, je t'aime!...

Et comme il la serrait de toutes ses forces, qu'elle sentait contre son sein ce cœur d'homme battre à coups précipités, qu'elle voyait des flammes passer dans ses yeux, elle eut, sans se rendre compte, une épouvante.

— Non, non, non!

Elle se recula, le repoussa, et se remettant un peu :

— Qu'est-ce que tu avais? Je ne t'ai jamais vu comme cela...

Il ne répondit pas; ils étaient gênés tous les deux; elle sortit, et Noël se mit à rêver.

IV

Geneviève traversa les petits carrés de jardin de la villa Duchêne et se trouva dans la rue. Elle n'avait pas fait dix pas qu'elle se croisait avec Martha Rosaora qui rentrait à pied, ayant laissé sa voiture au bas de la rue, pour marcher un peu. Elle avait une pile de livres sous le bras, semblait toute fière de ce fardeau et très-affairée. Elle vit Geneviève, la regarda curieusement. Geneviève ne l'aperçut point et continua de s'en aller, sans se presser, le cœur gonflé, une joie dans les yeux, sentant courir dans ses veines le sang plus vif et plus chaud. Martha entra au salon et jeta ses livres sur les genoux de Noël, qui ne l'avait pas entendue et sursauta :

— Tiens, dit-elle, voilà ta commission ! C'est lourd...

Elle défit son chapeau, et tout à coup :

— Je viens de voir une jeune fille qui sortait du jardin... Est-ce que c'est une visite ?

Il eut l'air étonné et ne répondit pas. Elle reprit, en s'arrangeant devant la glace :

— Je lui ai trouvé une allure bizarre... Elle était rouge jusqu'aux oreilles, comme si elle venait d'être grondée...

— Ah ! dit Noël avec embarras...

Et Martha, impitoyable, l'observant du coin de l'œil :

— Oui, elle était toute drôle... On ne peut pas dire qu'elle n'est pas jolie, mais elle était si mal habillée !...

Elle se mit à rire — d'un rire nerveux. Noël gardait toujours le silence.

— Elle était fagotée !... Est-il possible qu'on soit si peu

coquette!... Sais-tu à quoi elle ressemblait?... A une servante, jolie et fraîche, dans sa robe du dimanche!...

Il eut, cette fois, un geste d'impatience, et une rougeur légère, à peine perceptible, colora ses joues. Elle le remarquait.

— Oh! ce que je t'en dis!... se hâta-t-elle d'ajouter.

Soudain, une pensée lui traversa l'esprit. Elle se recoiffa en un tour de main, sans qu'il y prît garde, sortit, et dans la rue, apercevant au loin Geneviève qui disparaissait, se mit à courir. Elle la rejoignit et l'arrêta brusquement. Geneviève eut un mouvement de frayeur et se retourna, et les deux jeunes filles, la maîtresse et la fiancée, se considérèrent sans prononcer une parole. Elles se comprenaient, se reconnaissaient et pourtant ne s'étaient jamais vues.

— Vous êtes Martha Rosaora?

— Et vous, Geneviève, la cousine de mon amant... celle avec laquelle on veut le marier?...

— Oui!

La Sicilienne la regarda d'un air dédaigneux, les lèvres frémissantes, les yeux pleins de colère.

— Et que venez-vous faire à Paris, chez lui?... chez moi?... vous!

— Le voir, puisque je savais qu'il s'était battu, qu'il avait été blessé... qu'il souffrait...

Elle disait cela simplement, ne baissant pas les yeux, examinant Martha avec sa curiosité de femme, surexcitée par tout ce qu'on lui avait raconté, par tout ce qu'elle avait appris sur les amours de son cousin. Martha lui prit le bras de force.

— Venez, dit-elle; allons nous promener un instant sur la butte... Puisque vous avez rendu visite à mon amant, vous espériez sans doute me rencontrer; vous aviez envie de m'entendre parler, de me connaître?...

— Je l'avoue.

— Eh bien, soyez satisfaite... Et je vois avec plaisir que nous pensions l'une à l'autre depuis longtemps.

— C'est vrai.

— Depuis que nous nous trouvons en rivalité...

— C'est le mot. Il ne m'effraye pas.

— Nous aimons le même homme...

— J'aime Noël, en effet, et je suis sûre d'être malheureuse sans lui.

— Et moi, je suis sûre de mourir... s'il me chasse !

Elles avaient longé deux ou trois rues et se trouvaient sur la place de la nouvelle église du Sacré-Cœur. Là elles s'arrêtèrent, et Martha s'assit sur un banc, pendant que Geneviève restait debout devant elle.

— Vous n'êtes pas fatiguée, vous? dit la danseuse.

— Non.

— C'est que vous êtes forte... Vous habitez la campagne. Vous avez les yeux frais comme ceux d'une enfant, et les joues roses... Moi, ces émotions me tuent...

Elle eut un accès de toux qui la fit se tordre en deux, porta son mouchoir à ses lèvres, et quand elle le retira, le cacha vivement. Mais Geneviève y vit une large tache rouge.

— Vous souffrez? dit-elle.

— Non, je vais mieux; il y a longtemps que je n'avais pas toussé... Ne vous occupez pas de moi...

— Cependant, si je puis vous soulager...

Martha haussa les épaules, et durement :

— Et comment, je vous prie, le pourriez-vous?

Puis, avec plus de douceur, elle ajouta :

— Ce n'est rien, vous dis-je, ça m'arrive chaque fois que j'ai une émotion violente, une secousse... alors, je sens là comme un déchirement... Autrement, quand rien ne me contrarie, je ne souffre jamais, je me porte très-bien...

Elle devinait de la compassion chez Geneviève. Cela l'irritait. Elle n'en voulait pas. Elle examina de nouveau la fille de Paqueron avec de l'insolence dans le regard, détaillant sa toilette avec une moue impertinente.

— Vous êtes jolie, dit-elle, mais après tout, pas plus que moi... et l'on devine trop que vous habitez la campagne... Même vous avez les mains durcies, on voit cela sur le poignet, en haut des gants... Je parie que vous balayez la cour, que vous travaillez au jardin, que vous faites la cuisine, à Thilay?

Geneviève sourit.

— C'est vrai, je fais un peu de tout cela... mais je n'y suis pas obligée... et c'est seulement pour me distraire; je ne pourrais vivre, comme vous sans doute, dans une oisiveté complète.

— Moi, oisive? Je suis occupée du matin au soir; je fais du crochet, de la tapisserie; je couds, je brode; je tiens les comptes du ménage, et quand j'ai fini, la nuit est venue... Alors je vais dans le cabinet de Noël, s'il travaille à ses romans, ou dans son atelier, s'il fait de la peinture, et je passe le reste du temps à le regarder... Et cela me récompense, et c'est mon grand plaisir, mon seul bonheur...

— Vous l'aimez donc bien?

— Si je l'aime !... Ah ! vous ne pourrez jamais comprendre combien je l'aime; malgré tout ce que vous me diriez, je ne vous croirais pas... Comment le comprendriez-vous?... Savez-vous qui je suis? dans quelles circonstances j'ai connu Noël?... J'étais perdue... sinon perdue... au moins obligée de vivre dans un atroce vide du cœur, avec un souvenir odieux dans mon passé... et Noël m'a aimée... car il m'a aimée, entendez-vous? et il m'aime toujours... et son amour a été ce qui m'a fait vivre... et depuis le jour où je l'ai vu, où je l'ai connu, où je me suis donnée à lui... où je suis devenue sa chose, son bien, son esclave... je n'ai pas eu, je le jure devant Dieu, d'autre pensée que celle de le rendre heureux... de faire ses volontés, d'obéir à ses caprices... de l'encourager dans son travail... car, bien qu'il ait rencontré le succès, bien qu'il soit riche et honoré, il a souvent des amertumes dans sa vie... et c'est dans ces moments d'incertitude, quand il ne trouve rien, que son esprit est lourd et fatigué, que son imagination est emprisonnée; c'est dans ces moments-là qu'il s'aperçoit surtout combien je lui suis dévouée et qu'il fait bon d'avoir auprès de soi une femme, fût-elle la plus ignorante de toutes, qui vous comprenne, qui ait l'intelligence de votre cœur et trouve dans son amour des sourires qui vous rendent la gaieté et des paroles qui vous rendent le courage... Si je l'aime ! Mais c'est une folie que d'en douter !...

Et se levant du banc où elle était restée :

— Vous l'avez vu tout à l'heure, pendant mon absence, pendant qu'il était seul. Qu'est-ce que vous vous êtes dit?

Geneviève hésita :

— Vous le lui demanderez, fit-elle. Il a trop de franchise pour ne pas vous l'apprendre...

Martha pâlit. Puisque Geneviève refusait de répondre, c'est que, sans doute, un malheur pour elle était survenu... Mais quel malheur?...

— Vous l'aimez, vous aussi?

— Oui, de toute mon âme... Je l'aime autant que vous... je crois même que je l'aime mieux que vous...

— C'est impossible !...

— Je pense à lui depuis que je puis avoir une pensée; il a toujours occupé mon esprit; j'étais enfant, que je faisais des rêves où il jouait déjà des rôles de mari... et aussi de grand seigneur, dominant tout ce qui l'entourait... je l'ai toujours considéré comme mon maître, et je me suis toujours regardée comme liée à lui...

— Et jamais la pensée d'un autre ne vous est venue?...

— Jamais. Cette pensée-là eût été une faute, une souillure, et je ne voulais pas... Je me disais que, lorsque Noël me demanderait en mariage, il fallait qu'il eût confiance en moi... Je voulais qu'il me retrouvât jeune fille, soit, mais non changée au fond, c'est-à-dire encore vivant avec son image, comme lorsqu'il m'avait laissée toute petite et qu'il était parti pour Paris... Je l'aime comme vous, mieux que vous, parce que je n'ai jamais aimé que lui... que je serai fière de lui appartenir le jour où il me donnera son nom, ainsi qu'il sera fier de moi lorsque je serai sa femme...

— Vous croyez donc qu'il vous épousera?

— Oui. Peut-il vivre ainsi plus longtemps?

— Mais il ne peut aimer deux femmes, vous et moi!... Pensez-vous assez de mal de lui pour croire qu'il y ait dans son esprit le calcul de vous épouser à cause de votre dot, et de me garder comme sa maîtresse?... Est-ce que vous ou moi nous accepterions?

— Ni vous, ni moi. Mais il n'aime pas deux femmes.

— Ah! Et qui donc, de nous deux?

— Moi! Il s'était persuadé qu'il éprouvait de l'amour pour vous... il se trompait...

— Il vous l'a dit? fit Martha haletante.

— Je l'ai deviné. Les femmes comprennent à demi-mot... ne le savez-vous pas?

— Mais c'est un crime!... c'est un vol!... Vous n'avez pas le droit de l'aimer, entendez-vous? Est-ce que, si j'étais mariée avec Noël, vous penseriez à lui?

— Je l'aimerais sans doute encore, mais je renfermerais cet amour tout au fond de mon cœur.

— En rougissant, parce que cela vous paraîtrait une mauvaise action?...

— Oui. Mais vous n'êtes pas mariée...

— C'est vrai, légalement, nous ne sommes pas, Noël et moi, mari et femme; mais où voyez-vous la différence? voulez-vous me le dire?... Et que peuvent faire à vos yeux, pour vous, jeune fille, une cérémonie civile, une cérémonie religieuse... puisque je suis à Noël, puisque je

15

lui appartiens?... Je vous dis que votre amour, c'est un
vol... Est-ce que le mariage peut rien changer à ce qui
existe?... Je suis la maîtresse de Noël, soit, mais je vis avec
lui et chez lui comme si j'étais sa femme... Où sont vos
droits?... Les miens, je les tiens de l'amour de mon amant,
auquel je crois encore, malgré vous, et de mon amour qui
ne lui a rien refusé... Et vous n'avez pas le droit de penser
à lui, encore une fois, et vous êtes coupable... Tenez,
nous avons le même âge, toutes les deux, mais moi je suis
femme, tandis que vous ignorez bien des choses... Voulez-
vous répondre à mes questions franchement, sans chercher
à me tromper?... Je vais vous parler comme si j'étais plus
vieille que vous.

— Je vous écoute.

— Vous me méprisez, n'est-ce pas?

— Pour vous mépriser, il faudrait que j'eusse de la
haine contre vous, et je ne vous hais point... Je vous plains
seulement, parce que je crois que vous serez malheureuse...

— Gardez votre pitié... J'ai dit que vous me méprisiez,
que vous ne teniez aucun compte de mon amour ni de mes
protestations; aux yeux de votre famille, comme à vos
yeux, je suis dans la vie de Noël un accident auquel il ne
faut attacher que juste l'importance qu'on donne aux fredaines de jeunesse... La mère de Noël me l'a dit brutalement. Si j'avais été séduite, ce serait grave; mais puisque
Noël n'est que le second, c'est une vétille. En un mot, ce
qu'on me reproche, ce qui me fait considérer comme une
fille, ce qui fait qu'on doute de mon amour et qu'on se rit
de mes épouvantes le jour où je redoute de tomber dans
cette vie que j'ai de si près entrevue, c'est que Noël n'est
pas mon premier amant... c'est qu'avant lui j'ai eu Victor
Procoli... avec lequel il s'est battu... Est-ce cela?... Vous
avez promis de ne pas mentir... Ne craignez pas de m'at-
trister...

Geneviève baissa la tête à plusieurs reprises.

— Vous voyez, je devinais. Croyez-vous que cela m'étonne?... Non!... Ce reproche ne m'a jamais été aussi pénible que lorsque je l'ai entendu sortir de la bouche de Noël...

Geneviève fit un mouvement.

— Oh! il y a longtemps de cela... c'était dans les premiers mois... quand il ne me connaissait pas encore... Eh bien, ce reproche, je le mérite; mais pourtant il le sait, lui, Noël, je ne suis pas aussi coupable qu'on pourrait le dire. C'est l'ignorance qui a tout fait chez moi, et l'extrême jeunesse et l'abandon complet où me laissait ma famille, car mon père était mort, et ma mère ne s'occupait pas de moi... Depuis, j'ai assez durement expié cette faute pour qu'on ne s'en souvienne plus. Ma vie a été finie ce jour-là; j'ai cru aux promesses de Procoli; est-ce que je pouvais avoir la pensée qu'il me trompait? Est-ce que je connaissais le danger que je courais à l'écouter? Non!... Ah! je ne ne veux pas vous dire cela à vous... et pourtant les femmes seules peuvent me comprendre : en est-il une seule qui n'ait pas rencontré le même péril? Est-ce que je sais?... Et combien sont tombées comme moi qui n'en sont pas moins restées honnêtes et pures! Et celles qui passent fières de leur passé sans tache, celles qui sont comme vous, mademoiselle Geneviève, sans une mauvaise pensée, sans une honte dans leurs souvenirs, devraient se montrer plus indulgentes et se dire qu'elles auraient peut-être, elles aussi, succombé, en pareilles circonstances... Pourquoi détournez-vous la tête et pourquoi rougissez-vous?... Ce que je dis ne peut vous offenser... et vous ne devriez y voir, au contraire, qu'un hommage... car je vous envie...

Geneviève était troublée parce qu'elle se rappelait que tout à l'heure elle s'était abandonnée, surprise, dans les bras de son cousin; elle sentait encore sur ses lèvres, sur ses joues et sur son front la morsure de ses baisers, les premiers qu'elle eût reçus et qui lui avaient laissé l'impression d'une brûlure. Au fur et à mesure qu'elle parlait, Martha s'animait; elle n'avait plus tout son sang-froid.

— Notre situation à toutes les deux est étrange, continua-t-elle, et il ne se trouve pas dans la vie beaucoup d'heures comme celle où nous sommes; les filles comme vous ne se rencontrent pas souvent avec les filles comme moi, et je ne sais pourquoi il me semble que ces rencontres doivent toujours être suivies d'une catastrophe. Je vous parle, vous le voyez, ainsi qu'à une amie, non parce que je vous aime, car je vous crains et suis bien près de vous haïr, mais parce que je veux quand même forcer votre estime. J'y ai droit. Qu'ai-je fait pour qu'on me traite à l'égal d'une femme perdue? Rien. Je connais le jargon de Paris et les plaisanteries du boulevard. On dit de celles qui me ressemblent : « Elle a eu des malheurs! » et l'on rit. C'est la vérité, pourtant, j'ai été malheureuse. A qui en ferai-je le reproche? Je n'en sais rien... La chute que j'ai faite m'a-t-elle rendue mauvaise?... Non, mille fois non... On pouvait m'aimer encore... et j'étais d'autant plus sûre de moi que j'avais été plus cruellement éprouvée... et je ne me dissimulais pas que mon devoir était de sacrifier ma vie tout entière à celui qui me tendrait la main... qui me relèverait... qui me consolerait... qui oublierait surtout... Et celui-là qui m'a relevée, consolée, c'est Noël... Et je ne connais plus que lui au monde... Le reste ne m'est de rien... et je suis prête à mourir sur un mot de lui, sur un signe... pour lui faire plaisir... en emportant la certitude qu'il me regrettera, la certitude de laisser dans sa vie un remords... Et mourir, pour moi, ce n'est pas un mot de roman... Noël sait bien que j'en suis capable, puisqu'une fois je me suis jetée à l'eau, en me croyant délaissée... Vous voyez si je l'aime, mademoiselle Geneviève... et c'est

justement parce que j'ai cette passion que je comprends
votre amour, à vous. Et cependant, quelle différence entre
nous deux! Vous ne l'aviez pas revu depuis des années,
votre cousin; il était devenu pour vous presque un étranger... Il a fallu un hasard pour le rappeler au village, pour
le rejeter sur votre chemin... Vous avez vécu avec son
souvenir, à ce que vous prétendez?... Oh! je vous crois!...
Mais est-ce que c'est vraiment de l'amour?... Est-ce que
toutes les petites filles, quand elles sont trop grandes pour
s'amuser de leurs poupées, n'ont pas, au fond du cœur,
l'image d'un homme, que cet homme existe ou que ce soit
une chimère?... De ce souvenir ou de cette chimère à
l'amour, il y a loin!...

Martha parlait maintenant les yeux baissés, d'une voix à
peine intelligible, sur le même ton monotone, comme si elle
eût récité une prière. Un instant elle s'était animée. A présent, elle implorait.

— Je ne pense pas que l'affection de Noël soit absolument
nécessaire à votre vie... Franchement, est-ce que vous le
connaissez, bien qu'il soit votre parent?... Il y a si longtemps que vous vivez séparés l'un de l'autre!... A-t-il besoin
de vous? avez-vous besoin de lui?... Seriez-vous vraiment
triste et vraiment malheureuse si ce mariage ne se faisait
pas?... Triste, peut-être, pendant quelques jours, parce
qu'il n'est pas de rêves auxquels il ne coûte de renoncer...
Mais malheureuse! oh! non, je ne le crois pas... Est-ce que
vous ne trouverez pas des compensations autour de vous?...

Geneviève fit un geste, comme si elle eût voulu l'interrompre; mais Martha reprenait :

— Oh! je ne veux pas dire que de dépit vous irez tout
de suite à un autre homme auquel vous donnerez votre
beauté, votre fortune, et, mieux que cela, votre cœur...
Non... je veux dire que, s'il vous fallait renoncer à Noël,
ce malheur ne serait pas aussi grand pour vous que pour

moi... Tant de consolations vous seraient prodiguées, à vous!... Tandis que personne ne s'occuperait de moi!... Vous avez auprès de vous une famille, un père, des frères, des amies qui vous adorent, pour lesquels le moindre de vos caprices est un ordre, qui guettent tous vos sourires et s'empressent d'essuyer vos larmes... Vous êtes adulée... vous êtes riche... vous êtes la jeune fille qu'on recherche, qu'on aime, que l'on cajole, parce qu'elle est belle, parce qu'elle est gracieuse, douce et bonne, et parce que toute sa vie est blanche comme un lys, toutes ses pensées celles encore d'une enfant, et que la famille où elle a vécu les vingt années de sa jeunesse a été pour elle un rempart qui l'a protégée contre le monde... Je vous parle un langage qui vous étonne peut-être dans la bouche d'une fille comme moi... mais j'ai tant de regrets de ne plus vous ressembler... Car j'ai été comme vous!... On m'admirait!... on se pressait sur mes pas, pour me voir... On me faisait la cour... parce que j'étais très-riche, et puis voilà qu'un jour tout ce bonheur-là s'est écroulé... Mais vous, mademoiselle, vous n'avez pas à craindre une pareille catastrophe... Votre famille est là qui vous accueillera si vous souffrez, si vous avez du chagrin... Moi, je suis seule... Tout à l'heure, je vous disais qu'entre nos deux amours il devait y avoir un abîme, que nous ne pouvions aimer de la même manière... Cela tient, je le répète, à la différence de nos situations... Pour vous, l'abandon de vos espérances n'amènerait qu'une tristesse d'un moment; mais pour moi, songez donc!... Si Noël cesse de m'aimer, je suis perdue, perdue!... c'est fini... autant vaudrait pour lui me tuer... ce serait aussi sûr!... Où voulez-vous que j'aille?... A qui voulez-vous que je m'adresse?... Où voulez-vous que je trouve le courage de recommencer une troisième fois une vie deux fois brisée? Ce serait effroyable, entendez-vous? Que deviendrais-je?... Réfléchissez!... Mon Dieu, je vous demande de réfléchir comme si vous deviez vous intéresser à moi... comme si je ne vous étais pas indifférente... bien plus! comme si je n'étais pas votre rivale!... la maîtresse d'un homme que vous voulez pour mari!... Où ai-je l'esprit?... Est-ce que je suis folle?

Elle avait le sang au visage, et ses yeux étaient rouges, enfiévrés; elle releva la tête et regarda Geneviève. Celle-ci la considérait, un peu interdite par l'étrangeté de cette scène. Mais que pouvait-elle répondre? Elle aimait. Son amour était impérieux, comme tous les amours; Martha était le seul obstacle entre elle et Chrétien; allait-elle la plaindre?... allait-elle lui céder la place?... Vraiment, c'était le monde renversé!... Est-ce qu'elle la connaissait, après tout, cette Martha?... Qui était-elle? Une fille trouvée dans un théâtre, une figurante!... D'où venait-elle?... De partout!... Ah! s'il fallait s'inquiéter de toutes les femmes qui pleurent!... Elle ne demandait pas mieux que cette fille fût heureuse... mais non en lui abandonnant elle-même sa part de bonheur!... C'était trop!... Elle n'était pas cruelle... n'avait point de rancunes... L'amour, qui rend égoïste, n'engendre pas la méchanceté... Mais il y a des limites à la bonté la plus grande... Puisqu'il fallait qu'une des deux fût sacrifiée, pourquoi serait-ce elle, Geneviève? pourquoi pas Martha? Ce fut comme une révolte de la jeune fille, après les ardentes supplications de la Sicilienne. Mais aussitôt elle eut une immense pitié.

— Je vous plains sincèrement, dit-elle, je vous plains de toute mon âme!...

Et, comme la première fois, Martha tressaillit. Elle se leva brusquement, frémissante de colère. Un flot de paroles méchantes montait à ses lèvres, et pourtant elle se contint. N'avait-elle pas imploré la compassion de Geneviève? Dès lors, qu'allait-elle lui dire? Un moment, les deux jeunes filles se regardèrent silencieusement, et toute leur vie passa

dans ce regard, avec leurs pensées, leur amour, leur jalousie;
puis Martha s'éloigna de quelques pas, s'arrêta comme si elle
avait voulu revenir, enfin partit, la tête baissée, les yeux
rouges, les lèvres et la gorge sèches, laissant là Geneviève,
sans se retourner une seule fois de son côté.

V

Quand elle rentra, Chrétien rêvait toujours. Il n'avait pas
pensé même que Martha pût avoir des doutes. Cependant
quand il la vit, il crut devoir lui demander :

— D'où viens-tu donc?

Martha ne répondit pas. Elle ne ressentait point de colère
contre lui, mais seulement un découragement profond, une
immense tristesse. La jeune fille rentra chez elle, et il ne la
revit que le soir au dîner. Dans la nuit, Martha, qui ne pouvait dormir, alluma la veilleuse devant l'image de la Vierge,
encadrée de bois, et se mit à prier, disant :

— Ah! Padrona, Padrona, vous m'avez abandonnée!...

Le matin, de bonne heure, sans voir Noël, avant même
qu'il fût réveillé, elle sortit, s'en alla chez son amie Domenica. Celle-ci était encore au lit; Martha insista pour la voir,
et quand la belle Sicilienne apprit que la petite danseuse la
demandait, elle se leva aussitôt, se doutant qu'il fallait un
malheur pour justifier une visite aussi matinale.

— Eh bien, qu'y a-t-il? fit-elle lorsqu'elle fut seule avec
la maîtresse de Chrétien.

— Noël veut me quitter...

— C'est impossible!...

— C'est la vérité. Noël ne m'aime plus, Noël ne m'a jamais

aimée; il aime une autre que moi, sa cousine, avec laquelle
on veut le marier...

— Mais il ne se mariera pas!...

— Hélas! je ne puis rien faire pour l'en empêcher... J'ai
prié la Madone, mais la Madone ne pense pas à moi...

— Qu'est-ce qu'il t'a dit, lui, ton amant?

— Rien!

— Alors, comment sais-tu? Quel indice te fait deviner?

— Oh! ce n'est pas difficile, va. Hier, j'ai surpris Geneviève, la fille dont je te parle, qui sortait de chez lui... Je ne
l'avais jamais vue, et pourtant je me suis dit tout de suite :
C'est elle. Je l'ai suivie! Nous avons eu ensemble une explication... Elle ne m'a rien laissé ignorer... elle m'a tout dit...

— Pauvre Martha!

— Noël l'aime... Je l'ai suppliée, je l'ai implorée... je me
suis abaissée jusque-là, mais vainement... Je lui ai dit qu'elle
serait heureuse, elle, sans cet amour... J'ai voulu lui prouver
qu'elle n'aimait pas Noël... Ah! vois-tu, Domenica, j'aurais
prié les rochers de lave de l'Etna, qu'ils se fussent émus;
mais cette fille semblait rire en voyant mes larmes...

Et Domenica répétait, ne trouvant pas autre chose :

— Pauvre, pauvre Martha!

— Je suis perdue, cette fois, perdue sans ressources. Qui
viendra me secourir?... Qui aura pitié de moi?...

— Tu demeureras ici, tu ne me quitteras pas!...

— Non, je ne le puis. Je te lasserais, à la fin. Et puis,
tu ne resteras pas toujours veuve... et je serais obligée, tôt
ou tard, de retomber dans ce monde que je déteste, que je
méprise et qui m'épouvante.

— Non, tu le sais bien, je ne veux pas me remarier.

— Tu es trop jeune et trop belle, et trop riche... Tu céde-
ras un jour ou l'autre...

Martha pleurait. Domenica essaya de la consoler.

— Es-tu bien certaine qu'il n'y ait plus d'espoir?

15.

— Noël ne m'a rien dit... Mais crois-tu qu'en pareil cas les femmes ne devinent pas? Je lis dans les yeux de mon amant les pensées qu'il me cache. Ah? je ne me fais pas d'illusions, il ne veut plus de moi; ce voyage à Thilay m'a été fatal... et quand il est parti, je ne sais quel pressentiment m'avertissait... Il me semblait que je ne devais plus le revoir. Même j'ai rêvé qu'il mourait, une nuit... C'était ce duel. Et ce n'est pas le voyage qu'il a fait dans son village qui m'a porté malheur seulement... Il y a autre chose.

— Quoi donc?

— Je t'ai dit que Noël s'était battu, mais je ne t'ai pas confié le motif de ce duel.

— Et ce motif?

— A été la rencontre de Procoli au concert des Ambassadeurs, un soir... Oui, Procoli était là... Il m'a reconnue, il m'a regardée avec insolence... Tu le connais... Il était ivre... Quand je suis sortie, il est venu à moi, et il m'a appelée par mon nom!... Et Noël a entendu et l'a souffleté. Ah! tous mes malheurs viennent de là!... C'est Procoli qui a tout fait... Si je ne l'avais pas vu au bal, à Catane, je serais mariée aujourd'hui et estimée, respectée, heureuse!... Procoli est la cause de tout... Lui qui avait laissé sa femme à Naples, et qui avait même des enfants, m'a séduite... La belle victoire! J'avais à peine seize ans! Mais je n'ai pas besoin de te raconter cela... tu es la seule amie qui me soit restée après cette catastrophe... après mon déshonneur... après la mort de mon enfant... Et aujourd'hui, quand j'allais être heureuse de nouveau, presque aussi heureuse qu'au temps où, dans ma famille, entourée de l'affection de tout le monde, j'ignorais même le mal, aujourd'hui, c'est encore Procoli qui vient détruire mon bonheur.

Elle mit ses deux mains devant ses yeux pour essuyer ses larmes, puis tout à coup, les abaissant, elle ferma les poings.

— Personne n'a le droit de me mépriser, dit-elle, personne!... Je suis et resterai une honnête fille, malgré Procoli, malgré Noël... malgré mes deux amants!... Noël, je l'aimerai toujours quand même, malgré le mal que j'attends de lui... Il aura ma dernière pensée, comme il a eu mon amour tout entier... C'est la vue de Procoli qui a changé son affection... Oui, je le comprends, moi qui suis jalouse... Un homme qui aime une femme ne peut pas voir auprès de lui, ne peut pas s'exposer à rencontrer un autre homme dont cette femme a été la maîtresse!... Mais je le jure devant Dieu et devant la Vierge, si Noël m'abandonne, je tuerai Procoli; on me jugera!

VI

Malgré toute son énergie, toute sa volonté de ne rien laisser voir à Noël des tumultes de son âme, Martha était si pâle et si bouleversée que le jeune homme s'en aperçut.

— Tu es malade? dit-il.

— Non.

Noël travaillait, à ce moment, dans son cabinet. Il fit semblant de se replonger dans son travail, et, la tête dans les deux mains, continua de suivre le fil de ses pensées. Une grave résolution lui restait à prendre, et ce n'était pas sans terreur qu'il l'envisageait. Allait-il quitter Martha? Allait-il la renvoyer et se marier avec Geneviève? Il se souvenait, non sans émotion, de ces mois passés depuis la rencontre de la petite danseuse, de ces douceurs de la jeune fille, de ses projets pour l'avenir, car elle avait mis toute sa vie en lui; il ne pouvait douter de cet amour dont il comprenait le motif; il était trop perspicace pour ne pas deviner que la

jeune fille, ainsi que Nouvel le lui avait dit une fois, avait
un espoir suprême, celui de ne pas s'éloigner de Noël, de lui
consacrer son existence, de lui prouver, à chaque minute
de ses jours, que son dévouement était inaltérable, et que,
malgré le souvenir odieux de son passé, elle était digne
d'être aimée. Oui, elle en était digne, et cette pensée revenait
à Noël incessamment. Cela même l'attendrissait, en le forçant à évoquer les épouvantes de Martha, qu'elle lui avait
confiées, et qui toutes étaient motivées par les dangers
qu'elle courrait si elle était obligée, comme par le passé,
de retomber dans l'isolement, sans amis, sans famille,
sans protection, sans consolation. Cela surtout effrayait la
pauvrette. Son honnêteté se révoltait contre l'idée d'accepter un autre amant; elle avait subi Procoli; elle avait aimé
Noël; maintenant c'était fini, elle n'aimerait plus personne,
et elle avait trop d'expérience pour se laisser tromper
comme à Catane.

— Oui, se disait Chrétien, elle m'aime vraiment. Comment
pourrais-je en douter? Et qui sait? peut-être Geneviève ne
m'aimera-t-elle pas comme elle?

Martha l'avait deviné, ce qui éloignait d'elle son amant,
c'était Procoli! Procoli et toutes les pensées qui se ratta-
chaient à cet homme, et qui naturellement rappelaient la
faute de la Sicilienne. Et en même temps que Procoli était
ce qui détachait Noël de sa maîtresse, c'était ce qui le rap-
prochait de Geneviève, par la comparaison : Geneviève pure
avec son amour d'enfant... Geneviève chaste avec ses rêves
de jeune fille... Geneviève n'ayant aucune tache dans sa
vie... Geneviève n'ayant d'autre souvenir dans son passé que
celui de son cousin... l'aimant aujourd'hui d'amour comme
autrefois elle l'avait aimé d'une amitié fraternelle...

Martha s'assit dans le fond du cabinet de travail ainsi
qu'elle avait l'habitude de le faire, sur un canapé qui
se trouvait là, en dehors du large rayon de lumière projeté

par la lampe, et resta silencieuse, regardant Noël avec
une attention inquiète, une fixité maladive, les lèvres
entr'ouvertes et les yeux fiévreux. On eût dit qu'elle
lisait clairement les pensées de Noël. Et comme il arrive
souvent lorsqu'on subit ainsi le magnétisme d'un regard,
au bout de quelques minutes, le jeune homme, inquiet, se
retourna :

— Eh bien, dit-il, cherchant Martha qu'il ne voyait pas,
où es-tu?

— Ici, comme toujours.

— Que fais-tu?

— Rien. Tu travailles, je me tais...

— Pourquoi ne m'adresses-tu pas la parole?... Tu es
étrange depuis quelque temps.

— Tu sais bien que je n'aime pas te déranger... Tu as
besoin de toute la concentration de ton esprit, et je me fais
un scrupule de ne pas te distraire...

— Tu es bien bonne.

Il se retourna, nerveux, mit la tête dans ses mains, de
nouveau, et ne parla plus. Des larmes venaient aux yeux de
Martha. Elle tira son mouchoir et les essuya silencieusement.
Tout à coup elle se leva, alla vers son amant, et, sans qu'il s'y
attendît, jeta les deux bras, par derrière, autour de son cou,
lui faisant pencher la tête. Et très-émue, comprenant que
le dénoûment approchait :

— Tu n'es plus pour moi ce que tu étais jadis, dit-elle.
Pourquoi es-tu si changé?

— Je n'ai rien, laisse-moi...

Mais elle le retenait ainsi, forçant Noël à la regarder, et
par deux fois elle l'embrassa sur les yeux et sur le front,
sans qu'il pût se défendre. Elle insistait.

— Dis-moi la vérité... Noël... qu'est-ce que tu as?

— Rien, te dis-je; je suis indisposé, voilà tout... c'est
la suite de ma blessure, sans doute...

— Tu n'as rien à me reprocher ?...

— Non !

— Veux-tu me dire que tu m'aimes, comme tu me le disais autrefois... quand tu m'aimais ?...

Il haussa les épaules avec un peu d'impatience.

— Eh ! tu le sais bien, je t'aime ! je te l'ai répété assez de fois pour que cela ne fasse pas de doute en ton esprit...

Elle eut un sourire triste... laissa Noël, mais, au lieu d'aller reprendre sa place sur le canapé, resta debout derrière lui. Et il la savait là, mais feignait de ne s'en apercevoir point. Elle lui toucha l'épaule, légèrement, du bout du doigt, et à voix basse, quasi mourante :

— Écoute, mon ami, dit-elle, il vaudrait cent fois mieux être franc avec moi...

Il tressaillit. Que voulait-elle dire ? Martha continuait :

— Pourquoi sembles-tu me craindre ?... Pourquoi as-tu peur de me dire ce que tu penses ?...

Et cherchant à paraître indifférente :

— Crois-tu que je suis assez sotte pour ne pas comprendre que tu es au bout de ton amour et que tu es fatigué de moi... que tu ne me veux plus... en un mot ?... Tu me connais assez, cependant, pour savoir depuis longtemps comme je lis facilement en ton âme et comme je devine aisément tes moindres pensées... Cela m'a rendue heureuse souvent, parce que je reconnaissais que toutes ces pensées avaient pour but constant le bonheur de ta maîtresse... Mais je ne veux pas être un obstacle à d'autres projets. Je te l'ai dit lorsque notre liaison a commencé. Je me reprocherais comme un crime d'empêcher par ma présence ce que tu crois être nécessaire à ton avenir, à ta vie... En un mot, j'aime mieux que tu me dises : « Va-t'en ! » et qu'avec un regret peut-être tu me donnes la main lorsque je m'en irai, plutôt que de te laisser au point qu'un jour tu disparaîtrais, sans un adieu... avec une lettre ou la visite d'un ami pour m'expliquer ton départ... Ceci serait une lâcheté... Mieux vaut que nous nous quittions, si tu le désires, comme nous nous sommes unis...

— Martha !

— Eh! notre liaison n'est pas éternelle... Tu me l'as rappelé un jour... et même, en ce temps-là, cela m'a bien fait souffrir... mais la vie a marché depuis lors... je suis devenue raisonnable...

— Qui a fait naître chez toi de pareilles idées?

— T'en étonnerais-tu, par hasard, et ne répondent-elles pas à celles que tu as conçues de ton côté?

— Qu'ai-je dit qui t'autorise à croire?...

— Ne mens pas, Noël... ne cherche pas surtout à t'en imposer à toi-même!... Jouer la comédie est inutile, va! Et, en vérité, je te serais bien reconnaissante si tu avais pour moi la franchise que je viens de te montrer, si tu me payais de retour...

— Soit, dit-il.

Il avait hésité. Maintenant sa résolution était prise. Il ne fuirait pas l'explication que sa maîtresse avait cherchée, et que lui-même n'aurait osé faire naître de longtemps!... Comme tous les timides et comme tous les faibles, il allait d'un extrême à l'autre, d'une grande pusillanimité à une violence inouïe... de la patience éprouvée à l'irascibilité complète...

— C'est vrai, dit-il, et je suis heureux que tu l'aies deviné... la situation où je suis me pèse lourdement, et j'ai hâte d'en sortir...

Elle eut une douleur aiguë au cœur... Ah! si elle avait conservé un espoir jusqu'alors, maintenant le doute ne lui était plus permis...

— C'est bien, dit-elle, tu vois, il suffit de s'expliquer... Si nous étions restés plus longtemps l'un avec l'autre, nous aurions été malheureux tous les deux.

Il fit un mouvement et l'interrogea du regard. Elle vit qu'il avait mal compris.

— Oh! moi, dit-elle, j'aurais été malheureuse seulement parce que j'aurais deviné que j'étais une charge pour toi; je ne voudrais pas te laisser croire que je ne t'aime plus... Non... mon amour n'a pas faibli un seul instant... Il est toujours aussi vif que par le passé... Mais ce n'est pas de moi qu'il s'agit : ton bonheur et la tranquillité de toute ta vie me sont choses plus précieuses que mon amour... Puisque je te gêne, je partirai...

— Martha, reste... Que deviendrais-tu?

— Peu t'importe!...

— Tu as de mauvaises pensées...

— De quoi t'inquiètes-tu? Une fois que je serai hors de chez toi, est-ce que je ne recouvrerai pas ma liberté complète?... Je redeviens ce que j'étais autrefois quand tu m'as connue... une fille errante... de par les grands chemins du monde... Je n'ai plus pour seul juge que ma conscience, pour seul guide que mon caprice... pour seule conseillère que ma fantaisie...

— Que veux-tu dire? que veux-tu faire?

Elle se mit à rire en haussant les épaules.

— Ah! voilà, dit-elle, tu crains que je me donne la mort comme une fois je t'en ai menacé si tu me quittais... Non, sois tranquille, j'ai changé d'avis... je ne me tuerai point... tu n'auras pas ce remords. Même éloignée, je veillerai sur toi et je te prouverai que je t'aime encore, toujours, en ne troublant point ton bonheur par l'annonce d'un malheur arrivé par ta faute. Je t'épargnerai un reproche qui empoisonnerait ta vie éternellement.

— Veux-tu me dire ce qui t'a poussée à me parler de la sorte? fit Noël.

— Ton attitude depuis quelques jours.

— En quoi diffère-t-elle de celle d'autrefois?

— Oh! il y a une différence énorme, une seule, qui me touche, mon ami.

— Laquelle, encore une fois?

— Tu ne m'aimes plus!

Il haussa les épaules :

— Je m'attendais à une autre raison, dit-il.

— Ton amour était toute ma vie... Je ne pouvais avoir que la seule préoccupation de le conserver... Tous les autres intérêts me sont étrangers... Puisqu'il n'y a plus rien pour moi dans ton cœur, il me semble que mes jours se sont terminés brusquement et que rien ne me retient plus. Je vais donc partir, Noël, je vais te rendre ta liberté...

— Tu ne m'aimais pas, Martha, tu te faisais à toi-même des illusions... tu seras heureuse sans moi... tu trouveras ailleurs le bonheur dont tu es digne...

— Merci, Noël... Je n'ai rien à te reprocher, mon ami; j'ai passé auprès de toi bien des heures de félicité. J'ai même cru, un moment, que c'en était fini avec le passé, parce que je te voyais t'abandonner à tous les élans de ton âme vers moi... Cette félicité que j'ai entrevue, je ne la méritais pas sans doute; j'en prends mon parti, tu le vois, avec plus de courage que je ne l'aurais cru... Et pourtant je n'avais jamais réfléchi qu'une séparation fût possible... C'est pour cela que je t'aimais tant et que je m'étais donnée, corps et âme, tout entière, sans réserve. Ah! si j'avais su!

Elle se tut, puis reprit :

— Non, si j'avais su, j'aurais agi, je le sens, de la même façon. La vie des uns et des autres est prévue de toute éternité, vois-tu, Noël... personne n'échappe à ce qui est écrit, à ce qui est ordonné immuablement. Chez nous, c'est la croyance commune... j'ai connu tant de preuves de la vérité de ce que je dis là!

Noël la laissait dire; il ne trouvait rien à répondre. Elle parlait doucement, à voix basse, comme si elle se fût raconté toutes ces choses à elle-même. Voyant qu'il se taisait, elle alla reprendre sa place sur le canapé, resta silencieuse quelques minutes sans quitter Noël des yeux, puis tout à coup porta son mouchoir à ses lèvres, l'y appuya fortement, l'y laissa. Et lorsqu'elle le retira, il était teint de sang... Elle eut un sourire triste et cacha vivement son mouchoir pour que Noël, s'il se retournait, ne s'aperçût de rien. Mais Noël ne se retourna pas. Alors elle sortit du cabinet et regagna sa chambre. Là elle éclata en sanglots, tomba sur le parquet, s'y roula avec des grincements de dents, en proie à une attaque de nerfs, mordant les tapis, se déchirant les ongles. Et elle demeura évanouie. Cet évanouissement la calma. Quand elle reprit connaissance, elle se releva, baigna son visage dans une cuvette d'eau, puis, se jetant sur son lit tout habillée, envisagea presque avec sang-froid la situation qui lui était faite. Certes, sa présence d'esprit ne lui revenait pas tout entière, et il lui semblait qu'elle était lancée tout à coup dans un grand vide où elle tournoyait sans jamais en trouver le fond. Mais une chose au moins se détachait nettement de l'obscurité qui l'envelop-pait : la nécessité pour elle de quitter Chrétien, la nécessité de le quitter sans tarder davantage, afin de lui montrer qu'elle était fière et qu'elle ne craignait pas même la misère la plus noire, le dénûment le plus complet, pour sauvegarder sa dignité.

— Oui, dit-elle, se parlant à elle-même, mais tout haut, je vais m'en aller cette nuit...

Elle sonna Florence, la bonne. Celle-ci accourut aussitôt.

— Apportez-moi mes malles, dit la Sicilienne; je suis obligée de partir tout à l'heure...

— Madame nous quitte, madame s'en va?...

— Oui... pour faire un long voyage...

— Ah! je craignais que ce fût pour toujours.

Martha ne fit pas de réflexion. Florence, du reste,

avec la perspicacité ordinaire des domestiques à l'affût de ces sortes de querelles, avait deviné la brouille survenue entre l'amant et la maîtresse. Voulant conserver sa neutralité et ignorant si la brouille était sérieuse, elle se garda de continuer ses réflexions et exécuta les ordres de la jeune fille. Elle apporta des valises et des malles, et Martha, fiévreusement, se mit à la besogne. Elle retira des buffets et des placards tous les objets qui lui appartenaient, qu'elle possédait déjà lorsque Noël lui avait proposé de venir habiter le boulevard Haussmann, et les empila au hasard, sans ordre, ayant hâte seulement d'en finir au plus vite. C'étaient ses robes, ses jupes, ses chemises, ses dentelles, ses chapeaux, ses bottines, ses gants. Elle avait aussi des bijoux... Bien peu, par exemple! Et le peu qu'elle avait, elle le tenait de Noël : chacun de ses bracelets, chacun de ses pendants d'oreilles, chacune de ses bagues, chacune de ses broches représentait un cadeau du jeune homme. Elle les ramassa en un tas et les rangea sur un coin de la cheminée. Elle ne voulait rien de lui. Florence s'était offerte pour l'aider, mais elle avait refusé. Elle craignait d'avoir un témoin de son désespoir et n'était pas assez sûre de contenir ses larmes s'il était fait une allusion indiscrète au malheur qui lui arrivait. Elle fut obligée bien des fois de suspendre ce travail, parce qu'elle ne distinguait plus rien; ses yeux, tout humides, étaient obscurcis. De temps en temps aussi, elle s'arrêtait pour écouter si de la chambre de son amant ne venait aucun bruit : dernière, suprême espérance!... Si Noël se repentait, s'il accourait soudain, pour l'empêcher de partir? Noël paraissait ne pas se douter de ce qui se passait. La soirée s'écoula ainsi dans ces préparatifs, et quand elle eut fini, elle pria Florence d'aller lui chercher une voiture... La bonne sortit, resta un quart d'heure absente, puis revint; un fiacre s'arrêtait en même temps devant la villa Duchesne.

— Faut-il avertir monsieur? demanda la bonne.

— Non. Je vais le voir...

La bonne laissa Martha. Irait-elle faire ses adieux à Noël, ou bien s'en irait-elle ainsi, la nuit, comme une fugitive, presque comme une criminelle? Elle hésitait. Mais son hésitation ne fut pas longue. Ah! si elle avait été convaincue que son amant serait pris de remords!... que son amour renaîtrait plus fort que jamais!... Mais, hélas! où aurait-elle puisé cette conviction?... N'était-elle pas certaine que son malheur était inévitable... que son abandon était complet?... Elle se dirigea pourtant jusqu'à la porte du cabinet de Noël, et, penchée, retenant son souffle, elle écouta, n'entendant que les battements sourds et précipités de son cœur... Puis elle revint sur ses pas, avec le plus de bruit possible; même, soit hasard, soit qu'elle l'eût fait exprès, elle renversa une table... qui emplit tout l'appartement de la sonorité de sa chute... Elle s'arrêta, ne respirant plus... Mais Noël était ou voulait être sourd!... Elle poussa un grand soupir, comprima les bonds de son corsage avec ses deux mains crispées par une angoisse affreuse, et s'en alla, droite, la taille roidie, comme si elle avait été soutenue par des ressorts d'acier invisibles. Elle traversa les jardinets, doucement éclairés par la lune, et pria le concierge et le cocher de charger sur la voiture ses malles et ses paquets. Cinq minutes après, le fiacre descendait la rue de la Butte-Montmartre et se dirigeait vers Paris, au trot de deux vieux chevaux efflanqués et maigres. Où avait-elle l'intention de passer la nuit? Au moment de jeter une adresse au cocher, elle avait eu de l'embarras... Retournerait-elle habiter la rue Saint-Séverin où, du moins, elle était connue?... Mais là elle courait le risque de rencontrer Jean Houdiard... Et puis, rester toute cette longue et interminable soirée dans l'isolement, sans consolation, lui semblait un supplice insupportable... et elle avait résolu de se rendre chez Domenica. Celle-ci était chez elle et ne fut pas étonnée de voir Martha.

— Viens, dit-elle; tu as bien fait de penser à moi! Et Noël?... C'est fini?...

— Oui, tout à fait... Je ne le reverrai plus...

Elle se jeta dans les bras de son amie et éclata en sanglots.

— Ne me laisse pas seule cette nuit, dit-elle; je suis sûre que je mourrais!...

VII

Martha resta chez son amie pendant cinq ou six jours sans sortir. Elle ne vit pas Domenica, qui, sachant qu'elle était douloureusement affectée par l'abandon de Noël, estimait que toutes les consolations, même les plus tendres, ne feraient qu'irriter son chagrin. Martha ne pleurait pas; mais, immobile sur sa chaise, dans la chambre où Domenica l'avait conduite, les yeux fixes, le front ridé, elle ressemblait à une femme qui sent sa raison s'en aller et qui fait un effort gigantesque pour la retenir. Cependant, ces jours écoulés, Domenica pensa qu'il pouvait être dangereux de la laisser plus longtemps en cet état de prostration. Elle lui offrit des distractions, la promenade, le Bois, la campagne; même elle eut l'idée de lui faire quitter Paris et de l'emmener au bord de la mer. Martha refusait obstinément. Cela lui faisait horreur de sortir, de se trouver mêlée à la foule indifférente; elle aimait mieux se renfermer dans une solitude complète et vivre de son désespoir. Un soir, Domenica lui dit :

— Veux-tu venir au Châtelet? Je n'ai pas encore vu *Michel Strogoff...*

Martha haussa les épaules :

— Moi, je sais la pièce par cœur... Tu oublies donc que j'ai dansé dans les deux ballets?

— Non, je ne l'oublie pas... Je croyais seulement que cela te distrairait plus qu'une pièce que tu n'aurais pas vue... Tu retrouverais là des visages de connaissance...

— Je n'ai nulle envie de les revoir. Je n'ai nulle envie surtout de renouer des liens de camaraderie qui jadis me paraissaient déjà bien lourds.

— Certes... tu as raison, chère Martha... n'en parlons plus !

Domenica se tut, ne voulant pas insister davantage ; mais tout à coup la jeune fille revint sur sa première décision.

— Après tout, dit-elle, tu as raison, ma bonne... Allons au Châtelet, je ne demande pas mieux...

— Au moins ne crois pas que j'y tienne absolument... Si tu veux, je passerai la soirée ici, auprès de toi... Nous ne sortirons pas... nous causerons... et je serai peut-être assez habile pour évoquer tes souvenirs les plus gais, les meilleurs, ceux qui font à la vie un cortége riant, aimable, et qu'on aime à se rappeler dans ses moments de découragement et de tristesse...

Martha hésitait... Un pressentiment lui disait de ne pas aller là... comme si elle commettait, en y allant, une action mauvaise, ou comme s'il devait arriver un malheur. Mais, d'autre part, elle voulait revivre, dans ce théâtre où elle avait connu Noël, les premières journées de leur liaison. Elle comptait que là, bien mieux qu'ailleurs, en entendant cette pièce dont chaque phrase lui était connue, elle réussirait mieux à s'isoler.

— Allons au Châtelet, dit-elle.

— Et nous irons dîner toutes les deux au restaurant, est-ce convenu ?

— Soit.

Elles s'habillèrent. Une heure après, elles sortaient dans la voiture de Domenica. A huit heures, elles étaient au

théâtre. Elles avaient une loge de face, et quand elles s'assirent, pendant un moment, toutes les jumelles de la salle con-
vergèrent vers les deux jeunes femmes. Elles n'y prirent
pas garde. Domenica n'était pas coquette, bien qu'elle
n'ignorât pas combien elle était belle ; de son côté, Martha,
dont la figure un peu étrange, éclairée par ses yeux ardents,
attirait toujours les regards, Martha était trop préoccupée,
trop triste pour songer à être satisfaite et pour jeter un coup
d'œil, même indifférent, autour d'elle. Elle avait les yeux
fixes, sans rien voir, et rêvait, comme bercée par le bruit
de paroles qui venait de la scène, qu'elle entendait, mais
n'écoutait pas. Quant à Domenica, elle était très-attentive.
Deux actes se passèrent ; pendant l'entr'acte, elles sortirent,
parce que la chaleur commençait à les suffoquer, et firent
deux ou trois fois le tour du foyer. La sonnette avertit que
l'entr'acte était terminé ; elles regagnèrent leur loge. Deux
ou trois jeunes gens, qui barraient le passage en groupe,
se rangèrent pour les laisser passer, et l'un d'eux réprima,
à leur vue, un geste de surprise...

— Martha ! murmura-t-il.

C'était Victor Procoli. La Sicilienne avait traversé le cou-
loir sans lever la tête ; elle n'aperçut point son ancien amant,
et comme elle était distraite, l'exclamation de Procoli ne
parvint pas jusqu'à elle. L'officier italien remarqua le
numéro de la loge, et comme on frappait en ce moment
les trois coups sur la scène, redescendit avec ses amis aux
fauteuils d'orchestre où il avait sa place.

— Tu la connais, cette fille ? demanda un de ceux qui
l'accompagnaient et qui étaient des compatriotes.

— Parbleu ! fit Procoli avec un rire impertinent et fat qui
semblait lui être habituel...

— Elle a été ta maîtresse ?...

— Oui.

— Où cela ? A Naples, pendant que tu y étais en garnison ?...

— Non, à Catane, où elle habitait dans sa famille... Car ce n'est pas une cuisinière, je vous prie de le croire...

— Et que fait-elle maintenant?

— Elle est, je crois, du moins elle était encore, il y a quelque temps, avec un artiste du nom de Noël Chrétien...

— Avec qui tu t'es battu à Compiègne?

— Justement.

— Elle doit t'en vouloir, cette fille, et tu ne dois pas être au mieux avec elle...

— Baste! Qui sait? Un pari!

— Lequel?

— Cinquante louis que je m'installe tout à l'heure auprès d'elle dans sa loge...

— Si tu lui fais violence!...

— Non. Elle m'y invitera quand elle me verra...

— Tenus, les cinquante louis!

— Bien, mais ce n'est pas tout...

— Quoi encore?

— Je parie cinquante autres louis que je sors du théâtre avec elle et qu'elle m'emmène dans sa voiture...

— Ah!

— Et que je soupe avec elle...

— Tenus, tenus, les cinquante louis!...

— Tu t'avances bien, mon cher. Voilà deux mille francs qui me paraissent fortement compromis.

— Pourtant, c'est dit?...

— Oui, tope!

— Seulement, je voudrais y mettre une condition...

— Déjà?... Tu as peur...

— Une seule... et vous l'approuverez quand je vous l'aurai fait connaître.

— Parle... explique-toi!

— Il est bien entendu que ces deux paris, ou du moins le second, demeureraient nuls et non avenus si, par hasard, l'amant de Martha, ce dont je doute, se trouvait au théâtre. Mon projet serait alors d'une impossibilité évidente. Je ne puis pas, vous le comprenez, chercher querelle à ce monsieur que j'ai gratifié il y a quelque temps d'un si joli coup d'épée... Ne vous semble-t-il pas?

— Cela nous paraît, en effet, plein de bon sens...

— Cette fois, c'est bien convenu?

— Cinquante louis d'une part, c'est moi qui les tiens.

— Cinquante louis de l'autre, c'est pour moi!

Cette conversation avait lieu en italien, dans une rangée de l'orchestre où ces jeunes gens avaient loué des fauteuils l'un auprès de l'autre. Ils étaient debout et parlaient avec animation. De nouveau, le régisseur, derrière la toile, frappa les trois coups, et l'orchestre attaqua un morceau. Ils s'assirent, obligés par le commencement du spectacle de se tenir tranquilles. Mais de temps en temps Procoli se retournait, dirigeait sa jumelle vers la loge de Domenica et s'assurait que les deux jeunes femmes s'y trouvaient toujours. A deux ou trois reprises, il considéra même attentivement Domenica; ce visage ne lui semblait pas inconnu; mais il cherchait vainement à se rappeler où il l'avait vu.

— Sans doute à Catane, se dit-il... C'est à coup sûr une amie de Martha... exerçant la même profession...

Et il ne s'en occupa plus. Ce n'était pas Domenica qui pouvait s'opposer à son entreprise. Pourtant la jolie veuve s'apercevait depuis quelques instants du manége de Procoli, lequel cherchait évidemment à être remarqué par son ancienne maîtresse. Elle le considéra longuement avec sa jumelle et eut même un léger tressaillement. Elle aussi se disait : Je connais cet homme... Où l'ai-je vu?

Elle continua de l'examiner chaque fois qu'il tournait la tête vers les loges; elle voyait bien que son but était d'attirer l'attention de Martha, et cette insistance l'étonnait. Tout à coup elle se troubla et regarda vivement la jeune fille;

elle venait de mettre un nom sur ce visage de bellâtre, un
nom qu'elle détestait presque autant que Martha, pour tout
le mal qu'il avait fait à celle-ci... Victor Procoli!!!... Et
comme elle l'avait reconnu, elle craignait que Martha ne
l'eût aperçu comme elle. Mais la jeune fille continuait son
rêve douloureux; elle ne voyait, n'entendait rien; un à un
les mille petits incidents des premiers temps de sa liaison
avec Noël renaissaient dans son esprit, et cela semblait éclairé
par une lumière éclatante, pareille à celle qui tombait du
théâtre, au-dessus d'elle. Et sans qu'elle y prît garde, deux
larmes coulèrent de ses yeux sur ses joues brunes, et elle
ne songea même pas à les essuyer...

Martha, détachant son regard de la scène, jeta un coup
d'œil au-dessous d'elle, sur les fauteuils d'orchestre; à ce
moment, Procoli la lorgnait obstinément, et ses deux amis,
auprès de lui, se repassaient la lorgnette, pour la mieux
voir... Et elle le reconnut tout de suite... Une chaleur lui
monta au visage; elle eut une flamme dans les yeux. Presque
aussitôt, deux ou trois coups discrets furent frappés à la
porte de la loge. Domenica et Martha eurent une même
pensée.

— C'est lui... Quelle audace!

Elles se regardèrent, épouvantées. Alors Domenica comprit
que Martha avait aperçu son ancien amant...

— Que vas-tu faire?

— Ouvrir... le recevoir.

— Mais, Martha... Si Noël le sait?... Que te veut-il, après
tout?... Tu ne l'aimes pas, tu ne l'as jamais aimé... il a fait
ton malheur... Pourquoi le recevrais-tu? Laisse-moi le con-
gédier...

— Non, qu'il entre!...

Le bruit d'une clef dans la serrure et de la porte qu'une
ouvreuse poussait mit fin à cette discussion. Procoli entrait.
Il salua cérémonieusement Domenica et eut pour Martha un

petit signe de tête familier. Martha, dont les dents étaient si serrées qu'elle ne put dire un mot, mit sa main dans celle que Procoli lui tendait. Procoli, après avoir fait des excuses banales, disait qu'il venait s'informer de Martha, de laquelle il avait gardé un souvenir qui vivrait autant que sa vie. Il parla longtemps sur ce ton, et quand il eut fini :

— Restez, lui dit Martha, vous avez bien fait de venir...

Domenica, mécontente, se leva pour partir. La conduite étrange de Martha l'attristait, lui enlevait l'estime qu'elle avait pour la petite danseuse.

— Où vas-tu? fit celle-ci.

— Pardonne-moi, mais j'ai un peu de migraine... il fait une chaleur suffocante... Aller au théâtre par ce temps, c'est vraiment de la folie...

— Tu pars?

— Oui... je serais malade...

— En effet, tu es toute blanche... et tu as les yeux cernés! dit Martha d'un air singulier.

Elle n'insista pas pour retenir son amie, l'aida seulement à passer son manteau. La jeune veuve allait sortir, sans même lui dire adieu, tant était profond son désappointement, lorsque Martha la retint dans le fond de la loge, lui jeta les deux bras autour du cou et l'embrassa à deux reprises avec une brusquerie farouche. Mais elle ne prononça pas une parole. Et Domenica s'éloigna, disparaissant au tournant du grand escalier. La porte se referma; Martha resta seule avec Victor Procoli. Le dernier acte commençait; les deux Italiens les lorgnaient d'en bas, maintenant. Et la comédie qui se jouait dans cette loge les intéressait bien autrement que le drame imaginaire qu'ils étaient venus entendre. Quand *Michel Strogoff* fut fini, ils se levèrent pour partir, prirent à la hâte leurs pardessus et s'installèrent devant le bureau du contrôle, afin de ne pas perdre de vue les spectateurs qui descendaient. Quand ils aperçurent

Martha, ils eurent tous les deux un geste de surprise. Ils ne remarquèrent pas combien elle était pâle et défaite; ils ne pouvaient deviner les sombres et tragiques pensées de la Sicilienne; une chose seulement les frappait : elle semblait au mieux avec Victor Procoli, puisqu'elle s'appuyait sur son bras. Même, en passant devant ses amis, l'officier redoubla de soins pour elle, arrangeant son manteau, se penchant pour l'avertir de prendre garde au froid. Les autres sortirent derrière lui. Une voiture passait devant le théâtre. Procoli l'arrêta, ouvrit la portière, fit monter la jeune fille, et, de manière à être entendu, jeta au cocher l'adresse du café Riche, puis rejoignit Martha.

— Nous avons perdu, dirent ensemble les jeunes gens.

Toutefois ils voulurent s'assurer, jusqu'à la fin, que Procoli, dont ils connaissaient la fatuité, ne les trompait pas; ils prirent eux-mêmes un fiacre, et, désignant la voiture de Procoli qui s'éloignait dans la direction des Halles, ils ordonnèrent au cocher de la rejoindre et de la suivre. Les deux fiacres arrivèrent ensemble sur le boulevard, ensemble s'arrêtèrent devant le café Riche, et ceux qui étaient venus là pour être les témoins du triomphe de Procoli avec l'espoir secret que ce triomphe se changerait en déconvenue, purent s'assurer que l'officier montait aux salons avec son ancienne maîtresse et demandait un cabinet. La façade sur le boulevard et la rue était brillamment éclairée; toutes les fenêtres resplendissaient; les deux silhouettes du jeune homme et de la jeune femme apparurent un moment à une fenêtre; Martha et Procoli respiraient l'air frais de la nuit avant de souper; puis on ne vit plus rien.

VIII

Le cabinet où Martha et Procoli venaient d'entrer était meublé, comme tous les cabinets des restaurants à la mode, d'un canapé dans le fond, de quelques chaises, d'une glace sur le poli de laquelle s'enchevêtraient des centaines de signatures croisées et entre-croisées, si multipliées qu'elles en étaient indéchiffrables. Un lustre faisait tomber sur les cristaux de la table et la blancheur de la nappe la lumière éblouissante et crue de son gaz. Une fenêtre ouverte sur le boulevard donnait un peu de fraîcheur, mais le roulement des voitures et des omnibus, incessant, obligeait les deux jeunes gens de parler sur un ton très-haut pour s'entendre. Martha la ferma, et Procoli eut un sourire.

— Oui, dit-il, comme cela nous serons mieux. Il y aura plus d'intimité, et il me semble que je serai plus près de toi, Martha.

Il voulut lui prendre la taille, l'attirer et mettre un baiser dans ses cheveux. Mais elle le repoussa d'un geste brusque, avec une colère dans les yeux; et il ne la comprit point, car, à ce même moment, un garçon entrait, et l'Italien attribua cette répulsion à la peur d'être vue, à la honte, à un reste de pudeur. Il commanda la carte, rapidement, consultant la jeune fille d'un coup d'œil à chaque chose qu'il choisissait; mais elle n'avait pas de préférence, et la carte fut bientôt faite : peu importait à Martha ce qu'elle allait boire et ce qu'elle allait manger; elle y pensait bien, vraiment! Elle toucha du bout des dents à ce qu'on apporta, et Procoli ne put s'empêcher d'en faire la remarque. Lui dévorait avec un appétit robuste.

16.

— Est-ce que tu es malade?

Il la tutoyait comme autrefois à Catane; on eût dit que pour lui leur liaison n'avait pas été interrompue par des années d'indifférence d'un côté, des années de haine de l'autre. Et Martha tressaillait, à chaque fois, violemment.

— Non, je ne suis pas malade... je n'ai pas faim, voilà tout!... Je n'ai pas l'habitude de manger si tard dans la nuit... Excusez-moi...

— Bois un verre de champagne... cela te mettra en appétit... cela te donnera surtout un peu de gaieté...

— Oh!

— Est-ce que tu n'es jamais plus en train que ce soir?

— Jamais. J'ai si rarement l'occasion de rire!

— Alors, vous ne devez pas vous amuser beaucoup, ton amant et toi? Vous vivez en ménage?

— Oui, et nous voyons peu de monde... Noël travaille et ne tient guère à sortir... moi non plus...

— Et il t'aime?...

— Je le crois...

— Et toi?

— Oh! moi, dit-elle avec un rire étrange, c'est autre chose. Est-ce que, si je l'aimais, je serais ici?...

Il se mit à rire avec elle, continuant de ne pas comprendre, mangeant et buvant, alors que l'œil ardent de Martha restait fixé sur lui. Quand ils furent au café, il alluma un cigare, ferma la porte au verrou, après que les garçons se furent retirés discrètement, et se renversant sur un canapé, les jambes croisées, avec un soupir profond de satisfaction et de béatitude :

— Viens donc m'embrasser, Martha!... dit-il.

Elle se leva et alla s'asseoir sur le canapé, auprès de lui, mais assez loin pour ne pas avoir avec lui le plus léger contact. Procoli continuait :

— Tu n'oses? Tu ne m'aimes plus?

Elle ne répondit pas; elle le regardait toujours avec obstination. Il allongea le bras vers la table, ramena un paquet
de cigarettes, en offrit à Martha.

— A Catane, dit-il, tu t'amusais souvent à fumer des
cigarettes... Tu en as perdu l'habitude?...

Elle se leva tout à coup, passa derrière le canapé et s'approcha très-près de lui.

— Ainsi, dit-elle, tu m'aimes toujours, toi?

— Plus que jamais, si c'est possible... plus qu'autrefois,
c'est certain... D'abord tu es cent fois plus jolie qu'en Sicile...

— Pourquoi m'as-tu abandonnée lâchement?... Pourquoi
n'as-tu pas eu pitié de ma jeunesse?... Est-ce que vraiment
tu as cru, même une seule fois, que j'avais eu de l'amour
pour toi? Est-ce que je savais seulement ce que c'était que
l'amour?... J'étais une enfant, et il y avait à peine deux ou
trois ans que je ne jouais plus avec mes poupées...

— Non, non, Martha, je maintiens ce que j'ai dit : tu
n'es pas gaie... Est-ce donc pour me faire une scène que tu
as accepté de m'accompagner ici?

— C'est que, vois-tu, Procoli, j'ai sur le cœur bien des
choses que je ne t'ai jamais dites, et il me semble que cela
me soulagera de te les raconter...

— Eh! je ne m'y oppose pas... mais c'est trop tôt... ren-
gaîne tes reproches pour ce soir, et ne songe qu'à t'amuser...
Demain, si cela peut te faire plaisir, je t'écouterai jusqu'au
bout... En somme, quels reproches m'adresserais-tu?...
Qu'est-ce qu'il te manque?... Rien... Tu es jeune, tu es
jolie, tu es la maîtresse d'un homme qui a du talent... qui
doit satisfaire tous tes caprices et te donner tout ce que tu
désires... Il t'aime... et tu ne l'aimes pas... c'est le meilleur
moyen de te faire aimer plus longtemps... L'amour use
l'amour... Il y en a un de vous deux qui est dupe, ce n'est
pas toi, tant mieux!... Tu as trouvé le bonheur... le calme...
la certitude pour le présent... la sécurité pour l'avenir...

Avec un peu d'intelligence, et tu n'en manques pas, tu feras ta pelote, et avec cela tu seras restée plus honnête que bien des femmes qui passeront près de toi en te considérant comme une inférieure ou comme une déclassée... à moins que tu ne te maries avec ton amant... ce qui serait encore plus malin, ce qui n'est pas impossible, et ce que je te souhaite, après tout, car je te sais bonne fille, pleine de qualités...

— Dis-tu vrai?

— Ma parole!... Tu es bien, de toutes mes maîtresses, et je ne les compte plus, celle de laquelle j'ai conservé les meilleurs souvenirs.

— Ainsi, dit elle, tu estimes que c'est un grand bonheur pour moi d'avoir rencontré Noël?

— Puisqu'il t'aime... car, autrement, celui-là ou un autre...

— Et ce serait un malheur s'il m'abandonnait?...

— Au moins un ennui, parce qu'il t'en faudrait chercher un autre... et que dans l'intervalle d'un premier amant à un second, d'un second à un troisième, il peut se commettre bien des sottises... Une femme livrée à elle seule peut tomber dans tant d'erreurs!... Mais la question n'en est pas là, je suppose... et ce que nous en disons...

— Noel m'a abandonnée...

— Hein?

— Il se marie... Je suis seule comme au lendemain du jour où tu m'as séduite et où j'étais devenue mère... Seule!...

Procoli s'était relevé sans cesser de fumer et fronçait le sourcil. Évidemment, il était inquiet de la tournure que prenait la conversation. Ayant jeté un coup d'œil à la dérobée sur Martha, il fut surpris de sa pâleur. La jeune fille était livide.

— Je comprends, dit-il embarrassé, tu crains d'être gênée,

et tu as pensé à moi. Il est fort heureux, ma foi! que tu
m'aies rencontré... avoue-le!

— Je l'avoue.

— Tu sais que je ne suis pas riche; cependant je puis te
venir en aide... Combien veux-tu?

— Rien.

— C'est beaucoup, dit Procoli avec un rire faux... Je puis
te faire une autre proposition... Pendant l'interrègne entre
l'amour de Noël et l'amour que tu ne vas pas manquer d'in-
spirer à un autre, veux-tu que je remplisse la place libre
qu'il y aura provisoirement dans ton cœur?... Je ferai de
mon mieux pour que tu ne t'ennuies pas trop... J'ai justement hérité, il y a quelques mois, de dix ou quinze mille
francs. Cet héritage, je suis venu à Paris avec l'intention
bien arrêtée que je le dépenserais et qu'il ne m'en resterait
pas un sou à mon retour à Naples. Si tu veux m'aider à le
manger, je t'y convie... Tu me donneras de l'amour tant
qu'il y aura une bribe de l'héritage à croquer... Après, tu
redeviendras libre. Tu vois que je n'exige pas trop?

— Ainsi, dit-elle, voilà ce que tu penses de moi?... Je ne
suis plus à tes yeux qu'une fille infâme, courant de bal en
bal, de restaurant en restaurant, de trottoir en trottoir?...

— Oh! tu es libre d'accepter ma proposition ou de la refuser... Mais je t'en prie, ma petite Martha, ne le prends pas
avec moi sur ce ton tragique... Je t'ai toujours connue
bonne fille... reste donc ce que tu as toujours été... et si tu
tiens à ce que nous soyons amis pendant mon séjour à Paris,
souviens-toi de ce que je te disais autrefois à Catane...
j'aime bien voir rire les filles, mais j'ai envie de les battre
quand je les vois pleurer...

— Ah! je te retrouve le même, dit Martha; oui, je te
retrouve le même, tu n'as pas changé... tu es aussi cruel,
aussi impitoyable...

Il se mit à rire... ralluma un second cigare... et reprit sur

le canapé la position horizontale qu'il occupait tout à l'heure,
les jambes croisées et les pieds se balançant. Et Martha,
près de lui, de plus en plus pâle :

— Ainsi, dit-elle, tu n'as pas de regrets, pas de remords
de ce que tu as fait de moi ?...

— T'ai-je prise de force ?

— Non...

— T'es-tu donnée à moi librement ?

— Oui...

— Je n'ai pas agi de ruse... tu me plaisais... je te l'ai
dit... je t'ai fait la cour... je t'ai plu... tu me l'as laissé
entendre... Ça ne pouvait pas durer toujours... Dès lors, où
diable veux-tu que je trouve à m'adresser des reproches à
moi-même ?...

— Et tu étais marié... et ta femme vivait... et tu l'avais
laissée traînant à Naples une existence misérable, avec tes
enfants auxquels tu ne songeais guère non plus...

— Ne vas-tu pas me faire de la morale ?... Ce serait
drôle !... S'attendre à une nuit joyeuse et tomber sur un
sermon !...

— Non, je veux te dire seulement que si j'étais trop jeune
à cette époque pour comprendre que t'aimer était un crime,
un crime abominable, parce qu'il atteignait du même coup
moi-même, ta femme et tes enfants, depuis j'ai vieilli et
réfléchi longuement, et ta conduite m'est apparue dans toute
son infamie... vois ce que je suis maintenant... C'est à toi
que je le dois... Si l'on me méprise... si l'on rit, si l'on ne
fait aucun cas de moi... si je suis considérée comme une
fille perdue, en quête d'un amant d'une nuit... si je n'ai
plus ni amitié... ni amour... si je n'ai plus droit, de par le
monde, à aucun respect... à qui le dois-je, Procoli, si ce
n'est à toi ?... Et j'aurai beau me révolter toute ma vie
contre une pareille injustice... j'aurai beau crier, me
débattre, supplier, chercher à convaincre que je suis hon-

nête, que je veux rester honnête... que j'aimerais mieux mourir que de tomber encore... toujours j'entendrai qu'on me répondra : « Tu as eu un amant... Tu en as eu deux... Tu n'as pas droit au titre d'honnête femme. »

— Dame! s'il fallait te donner ce titre, comment les appellerait-on, les honnêtes femmes?

Martha se prit le front entre les deux mains, et ses doigts s'enfoncèrent dans ses cheveux et déchirèrent la peau. Elle était effrayante.

— Et c'est toi, balbutia-t-elle, toi qui me le reproches?

Il eut, en riant, un mot cynique :

— Eh! ma petite, il fallait rester fidèle à mon souvenir!

Au lieu de mettre le comble à l'exaspération de Martha, ce mot sembla la calmer au contraire, lui rendre un peu de sang-froid; mais elle eut un sourire navrant.

— Tu m'insultes, Procoli, et tu n'as guère pitié de moi... Je sais que tu n'as ni cœur ni sens moral; mais ne devrais-tu pas conserver certains égards, une certaine politesse pour la femme qui t'a donné son premier amour et que tu as trompée si cruellement?... Vois comme je te parle douce-ment; de ma vie je ne t'ai parlé de la sorte, même les deux ou trois fois où je me suis rencontrée avec toi, après ton abandon... C'est qu'alors, je te l'ai dit, mon malheur ne me paraissait et n'était peut-être pas aussi grand, aussi complet qu'il l'est maintenant... Je ne raisonnais pas... et puis j'avais encore ma famille et mes amis qui me protégeaient, qui étaient comme une consolation suprême... Aussi longtemps que tous ceux qui m'aimaient restèrent près de moi, je ne me sentis pas trop isolée dans ce monde... C'est après seulement que je compris l'immensité de l'abîme où je rou-lais...J'avais vécu dans un songe jusqu'alors, le réveil était terrible...

Procoli souriait, et, goguenard :

— On voit que tu es passée par un théâtre de drame, ma

chérie... Va, continue... mais ne me fais pas trop attendre le cinquième acte...

— Prends patience... le dénoûment va venir... Ce que je dis là n'a qu'un but : te montrer quelles raisons nombreuses et fortes j'ai de me souvenir de toi...

— Ceci me flatte...

— De me souvenir de toi et de te haïr...

— Allons donc ! Ce mot de haine dépare tes lèvres, et les regards d'amour vont mieux que ceux de la colère à tes grands yeux noirs, ma jolie tigresse.

— Je te hais, va, Procoli, de toute la violence que j'ai en moi. Je te hais, et pendant longtemps j'ai espéré, pour me réjouir, qu'il t'arriverait malheur.

— C'est trop d'attentions.

— Et puis, quand j'ai vu que tu continuais à être heureux, que tu vivais toujours, comme par le passé, dans l'insouciance, à l'abri des remords, sans même un regret pour tout le mal que tu as fait... j'ai désiré que le hasard — et c'est Dieu, ce hasard-là — ne te remît pas sur mon chemin...

— Pourquoi, ma belle irritée ?

— Parce que j'étais sûre que, si tu te trouvais à Paris, en face de mon amant... tu ne te contiendrais pas et tu voudrais faire parade de tes anciens droits sur moi, et alors c'était fini de ma tranquillité, de mes rêves d'avenir... j'étais sûre que Noël sentirait diminuer et disparaître son amour à ta vue...

— De telle sorte que tu fais retomber sur moi tes ennuis d'aujourd'hui ?... Bien obligé, vraiment...

— Je désirais encore ne pas te revoir, parce que j'étais sûre de ne pas résister au désir qui me viendrait de me venger.

— Ah bah ! Et de quelle manière ?

— En te tuant.

Procoli se mit à rire, mais ne se dérangea pas. Évidem-

ment il prenait pour une plaisanterie la menace de la jeune
fille; il était convaincu qu'il n'avait rien à craindre. Même
la pensée ne lui vint pas un seul instant qu'il pouvait courir
un danger sérieux. Martha, toujours pâle, avec une résolution farouche empreinte sur sa physionomie, Martha reprenait d'une voix très-basse, à peine intelligible :

— Car je vais te tuer, Procoli, et j'éprouverai, à voir ton
sang, peut-être le seul plaisir sans mélange de toute ma vie...

Le ton de ces paroles fit cependant retourner la tête à
l'Italien, et il eut un geste de surprise en voyant Martha penchée sur lui, un court poignard à la main.

— C'est donc sérieux? dit-il en essayant de rire encore.

Et il voulut se lever du canapé où il était étendu. Mais
avec une vigueur surhumaine elle le rejeta en arrière, et sa
petite main nerveuse, de toutes ses forces centuplées par un
ardent besoin de le faire souffrir, lui serra la gorge... Certes,
il eût eu raison de Martha si elle lui en avait donné le temps;
mais avant qu'il eût pu se défendre elle lui enfonçait, d'un
grand coup, son poignard dans la poitrine, où il entrait jusqu'à la garde. L'homme, se sentant blessé à mort, se campa
droit en arrachant l'arme, avec un geste affolé. Et il râlait,
les yeux dilatés :

— Ah ! coquine! coquine ! coquine !...

Et comme le sang sortait en bouillonnant, il appuya les
deux mains sur la plaie et fit deux pas vers la jeune fille,
qui, ne bougeant pas, le regardait, les yeux fixes, les lèvres
entr'ouvertes, la respiration sifflante. Mais il n'arriva pas
jusqu'à elle. Il chancela, essaya de se retenir en battant l'air
de ses deux bras et s'effondra sur un coin de la table qu'il
fit basculer, avec un bruit retentissant de cristaux, de por-
celaines et de bouteilles brisés. Du vin se répandit autour de
lui, mêlé à son sang. Il tenta de se relever, ne le put, et eut
un gémissement profond. Il étouffait. Ce qu'il put faire, ce
fut de se mettre sur les genoux, le corps appuyé sur les

17

bras, les paumes des mains sur le plancher. Il voulait retenir
la vie qui s'échappait de sa poitrine avec son sang. Et il
répétait, dans le paroxysme de sa rage :

— Ah ! coquine ! coquine !

Et elle s'était reculée jusqu'au fond du cabinet, pour
échapper aux efforts suprêmes par lesquels il tâchait de l'at-
teindre. Ses dents étaient serrées à se briser. Elle ne disait
pas un mot. Et lui, craignant de mourir sans vengeance :

— Ah ! je te rejoindrai... Tu as eu peur en me frappant...
Ton coup était mal dirigé... Je sens que j'aurai la force de te
prendre dans mes bras et de t'étrangler... et tu mourras
avec moi...

Elle eut un rire cruel.

— Je suis heureuse, dit-elle, je te haïssais tant !... Depuis
le jour où je t'ai revu au concert des Champs-Élysées, je
m'étais dit que je te tuerais s'il m'arrivait de nouveaux
malheurs par ta faute... Et je me suis tenu parole...

Comme il s'approchait d'elle en rampant, elle lui prit
les mains brusquement et le rejeta sur le dos, au milieu
des éclats de verres. Cette fois, il ne bougea plus. Il
était mort. Des cabinets voisins, on avait entendu le
bruit de la vaisselle renversée par la chute de Procoli ;
les garçons avaient été avertis ; quelques-uns allaient et
venaient dans le corridor, n'osant ouvrir, mais collant la
tête à la serrure pour écouter. A la fin, pourtant, ils se déci-
dèrent. L'un d'eux, doucement d'abord, frappa à la porte.
On n'entendit plus aucun bruit, et personne ne répondit. Ils
se regardèrent un peu étonnés, inquiets même. On frappa
derechef, plus fort, avec insistance. Rien, toujours rien.
Alors un garçon introduisit un passe-partout dans la serrure et poussa. Mais la porte était fermée en dedans au
verrou. Il pesa de l'épaule pour l'ébranler. D'autres l'aidè-
rent ; le verrou céda ; la porte s'ouvrit, et l'on vit cette scène
de désordre lugubre : le cadavre ensanglanté de Procoli au

milieu du cabinet, le poignard jeté là; Martha assise, horriblement pâle; la table sens dessus dessous; un filet de sang, qui de la poitrine trouée de l'Italien, doucement, coulait jusqu'à la fenêtre, en suivant l'inclinaison du plancher. Ils se précipitèrent sur Procoli et le relevèrent pendant que deux autres s'emparaient de Martha. Mais la jeune fille eut un geste égaré.

— Tranquillisez-vous, dit-elle, je ne me sauverai pas... C'est moi qui ai assassiné cet homme... je ne peux le nier... Arrêtez-moi!... Conduisez-moi devant le commissaire de police!... Arrachez-moi le plus vite possible à ce spectacle... Je sens que je n'ai plus de force! Faites-moi sortir d'ici!

On lui attacha les jambes et les mains avec des serviettes pour empêcher toute tentative de fuite. On ne la laissa pas seule, et deux garçons restèrent auprès d'elle pendant qu'un autre allait prévenir le poste de la rue Drouot et chercher un commissaire de police. Quelques minutes après, des gardiens de la paix entraient. Le commissaire de police arriva presque aussitôt. Les bureaux étant fermés à cette heure-là; il avait fallu aller le réveiller chez lui. Il était accouru aussitôt. Les constatations n'étaient pas difficiles à faire. Martha avouait. L'affaire était donc des plus simples. On fouilla Procoli pour connaître son adresse. On prit ses papiers, son argent, puis un agent chercha une voiture, et l'on y descendit le cadavre de l'Italien, que l'on conduisit à l'Hôtel du Louvre; là on ne put donner d'autres renseignements sur lui que ceux que nos lecteurs ont appris : il était à Paris depuis un mois ou deux, en congé, et menait assez grande vie. Quant à son adresse à Naples, quant à l'adresse de sa famille, elles étaient inconnues; les papiers trouvés dans son portefeuille ne mirent pas le magistrat au courant de ce qu'il voulait savoir; ce fut le lendemain seulement que les amis de Procoli, en allant à l'hôtel, apprirent de quelle catastrophe leur pari avait été suivi. Ils se rendirent au

commissariat, afin de se mettre à la disposition de la justice
pour tous les détails dont elle aurait besoin. Martha, après
avoir passé la nuit au poste, avec trois vagabondes et deux
filles publiques, fut envoyé le matin au Dépôt de la préfec-
ture et comparut dans la journée même, une première fois,
devant le juge d'instruction. Aux questions du magistrat,
elle répondit simplement, en faisant l'histoire de sa vie. Elle
dit ce qu'elle était, ce qu'elle avait été, ses illusions, ses
espérances, ses craintes; elle ne cacha rien.

— Ainsi, dit le juge, ce qui vous a poussée à ce crime,
c'est la vengeance?

— Oui, monsieur.

— Et aussi le dépit d'avoir été abandonnée par votre
amant?

— Je vous ai tout dit, monsieur. Vous savez de moi tout
ce que je pourrais vous en raconter. C'est Procoli qui est la
cause du malheur de ma vie... Procoli qui m'a séduite...
Procoli qui a fait que je suis aujourd'hui désespérée. Je
n'ignore pas qu'en le tuant, j'ai commis un grand crime...
Oh! j'ai réfléchi longtemps avant d'en arriver à une résolution pareille... je me suis dit qu'on me punirait peut-être
et qu'on ne comprendrait pas sans doute les raisons qui ont
mis un poignard dans ma main... Mais je suis résignée à
mon sort... En dehors des juges qui me condamneront... il y
aura peut-être des hommes qui s'attendriront en apprenant
ce que j'ai souffert, et qui trouveront des excuses à mon
crime...

Le juge l'écoutait attentivement, scrutant la physionomie
de la jeune fille, cherchant à lire jusqu'au fond de son âme.
Et il demanda tout à coup :

— Combien avez-vous eu d'amants?

Elle tressaillit, eut un éclair dans les yeux; mais le juge,
doucement, lui disait :

— Pardonnez-moi de vous interroger sur un sujet aussi

délicat ; il faut que je sois renseigné ; les questions que je vous adresserai sont nécessaires à l'instruction dont je suis chargé. Répondez-moi donc, mademoiselle, en toute franchise !

Martha pleurait silencieusement, sans se cacher, sans même baisser la tête pour dérober ses larmes.

— Pourquoi ne répondrais-je pas franchement ? fit-elle ; n'est-il pas de mon intérêt de tout vous dire ?

. — Je vous écoute.

— Je n'ai jamais eu que deux amants : Procoli, le premier, que j'ai retrouvé il y a quelques semaines à Paris, pour son malheur et pour le mien, et Noël Chrétien, que vous connaissez de nom sans doute...

— Entre ces deux amants, qu'avez-vous fait ? Comment avez-vous vécu ? Il vous fallait de l'argent, et ce n'était pas vos appointements du théâtre du Châtelet qui pouvaient suffire à vos dépenses...

— Des amis et des parents de Catane m'envoyaient, de temps en temps, quelques petites sommes. Je vivais très-pauvrement ; du reste, je ne faisais aucuns frais de toilette, et j'avais encore des robes portées à Naples, au moment où j'ai rencontré, pour la première fois, Noël Chrétien.

— C'est bien, je ferai prendre des renseignements sur vous, et je verrai si ce que vous nous dites est la vérité...

— Oh ! monsieur, dit Martha se levant, comment me serait-il possible de mentir ? Ma vie a été si courte depuis trois ou quatre ans et se résume en si peu de mots ! La pénétrer sera pour vous chose facile, et je connais si peu de monde, aussi bien à Paris qu'à Naples et à Catane, que l'instruction sera bientôt terminée. Cela ne vous donnera pas grand mal, monsieur !

Elle dit ces derniers mots avec une tristesse si douce, avec tant de résignation, que le juge, de nouveau, la regarda attentivement, attiré par ce visage aux grands yeux lumineux ;

elle était incapable de mentir, cela se voyait; du reste, elle ne cherchait pas à jouer devant le magistrat le rôle d'une héroïne d'un drame. Elle parlait simplement, et même, à l'entendre ainsi, on ne pouvait deviner qu'elle avait eu l'énergie sauvage de tuer un homme avec réflexion, avec sang-froid.

IX

L'enquête dura cependant une quinzaine de jours. M. de Maubuet, le juge d'instruction, y apporta le soin, l'intelligence, la clarté d'esprit qu'exigeait une affaire aussi délicate. Il fit prendre des renseignements partout où Martha avait passé, à toutes les adresses des logements occupés successivement par elle soit à Paris, soit à Naples, soit à Catane. Il envoya même en Italie et en Sicile un brigadier du service de la sûreté dans la perspicacité duquel il avait confiance. Cet agent avait pour mission, non-seulement de s'assurer si les détails donnés par Martha sur sa famille, sur son enfance, étaient exacts, mais encore de recueillir ce qu'il serait possible d'apprendre, aux meilleures sources, sur Procoli lui-même, son caractère, le genre de vie qu'il menait. Ce n'était pas un crime ordinaire que cet assassinat, M. de Maubuet ne se le dissimulait point. Il y avait là des nuances infinies dans les détails qui pouvaient changer l'aspect de l'affaire. En outre, l'opinion publique se déclarait pour la petite danseuse. Le crime, commis dans un des restaurants à la mode les plus fréquentés de Paris, avait été connu le lendemain; même une note de quelques lignes relatant simplement les faits avait été portée à la hâte, et au moment de la mise en pages, dans deux journaux du boulevard, voisins du restaurant, et avait paru dès le matin. Pendant la journée, des reporters étaient venus, et les feuilles du soir publièrent deux colonnes de détails brodés de bien des fantaisies, mais au milieu desquelles, pourtant, l'histoire vraie du crime se retrouvait. De la rubrique des *Faits divers*, l'affaire passa au *Courrier de Paris*. C'était un événement parisien, en effet, et des plus tragiques et du plus haut ragoût; le nom, déjà célèbre, de Noël Chrétien y était mêlé, et les imaginations partaient en campagne, cherchant à démêler, au milieu du fatras, des sottises et des mensonges dont on l'entourait, ce qu'il y avait de vrai dans ce coin de vie d'artiste tout à coup révélé par un drame douloureux. Les chroniqueurs, eux aussi, s'occupèrent de Martha, et deux ou trois articles à sensation, signés des noms les plus aimés du public, présentèrent un résumé de l'affaire dans un sens favorable à la jeune fille. Paris se passionne aisément. Les esprits étaient surexcités. Martha était, sans qu'elle s'en doutât, la pauvrette, l'objet de toutes les conversations. On attendait donc, avec le plus vif intérêt, que l'affaire fût renvoyée devant la cour d'assises et que les débats fussent ouverts. M. de Maubuet, de son côté, ne perdait pas son temps. Les circonstances du crime étant connues, puisque Martha les avait révélées, il s'entourait de tout ce qui pouvait éclairer son jugement et ne laisser aucun doute sur les mobiles qui avaient fait agir la danseuse. C'est ainsi qu'il connut vite ce que Martha elle-même ignorait, c'est-à-dire le pari de Procoli, tenu par les deux Italiens qui l'accompagnaient au théâtre. Ceux-ci racontèrent au magistrat comment Procoli avait eu l'idée d'accoster la jeune fille, comment il était parti avec elle, comment ils avaient cru véritablement qu'elle avait accepté son offre et qu'il se trouvait en bonne fortune. D'autre part, ce fut par Claude Fleury et Nouvel que M. de Maubuet apprit les détails du duel de Chrétien avec l'ancien amant de sa maîtresse.

Nouvel, ardent et convaincu, défendit Martha et se porta
garant de son honnêteté. Et il termina en disant gravement :

— Quand cette liaison commença, je prévins Noël. « Tu
as charge d'âme, lui dis-je ; si jamais tu oublies cette enfant,
ce sera fait d'elle. » Je comprends le drame qui s'est passé
dans le cœur de Noël et les motifs qui l'ont fait abandonner
Martha ; je ne l'approuve pas, je l'excuse et je le plains.

Noël fut entendu par le juge, brièvement. Il expliqua
dans quelles circonstances il avait connu Martha. L'assassinat de Procoli et l'arrestation de la jeune fille avaient fait
sur lui une impression très-vive. Il avait compris tout de
suite que sa maîtresse se vengeait sur Procoli des deux
grands malheurs de sa vie, causés par l'Italien : son abandon
à Catane ; son abandon à Paris... Ce qu'il dit à M. de Maubuet
fut un hommage rendu à l'honnêteté de sa maîtresse ; il ne
l'avait jamais soupçonnée ; il n'avait jamais douté d'elle ; il
avait fallu la rencontre de Procoli pour l'amener à des
réflexions d'une décourageante tristesse ; après cette rencontre, le bonheur et le calme ne lui paraissaient plus pos-
sibles auprès de Martha ; autant valait donc se séparer. Il
était très-pâle en parlant de la sorte. Même à certaines paroles,
quand il fit le tableau de ces quelques mois rapides, où
s'étaient cependant rencontrées bien des heures de félicité, il
eut comme un tremblement dans la voix. Il avait une crainte
pour l'avenir : retrouverait-il avec Geneviève cette vie si
douce que Martha lui avait faite ? La petite Sicilienne, assise
immobile sur un canapé, le regard fixé sur son amant, savait
si bien lui plaire autrefois, deviner un caprice qui naissait
dans le plus lointain des replis de sa pensée ! Peut-être
avait-il passé à côté du bonheur !...

Après Noël, le juge entendit encore Domenica, qui n'eut
qu'à écouter son ardente amitié pour plaider la cause de
Martha ; puis Isabelle, la danseuse du Châtelet ; Florence, la
bonne de Noël ; Monjolit ; d'autres encore, comme Houdiard,

même les deux vieux gardiens de la paix, Palombe et Maduret, qui avaient sauvé Martha le jour où elle avait voulu se noyer. Parmi les dernières dépositions, il y eut quelques allégations qui furent moins favorables à l'accusée. C'est ainsi que Monjolit parla, mais sans apporter de preuves, de Jean Houdiard en termes qui donnaient à entendre qu'il avait dû être, si peu de temps que ce fût, l'amant de Martha. Houdiard fut interrogé à ce sujet. Il était rancunier et se souvenait de la façon dont la jeune fille avait accueilli ses démarches, et de la rude leçon que lui avait infligée Chrétien : il répondit aux questions de M. de Maubuet par un sourire goguenard et fat qui pouvait laisser croire au juge qu'il avait, en effet, reçu les faveurs de la Sicilienne ; mais il refusa de s'expliquer, soit de nier, soit d'affirmer nettement.

Une autre déposition ne fut pas moins intéressante et fit entrer l'enquête dans une voie nouvelle.

Florence avait été entendue, ainsi que nous l'avons dit. A l'une des questions adressées par M. de Maubuet, elle répondit en disant qu'elle avait surpris de fréquentes querelles entre Chrétien et sa maîtresse ; que, du reste, tout ne paraissait point marcher pour le mieux dans ce ménage. D'où venaient les torts? Voilà ce qu'elle ne savait pas! Et cependant, si on l'interrogeait bien, elle serait obligée de reconnaître que, pendant certaines absences de monsieur, madame avait reçu la visite d'un grand jeune homme blond, à figure rouge; peut-être qu'après tout, dans ces visites, il n'y avait aucun mal; pourtant il était au moins étrange que le jeune homme en question profitât toujours du moment où monsieur n'était pas chez lui pour venir voir madame... Cela avait paru louche, même au concierge.

Ainsi renseigné, M. de Maubuet questionna Martha, qui n'eut pas de peine à reconnaître Septime Paqueron dans le portrait qu'on lui en fit. En racontant son voyage à Thilay, elle avait passé sous silence les incidents auxquels Septime

17.

s'était trouvé mêlé. Les révélations de Florence, en lui faisant craindre que la religion du juge ne fût surprise, l'obli-
gèrent à moins de réserve. Elle raconta ce qui s'était passé,
aussi bien à Thilay qu'à Paris, au pâquis de Blossette qu'à
la villa Duchesne. Le magistrat envoya aussitôt une commission rogatoire à l'un de ses collègues du parquet de Charleville, et Septime fut invité à fournir des renseignements.

Le verrier était rentré depuis deux ou trois jours à la
Malavisée, avec l'envie rageuse, au fond de l'âme, de se
venger de Martha à la première occasion. Cette occasion
s'offrait d'elle-même. Il n'était pas homme à la laisser
échapper. Le juge d'instruction de Charleville lui demanda :

— Est-il vrai que vous vous soyez trouvé à plusieurs
reprises en présence d'une fille de Paris, nommée Martha
Rosaora, une première fois au pâquis de Blossette, une
seconde et une troisième fois chez elle, sur la butte Montmartre ?

— Oui, monsieur, c'est l'exacte vérité.

— Quelle est la nature des relations qui ont existé entre
vous ?

Septime tourna sa casquette entre ses gros doigts rouges.
Au dernier moment il hésitait devant un mensonge à la justice. Sa rancune fut plus forte que son honnêteté.

— Dame ! monsieur le juge, dit-il, ces choses-là sont déli-
cates et assez difficiles à faire entendre...

— Vous avez été son amant ?

Il y eut un silence d'une seconde, après quoi :

— Oui, fit Septime décidé, relevant la tête.

— Vos relations ont commencé à Thilay ?

— Dans le bois de Blossette, un samedi, et le lendemain
dimanche, au matin...

— Et ces relations se sont continuées à Paris ?

— Comme vous le dites, monsieur.

— Elles ont duré longtemps ?

Septime prit un air vainqueur et se mit à rire :

— Oh! monsieur, je suis trop sérieux pour m'attacher à une fille de ce genre-là... On peut faire des fredaines a mon âge, pourvu qu'elles ne durent pas...

Il passa le doigt sur sa moustache blonde, rude et rare.

— Du reste, acheva-t-il, pur caprice de part et d'autre; nous nous sommes séparés en excellents termes.

Le magistrat prenait note de tout ce que disait Septime pour le transmettre au parquet de Paris. Du reste, les renseignements qu'il avait à demander s'arrêtaient là. Il dit seulement au verrier qu'il devait se tenir prêt à se représenter à toute réquisition de la justice et l'avertit qu'on aurait, sans aucun doute, besoin de son témoignage lorsque l'affaire viendrait en cour d'assises. Septime parut gêné.

— Ah! dit-il, balbutiant, très-rouge, il faudra que je retourne à Paris et que je répète, devant les juges de là-bas...

— La déposition que vous venez de me faire...

— Ça ne suffit donc point, de vous avoir parlé, à vous?

— Non. Votre témoignage est très-important. Je puis vous donner la certitude que vous serez obligé d'aller à Paris.

Septime n'insista pas. Il sortit, de plus en plus embarrassé. Il connaissait par les journaux les détails de l'affaire, savait quelle accusation pesait sur Martha, les aveux qu'elle avait faits, comment elle se défendait; il avait même deviné, en lisant certains articles où le nom de Noël, imprimé tout vif, attirait son attention, le mouvement d'opinion qui se produisait en faveur de la petite figurante. Il eut peur, un moment, qu'on n'en vînt à deviner son odieux mensonge. Mais bientôt il se tranquillisa. A la fin même, il ne fut pas fâché d'être mêlé à ce drame, d'y jouer un rôle, et de paraître un instant sur la scène parisienne. Il y avait en ce paysan une vanité énorme ; le mal qu'il pouvait faire à Martha lui était indifférent ; il était tout au plaisir de se mettre sur le même pied que Noël ; il conservait toujours sur le cœur le mépris de sa maîtresse, le souvenir du soufflet reçu au pâquis de Blossette et du coup de poignard de la villa Duchesne. Il était haineux, et sa haine, lui ôtant la défiance ordinaire des paysans, l'empêchait de voir le danger que lui faisait courir son faux témoignage.

Le juge d'instruction envoya, sans retard, la déposition du verrier à son collègue de Paris. M. de Maubuet en prit connaissance et ne put retenir un geste d'étonnement. Il ne se défendait pas, en effet, d'une grande sympathie pour l'accusée. Il s'était formé sur elle une opinion d'où le faisaient lourdement tomber les révélations étranges et inattendues qui lui arrivaient de province. Car il n'avait eu qu'une médiocre confiance dans les racontars de la bonne. Quant à Jean Houdiard, l'insuccès de ses tentatives auprès de Martha n'avait été un secret pour aucun de ses camarades du Châtelet. Plusieurs parmi ceux-ci, interrogés par de Maubuet, avaient été unanimes à le reconnaître. Le figurant persistait bien dans son attitude, mais la conviction du juge était faite. Et voilà qu'il apprenait tout à coup que Martha n'était qu'une coureuse d'aventures !... Il en était d'autant plus étonné que l'agent envoyé à Naples et à Catane était de retour. Le juge avait entre les mains un rapport très-détaillé, très-minutieux, de tout ce que cet homme avait découvert par lui-même ou bien avait entendu dire. Les renseignements sur Martha étaient excellents et ne faisaient, du reste, que confirmer l'histoire de son enfance, de ses relations avec Procoli, de ses misères vaillamment supportées. Quant à l'Italien, l'agent ne le ménageait point, tout en se croyant obligé de l'excuser de temps à autre, par respect pour un homme qui n'était plus là pour se défendre. Non-seulement l'amant de Martha avait mené une vie très-dissolue lorsqu'il était garçon, mais son mariage avec une Napolitaine n'avait en rien changé ses habitudes. Trois enfants étaient nés de ce mariage et vivaient avec la mère dans une misère atroce. Depuis un mois ou deux, un parent de la femme, laquelle était orpheline, l'avait recueillie et sauvée, elle et ses petits, de la faim et de toutes les mauvaises pensées que la faim suggère. Elle avait à présent une existence sinon heureuse, au moins tranquille. On lui procurait de l'ouvrage, par pitié pour sa triste situation. Son amour pour son mari s'était changé en indifférence, presque en haine, si bien qu'à la nouvelle de son assassinat, elle n'avait même pas trouvé une larme pour le plaindre.

A Catane, le souvenir de l'aventure de Martha avec l'officier italien était resté aussi vif qu'au premier jour. On plaignait Martha. Beaucoup qui lui avaient témoigné, après sa faute, de l'éloignement, étaient revenus vite de cette première impression et regrettaient à présent le départ de la jeune fille, tout en reconnaissant qu'elle avait obéi à un sentiment de pudeur et de fierté en fuyant une ville où son déshonneur, rendu public, avait fait quelques heureux dans le monde fréquenté par sa famille.

Toutes ces choses étaient soigneusement consignées dans le procès-verbal de l'agent. Celui-ci s'était mis en rapport avec les bureaux de police de Naples et de Catane. M. de Maubuet ne pouvait donc avoir aucun doute au sujet des renseignements dont il recevait communication.

Après avoir lu la déposition de Septime, le magistrat, sans perdre de temps, envoya chercher la jeune fille pour l'interroger de nouveau. Deux gardes de Paris l'amenèrent. Elle entra timidement dans le cabinet du juge, la tête baissée, les yeux fiévreux, les joues creusées par les souffrances, par les angoisses, par la pensée de son abandon, de l'isolement où elle était pour toujours. Et elle resta debout devant M. de

Maubuet, regardant machinalement le plancher poussiéreux de cette petite pièce nue, sévère, triste, où étaient passés tant de crimes, ou avaient été versées tant de larmes. Le juge lui adressa la parole avec une sécheresse dans la voix... le mécontentement d'un homme qui craint d'avoir laissé surprendre sa bonne foi... d'avoir mal adressé sa pitié.

— Martha Rosaora, dit-il, je vous avais priée, si vous vouliez mériter l'indulgence de vos juges, de nous dire la vérité, de nous la dire tout entière...

— J'ai obéi, monsieur; la vérité, vous la savez maintenant aussi bien que moi.

— Vous mentez!

Martha tressaillit, et relevant la tête :

— Je jure, dit-elle d'une voix vibrante, que je n'ai rien à ajouter, rien, à tout ce que je vous ai dit.

Il y eut un silence, puis le juge, du même ton :

— Vous avez oublié un de vos amants...

— Monsieur, je vous en prie!...

— Vous aviez espéré, sans doute, que la durée très-courte de vos relations avec lui empêcherait qu'elles ne fussent connues de la justice... Vous vous êtes trompée!

— Je ne comprends pas, monsieur, je vous le jure!

— Vous êtes dans votre rôle en continuant de mentir...

— Encore une fois, de qui voulez-vous me parler?... Son nom!... Il faut me le dire, puisque vous m'accusez... Vous n'avez pas le droit de me le cacher plus longtemps...

— Septime Paqueron, l'un des cousins de Noël, un des fils du verrier de la Malavisée...

Elle regarda le juge avec stupéfaction.

— Septime? fit-elle... Vous prétendez sérieusement que j'ai eu pour amant Septime Paqueron?

— Oui. Vos relations, il l'a affirmé, ont commencé au pâquis de Blossette, pendant un voyage que vous avez fait à Thilay, et elles se sont continuées à Paris, où Septime Paqueron est venu exprès pour vous voir... Ce jeune homme a même fait avec vous le trajet des Ardennes à Paris.

— Et c'est lui... lui qui a raconté?...

— Lui-même!

— Ah! l'infâme! l'infâme! l'infâme!

Dans la colère qui l'animait, le sang lui était monté aux joues. Ses yeux brillaient, ses dents étaient serrées, et ses doigts s'agitaient nerveusement comme si elle avait eu l'intention de prendre et de broyer la première chose qui lui tomberait sous la main. Et son cœur, que la rage, la conscience d'être impuissante faisait battre, soulevait son corsage par secousses brusques.

— Je comprends votre étonnement, dit le juge, glacial, comme s'il eût voulu la pousser à bout... vous ne pouviez vous attendre à une pareille révélation, et vous n'y étiez point préparée... Remettez-vous!...

— Ah! monsieur, dit-elle, — et sa voix était rauque comme lorsqu'elle était sur le point d'avoir une crise et qu'elle crachait le sang, — ah! monsieur, je ne suis pas étonnée, croyez-le bien, et si vous me voyez émue, c'est que l'indignation m'ôte la force de protester!...

— Ainsi, vous niez avoir eu des relations avec ce jeune homme... aussi bien à Thilay qu'à Paris?...

Elle eut une moue des lèvres, dédaigneuse et hautaine.

— Il est inutile de m'interroger plus longtemps sur ce sujet, fit-elle, je ne répondrai pas!

— Cependant le témoignage de Septime Paqueron est précis. Sa déposition ne peut faire l'objet même d'un doute...

— Son témoignage est faux! Sa déposition est un mensonge odieux, une calomnie infâme!... Septime Paqueron est un misérable!... Interrogez-le de nouveau, monsieur, et pressez-le de questions, il finira peut-être par reconnaître qu'il n'a pas dit la vérité.

— Niez-vous donc que vous l'avez rencontré au pâquis de Blossette ?

— Je l'ai rencontré là, en effet, pour la première fois.

— Et vous l'avez revu le lendemain, au même endroit ?

— Il m'a prise pour une fille, parce qu'il venait d'apprendre que j'étais la maîtresse de son cousin, et il me poursuivait de ses assiduités.

— Si vous ne l'aviez pas écouté, serait-il donc parti avec vous pour Paris, en se cachant de votre amant ?

— C'est à Montmartre seulement, et chez moi, que je me suis trouvée de nouveau en sa présence.

— Et vous l'avez encouragé toujours, car ce ne fut pas là sa dernière visite... Votre bonne, même, affirme que vous avez reçu Septime Paqueron le jour où Noël Chrétien se battait à Compiègne avec Procoli... ce qui ferait croire que si vous aviez bien peu d'affection pour votre amant, vous aviez au moins une grande indépendance de caractère...

— Ah ! vous êtes cruel, monsieur !...

— Dites-nous la vérité, Martha Rosaora... Alors que nous ne connaissions pas l'existence de ces relations, vous pouviez juger qu'il était de votre intérêt de garder le silence sur elles ; à présent que ce secret n'en est plus un, n'hésitez pas plus longtemps ; avouez !

— Non, car ici l'aveu serait un mensonge. Septime Paqueron n'a jamais été mon amant. Certes, je ne puis nier qu'il me l'ait offert. Toutes les femmes, même les plus honnêtes, et surtout celles qui se trouvent dans une situation fausse, sont exposées à de pareilles injures. Mais il faut que cet homme ait l'âme bien basse, l'âme d'un criminel, pour se vanter de faveurs qu'il n'a pas reçues... Hé ! monsieur, je n'avais qu'un mot à dire, et je devenais la femme de Septime Paqueron. Cet homme, grossier et brutal, était si surexcité par le mépris que je lui montrais, qu'il m'offrit de m'épouser. Et il l'eût fait, j'en suis sûre ! Sa

passion l'égarait. Il n'avait pas toute sa raison. Le lendemain du mariage, il m'eût battue ! S'il a fait devant vous ou
devant un autre magistrat la déposition que vous me dites,
c'est qu'il veut se venger.

— Les juges et les jurés apprécieront, mademoiselle.

M. de Maubuet ferma son dossier, mais avant de renvoyer Martha il lui adressa une dernière question :

— On nous a parlé aussi d'un certain Jean Houdiard,
dit-il, que vous auriez écouté avec complaisance alors que
vous demeuriez dans le même hôtel que lui, rue Saint-
Séverin, et que vous étiez figurante au Châtelet?

Martha haussa les épaules avec mépris.

— Répondez vous-même, monsieur le juge, dit-elle, et
veuillez me dire si vous croyez que j'ai été sa maîtresse.

M. de Maubuet rougit et se tut.

Sur un coup de sonnette, les gardes entrèrent et emme-
nèrent Martha.

X

Ce fut une cause intéressante de laquelle Paris s'occupa.

Les entrées à la cour d'assises furent très-recherchées, et
le jour où l'on appela l'affaire Rosaora, la plupart des places
furent demandées par des journalistes et des littérateurs,
amis ou ennemis de Noël Chrétien, quelques-uns attirés
seulement par l'étrangeté de ce crime, venus là comme des
gourmets; les femmes étaient nombreuses; il s'en trouvait
de tous les mondes. Les anciennes amies de Martha, faisant
partie du corps de ballet, s'étaient présentées sous la conduite d'Isabelle, avec quelques artistes qui connaissaient la
petite danseuse et n'étaient pas fâchés de voir quelle figure

elle allait faire pendant les débats. Comme la cause était en somme assez délicate et reposait, avant tout, sur des nuances, le bruit courut un jour qu'elle se jugerait à huis clos. Ce fut un désarroi général; mais la nouvelle était fausse, et tous les friands d'émotions fortes se calmèrent. On assiste aujourd'hui aux grands drames du Palais de justice comme on fréquente les théâtres à la mode. La salle présentait un aspect très-animé. Beaucoup de jeunes gens étaient venus, ayant à leurs bras des demoiselles haut cotées dans les restaurants du boulevard; comme Martha avait appartenu pendant quelque temps au théâtre, la plupart des petites actrices étaient là, faisant tapage, étalant des toilettes nouvelles, lorgnant et riant. Lorsque la cour entra, on eut beaucoup de peine à rétablir le silence. Dans le fond, des voix joyeuses persistaient, échangeant des impressions burlesques sur les magistrats et sur certains des jurés. Quand, après deux sommations de l'huissier, lancées d'un ton aigu, et une admonestation sévère du président, le calme fut revenu, le ministère public put lire l'acte d'accusation dressé contre celle qu'il appelait « la fille Martha Rosaora ». Après quoi, il y eut audition des témoins. L'enquête élaborée par la police et par les soins du juge d'instruction, M. de Maubuet, recommençait, devant tous cette fois, mais avec la même minutie de détails, découvrant les particularités de la vie de Martha, mettant à nu le secret de ses relations avec Noël, de ses premières amours avec Victor Procoli, refaisant et expliquant l'histoire de l'assassinat de l'officier. Les témoins entendus par le juge reparurent : Noël Chrétien, qui excita une vive curiosité parmi ses confrères; Domenica, Isabelle, Monjolit, Jean Houdiard, Septime. Quand arriva le tour de ces deux derniers, on écouta très-attentivement. Malgré le secret de l'instruction, en effet, certains bruits avaient été colportés desquels il résultait que la Sicilienne n'avait pas été sans écouter favorablement leurs protestations d'amour, ce qui diminuait singulièrement, pour ceux qui croyaient à ces calomnies, l'estime qu'ils avaient de la jeune fille. Or, ce furent justement ces deux dépositions qui sauvèrent Martha, en suscitant, parmi les jurés, un courant d'opinion en sa faveur. On va voir de quelle façon.

Jean Houdiard avait montré devant la cour cette même attitude insolente et goguenarde de don Juan de barrières qu'il avait prise devant le juge d'instruction la première fois. Il n'avait pas affirmé d'une manière catégorique ses relations avec la danseuse; il y avait voulu faire croire seulement, grâce à ses réponses évasives. Celles-ci eurent le don d'impatienter à plusieurs reprises le président, qui essaya vainement, ainsi que l'avait fait M. de Maubuet, d'avoir une explication dégagée de toute ambiguïté.

Quant à Septime, après avoir hésité longtemps s'il ne reviendrait pas sur sa première déposition, troublé jusqu'au fond de l'âme par tout cet appareil de la justice et tous ces regards qui le suivaient dans ses attitudes, et le bruit que les journaux continuaient de faire autour de la maîtresse de son cousin, il avait balbutié, s'embrouillant dans les détails donnés par lui au magistrat qui avait reçu sa déposition à Charleville. Cependant, l'épouvante d'avouer qu'il avait menti, et d'encourir une peine peut-être, le fit s'enfoncer de plus en plus dans son mensonge.

Les plaidoiries furent éloquentes. L'avocat de Martha la défendit chaleureusement. Il fit un récit très-ému de la vie de la jeune fille, de ses désillusions, de ses ardentes aspirations vers un avenir d'honnêteté, de son bonheur lorsqu'elle avait cru voir se réaliser ce rêve, de son désespoir lorsqu'elle s'était aperçue que sa première faute allait rejaillir sur sa vie tout entière. Il ne demanda pas pour elle les circonstances atténuantes. Il ne fit pas appel à l'indulgence du jury. Il ne voulut s'adresser qu'au grand et éternel sen-

timent de justice qui règne dans le cœur de tous les hommes.
Il se servit habilement des renseignements recueillis sur le
compte de Martha et qui tous prouvaient l'honnêteté de
son âme; il avait fallu Procoli pour la faire dévoyer; il
s'étendit longuement sur cette faute de la jeune fille; il dit
comment elle vivait là-bas, sortant à peine de l'enfance et
lancée par une mère imprudente en plein tourbillon de fêtes,
de plaisirs, de dangers. Et ce fut à cette occasion qu'il en
vint à parler de Procoli; il le fit avec âpreté, presque avec
colère; car il s'était peu à peu animé, et sa voix vibrante
frappait au cœur de tous ceux qui l'écoutaient. Il raconta
combien cet homme était vil et méprisable; comment il avait
abusé de la faiblesse de l'enfant; comment, marié et père de
famille, il l'avait abominablement trompée. Il rappela les
grands procès qui, en ces dernières années, s'étaient déroulés
devant la cour d'assises, qui tous avaient eu pour héroïnes
des jeunes filles séduites, abandonnées par leur amant et
que le jury avait acquittées; il rapprocha ces procès de celui
de Martha Rosaora, montrant que l'amour de Noël Chrétien
n'avait pas été une seconde étape dans la perversion et
dans le vice, mais au contraire une tentative de réhabili-
tation, un effort suprême vers le calme, le bonheur dans
une existence ignorée du monde. Et ce qui le prouvait,
c'était cet assassinat du premier amant, qui était venu trou-
bler une seconde fois la vie de l'accusée. Condamner Martha
pour avoir tué Procoli dans ces circonstances, ce serait lui
dire qu'il eût mieux valu pour elle se jeter dans les abîmes
noirs de la prostitution que se venger de l'homme qui
par deux fois lui avait été fatal. Et le jury, disait l'avocat,
se refuserait à prononcer un verdict dont les conséquences
sociales seraient des plus graves. Il avait, pour la fin de sa
plaidoirie, réservé les dépositions de Jean Houdiard et de
Septime Paqueron. Il n'eut pas de peine à démontrer combien étaient ridicules les restrictions embarrassées du pre-

mier, à expliquer quels soupçons son attitude devait exciter.
Les séductions de ce bellâtre de bas étage ne pouvaient que
passer inaperçues; une fille élevée comme Martha Rosaora,
aussi fière et aussi digne, ne devait même pas songer qu'il
fût possible de répondre à de pareilles avances. L'avocat eut
l'art de ne pas insister sur cet incident, lequel, vraiment,
n'avait aucune valeur, et n'avait pas été pris en considéra-
tion par les jurés. S'il se fût appesanti davantage que de
raison sur ce thème, il eût sans aucun doute excité les
soupçons de quelques esprits timorés. Il aborda tout de
suite et de front la déposition de Septime. Et il le fit sobre-
ment, par un incident inattendu que n'eût certes pas préparé Martha, dans sa naïveté et son ignorance, mais que
l'avocat réservait prudemment pour la fin, en homme qui
connaît les mœurs de son temps, qui sait que les impressions sont mobiles et que tout ce qui revêt un caractère
théâtral a chance de frapper les esprits, même dans la réalité. Dans les entrevues qu'il avait eues avec l'accusée, celle-ci
lui avait raconté de point en point ses relations avec le verrier. Même elle s'était souvenue de certains détails oubliés
dans un premier moment de trouble, qui lui revenaient maintenant à la mémoire, mais que M. de Maubuet ne connaissait pas. L'avocat n'eut garde de ne pas en faire son profit.
Et alors qu'un autre eût conseillé à la jeune fille de s'en
ouvrir au juge d'instruction, il lui demanda au contraire
de réserver ces détails pour le jour où elle comparaîtrait
devant la cour d'assises. Aussi il y eut un vif mouvement
de curiosité lorsque, parlant de Septime qui écoutait, tête
basse, l'avocat s'écria tout à coup :

— Si cet homme avait dit la vérité, il ne resterait rien de
toutes les raisons que nous venons d'invoquer; rien de
notre plaidoirie; nous serions là, plaidant une mauvaise
cause, dont les arguments d'eux-mêmes tomberaient. Heureusement, il n'en est pas ainsi; messieurs de la cour, et

vous, messieurs les jurés, veuillez ne pas perdre un mot de tout ce qui va se dire devant vous.

Il se fit un silence profond. Les cœurs battaient. Car, nous l'avons dit, Martha restait sympathique. Elle avait pour elle, chose rare, tous les hommes et toutes les femmes. L'avocat reprenait :

— J'affirme que Septime Paqueron, le témoin ici présent, dont l'attitude n'a pas été sans être remarquée de tous, a fait une déposition contraire à la vérité... J'affirme...

Le président intervint sévèrement et voulut forcer l'avocat au silence; mais celui-ci était un jeune homme d'un talent connu, déjà célèbre, qui avait, pour ainsi dire, fait sienne la cause de Martha, et qui répliqua :

— Je demande à monsieur le président la permission d'adresser quelques questions au témoin.

Le président allait refuser...

— Je le demande, dit l'avocat, dans l'intérêt non-seulement de l'accusée, mais de la justice. Les questions que je me propose d'adresser au témoin Paqueron sont brèves, et j'ajoute que les réponses du témoin apporteront, malgré lui peut-être, une vive lumière dans le débat.

Le président, d'accord avec le ministère public :

— Interrogez !...

Et se tournant vers Septime, plus mort que vif :

— Vous, témoin, répondez !

Alors l'avocat, dont la mémoire était excellente, répéta, presque mot pour mot, la déposition du paysan, afin de la rappeler aux jurés; puis il dit :

— Cet homme a obéi à un sentiment de vengeance, de rancune, en essayant de faire croire qu'il a été l'amant de Martha Rosaora. Voici la scène qui s'est passée entre eux au pâquis de Blossette.

Martha la lui avait racontée, lui avait dit comment elle avait échappé à l'étreinte du verrier.

— Regardez, dit l'avocat, le témoin porte encore sur les lèvres l'empreinte du coup qu'il a reçu dans sa lutte avec Martha, alors que celle-ci se défendait contre ses tentatives ignobles. Monsieur le président voudrait-il interroger lui-même le témoin sur la provenance de cette cicatrice à peine fermée? Il appréciera; mais, avant de savoir ce que répondra le témoin, je tiens à le prévenir que j'ai d'autres questions du même genre à lui adresser. Qu'il réfléchisse !

Toutes les têtes se penchèrent. Les yeux brillaient. On devinait que c'était là le prélude d'un dénoûment imprévu.

Le président fit un signe à Septime Paqueron.

— Vous avez entendu, dit-il, l'allégation de l'avocat?... Qu'avez-vous à répondre ?

Septime se leva, très-rouge, la gorge desséchée, tourna autour de lui un regard affolé, essayant de découvrir quelque part un encouragement, mais il n'y avait dans tous les yeux fixés sur lui qu'une curiosité malveillante. Il perdit tout à fait contenance et balbutia :

— Je ne sais pas du tout, mais là, monsieur le président, pas du tout, ce qu'on me reproche... J'ai dit ce que j'avais à dire, non pas seulement tout de suite, devant le monde, mais aussi devant le juge d'instruction qui m'a une première fois interrogé.

Le président, rendu soupçonneux par l'attitude du verrier, insista sévèrement :

— Ceci n'est pas une réponse et ne peut contenter ceux qui vous écoutent... Veuillez ne pas craindre de donner des explications plus étendues.

Septime, alors, balbutia de nouveau :

— Je n'ai rien à ajouter, je le répète, à l'histoire qu'on connaît. J'ai rencontré c'te demoiselle dans le pâquis de Blossette auprès de l'auberge au cantonnier Merlin; je lui ai conté fleurette, et elle ne s'est point montrée récalcitrante...

Martha se leva, et frémissante :

— C'est faux ! c'est faux !

— Veuillez vous asseoir et vous taire, fit le président.

— Mais ce que dit cet homme est une infamie !

— Septime Paqueron, l'avocat de la fille Rosaora préten[d] que c'est en se défendant contre vous que sa cliente vous fait une blessure dont on aperçoit la cicatrice sur vos lèvr[es] et qui, en effet, semble de date récente...

— En v'là une blague, monsieur le président !... dit Se[p]time qui essaya de rire et se retourna de nouveau du cô[té] du public, afin sans doute de rendre sa gaieté plus commu[ni]cative.

Mais le public restait glacé.

— En v'là une blague ! je me suis cogné contre un arb[re] en rentrant à la Malavisée, un soir que j'étais un peu gris. Dame ! on s'amuse quand on est jeune, n'est-ce pas ?

L'avocat intervint.

— Un détail : la main droite de ma cliente, en renco[n]trant les dents de son agresseur, s'est déchirée profondé[ment], et là, comme sur les lèvres du témoin, la cicatrice e[st] encore très-apparente, très-visible...

Martha fut obligée de montrer sa main.

— Tout cela, c'est de la bonne plaisanterie, fit Septim[e] et ça ne détruit pas un mot de ce que j'avance.

— Aussi, dit l'avocat, si vous le voulez bien, nous n[e] nous arrêterons pas plus longtemps sur un incident qui n[e] mérite pas d'occuper davantage l'attention de la cour.

Septime Paqueron respira. Il se croyait sauvé.

— Le témoin, reprit l'avocat, ne s'en est pas tenu con[tre] nous à cette première tentative : il a suivi mademoisell[e] Rosaora jusqu'à Paris, s'est enquis de son adresse, est all[é] la trouver dans son domicile, alors que M. Chrétien, il n[e] l'ignorait pas, était toujours à Thilay. Il s'est montré bruta[l] a insulté grossièrement notre cliente ; celle-ci, pour s[e]

défendre, n'écoutant que sa colère, la révolte de son honnêteté de femme outragée, a frappé le témoin d'un coup de
poignard près de l'épaule. L'arme ayant dévié, la blessure a
été insignifiante; elle eût pu être mortelle. Mademoiselle
Rosaora était dans le cas de légitime défense, et tous les tri-
bunaux du monde lui eussent donné raison, si un dénoûment fatal pour le témoin avait appelé ma cliente, à ce
moment, devant la cour. Si je fais connaître ce détail, inconnu
de l'instruction, ce n'est point pour prouver notre honnêteté, qui, je le crois, n'est plus mise en doute; c'est afin de
démontrer que la déposition du témoin Paqueron est fausse,
ce qui est très-grave pour nous, car cette déposition est la
seule qui puisse jeter des doutes sur le passé de ma cliente.
Monsieur le président voudrait-il interroger Septime Paqueron sur le fait que je viens de porter à la connaissance de
la cour?

— Septime Paqueron, répondez!

Les visages, dans le public, s'épanouissaient; évidemment
une même pensée venait à tous : l'affaire prenait une tournure favorable à l'accusée.

— C'est encore une menterie! dit le verrier avec fureur,
comprenant que cette fois il ne réussirait pas à s'expliquer,
mais décidé à se débattre jusqu'à la fin.

— Nous allons donner à la cour toute facilité de s'assurer
que nous ne mentons point. La blessure, nous l'avons dit, a
été faite d'un coup de poignard. C'est ce même petit poignard, offert un jour par M. Noël Chrétien à sa maîtresse,
qui a servi à tuer le lieutenant Procoli; vous pouvez l'apercevoir sur la table des pièces à conviction. La lame très-
effilée, très-courte, très-dangereuse, est triangulaire. Les
blessures qu'elle fait ont donc un caractère spécial. Il serait
aisé de reconnaître, pour un médecin, la cicatrice de la
blessure causée par cette arme, de la distinguer d'une autre.
Eh bien, cette cicatrice, Septime Paqueron doit la porter

18

près de l'épaule. Monsieur le président peut conseiller une
dernière fois la franchise au témoin; mais si celui-ci persiste
dans les mensonges odieux sous lesquels il essaye d'accabler
Martha Rosaora, monsieur le président pourrait nommer un
médecin séance tenante, et dans une des chambres voisines
ce médecin examinerait la blessure dont je parle. Le témoin
ne s'y refusera pas. S'il refuse, c'est qu'il craint d'être convaincu de faux témoignage; s'il accepte, il suffirait d'interrompre les débats pendant une heure, après quoi le jury
statuerait en pleine connaissance de cause, sans l'arrière-
pensée que sa religion a pu être surprise...

Le visage de Septime, d'ordinaire aussi rouge que les
flamboyantes flammes d'un des ouvreaux de son père, était
devenu très-pâle. Il se sentait perdu. Il regarda alternativement l'avocat, le président, les jurés, puis Martha Rosaora.
Les premiers demeuraient impassibles. Quant à la Sicilienne,
ses yeux noirs, qui paraissaient encore agrandis, lançaient
des éclairs. Alors, la tête dans ses deux grosses mains, écla-
tant en sanglots, tant était grande son épouvante :

— Eh bien! non, monsieur l'avocat, non, monsieur le
président, ne faites pas venir un médecin et ne suspendez pas
l'audience à cause de moi, c'est inutile; je vais tout vous
dire, mais pardonnez-moi, ne me punissez point parce que
j'ai menti... Je jure que j'en ai fini avec les mensonges, et
ce que je m'en vais vous narrer est la vérité tout entière.

Et, au milieu d'un silence religieux, Septime fit sa con-
fession, avouant sa rancune contre Martha Rosaora et l'idée
qui lui était venue de se venger d'elle. Il parut évident,
même à ceux qui avaient le moins l'habitude de ces sortes
de débats, que ces aveux produisaient une impression très-
vive sur l'esprit des jurés. L'avocat triomphait. Il reprit sa
plaidoirie au point où il l'avait interrompue lorsqu'il avait
adressé les questions à Septime... et il l'acheva presque
aussitôt, trop expérimenté pour laisser aux jurés le temps

de se reconnaître. Le reste des débats ne présenta pas beaucoup d'intérêt. Il y eut quelques mots du ministère public,
une réplique de l'avocat, un résumé impartial du président;
puis la cour se retira dans la chambre des délibérations, et
Martha fut emmenée. Dans les tribunes et les bancs, au fond,
la curiosité était à son comble, la surexcitation très-grande;
des paris s'engageaient, comme sur un champ de courses,
pour ou contre Martha... Les opinions étaient divisées...
Les uns croyaient à sa condamnation, malgré la sympathie
attachée à sa personne; les autres, à son acquittement...
Aussi il y eut quelque chose de solennel dans le silence qui
accueillit la rentrée de la cour. Une émotion profonde se
lisait dans tous les yeux; on eût dit que chacun allait prendre
sa part du bonheur de Martha si elle était acquittée, de son
malheur si elle était frappée d'une condamnation... L'accusée
était-elle coupable?... Le chef du jury se leva et, la main
sur le cœur, d'une foix ferme, répondit :

— Non, l'accusée n'est pas coupable, à l'unanimité!...

En conséquence, le président prononça l'acquittement de
Martha Rosaora. La jeune fille ne comprit pas tout d'abord.
Domenica se précipita vers elle, la prit dans ses bras, répé-
tant, folle de joie :

— Tu es libre, entends-tu, Martha, libre!...

Et comme la petite danseuse, hébétée, ne répondait pas,
elle lui dit :

— Viens, ne restons pas ici plus longtemps!

Alors elle comprit. Mais ce bonheur, arrivant ainsi, était
trop grand. Martha devint pâle, ses yeux se voilèrent. Du sang
lui montait aux lèvres. Elle eut à peine le temps d'appuyer
son mouchoir sur sa bouche et s'évanouit. On l'emporta.

Le lendemain, Domenica, qui avait passé la nuit auprès
d'elle, — car Martha se trouvait très-faible, et la fièvre lui
brûlait le sang, — Domenica lui dit, en l'embrassant sur le
front, au moment où elle se réveillait :

— Jé vais t'apprendre une bonne nouvelle.

La danseuse secoua tristement la tête :

— Dis-moi que le médecin m'a condamnée, que je n'ai plus que quelques jours à vivre, et c'est ce que tu peux m'apprendre de plus heureux.

— N'aie pas de ces idées, chère enfant... Tu vivras et tu trouveras là où je vais t'emmener le calme et la paix du cœur que tu as perdus...

— Et où veux-tu m'emmener ?

— A Catane !...

Martha tressaillit. On eût dit qu'elle allait refuser. Pourtant elle murmura :

— Soit, ma bonne, partons !

Et elle pensait :

— Si la Madone, patronne de celles qui souffrent, pouvait me rappeler à elle !...

Domenica la devina, et avec un peu de colère :

— Tu vivras, dit-elle, entends-tu ? auprès de moi... et nous ne nous quitterons jamais... et nous serons comme deux sœurs... plus liées même que deux sœurs. Mais promets-moi de ne pas te laisser aller au découragement, au désespoir... Promets-le-moi, Martha !...

Et, distraite, la jeune fille répondit :

— Je te le promets !...

Noël Chrétien est marié. Mais il a vieilli, et toutes les ardeurs de Geneviève ne dérident pas son front. Sa femme le voit et n'est pas heureuse.

FIN.

PARIS. TYPOGRAPHIE DE E. PLON ET Cⁱᵉ, RUE GARANCIÈRE, 8.